Paul Heyse

Gesammelte Werke von Paul Heyse

Zweiter Band, Novellen in Versen I

Paul Heyse

Gesammelte Werke von Paul Heyse
Zweiter Band, Novellen in Versen I

ISBN/EAN: 9783743323087

Hergestellt in Europa, USA, Kanada, Australien, Japan

Cover: Foto ©Andreas Hilbeck / pixelio.de

Manufactured and distributed by brebook publishing software (www.brebook.com)

Paul Heyse

Gesammelte Werke von Paul Heyse

Gesammelte Werke

von

Paul Heyse.

Zweiter Band:

Novellen in Versen.

I

Berlin.

Verlag von Wilhelm Hertz.

(Besser'sche Buchhandlung.)

1878.

Novellen in Versen

von

Paul Heyse.

Erster Band.

Berlin.

Verlag von Wilhelm Herz.

(Besser'sche Buchhandlung.)

1878.

Lyrica.

(1851.)

Es war ein Schloß voll Geigenklang und Glanz
Im schlafenden Paris. Wie überwacht
Mit rothen Fenstern blickt es in die Nacht;
Und drinnen fiebert noch der heiße Tanz,
Wird noch gescherzt, gelächelt und gelacht,
Da schon die Schatten aus den Gräbern steigen
Der Opfer, die der Morgen stumm gemacht,
Und dräuend tanzen ihren Reigen.

Wen stört der Spuk? — Festordner ist der Wahn.
Die bleichen Schatten aus den Gräbern dort
Weis't am Portal er wie Gesindel fort,
Wie Bettler, die nicht festlich angethan.
Und raunt ein Ahnender ein banges Wort
Ins Ohr des Nachbars, wie von Schuld und Sühne,
Treibt er zu hellerm Bogenstrich sofort
Die Geiger droben auf der Bühne.

Er hat auch sie bethört, die greise Frau,
Die Herrin des Palastes. Still und hehr
Durchwandelt sie den Saal und blickt umher
Mit edlen Augen. Sie sind dunkelblau,
Wie Luft nach Wettern. Denken sie nicht mehr
Der trüben Chronik dieses Menschenlebens,
Dran sie sich wund gelesen, thränenschwer,
Und wund und thränenschwer vergebens?

Heyse. II.1

Ja, sie vergaßen, weil vergessen muß,
Wer hoffen will. Und noch wie unerschlafft
Fühlt diese Frau des Hoffens holde Kraft;
Wie rein von Zweifel noch und Ueberdruß
Durchglüht sie der Begeistrung Leidenschaft!
Sie sah getrost in der Geschicke Schwanken,
Als wär' ihr graues Haupt so jugendhaft,
Wie diese stürmenden Gedanken.

War doch zu stolz zum Hochmuth dieses Herz!
Und als die Freiheit, jung und schön und wild,
Mit Füßen trat ihr gräflich Wappenschild,
Sah sie den Tand zertrümmern ohne Schmerz.
Oft kamen Träume, künft'ger Tage Bild
Wie ein gelobtes Land ihr zu entschleiern:
Sie will, so lang noch Leben in ihr quillt,
Mit Festen ihre Träume feiern.

Sieh! nun entwirrt sich das Gewühl im Saal.
Die greise Wirthin lädt zu sitzen ein,
Wo sich die dunkeln Sammetpolster reihn
An Wand und Nischen in der Kerzen Strahl.
Im Blick der Alten — welch ein Freudenschein?
Wen grüßt er von den schlanken acht Gestalten,
Die seltsam schreiten in den Saal herein,
Gepaart sich an den Händen halten?

Ein buntes Bild! Kein Paar dem andern gleich.
Das eine trägt in Zöpfen reiches Haar,
Bemalte Wangen, fremd und sonderbar,
Und Schmuck von Federn. Jenes Paar ist bleich;
Sakontala trug solchen Putz fürwahr.
Das dritte dunkel, wie im winterlosen
Hoch-Afrika, und nur das vierte Paar
Hat Tracht und Farbe der Franzosen.

Sie treten zur Quadrille zierlich an.
Ein Ruf des Staunens wandert durch den Kreis
Der Schauenden, indeß die Geiger leis
Die Saiten prüfen. So! Nun ist's gethan,
Und flugs entfesselt sich der Tanz, als sei's
Nicht die Quadrille mit den zahmen Touren,
Die höfische; — das Auge sieht sich heiß,
Das folgt den wirbelnden Figuren.

Wie Sturm im Frühling durch die Lande fährt,
Zusammenstäubend loser Blüten Flor
Von Wipfeln, die sich nie berührt zuvor,
Die andres Licht und andre Luft genährt:
So rauscht und säuselt um der Tänzer Ohr
Der zügellose Tact der hellen Geigen
Und jagt der Masken buntgeschmückten Chor
Zum raschen Weltverbrüdrungsreigen.

Und wär's ein Traum — so ist er träumenswerth!
Stiehl' dich nur fort, du mit dem Leidenszug
Um deine·Denker-Augen. Wär's ein Trug,
Hat seine Dämmrung doch die Welt verklärt,
Wie wache Wahrheit nie. Bist du zu klug,
Zu lächeln und zu hoffen? Geh von hinnen!
Der Garten draußen dunkelt tief genug,
Daß einsam deine Thränen rinnen.

Kein Auge folgt dir. Magisch festgebannt
Staunt jedes hin und her und späht entzückt,
Wie jetzt der Federkranz des Wilden nickt
Aus dem Gewühl, und jetzt das Gürtelband
Sakontala's vorflattert goldgestickt,
Jetzt Frankreichs Kind mit seinen Fingerspitzen
Die Mohrin streift, in deren Haar verstrickt
Die weißen Perlenschnüre blitzen.

Und die als Mohrin tanzt — wie zart von Wuchs!
Wie ihr die Maske steht! Du dächtest nicht,
Sie zeige nur geborgtes Angesicht;
So alle Täuschung des Erröthens trug's
Auf den belebten Wangen, so gebricht
Den vollen Lippen ganz die rothe Frische.
Wie hold den ernsten Augen widerspricht
Das Lächeln dort, das träumerische!

Im Saale flüstert's: Das ist Urica,
Der Gräfin Pflegekind! — Und Weiberneid
Bespöttelt wohl die fremde Lieblichkeit
Und zuckt die weißen Achseln hie und da.
Der Tanz verklingt. Im Saale weit und breit
Schallt Beifallsruf. Es hat die glüh'nden Wangen
Der Tänzer Urica's vom Flor befreit;
Was bleibt er nur auf ihren hangen?

Komm, tritt ihr näher, der du so gefragt;
Dem Schwarm, der sie umringt, geselle dich.
Siehst du die Maske nun, der ewiglich
Sich zu entkleiden ihr Natur versagt?
Die Tropenblume, wie verlor sie sich
In Frankreichs fernen Garten, unter Kränzen,
Von denen keiner ihr an Farbe glich,
Als Königin der Nacht zu glänzen?

Nun naht die Gräfin ihrem schlanken Kind,
Und ehrerbietig weicht der bunte Schwarm.
Den dunkeln Liebling schließt sie in den Arm
Und liebkos't ihr, und mütterlich gesinnt
Spricht sie ihr zu: O Kind, wie bist du warm!
Du hast zu wild getanzt. Geh auf und nieder
Und kühle dich, und denk an meinen Harm,
Lägst du am Morgen krank darnieder.

Sie steht und hört die Worte wie im Traum.
Sie küßt die liebe Hand und athmet bang:
O mir ist wohl! — Doch unstät irrend drang
Ein Blick durch ihrer Wimper dichten Saum,
Als such' er wen den weiten Saal entlang,
Indeß das Herz, das ihn auf Kundschaft sandte,
Sein ungeduldig Klopfen kaum bezwang,
Denn fruchtlos forscht der Abgesandte.

Vorschnelle Kinderthränen sind ihr nah,
Und Jedem doch gönnt sie ein kluges Wort;
Nun dem beredten Girondisten dort,
Nun dem Vicomte mit Schmink' und Chapeau-bas.
Doch klingt der Freude schmeichelnder Accord
Ihr mißgestimmt, so viel die Lippen scherzen;
Aus der Bewundrer Menge schleicht sie fort,
Geängstet von den grellen Kerzen.

Sie schlüpft in ein Gemach, drin Mondenschein
Und Lampenzwielicht falb zusammenfloß.
Hinüber blickt sie nach dem Thurmgeschoß
Des stillen Hofes, wo der graue Stein
Manch altes Fenster hochgewölbt umschloß.
Kein Kerzenstrahl fällt auf Gesims und Mauer;
So kann er dort nicht sein. Im weiten Schloß
Wo birgt er sich und seine Trauer?

Er liebt den Garten und so blasse Nacht
Wie heut. Wohl weiß sie, was er liebt und haßt.
Hinab das Treppchen fliegt sie nun in Hast,
Huscht durch die Pforte, wo kein Pförtner wacht,
Und bebt, wie draußen sie der Nachtwind faßt
Mit weichem Fittig, feucht und kühl vom Thaue.
Kein Frieden hält in ihren Sinnen Rast,
Wie heiter auch der Himmel blaue.

Oed ist der Park. Auch die Fontäne ruht.
Entlang den Taxushecken schleicht der Strahl
Des feuchten Monds, der Kiesweg blinkt so fahl,
Gedämpft ist längst der rothen Rose Glut,
Jasminenduft nachtwandelt. Manches Mal
Schreit wo ein Vogel, schluchzt es in den Winden,
Wie, wer den Tag verweint in kranker Qual,
Aufseufzt und kann den Schlaf nicht finden.

Und dort die Bank, wo Einer aus dem Schwarm
Der Dienerschaft, vom lauten Feste weit,
Mit einem Liebchen sich vertreibt die Zeit
Und kos't und flüstert, traulich Arm in Arm.
Sie eilt vorbei; doch in des Busens Streit
Mischt sich das Bild; und plötzlich aus den Hecken
Vor tritt ein Mann in einfach dunklem Kleid
Und sieht sie stehn in süßem Schrecken.

Begegn' ich dir im Garten, Urica,
Und dachte dich beim Tanz und Narrenfest? —
Herb klang das Wort, als sei das Herz gepreßt
Von bittrem Weh. Doch unverschüchtert sah
Sie zu ihm auf und hielt die Hand ihm fest:
Etienne, ich suchte dich. Du mußt mir sagen,
Was bei den Frohen dich nicht weilen läßt;
Dein Scheiden scheint sie zu verklagen.

Du weißt, wie lang die Mutter sich gefreut
Auf diesen Tanz, wie viel sie sorgt' und sann
Um seinethalb — und sahst ihn nicht mit an!
Ich weiß, ich tanzte besser nie als heut;
Dir zu gefallen dacht' ich. Böser Mann!
Da warst du längst nicht mehr beim Feste droben
Und ließest Andern, die ich missen kann,
Die Pflicht, dein Schwesterchen zu loben.

Er zog die Hand aus ihren Händen fort,
Die schmale, weiße, unberingte Hand.
Er sah hinweg. Vor seiner Seele stand
Ein blut'ger Schatten. Jedes muntre Wort,
Das ihn noch mahnt' an dieser Erde Tand,
Schien ihm Entweihung seiner heil'gen Schmerzen,
Und jetzt, als sie ihn ansah unverwandt,
Brach es hervor aus tiefstem Herzen:

Ja tanze, Kind; doch nicht, wie man es lehrt,
Nein, zornig stampfend. Dieser sanfte Schritt
Liebkos't die Erde, wie ein leiser Tritt
Bei Liebenden; und sie ist hassenswerth!
O eine saubre Mutter, die es litt,
Daß ihrer Kinder Leichen sie entehren,
Und die noch immer tanzt den Reigen mit
Und mitsingt die Musik der Sphären!

Es ist ja nicht ums rothe Menschenblut.
Es fließe, wenn es Gott zum Opfer raucht,
Weil er die Sünde haßt und Sühne braucht
Und sein Gericht vollzieht durch unsre Wuth.
Die Freiheit, tief in diesen Styx getaucht,
Wird unverwundbar. Doch ich weiß von Thaten,
Aus denen so die Pest der Lüge haucht —
Geh! geh! Dir will ich's nicht verrathen.

Geh du zum Fest! Das Lächeln kleidet dich,
Und weißt du Das, du lächelst nimmermehr.
Geh, Urica! Du tanztest gern bisher,
Und weißt du Das, so zerrt dir ewiglich
Ein Grau'n den Fuß zu Boden zentnerschwer.
Was hängst du dich an meinen Arm mit Zittern?
Von Süßigkeit ist meine Seele leer —
Ich will die deine nicht verbittern! — —

Sie gingen haſtig durch die Schatten hin.
Da bei der Sphinx am Brunnenrande blieb
Der Düſtre ſtehn, als ob das Bild ihn trieb',
Ihr zu enträthſeln den verhüllten Sinn.
Sanft ſtreichelt' er ihr Haar und ſprach: Vergieb!
Wer bliebe weich in dieſen harten Tagen!
Ich war auch hart zu dir, die mir ſo lieb —
Vergieb, und laß dir Alles ſagen!

Nun an die Sphinx gelehnt ließ er den Arm
Auf ihren Schultern ruhen wie gelähmt.
Kaum grämt es ſie, daß ſich der Theure grämt,
Da ſie ihn ſtützen darf in ſeinem Harm.
Sie ſieht ſein Auge, das ſich ſtets geſchämt,
In unbezwungne Thränen auszubrechen,
Wie es die ſchweren Tropfen kaum bezähmt,
Und tonlos hebt er an zu ſprechen:

Du kannteſt ihn! Ich führt' ihn einſt zu dir,
Kaum von der langen Fahrt noch ausgeruht.
Er trug ja deines Stammes Farb' und Blut,
Nur bleich gemiſcht. Zu ſtürzen dacht' er hier,
Wo Manches fiel, den ſchnöden Uebermuth,
Der ſein Geſchlecht zu Markt bringt und verhandelt.
Da er dich ſah — ich weiß es noch ſo gut,
Wie du ſein traurig Herz verwandelt.

Ha, ſagt' er mir, ſo war es doch kein Wahn,
Daß Neger Menſchen ſind. O wären viel
Dem Mädchen gleich, ſo wär' das niedre Spiel
Mit hohen Worten raſcher abgethan!
Eh nicht die letzte Sklavenkette fiel,
Iſt's Hohn, was man hier jubelt auf den Gaſſen.
Doch laßt mir Zeit, ich bring' es noch zum Ziel! —
Sie eilten, ihm nicht Zeit zu laſſen.

Hörst du's, du armes Mädchen? Er ist hin!
Ogé ist todt! Vor dem Mulatten bricht
Hinfort die weiße Pflanzerpeitsche nicht.
Ogé ist todt! — Hörst du es, Negerin?
Gemordet, weil nicht weiß sein Angesicht,
Gemordet von dem Volk, das mit Geprahle
So brüderlich von Menschenrechten spricht
Und dazu tanzt im Ahnensaale.

Tanzt nur, ihr Braven! 's ist auch viel zu weit
Bis Sant Domingo. Wer vernimmt den Schrei
Der schwarzen Brüder, die das Bruderblei
Zum Vater heimschickt? O! 's ist Tanzens Zeit!
Wen kümmert's, ob ein Mann gemordet sei,
Der, da die Welt Mulattenwort nicht hörte,
Zum Trotz der übermächt'gen Thrannei
Mit einem Häuflein sich empörte?

Tanzt nur! Wohl weiß ich, daß die Melodie
Von Flöt' und Geige viel vergnügter macht,
Als diese Botschaft, die mir kam zur Nacht.
Und wenn ich's jetzt euch in die Ohren schrie':
Ogé ist todt! vom Henker umgebracht!
Ihr würdet eilig mir den Rücken wenden,
Eh ihr das unbequeme Wort bedacht,
Noch einen Cotillon zu enden.

Doch du bist nicht wie sie; dich kenn' ich ja.
Dir von den ersten Knabenträumen an
Vertraut' ich, was ein Mensch nur sagen kann,
Auch mein unsäglich Leiden, Urica! —
Und überwältigt drückt der starke Mann
Sein Haupt an ihre Schulter, schluchzt gewaltsam,
Wie Männer schluchzen, und in Thränen dann
Bricht's aus den Augen unaufhaltsam.

Wie? denkt sie ihn zu trösten, wenn sie nun
Sein Haupt auf einmal an das ihre preßt,
Aus langen Küssen ganz erfahren läßt,
Was kurze Worte halb zu wissen thun?
Wohl stockt die Flut, die sein Gesicht genäßt,
Wie sie ins Ohr ihm ihre Beichte flüstert;
Doch ruht sein Blick auf ihr so seltsam fest,
Trostloser als zuvor verdüstert.

Sprichst du im Traum? Gilt mir, was du gesagt?
Sind diese Küsse mehr als schwesterlich?
O, du bist krank! Es hat ein Fieber dich
In diese wilde Phantasie gejagt.
Erwache, Schwester! — Doch die Arme wich
Von seinem Halse nicht und stöhnt' in Schmerzen:
Etienne, Etienne, ach, du verleugnest mich
Mit diesem hingegebnen Herzen? —

Und starr von Schreck und Mitleid kann er nicht
Sie von sich stoßen. Wie betäubt im Geist
Horcht er, indeß ihm Wahn auf Wahn zerreißt,
Wie ihre Täuschung so beweglich spricht:
Ach, nicht dies Schweigen, das mich schweigen heißt!
Ach, nicht den Blick, der niederschlägt den meinen!
Hast du nicht lang gewußt, was du nun weißt,
Und will dir's heute fremd erscheinen?

Zürnst du, daß ich der Sitte gar vergaß?
Zum Herzen stürmte mir dein Herzeleid,
Dort auszutilgen jede Schüchternheit.
Ach! als du weintest, — welch ein Uebermaß
Von Angst befiel mich, daß der wilde Streit
Mir allzu früh dein theures Leben stehle!
Nun weicht dein Blick mir aus — und allezeit
Suchte doch sonst mich deine Seele! —

Und er, in Qualen: Daß es dahin kam!
Ich ahnt' es nie, und hätt' es doch gesollt.
Gesollt? — Umsonst! das Rad des Schicksals rollt;
Dich hätt' es doch zerschmettert. Warum nahm
Die Mutter dich ins Haus! Warum so hold
Kam Freundschaft mit den traulichen Geberden,
Und schien so wandellos, so rein wie Gold,
Und will nun Leid und Liebe werden? —

Wie sie das hört, von seinem Nacken fällt
Wie hingewelkt der jungen Arme Kranz.
Er schaudert vor des Auges todtem Glanz,
Er sieht, sie taumelt; doch die Glieder hält
Das Herz noch aufrecht, denn nicht glauben kann's
Dies gläub'ge Herz, daß er es kam zu brechen.
Hör mich! stößt er hervor, o hör mich ganz! —
Sie aber winkt ihm, nicht zu sprechen.

Sie sieht ihn an, als wollt' in seine Brust
Sich graben dieser Blick. Dann spricht sie leis:
Nein, lüge nicht! es ist dir fremd, ich weiß;
Drum hör, Etienne, was du mir sagen mußt.
Ich frage dich vor Gott: wär' ich so weiß,
Wie du, Etienne, würdst du mich lieben können,
Und ist nur deine Liebe nicht so heiß,
Der — Negerin dein Herz zu gönnen?

Er schwieg. Wohl fühlt' er, wie er vor ihr stand,
Noth sei's, zu lügen. Doch er kann es nicht.
Sie hängt in Todesangst ihm am Gesicht,
Bis abgewandt er's barg in seine Hand.
Da stöhnt sie auf. Das trübe Mondenlicht
Verlischt vor ihrem Blick, sie strebt von hinnen,
Wankt — stürzt — und wie ihr Leib zusammenbricht,
Wird's tiefe Nacht um Herz und Sinnen.

～～～

Der Morgen röthet sich. Seit Stunden schon
Zerstoben vom Portal die Wagenreihn
Mit matten Lampen. Wie der Hähne Schrei'n
Phantome jagt, so brach der bange Ton,
Der Hülfe rief, ins frohe Fest hinein.
Stumm dehnen sich die alten Prunkgemächer.
Ein lecker Morgenwind tanzt noch allein
Um welke Blumen, leere Becher.

Gesinde stöbert schläfrig durch den Saal,
Die Kerzen löschend an der Spiegelwand,
Die blinzelnd in den Tag hinein gebrannt.
Und Andre schmausen vom verlassnen Mahl,
Und Andre lauschen auf dem Flur, gespannt
Um eine Thür geschaart, dem Murmeln drinnen,
Bis dann der Schlaf die Neugier übermannt;
Da schleichen flüsternd sie von hinnen.

Sie aber saß am Bette, schlummerlos,
Die edle Gräfin. In dem jähen Gram,
Der um ihr dunkles Kind sie überkam,
Vergäß sie sich, band nicht die Spangen los,
Nicht Kett' und Perlenhalsband. Wundersam
War's anzuschau'n, wie dort am Krankenbette
Das Leben prahlt', als ob es keine Scham
Vorm ernsten Blick des Todes hätte.

Da lag das Kind, im Aug' so öden Schein,
Als ob's in bodenlose Tiefen säh'.
Halboffen stiert der Mund; doch diesem Weh
Versagt sich selbst die Wohlthat, aufzuschrei'n.

Und wie ein Büßender tief in die See
Den Mammon senkt, der ihn zur Schuld getrieben,
Verschmäht dies Antlitz allen Reiz, der je
Ihm schmeichelte, man könn' es lieben.

Und ihre finstre Farbe war nicht leer
An Lieblichkeit, da noch verstohlnes Roth
Vom Herzen zu den Wangen aufgeloht,
Wie Freudenfeu'r in Nächten. Ach, nunmehr
Erlosch der Glanz, die Nacht ist trüb und todt;
Kein Lächeln schmückt die Lippen mehr, die blassen.
Das Leben nur blieb treu in solcher Noth,
Wo seine Zierden sie verlassen.

Die Gräfin sieht's, im Innersten entsetzt;
Auf ihre Stirn tritt kalt der bange Schweiß.
Sie fühlt, des Mädchens Schläfe klopft so heiß,
Als züngle schon des Todes Fackel jetzt
Nach diesem Haupt. Und doch, die Arme weiß
Das Weh noch nicht, von dem die Pulse beben,
Den Winter nicht, der dies verfrühte Reis
Betrogen um sein frisches Leben.

Das Fieber sagt ihr's. Horch! aus starrem Ruhn
Reißt es sie auf zu Klagen wild und schwer.
Weh! ruft sie, weh! Sie brachten mich hieher
Ins weiße Bett — die Tücke kenn' ich nun!
Bleich, bleich das Bett — die Hand bleicht nimmermehr.
Habt ihr mir nicht gegönnt, in Nacht zu sterben?
Die ist von meinem Stamm, die zürnt nicht sehr,
Wenn auch die Schwarzen sie beerben.

Ich will zu ihr. Du, rühre mich nicht an!
Mir ist, ich kenne dich. Laß immerhin!
Ich will ja nicht zu ihm. Liegt dir's im Sinn,
Als hätt' ich wohl ein Recht auf diesen Mann?

Ach, Unrecht nur hat eine Negerin.
Doch graut der Tag — ich muß dem Tag entrinnen,
Bis ich im Land der Mitternächte bin;
Der Sonnenschein bringt mich von Sinnen.

Die Perlen fort! die luſt'ge Seide fort!
Ich weiß ja doch, daß es der Kaufpreis war,
Das Blutgeld für die Sklavin. — Ha, wie klar
Blickſt du mich an, Etienne! Blickt ſo der Mord?
Laß, laß! Komm, ſcheere mir das Lockenhaar;
Dann halt' ich auch dem Opfermeſſer ſtille.
Ich thu' es, weil du's willſt. Ach, immerdar
Zwang mich dein lieber harter Wille. —

Darauf ein Lachen, ſchaurig, wie ein Klang
Aus andren Welten. Tief ins Auge ſah
Die Mutter ihr: Wo biſt du, Urica?
Kennſt du mich nicht? — Da horcht ſie ſtumm und bang.
Es iſt, als trät' ihr die Erinnrung nah
Im Fiebertraum. Sie deutet mit dem Finger
Auf ihre Pflegerin: Dich kenn' ich, ja,
Du biſt das Schließerweib im Zwinger!

Dich kenn' ich wohl; du haſt das Opferlamm
Bekränzt, gefüttert, und der Pöbel ſchrie:
Die edle Frau! Wie hegt und hätſchelt ſie
Den Findling, der verwaiſ't nach Frankreich ſchwamm!
O meine arme Mutter, hättſt du nie
Das Schiff beſtiegen, wo du ſtarbſt in Kummer!
Wär' ich bei dir, wo ſacht die Melodie
Der Meeresflut uns wiegt' in Schlummer!

Du da am Bett, die hellen Edelſtein'
An deinem Hals, die ſind wohl reich und echt,
Doch deine Thränen falſch und lügen ſchlecht.
Geh fort! du mußt bei deinem Feſte ſein.

Tanzt ihr Verbrüderung? o schön! o recht!
Die ganze Welt ein großes Haus voll Brüder.
Doch denkt an Kain! Lächelt nur und sprecht:
Stiefschwesterlein tanzt nimmer wieder.

Laß mich hinweg! der Boden hier ist glatt,
Wie blankes Eis. Mein unbeholfnes Leib
Kann da nicht wandeln — Winter weit und breit —
Ich bin des Gleitens in dem Schneewind satt.
Wüst ist mein Sinn. Mir gab das schwarze Kleid
Die Wüstensonne. Bin ich zahm gewesen
Zu meiner Qual so böse lange Zeit,
In Wildheit will ich neu genesen.

Genesen nicht, nein, sterben, doch zu Haus,
Dort, wo das gier'ge Schakal mich begräbt.
Der Boden, dem ihr hier mich übergäbt,
Der stieße wohl den schwarzen Fremdling aus.
Fort, fort von hier, bevor ich ausgelebt,
Sonst wird auf den geduld'gen Stein geschrieben,
Mit frommen Sprüchen heuchlerisch durchwebt,
Der Lügenvers von eurem Lieben!

Gnade vor eurer Liebe! — Wimmernd rief's
Der heiße Mund. Da mit ersticktem Ach
Sank sie ins Pfühl; das Auge flammte schwach,
Dann von der Wimper sanft beruhigt schlief's.
Der Arzt trat forschend wieder ein und sprach:
Der Geist ist willig zwar zum Tod gewesen;
Allein getrost! das Fieber weicht gemach:
Der Leib ist stark — sie wird genesen!

Und Morgen kam und Nacht und neuer Tag.
Die Gräfin trug man, wie der Sohn befahl,
Vom Bett der Kranken, da der Seelenqual
Die müde Kraft des Alters schier erlag.
Der junge Graf, die Wangen kummerfahl,
Empfing sie draußen mit zerrissnem Herzen.
Sein Blick, der spähend durch die Thür sich stahl,
Sog Nahrung nur für neue Schmerzen.

Nun bei der Mutter, die in tiefem Schlaf
Ausruhen darf von ihrem Leide, saß
Der Sohn die langen Stunden stumm und blaß,
Erbebend, wenn sein Ohr der Name traf,
Den auch im Traum die Greisin nicht vergaß;
Indeß das fremde Kind, dem er gegeben,
Vom Traum verschont, in tiefem Schlaf genas,
Mit todter Seele fortzuleben.

So kam heran die zweite Mitternacht.
Da, als der Glanz der Sterne schon verblaßt,
Erwacht das Mädchen, blickt umher in Hast
Und sieht die Wärtrin, die am Bett gewacht,
Vergessen ihrer Pflicht, vom Schlaf erfaßt.
Kein Laut im Schlosse. Vor dem Fenster schwanken
Des Parkes Wipfel, — ach, wer hilft die Last
Ihr tragen all der Qualgedanken!

Das Schicksal, das ihr Herz zu plündern kam,
Nahm Alles ihr, nur die Erinnrung nicht,
Die hämisch immer vom Verlornen spricht.
So wirft ein Räuber, der sein Gold ihm nahm,

Dem Wandersmann den Beutel ins Gesicht,
Daß er am leeren messen kann die Summe
Verlornen Guts. — Die Lippen schließt sie dicht,
Daß ihr gequältes Herz verstumme.

Sie sinnt nicht nach. Es ist, als hätte still
Der Geist im Schlummer den Entschluß gereift.
Ein Morgengrau, das durch den Vorhang streift,
Drängt, was in ihr noch weibisch zaudern will.
Geräuschlos hebt sie sich vom Bett, ergreift
Den weiten Mantel, hüllt sich in die Falten;
Ihr Auge fragt, das in die Runde schweift:
Wer ist, der's wagte, mich zu halten?

Und jetzt entlang den Corridor und sacht
Zum Park hinab. Ach, muß sie wiedersehn
Den Ort, wo ihr so bitterweh geschehn?
Sie flieht vorbei wie sinnlos durch die Nacht,
Und wie die Bilder ihr vorübergehn
Verschwundner Nächte, ballen sich die Hände
Ihr unbewußt. Aufathmend bleibt sie stehn:
Erreicht ist nun des Gartens Ende.

Die Thür der Mauer liegt im Schlosse fest,
Der Schlüssel rostet. Nie erschloß er ihr
In beßrer Zeit dies schattige Revier
Und widersteht auch heut. Verzweifelnd läßt
Die Hand vom Thürgriff. Da — der Schläge vier
Auf Notre-Dame! Gewarnt von diesen Stimmen
Knüpft sie den Mantel um; das Weinspalier
Der Mauer strebt sie zu erklimmen.

Es trägt den schlanken Leib. Sie achtet's nicht,
Daß sie zerdrückt der frühen Traube Saft
Mit nackter Sohle; an der Rebe Schaft,
Der mit dem Stabwerk sich zur Leiter flicht,

Hat sich die Fliehende emporgerafft,
An hurt'gen Sehnen und an Menschenhasse
Dem Panther gleich. Dann mit gelenker Kraft
Schwingt sie sich nieder in die Gasse.

Nun ist sie frei. Und doch, so freudelos
Ist ihr die Freiheit, wie dem Sträfling nur,
Der Jahr auf Jahr das weite Meer befuhr;
Und feilt man ihm vom Arm die Kette los
Und setzt ihn aus auf blüh'nder Erdenflur,
Wohl kann er gehn, wohin sein Herz begehre;
Ach, ihm verlöschte seiner Heimath Spur
Die neue Heimath, die Galeere.

Doch ruhen läßt's ihn nicht. Er geht und geht,
Denn Freiheit heißt ihm, daß er wandeln kann.
Und so that Urica. Ihr Geist besann
Sich keines Ziels. Der Gasse, drin sie steht,
Folgt sie wie träumend, und der nächsten dann,
Lautlosen Gangs. Ihr ist, als kläng' im Winde
Das Drohen der Verfolgung dumpf heran
Und Ruf der Mutter nach dem Kinde.

Den letzten Rundgang hielt die Hüt'rin Nacht
Durch Märkt' und Straßen. Wen sie jetzt noch fand
Ohn' Obdach kauernd an der Häuser Wand,
Auch wohl verirrt auf seinen Weg bedacht,
Den schnob sie grimmig an. Mit rauher Hand
Von Schläfern säubert sie die Treppenschwellen.
Denn bald ist Wachens Zeit. Der Dächer Rand
Beginnt schon leise sich zu hellen.

Wohl spürt sie aus die wankende Gestalt,
Die dunkel durch die blassen Schatten irrt,
Die Blicke vor sich hin, wie geistverwirrt,
Bald müde schleichend und im Fluge bald.

Kalt haucht der Wind, der ihr zur Seite schwirrt,
Das Mädchen an, schürt neu des Fiebers Flammen,
Bis Schwindel ihres Hauptes Meister wird,
Da sinkt sie klagelos zusammen.

So lag sie still. Und wie die Nacht geflohn
Und linder Glanz des Morgens um der Stadt
Paläst' und Thürme sich gelagert hat,
Weckt die Verlaßne einer Stimme Ton
Und einer Hand Berührung. Schwer und matt
Löf't ihre Wimper sich; sie sieht mit Schrecken
Den Tagsschein um die kalte Lagerstatt
Und dort die Hände, die sie wecken.

Ein Weib steht neben ihr und prüft sie scharf
Und schüttelt dann das Haupt bedauerlich.
Seltsam in ihren Zügen paaren sich
Rohheit und Gütigkeit. Der Morgen warf
Sein Licht auf dünnes Haar, das schon verblich,
Auf grobes Tuch und Kleid, doch unzerrissen.
Netz und Geräth, das Fischgeräthen glich,
Ließ deutlich ihr Gewerbe wissen.

He, rief sie aus, hast du so hitzig Blut,
Daß du die Nacht hier auf den Steinen bliebst?
Komm, komm! Steh auf, wenn du dein Leben liebst! —
Doch wie? 'ne Mohrin? Seht den Thunichtgut!
Weiß Gott, wie du die Weile dir vertriebst.
Es gehn wohl Morgens schmucke junge Kinder
Vom Schatz nach Haus. Wem du die Nächte giebst —
Sag, ist's ein Sonderling? ein Blinder?

Wild fuhr das Mädchen auf, dann seufzt' es laut
Und schloß die Augen und bedacht' entsetzt,
Wie sie verwaif't. Das Weib, neugierig jetzt,
Befühlt ihr feines Kleid, die zarte Haut,

Das Haar, den seidnen Mantel reichbesetzt,
Und blickt verwundert auf die Füßchen nieder,
Die nackten, die der Morgenthau benetzt,
Und auf die schlanken jungen Glieder.

Da plötzlich springt das Mädchen auf vom Stein
Und spricht: Ich bitte mich bei dir zu Gast;
Sag, ob du eine Hausmagd nöthig hast,
Doch fern von hier muß deine Wohnung sein.
O nimm mich mit dir! Ohne Ruh und Rast
Der schwersten Arbeit will ich mich bequemen,
Will keinen Lohn und bin dir nicht zur Last;
Es wird auch bald ein Ende nehmen.

Frag mich nicht aus nach Namen und Geschick.
Sieh, ich bin schwarz — und Alles ist gesagt.
Und wenn auch dir die Farbe nicht behagt,
So laß mich schaffen fern von deinem Blick.
Gieb mir ein Kleid, wie ihr's im Regen tragt.
Und nimm dafür den Mantel hier von Seide.
Er schickt sich schlecht für eine Fischermagd,
Und ach, er that mir viel zu Leide!

O thu's! — Sie schwieg, denn ihre Stimme brach.
Gewonnen war das Fischerweib im Nu;
Sie sprach: Komm mit mir, armes Närrchen du!
's ist da noch eine Kammer unterm Dach,
Wohin ich dir ein wenig Betten thu'.
Wer Nachts gefischt, muß sich bei Tag erholen,
Mein Mann sieht gern der Guillotine zu;
Indessen wird man leicht bestohlen.

Ich selber sitz' am Markt tagaus tagein
Und komm' nach Hause nicht vor dunkler Zeit.
Wir wohnen an der Seine, das ist weit,
Da darf man Abends schon zu milde sein

Zum Nöthigsten und gar zur Sauberkeit;
Du kannst an Herd und Haus dein Heil versuchen.
Doch sage: macht dir's auch kein Herzeleid,
Wenn wir die Abligen verfluchen?

Mein Mann — sanft wie ein Lamm! Doch außer sich
Bringt ihn das bloße Wort: Aristokrat.
Und du, bist du auch schwarz — so reicher Staat
Von Seid' und Spitzen ist nicht bürgerlich.
Die Hand ist weich, weil sie nicht Arbeit that,
Wie unsereins. Noch kannst du dich bedenken.
Geh lieber heim, Kind! folge gutem Rath;
Es möcht' auch deine Sippschaft kränken.

So schneidend lachte die Verlaßne da —
Das Weib der Hallen kam ein Grauen an.
Und plötzlich ernst und langsam sprach sie dann:
So ist es recht, die Schule fehlt mir ja.
Ihr sollt mich lehren, wie man fluchen kann!
Sie stahlen mir die Seligkeit auf Erden,
Und hassen, hassen will ich sie fortan,
Sonst kann ich dort nicht selig werden! —

Sie faßte sie am Arm und drängte stumm
Zur Flucht, denn mit dem Tag wuchs die Gefahr.
Hell ward's mit Macht. Das wundersame Paar
Ging abgelegne Gassen, eng und krumm.
Und wer des Weges kam, dacht' er auch gar,
Er säh' verspätete Gespenster schreiten,
Schlug kaum ein Kreuz. Denn mit dem Schauder war
Die Welt vertraut in jenen Zeiten.

Und der September kam mit seiner Schmach,
Der Januar, deß blut'ger Hochverrath
Am Enkel sühnte Väter-Missethat.
Und als der Mai auch die Gironde brach,
Ward, wer noch träumte, seiner Träume satt.
Doch stille war's ob einer Greisin Haupte,
Die um so manchen Wahn getrauert hatt'
Und um ihr Kind, das todtgeglaubte.

Und von dem Grab, das lang schon überblüht
Der dunkeln Veilchen Flor, schied um die Nacht
Ein adlig hoher Mann in niedrer Tracht,
Mit feuchtem Aug' und sinnendem Gemüth.
O Jene, die man hier zur Ruh' gebracht,
Möcht' er ins Leben sie zurückbeschwören?
Von hinnen geht der Trauernde so sacht,
Als fürcht' er ihren Schlaf zu stören.

Die Vorstadt blinkt von Lichtern. Schaarenweis
Schwärmen die Laster gassenaus und -ein.
Tief aus der Stadt hört er herüberschrei'n
Die wüsten Lieder zu des Mordes Preis.
Wo führt ein Weg zu den entschlossnen Reih'n,
Die gen Paris zum Kampf bewaffnet rücken
Aus der Vendée, die Freiheit zu befrei'n?
Gesperrt sind alle Thor' und Brücken.

Er kommt zur Seine, die so trübe floß.
Die kleinen Hütten dort verschleiert ganz
Mondlose Nacht. Im trägen Wellentanz
Schwimmt hie und da an Strick und Kettenschloß

Ein Nachen, und der schwarzen Netze Kranz
Taucht aus der Flut in weitgespanntem Bogen,
Von Fischern über Tag entlang des Strands
Den Fischen zum Verderb gezogen.

Von Menschen leer dehnt sich Gestad und Fluß,
Und dort im Kahn die kauernde Gestalt
Scheint schlafbetäubt; denn ungehört verhallt
Vor ihrem Ohr des späten Wandrers Gruß.
Sie sitzt im Mantel, der im Winde wallt,
Doch schläft sie nicht. Horch, wie sie wild und leise
Mitsingt das Lied, das aus der Ferne schallt,
Die trotzige Marseiller-Weise.

Der Fremde zaudert noch am Ufer hin
Und späht umsonst, ob ihn ein loses Boot
Verstohlen retten will; denn Tücke droht
Der Nachenhüt'rin Sang. Sein fester Sinn
Mahnt ihn zu wagen, mächtig drängt die Noth.
He, ruft er, seid Ihr taub, Ihr dort im Nachen?
Habt Ihr wohl Lust, wenn Euch ein Patriot
Bezahlt, noch eine Fahrt zu machen?

Das dunkle Wesen reckte sich empor:
Wer ruft da? — Schaurig war der Stimme Klang,
Und eine trübe Ahnung überdrang
Den Flüchtling. Doch er rief, laut wie zuvor:
Ich bin ein Bursch vom Gärtner Jacques Legrand.
Ihr kennt sein Haus jenseit der letzten Brücke.
Fahrt mich dahin. Beim Wein saß ich zu lang
Und kann durchs Thor nicht mehr zurücke.

Sie wandte rasch ihr dichtverhüllt Gesicht
Dem Ufer zu. Den Mann bedünkt' es fast,
Als säh' er taumeln ihres Nachens Mast,
Und seltsam schwankt das Weib. Doch sprach sie nicht.

Es war, als hab' ein Krampf sie angefaßt.
So stand sie da in räthselhaftem Schweigen
Und sann. Dann hob sie ihren Arm in Hast
Und winkt' ihm, in den Kahn zu steigen.

Er kam und nickt' ihr zu. Doch reichte sie
Ihm nicht nach Fährmannsbrauch dienstfert'ge Hand.
Stumm blickte sie aufs Ruder unverwandt,
Und immer noch erbebten ihr die Knie'.
So in der Finsterniß unschlüssig stand
Sie lange Zeit, wie wohl ein Wetter droben
Gefährlich zögert an der Berge Rand,
Bis es in milde Fluth zerstoben.

Dann plötzlich löst sie ihren Kahn und stößt
Das lange Ruder heftig auf den Grund.
Aus seiner Enge fuhr der Kahn zur Stund,
Glatt wie ein Fisch, aus seinem Netz erlöst.
Kein Laut ging aus der beiden Menschen Mund,
Die nun hinglitten auf des Stromes Weite,
Doch gab herüberklingend aus der Rund
Die Marseillaise das Geleite.

Dort saß der Flüchtling auf dem schmalen Brett
Und starrte vor sich in die tiefe Flut,
Die nun entehrt von edlem Menschenblut
Sich murrend wälzt' in ihrem alten Bett.
Tief drückt' er in die Stirn den breiten Hut,
Um Blicke mit den Bildern nur zu tauschen,
Die ihm der Nachtwind vor die Seele lud
Und dieser Strom mit seinem Rauschen.

Da horch, der späte Ruderschlag bricht ab,
Und träger treiben sie dahin die Bahn.
Das Weib fährt in die Höh'. Was ficht sie an?
Sie blickt ins Weite, spähend stromhinab.

Um blickt auch er. Und aus dem Dunkel sahn
Sie drunten aufgehn Schein von Fackelbränden,
Und näher schwimmt's — ein heller, schneller Kahn,
Gerudert von viel starken Händen.

Und er erkennt die rothen Mützen dort
Auf Stirnen, die von gleicher Farbe glühn,
Die nackten Arme, drin die Fackeln sprühn;
Er hört das tolle Lärmen an dem Bord
Des Jacobinerkahns — und von den Mühn
Der Fahrt ruht noch das Weib, stiert in die Flammen!
O lenkt sie nicht zum Ufer, rasch und kühn,
Die Strömung führt sie bald zusammen.

Wie? Strafte seine Stimme, schlechtverstellt,
Die Maske Lügen? Hat die Fischermagd
Verstanden, was der bange Blick gesagt
Des adligen Gesichts, das sich erhellt,
Da nun vom Wiederschein das Dunkel tagt?
Sie zaudert lange — doch es siegt die Gnade.
Zum Ruder greift sie nun in Eil' und jagt
Den Kahn seitabwärts zum Gestade.

Er aber flüstert: Da ist Gold für dich,
Verräthst du nicht, was du errathen, Weib!
Sorg, daß der Kahn aus ihrem Gleise treib'
In jene Schatten, und befreist du mich,
Glaub, daß ich ewig dir verschuldet bleib'! —
Sie läßt das Gold vom Schooß zu Boden rollen
Und spricht kein Wort; warum erbebt ihr Leib,
Da er die Hand ihr fassen wollen?

O wie sie auch das Ruder heftig regt,
Zu fern sind sie dem Land, zu stark der Zug
Des tiefen Stroms, der sie hinunter trug!
Man sieht sie drüben schon; Gelächter schlägt

Aufjauchzend an ihr Ohr; des Kahnes Bug
Lenkt nach dem ihren, und im Schein der Lichter
Erkennen sie gegenüber klar genug
Die wüsten, höhnischen Gesichter.

He, fangt den Kahn! Das freche kleine Ding,
Seht wie es listig auf die Seite weicht.
Wer Teufel lenkt's? Ein Emigrant vielleicht?
Hoho, mein Bürschchen, rudre nicht so flink,
Daß nicht 'ne Kugel deinen Bord bestreicht.
Leg bei! Verbotne Waare willst du paschen?
Heran und beichte, Schuft! Und nach der Beicht'
Schlagt ihm den Schädel ein mit Flaschen!

Ein wiehernd Lachen schallt. Aufrauscht mit Macht
Die wiederspänst'ge Woge, eingeengt
Vom einen Kiel, der zu dem andern drängt.
Und wie nun Bord und Bord zusammenkracht,
Ruft Einer, der die Mütze lachend schwenkt:
Nun sacrebleu! das heiß' ich fehlgerathen.
Die schwarze Her' ist's, die den Nachen lenkt;
Die schmuggelt nicht Aristokraten.

Seht ihr die Blouse nicht? He, schönes Kind,
Laß sehn, wen du behext! O die ist schlau,
Die weiß, bei Nacht sind alle Katzen grau.
Da, Bürger, trink einmal; doch dann geschwind
Den Mund gewischt, und küsse deine Frau! —
Und er, die Flasche leerend, ruft entschlossen:
Schön oder nicht — ich nehm's nicht so genau;
Komm, küsse mich, und laß die Possen! —

Er schlägt den Arm um sie; da bricht ein Schrei
Von ihren Lippen, der nach Wahnsinn klingt.
Sie stößt den Arm hinweg, der sie umschlingt —
Es fällt ihr Tuch — ein schwarzes Haupt wird frei

Von krausem, glänzendem Gelock umringt,
Draus funkelt ihm ein Augenpaar entgegen —
Er kennt es nun! Sein letzter Muth versinkt,
Da wild die Lippen dort sich regen:

Zurück! Du lügst! Hat dich die Todesangst
Geheilt vom Ekel vor der Negerin,
Daß ich nun gut genug zum Küssen bin,
Da du vorm Kusse der Verwesung bangst?
Hat Elend mich gebleicht? Sieh hin, sieh hin,
Um welch ein niedrig Liebchen du geworben.
Rühr sie nicht an! Sie ist von stolzem Sinn,
Ob auch zur Grafenbraut verdorben! —

Sie stöhnt's irr in die Nacht. Dann hält sie ein,
Von Ahnung dessen, was sie that, umgraut.
Verworrne Stimmen, Flüche werden laut,
Und Einer springt in ihren Kahn hinein.
Da faßt sie wild das Ruder, schwingt's und haut
Den Frechen nieder, der dem Flüchtling drohte;
Der taumelt hin. Doch wie's die Bande schaut,
Los bricht's im Jacobinerboote.

Toll ist die Hexe! Schlagt sie auf das Hirn,
Das heilt Verrückte. Packt den Schurken gut;
Zur Guillotine mit der Grafenbrut! —
Ein kurzer Kampf. Mit schwergetroffner Stirn
Zu Boden sinkt das Mädchen. Strömend Blut
Umnebelt ihr die Augen und Gedanken,
Bis Morgens sie erweckt fern auf der Flut
Des ruderlosen Kahnes Schwanken.

Hell auf den Boulevards liegt Abendschein.
Des kaiserlichen Frankreichs schöne Welt
Lustwandelt lachend. Lachend ausgestellt
Sind Frücht' und Blumen, Savoyarden schrei'n,
Und in dem Hut des Bettlers klimpert Geld.
Ein alter Bauer wendet dem Getreibe
Den Rücken, tritt zu einem saubern Zelt
Und plaudert mit dem Blumenweibe.

Sagt, gute Frau, wer ist die Mohrin dort?
Das arme Ding, seht, wie es stiert und starrt.
Das sitzt da stundenlang und schweigt und harrt.
Wirft man ihr was in Schooß, sie nimmt's nicht fort.
Wißt Ihr, wovon ihr Hirn verdunkelt ward?
's ist gar beweglich! Wirre weiße Locken
Um so ein schwarz Gesicht! Parbleu! 's ist hart,
Wenn Wahnsinn lebt von Bettelbrocken!

Mitleidig nickt die Frau dem Alten zu.
Ja, alter Vater, 's ist so, wie Ihr meint.
Das arme Wesen hat zu viel geweint,
Das Herz sich ausgeweint, das Hirn dazu.
Ist auch noch gar so alt nicht, wie sie scheint;
Denn Haare, wißt Ihr, sind schon oft erblichen
In Einer Nacht, in der der böse Feind
Ein zärtlich Menschenkind beschlichen.

Wie's kam bei Der — man sagt so dies und das.
Damals, da's in Paris nicht lustig war,
Wie heutzutag, hatt' sie noch schwarzes Haar
Und auch ein Herzchen, flink zu Lieb' und Haß.

Das hing die wilde Kleine ganz und gar
An einen Grafen, wie die Leute sagen.
Der trieb so lange Spaß mit der Gefahr,
Bis man das Haupt ihm abgeschlagen.

Und seht, das sah das Jüngferchen mit an.
Verliebt wie's war — von Sinnen bracht' es sie.
Man sagt, sie fiel vorm Henker auf die Knie'
Und bettelt' um den Tod. Der arge Mann
Besah ihr Angesicht und lacht' und schrie:
Geh, häng dich auf, wenn du die Welt verschworen!
Verdienst dir doch die Guillotine nie,
Denn die ist viel zu gut für Mohren.

Der Mann war grob. Doch wer war damals fein?
Und seht, zu schaffen hatt' er schon vollauf
Mit all den Weißen. Nun, die Kleine drauf,
Wie sie das hört, lacht still in sich hinein,
Fällt um wie todt, und stand doch wieder auf,
Nur weiß von Haar — und dunkel war's da innen.
Da setzt man sie seit manchem Jahreslauf
Dorthin, ihr Brod sich zu gewinnen. —

Der alte Bauer sprach kein einzig Wort
Und grüßt' und ging. Doch in der Mohrin Näh'
Hält es ihn fest. Freigebiger als je
Wirft er sein Geldstück in die Büchse dort.
Sie sieht nicht auf. Ein plötzlich zuckend Weh
Belebt nur selten ihre starren Züge.
Zwei Worte spricht sie dann: Egalité!
Egalité! und: Lüge! Lüge!

Margherita Spoletina.

(1849.)

Verstohlen lichtet sich die Nacht.
Die Nebel fangen an zu brauen,
Es geht ein sommerliches Thauen
Und rieselt nieder kühl und sacht
Auf Meer und Land und auf die wüste,
Fernabgelegne Klippenküste.
Die wilde Möve regt noch kaum
Die grauen Flügel jezuweilen,
Aus dem Geniste fortzueilen
Weit ob dem sprüh'nden Wogenschaum.
Noch klang der Lerche Taglied nicht,
Das in des Morgens Dämmernissen
Dem Knaben ruft: Nun thu Verzicht
Auf deines Mädchens weiche Kissen!
Und doch in jener Hütte schon,
Die auf dem Klippeneiland ragt,
Des Scheidens wehevoller Ton,
So bang, wie nur die Liebe klagt?
Ach, klagt sie auch auf nacktem Stein,
Im freien Meer, im Windesrauschen?
Schau, offen steht ein Fensterlein;
Komm, laß uns spähn! komm, laß uns lauschen!

Siehst du das wunderschöne Weib?
In süßen Schauern bebt ihr Leib;

Die weißen Arme wehren still
Dem Manne, der sie halten will.
Die rothen Lippen stammeln noch:
Mein süßer Freund, mein liebstes Leben! —
Und sprechen doch von Widerstreben,
Und sprechen von Entsagen doch:

Nun will ich gehn; es taget bald,
Der Morgenwind erhebt sich kalt;
Wie weit der Weg durch die Gewässer!
Wie weit der Pfad hinauf ins Land!
Weh, wenn ich nicht nach Hause fand,
Eh noch die Sterne funkeln blässer!

Er sieht sie an: Und muß es sein?
O sei noch eine Stunde mein!
Noch ist die Sommernacht verschwiegen,
Die Schatten überm Wasser liegen,
Gestirne blicken her in Ruh! —

Sie spricht zu ihm: Was bittest du,
Und weißt, du bittest Tod uns Beiden?
Hätt' ich nicht Muth von dir zu scheiden,
Wie hätt' ich Muth zu dir zu gehn?
Doch morgen bei des Monds Erglimmen
Will ich nach deiner Leuchte sehn
Und wieder zu der Insel schwimmen,
Die schweren Wunden dir zu pflegen,
Mein Haupt in deinen Arm zu legen,
Bis du, genesen, wie zuvor
Zu mir kannst rudern durch die See.
Und nun — zu tausendmal ade!

Vom Lager rafft er sich empor.
Er geht zur Thür, gefaßt und stumm,
Den weiten Mantel wirft er um
Und schlägt ihn rasch um sie und sich.

So wandeln eng umfaßt die Zweie
Aus dumpfem Hüttlein in das Freie.
Die Luft empfängt sie schauerlich.
Er führt sie nieder an den Strand,
Er nimmt Valet mit Mund und Hand
Von süßen Lippen, lieben Händen,
Und sie, in Thränen, reißt sich los
Und stürzt sich in der Wellen Schooß.
Die Arme, die noch kaum geschäftig,
Zu herzen den geliebten Mann,
Nun theilen sie die Wogen kräftig,
Die rühren sie mit Schmeicheln an.

Und auf dem Eiland wirft inbrünstig
Calogero sich auf die Knie'
Und betet: Heilige Marie,
Um Jesu willen, sei ihr günstig!

Geräuschlos längs der Uferbucht
Gleitet ein Nachen, schmal und leicht.
Ein Mann, dem schon der Bart erbleicht,
Sitzt an dem Steuer, murrt und flucht:
Die Netze leer! Nur taubes Gras
Und Sand blieb in den Maschen hangen,
Und schon drei Tage nichts gefangen;
Mein Magen spürt den Teufelsspaß.
Wohin ich auch die Reusen schleppe,
Sie sind behext, versumpft, verschilft;
Kein Beten und kein Fluchen hilft —
He, rudre nur nach Haus, Giuseppe!

Der Bube, noch verschlafen halb,
Gehorcht dem finstern Wort des Alten,
Schaut unterdeß, sich wach zu halten,
Rings in das Zwielicht, feucht und falb.

Auf einmal ruft er: Sieh das Licht
Dort in der Klippenhütte brennen,
Der Büßer mag den Schlaf nicht kennen,
Er betet schon. — Der Alte spricht:
Ha, die verlogne Gleißnerbrut!
Wer weiß, nach welchem Lasterleben
Sich Der der Büßerei ergeben,
Dabei gedeiht ihm Fleisch und Blut.
Den Burschen hab' ich lange satt.
Da kommt er denn mit frommen Mienen
Allwöchentlich im Kahn zur Stadt,
Dem siechen Weibervolk zu dienen,
Und sieht der Herrgott gnädig drein,
Hat er viel Dank für wenig Pein
Und wird dereinst als Heil'ger sterben;
Indessen ich mit saurem Schweiß
Umsonst verzehre Kraft und Fleiß
Und muß mit Weib und Kind verderben!

Mitleidig sprach der Knabe dann:
Den Armen wird das Fieber quälen,
Daß er die Nacht nicht schlafen kann.
Ich hört' es in der Stadt erzählen:
Jüngst trafen ihn die Diener an
Spät in der Spoletini Garten,
Wohl um die Ebbe zu erwarten.
Da glaubten sie, es sei ein Dieb,
Und stachen blindlings im Ergrimmen
Mit Messern auf ihn ein, die Schlimmen,
Daß er in Ohnmacht liegen blieb.
Doch wie sie sein Gesicht besahn,
Sie schafften ihn in seinem Kahn
Zur Insel über, gar erschrocken.

Der Alte schüttelte die Locken
Und sprach: Ich gönn' ihm jeden Schlag,
Und ob er dran verscheiden mag.

Der Bub' am Ruder schwieg darnach;
Er sah nicht fürder in die Weite,
Gewendet nach des Ufers Seite.
Der Küstensand verlief sich flach
Und bot zur Landung manche Stelle,
Vom Röhricht schirmend eingehegt,
Drin sich ein leises Rauschen regt,
Wenn brandend naht die Meereswelle.
Des Knaben Blicke spähn umher,
Und plötzlich jetzt — was zaudert er?
Er ruft, und hört zu rudern auf:
Sieh nur die Streifen dort, die weißen,
Die wunderlich im Schilfe gleißen,
Als läge Linnen da zuhauf! —
Der Alte prüft das Ufer stumm,
Wohin ihn weis't des Knaben Hand,
Dann wirft ein Ruck den Kahn herum,
Und hurtig stößt er auf den Sand.

Er steigt hinaus, dem Knaben winkend,
Der widerwillig bleibt im Kahn,
Und geht den Küstenhang hinan
Bis zum Gebüsch, wo weiß und blinkend
Ein Weibernachtkleid liegt im Thau,
Dazu ein Mantel mit Kapuze,
Von grobem Tuche, dunkelgrau,
Wohl gegen Späherblick zum Schutze.
Zwei kleine Schuhe sieht er stehn,
Mit goldnem Schnürwerk reich versehn,
Auch ringsum an des Kleides Saum
War Goldgewirke nicht gespart.
Da steht der Alte, zaus't den Bart,
Giebt lüsternen Gedanken Raum.

Er murrt: So fürstliche Gewandung
Trägt in Ragusa's Stadt und Flur
Der Spoletini Schwester nur.

Sie mag wohl baden, nah der Brandung; —
Und doch — allein? zu dieser Zeit?
Gleichviel! es soll ihr goldnes Kleid
Mir Brod für meine Jungen geben.

Er will es schon vom Boden heben,
Wirft einen Blick noch übers Meer,
Da sieht er von der Insel her
Zwei weiße Arme landwärts streben.
Ein Blitz durchzuckt das Hirn ihm jach,
Und eine arge List wird wach.
Er läßt das Kleid, nimmt nur die Schuh',
Geht murmelnd seinem Nachen zu,
Dann reißt er aus des Buben Hand
Das Ruder, peitscht die Wasser flugs
Und fährt zu einer Bucht am Strand,
Wo reichlich Schilf und Meergesträube
Gewölbt zu einer Laube wuchs.
Da läuft er ein mit wilder Freude,
Und vorgelehnt im Boote lauernd
Harrt er der stolzen Beute lauernd.

Die weißen Arme rudern gut.
Sie tragen bald die schlanken Glieder
Zu Tod ermattet von der Flut
An die ersehnte Küste wieder.
Zusammen bricht das schöne Weib,
Und darf doch nimmer ruhn und rasten.
Sie rafft sich auf in bangem Hasten,
Fröstelnd zu kleiden ihren Leib;
Doch wie sie sucht, im Rohre wühlt
Und rings umherspäht voller Schrecken,
Die Schuhe kann sie nicht entdecken;
Hat sie das Meer hinabgespült?
Sie giebt sie auf, sie flieht von hinnen
Auf Waldespfaden, wo die Nacht
Noch über ihren Schritten wacht,

Und stiller wird's in ihren Sinnen.
Sie blickt nicht um, blickt nicht zur Seiten;
Doch Einen seh' ich, der von Weiten
Ihr folgt im stummen Waldrevier,
Die Wangen hohl, die Augen stier,
Des Hungers und der Tücke Bild:
So folgt der Wolf dem zarten Wild.

Ein Schimmer zuckt im Osten schwach.
Im Gartenhaus, der Stadt entlegen,
Schläft Alles noch dem Tag entgegen,
Da tritt sie ein in ihr Gemach.
Sie muß sich an den Wänden halten,
Sinkt in die Knie' mit Händefalten,
Wankt dann zum Lager, wacht und weint,
Bis hoch im Blau die Sonne scheint.
Ach, endet so in Angst und Kummer
Die Liebe, die so kühn begann? — —

Den Spoletini stört ein Mann,
Der goldne Schuhe bringt, den Schlummer.

Und wieder Nacht. Gewölk verhängt
Den späten Mond, und am Gestade,
Wo sich im Schilf der Wind verfängt,
Sind öd' und dunkel alle Pfade.
Ein Schifflein steuert inselwärts
Mit schwarzem Kiel. Es sitzen drinnen
Zwei Männer in verschloßnem Sinnen,
Um stolze Lippen Grimm und Schmerz.
Wohl hüllten sie sich sorglich ein;
Doch wenn im lecken Windesweben
Die Mäntel sich verräthrisch heben,
Erfunkelt Goldschmuck und Gestein.
Wer in Ragusa's Stadt und Flur

Trägt also fürstliche Gewandung?
Die Brüder Spoletini nur.

Mühlos am Eiland glückt die Landung.
Der Eine schwingt sich aus dem Schiff,
Die Faust um seines Dolches Griff.
Was brennen ihm die Augen so?
Der Andre spricht: Sei bald zur Stelle!
Und Jener nickt und schreitet schnelle
Zur Hütte des Calogero.

Der Bruder bleibt und lauscht im Boot
Vom Hüttlein schallt Geräusch herüber,
Wie wenn Zwei ringen auf den Tod.
Dann noch ein Schrei, ein röchelnd trüber,
Drauf geht die Thür vom Sieblerhaus,
Und Spoletino tritt heraus.
Er kommt zum Ufer, in der Linken
Die Leuchte, frisch mit Oel genetzt.
Die Rechte trägt den Dolch; sein Blinken —
Wie blind und traurig ward es jetzt!
Ins schwanke Boot springt er sofort;
Die Waffe wirft er über Bord
Und hört die Flut daran erschaudern.
Sodann verstört, doch ohne Zaudern,
Knüpft er, sich reckend hoch am Mast,
Die Leuchte fest mit starkem Bast.

So sitzen sie geraume Zeit
Genüber sich in düstrem Harren.
Flutrauschen und der Stengen Knarren
Klingt in der Meereseinsamkeit
Wie Geisterstimmen, dumpf und kläglich.
Die Männer schweigen unbeweglich
Und starren nach Ragusa's Strand,
Am Ruder die entschloßne Hand. —
Die Nacht ist dunkel, lau und weich;

Zur Küste schreitet, heiß und bleich,
Ein Mädchen durch der Dünen Feuchte.
So lockend winkt die ferne Leuchte!
Sie birgt die Kleider in den Zweigen,
Die Schuhe streift sie haftig ab,
Dann wirft sie sich ins Meer hinab,
Läßt von dem Licht den Weg sich zeigen.

Das Licht führt in die Irre, weh!
Schwimmt langsam in die offne See,
Und Margherita blickt ihm nach
Und schwimmt — und schwimmt — wohin der Schimmer
Des Lichtes lockt — und landet nimmer.
Ihr Herz wird bang, ihr Arm wird schwach,
Bald haucht die Brust ihr letztes Ach.
Die Brüder rudern immerzu,
Die Fahrt geht graufig, still und stumm —
Ihr stolzen Männer, wendet um!
Das Schwesterherz ist längst zur Ruh'.

Die Brüder.

(1852.)

An dem Flusse liegt der Maulbeergarten,
Und ein Sommerlüftchen regt die Wipfel,
Drin die Grille singt, im Laub verborgen.
Und herüber aus dem Königsschlosse,
Dem der Fluß in Demuth küßt die Schwellen,
Und herüber durchs Gewühl der Gassen
Tönen Paukenklang und Glockenspiele,
Tönt Geschrei der Pfauen und Fasanen
Und das Wiehern stolzer Viergespanne
Mit dem Festgesumm von Menschenstimmen.
Denn des Landes Wei geliebter Erbprinz
Führet heim die fremde Fürstentochter.

An dem Flusse durch den Maulbeergarten
Wandelt ganz allein Swen-Kong, der König,
Trägt den Fürstenhut von Schillerseide
Mit neun goldgeflochtnen Quastenschnüren,
Trägt den Seidenrock mit Fuchs verbrämet,
Schön gegürtet mit dem Perlengürtel,
Und den bunten Kies der Gartenpfade
Tritt er mit den rothen Fürstenschuhen.

Und im Wandeln spricht zu sich der König:
Wo ist wohl ein Garten, wie der meine?
Wo ist wohl ein blühend Reich, wie meines?
Wo ein König, der sich mir vergliche?

Doch es ist Swen-Kong noch nicht am Ziele,
Seiner Wünsche nicht, noch seiner Tage,
Und noch immer konnt' er, was er wollte.

Also murmelnd wirft er hoch die Stirne,
Daß die Quasten aneinander schlagen,
Und er blickt umher mit stolzen Augen,
Unverdunkelt von der Nacht des Alters,
Die ihm nur an Haar und Brauen dämmert.

Da den Fluß behend hinunter gleitend
Kommt ein lachend Fahrzeug angeschwommen;
Von den reichbemalten Segelstangen
Läßt's in Lüften seidne Wimpel flattern,
Läßt das golddurchwirkte Tauwerk blitzen
In der festlich goldnen Sommersonne,
Und vom Deck antworten Flöt' und Leier
Hell dem Paukenschall und Spiel der Glocken,
Das begrüßend aus der Stadt heranklingt.
Denn am Bord des blanken Hochzeitschiffes
Sitzt die Braut mit ihren hundert Jungfraun,
Sitzt des jungen Helden Ki Verlobte,
Und der Königssohn steht ihr zur Seite,
Und er lächelt, und sie lächelt wieder.
Kann sie lächeln Dem, der ihren Vater
Ueberwand in sieben heißen Schlachten,
Der im Lande Tsi die Wittwen mehrte,
Dem sie Braut und Beute ward in Einem?
Und doch ist's ein unverstelltes Lächeln;
Denn das Leid verließ sie in der Heimath,
Und die Wonnen geben das Geleit ihr,
Wie die Vögel, die den Mast umschwärmen.
Und des Bräut'gams schönes Heldenantlitz
Fröhlich neigt es sich zu ihren Wangen,
Und er deutet mit der Augenwimper
Rings umher auf all die Pracht der Ufer —
Soll die liebliche Swen-Kjang nicht lächeln?

Der da wandelt in dem Maulbeergarten,
Wohl gewahrt er dieses Mädchenlächeln
An dem schwellend halberschloßnen Munde,
Wohl gewahrt er auch der Augen Schimmer,
Deren Brauen keiner Tusche brauchten,
Auch des Zopfes dunkle Seidenfülle,
Aufgebunden, wie ihn Bräute tragen;
Und wie sich der heiße Blick verirrte
Zu des Busens zartbewegter Jugend,
Ganz verschleiert von der zücht'gen Seide,
Schwillt unbändig ihm der eigne Busen,
Flammt im Antlitz auf ein heftig Glühen,
Und den Stern des Auges still gefesselt
An die Sonne dort im Hochzeitsschiffe,
Geht er hastig neben ihr am Ufer,
Dicht verborgen vom Gezweig der Bäume,
Das ihm selbst den Ausblick nicht verwehrte;
Bis das Schifflein, zwiefach angetrieben
Von des Stromes Fall und Schlag der Ruder,
Ihm zuvor am Thor des Schlosses landet.

Und empor die Stiegen des Palastes
Unter Glockenspiel und Volksjauchzen
Führt der Königssohn die Königstochter
In die Halle, die zum Fest bereitet.
Auf dem Tische steht der goldne Becher,
Draus der Bräutigam dem Mädchen vortrinkt,
Um die Ehe nach dem Brauch zu schließen.
Rings im Saale harren schon die Fürsten,
Schwarz das Unterkleid und grün der Mantel,
Stehn des Reiches erste Mandarinen,
Insgesammt gereiht nach Amt und Würden,
Und die Schreiber sitzen bei dem Tische,
Auf den Knien den Ehepact entfaltend.

Einer fehlt noch zum Beginn der Feier,
Einer fehlt noch, und er zaudert lange.

Und man hört der Stunde banges Athmen,
Hört den eignen Herzschlag in der Halle;
Denn die Glockenspiel' und frohen Pauken
Schweigen draußen, und es schweigt die Menge.
Nur die Grillen in den Maulbeerzweigen
Singen schrillend durch die offnen Fenster.

Da erklingt ein Schritt, die Pforten schüttern,
Und der König kommt hereingeschritten,
Fest und langsam, Purpur auf den Wangen,
Hat den Blick so herrisch aufgeschlagen,
Daß im Saal sich alle Wimpern senken.
Und sie stehn und harren, daß er rede.
Doch er schweigt, in sein Gemüth verloren,
Und den Sohn mit keinem Worte grüßend
Prüft er mit dem Falkenblick die Taube.
Lange sinnt er; dann zum Tisch gewendet
Schenkt er bis zum Rande voll den Becher,
Draus der Bräutigam dem Mädchen vortrinkt,
Und — er selber setzt ihn an die Lippen,
Und er selber trinkt, und nach dem Trunke
Wie ein Sieger in die Runde blickend
Reicht er den Pokal der Braut des Sohnes.

Todtenstille brütet in der Halle,
Nur unheimlich stöhnt des Mädchens Lippe,
Da sie halb in Ohnmacht nahm den Becher,
Draus sie trank ein Gift für ihre Jugend.
Auf des Königssohnes frische Wangen
Hat sich jäh ein fahles Blaß gelagert;
Und er neigt sich — wer vermag zu sagen,
Ob dem Vater, ob vor Grameslasten?
Dann, die Hand geballt an seinem Gürtel,
Wankt er, zuckend wie ein sterbend Flämmchen,
Durch die Reihen, die sich scheu geöffnet,
Wankt hinaus zum Saal, hinab die Stiegen,
Schwingt im Hof sich auf den schnellsten Renner,

Und der Menge, die ihn fragend anstarrt,
Nicht mit Wort und nicht mit Blick erwiedernd
Jagt er aus dem Thor der Stadt ins Weite.

An des Reiches Rand, ins Südgebirge
Ritt der Königssohn die lange Reise,
Und dem Feldherrn, der die Grenzen hütet
Und der Nachbarvölker Brandung eindämmt,
Stellt' er sich bescheiden als ein Streiter:
Kamen da nach dreien Jahren Briefe,
Lobesbriefe von Swen-Kong dem König,
Der ihn hieß die Südermark verwalten.
Und so that er sieben schwere Jahre,
Daß sein Name wuchs bei den Barbaren,
Und er wohnt' in seines Volkes Herzen; —
Doch in seinem Herzen wohnt der Kummer.

Und nach zehn der kummervollen Jahre
Wieder kamen ihm vom Vater Briefe,
Daß er komme, sich am Hof zu zeigen;
Denn das Volk begehre seines Anblicks,
Und sein Vater sei im Volk der Erste.
Als Held Ki die Briefe durchgelesen,
Mußt' er sich auf seine Klinge stützen,
Denn es griff ein Krampf ihm an die Pulse;
Und so stand er, wie ein Baum im Felde,
Dem ein Erdstoß um die Wurzel zuckte.
Dann, die Brust beklemmt, das Auge düster,
Alsobald aus dem Gemache schritt er,
Hieß ein Häuflein seiner Diener satteln,
Winkt' ein Lebewohl dem Schneegebirge,
Und von dannen sprengt' er mit den Seinen.

Schlimme Zeichen fand der Held am Wege.
Rothe Füchse streiften durch die Wälder,
Schwarze Raben strichen hoch in Lüften,
Und mit Flüstern wiesen sich's die Diener.

Doch er selbst, gesenkten Hauptes ritt er,
Achtlos rother Füchs' und schwarzer Raben;
Denn das schlimmste Zeichen trug er selber,
Schlimmes Vorgefühl im eignen Busen.

Frohe Zeichen fand er auch am Wege,
Städt' und Dörfer, aufgeschmückt aufs Beste,
Volk in Schaaren, das ihn jauchzend grüßte —
Doch er selbst, gesenkten Hauptes ritt er,
Denn sein Herz war taub der hellen Freude.

Wie die Reiter nun der Hauptstadt nahten,
Bleicher ward das Angesicht des Prinzen;
Denn vom Schloß herüber und den Gassen
Scholl ein wirres Festgeräusch zum Ohre,
Pauken, Flötenschall und Glockenspiele,
Und vom Thor daher in reichem Zuge
Kam ein Viergespann von weißen Rossen.
Der es lenkte, war Swen-Kong der König,
Und er lenkt' es noch mit straffen Zügeln;
Aufrecht stand er. In dem goldnen Wagen
Saß die liebliche Swen-Kjang, die Fürstin,
Und ein Knabe, der ihr glich von Zügen,
Ein neunjährig holder Königssprosse
Saß bei ihr und staunte froh ins Weite.

Wohl gewahrt ihn schon von fern der Reiter.
Bitter seufzt er auf und spornt den Rappen,
Daß er wild und wiehernd sich emporbäumt.
So im Flug erreicht der Prinz den Wagen,
Grüßt in Ehrfurcht den ergrauten Vater,
Grüßt die Mutter auch mit leisem Neigen,
Doch zum Knaben bückt er sich vom Rosse,
Hebt ihn rasch zu sich empor behutsam,
Und ihn vor sich auf den Sattel setzend
Küßt er herzlich seines Bruders Lippen,
Streichelt ihm die Wang' und drückt ihn an sich,
Und das Kind liebkos't den hohen Bruder.

Also kehrten sie zurück zum Thore.
Und entlang die Gassen zum Palaste,
Wo das Volk die beiden Prinzen schaute,
Winkt' es Grüße, rief es frohen Glückwunsch,
Froher als es je Swen-Kong begrüßte,
Kam er noch so sieggeschmückt vom Felde.
Stand der alte König finster horchend;
Denn der Fürsten Ohr ist fein geartet,
Feiner als das Ohr des besten Spielmanns,
Und es mißt genau des Volkes Stimmen,
Ob sie heller, ob sie dumpfer klingen.
Und so oft das Volk die Prinzen grüßte,
Klang dem König Mißton in den Ohren.
Doch die schöne Swen-Kjang ihm zur Seite,
Bebend hing ihr Aug' an ihrem Stiefsohn,
Wie er fest ihr Abbild an sich preßte,
Zartes Roth erblüht' ihr auf den Wangen,
Ungewohntes Roth der holden Freude,
Und auch das gewahrt der alte König.

Und es wuchs der Mond im Blau der Nächte,
Und es wuchs mit ihm des Königs Sorge,
Bis sie ihm die Nacht zum Tage machte.
Denn vom Fenster des Palastes blickt' er
Auf die Wiesenplätze längs dem Flusse,
Sah die Söhne täglich dort sich tummeln;
Und es unterwies Held Ki den Knaben,
Wie er reiten müss' ein kleines Rößlein,
Weiß am Leib und kohlschwarz an den Mähnen,
Und er schenkt' ihm einen schlanken Bogen,
Elfenbeinern rothbemalten Bogen,
Und er lehrt' ihn nach den Vögeln schießen,
Fing ihm junge Füchse, bunte Schlangen.
Doch am Abend, wenn sie müde waren,
Lagerten im Gras sie dicht zusammen.
Dann ins horchbegier'ge Ohr des Knaben
Goß der Mann die Fülle der Geschichten,

Kriegesthaten aus dem Süderlande,
Märlein von dem wunderbaren Einhorn,
Von Yün-Yang, dem treuen Vogelpaare,
Das da stirbt, wenn es die Menschen trennen.

Sprach Swen-Kong der König zu sich selber:
Meines Weibes Sinn ist mir entfremdet,
Meines Knaben Herz wird mir entwendet,
Soll ich blöde zaudern, bis der Räuber
Meines Volkes Herz sich auch gewonnen?
Noch am Ziel nicht bin ich meiner Tage,
Und mein Leben denk' ich auszuleben!
Traun, noch immer konnt' ich, was ich wollte.

Und Gedanken arger Tücke brütend
Rief er zu sich den getreusten Diener
Und beschied ihn so: Am frühen Tage
Will ich morgen einen Boten senden
Nach dem Lande Tsi zu meinem Schwäher.
Wer es sei — er soll nicht hingelangen!
Wer es sei — er soll nicht wiederkehren!
Dafür haftest du mit deinem Blute. —
Und der Diener neigte sich in Schweigen.

Und desselben Abends nach dem Mahle
Rief der König seinen Erstgebornen,
Falsches Lächeln auf den Greisenwangen,
Falsches Schmeichelwort im Greisenmunde.
Eine schnelle Botschaft muß ich senden
Nach dem Lande Tsi zu meinem Schwäher.
Sichrer und geschwinder ist kein Bote,
Als du selbst, den ich so oft erprobte.
Laß denn morgen in der Frühe satteln,
Reite noch vor Tagesgraun von hinnen,
Häng dem Roß dies Täschchen an den Sattel,
Drin die Briefe, die ich schrieb dem Schwäher —
Schwöre mir, zu thun, wie ich dir sage!

Sprach der Königssohn bescheidnen Herzens:
Stets vollzog ich willig deinen Willen,
Und nicht braucht es zwischen uns des Eides.
Doch du heißest mich — so will ich's schwören. —

Als der Prinz den theuren Eid geleistet,
Nahm er Abschied von dem greisen Vater,
Schlummernd sich zum frühen Ritt zu stärken.

Da nun Mitternacht herangeschlichen,
Fährt die schöne Fürstin in die Höhe
An des schlafenden Gemahles Seite;
Denn der König wälzt sich auf dem Lager,
Windet sich in Qual der schweren Träume,
Und die Fürstin horcht dem irren Stöhnen,
Der zerrissnen Flut der Mordgedanken,
Die ihm stockend von der Lippe quellen.
Und ein hohles Lachen klingt dazwischen,
Wie die heisre Freude pflegt zu höhnen.
Wohl, so lallt er, wird er schau'n den Morgen,
Doch des Abends Röthe schaut er nimmer;
Gute Wege sind in meinem Reiche,
Doch am guten Wege schlimme Fäuste! —
Und so werd' ich Ruhe — Ruhe finden,
Denn — noch immer konnt' ich, was ich wollte! — —

Von dem Lager stiehlt sich weg die Fürstin,
Hastet nach der Schwelle, tappt zur Pforte,
Lehnt in Ohnmacht taumelnd an den Pfosten,
Und der Schwindel zwingt den Fuß zu Boden.
Doch die Flüche, die vom Bette lallen,
Dringen in die Halbnacht ihrer Sinnen,
Und sie rüttelt von sich die Betäubung,
Und mit lautlos athemlosem Gange
Schleicht sie fort in ihres Knaben Kammer.

Lag der Knabe dort in tiefem Schlummer,
Und er träumte kindisch süße Träume,

Träume von dem wunderbaren Einhorn,
Von Yün-Yang, dem treuen Vogelpaare,
Das da stirbt, wenn es die Menschen trennen,
Träumte Kampf und Sieg im Süderlande,
Und er focht an seines Bruders Seite.

Wie die Mutter ihren Knaben anblickt,
Löst sich ihr die Angst in heißen Zähren,
Niedertropfend auf des Schläfers Augen,
Daß sie fragend alsobald sich öffnen.

Sprach der Knabe: Mutter, warum weinst du?
Wer dich kränkt — ich will's ihn büßen lassen!
Mutter, liebe Mutter, warum weinst du?

Sprach die Mutter: Ach, wohl muß ich weinen!
In Gefahr ist deines Bruders Leben.
Böse Männer lauern unterweges,
Wenn er morgen in die Fremde reitet
Nach dem Lande Tsi zu deinem Ahnen;
Böse Männer, die ihn morden wollen.
Geh', mein Kind, und warne deinen Bruder!
Sag ihm, andre Straße soll er reiten,
Sag ihm auch — ich bät' ihn, deine Mutter. —
Da der Knabe dieses Wort vernommen,
Mutter, sprach er, sollst nicht weinen, Mutter!
Ich will zu ihm gehn und will ihn warnen.
Und er geht im leichten Nachtgewande,
Eilt im Dunkeln durch die hohen Säle,
Lange Gänge durch, vorbei den Wachen,
Die sich scheuen, ihm ein Wort zu sagen.

Da er kam zum Schlafgemach des Bruders,
Setzt' er sich dem Schlummernden aufs Lager,
Weckt' ihn sanft und sagt' ihm böse Zeitung.
Heiter blieb des edeln Helden Auge;
Nur wie er der Mutter Wunsch gedachte,

Zuckt es schmerzlich um die langen Wimpern.
Und dann streichelt er des Knaben Antlitz,
Nimmt die zitternd kleine Hand in seine
Und erwiedert: Kind, ich werde reiten,
Und des graden Weges werd’ ich reiten,
Ob auch Tücke mag am Wege lauern.
Denn geschworen hab’ ich’s meinem Vater,
Und nicht war ich’s je gewohnt zu zagen.
Böse Träume ängsten deine Mutter;
Geh und grüße sie und schlaf in Frieden!

Lange bat der Knabe, bat in Thränen,
Bot sich an, am Morgen mitzureiten,
Denn ihm helfen woll’ er, wenn es Noth sei.
Und der Held mit Lächeln küßt den Knaben,
Schüttelt nur das Haupt, und halb mit Bitten,
Halb mit Drohen zwingt er ihn zu scheiden,
Legt sich nieder und entschläft aufs Neue.

Kurz vor Tage wich von ihm der Schlummer,
Und er stieg zu Roß und nahm die Tasche,
Und den Weg entlang dem Flusse ritt er,
Ritt vorbei dem Spielplatz seines Bruders.
Da gedacht’ er seines Nachtbesuches,
Und der Knabenängste mußt’ er lächeln,
Doch nicht lächelt’ er der Angst der Mutter.
Frisch umfing der Frühwind Roß und Reiter,
Und das Roß griff aus, und bald dahinten
Blieben Stadt und Schloß im Morgennebel.

Wenig Meilen war der Held geritten,
Vor Gedanken nicht des Weges achtend,
Da erweckt ihn Wiehern seines Rosses,
Und der Rappe schüttelt sich und schnaubet.
Denn von ferne klingt ein andres Wiehern,
Und ein kleines Pferdchen jagt entgegen,
Weiß am Leib und kohlschwarz an den Mähnen.

Wohl erkennt der Held des Bruders Rößlein,
Und betroffen, daß es ledig schweife,
Hält er an und ruft es hell bei Namen.
Kam das gute Rößlein fromm gelaufen,
Ganz von Schaum bedeckt und heftig zitternd.
Und der Prinz, wie er den Hals ihm klopfte,
Weh, was sieht er! — Blut an seinem Sattel,
Frisches Blut verspritzt an seinem Leibgurt,
Und des Rößleins Wiehern klingt wie Klage,
Daß dem Prinzen bei dem Tone schaudert,
Und von hinnen stürmt er, und das Rößlein
Folgt dem Rappen schnaufend auf der Fährte.

Da von fern schon an des Ufers Weidicht
Auf dem Sand des Weges sah er's dunkeln,
Sah er junge, wohlbekannte Glieder
Schmählich hingestreckt in rothem Blute,
Und den Rappen zu der Stelle spornend
Sah er blasse schöne Knabenwangen,
Augen, die ihn oft gegrüßt, gebrochen,
Blut aus dreien Wunden auf dem Röckchen,
Und am Halse, ganz mit Blut besudelt,
Hing dem Knaben eine Botentasche,
Wie er selbst sie an der Seite führte.

Da der Held den Jammeranblick schaute,
Schrie er auf, ins tiefste Mark getroffen,
Sprang zu Boden, warf sich auf den Knaben,
Und mit Küssen und mit Thränen netzt' er
Ihm das frühgewelkte Blumenantlitz.

Und so lag er, und die Rosse standen
Leise wiehernd bei dem Brüderpaare.
Doch zuletzt erhebt er sich gewaltsam,
Und die Faust nach seinem Schwerte zuckend
Reißt er wie in Wuth den Stahl zu Tage,
Wirft sich in den Sattel, spornt den Rappen,

Und der frischen Spur im Wege folgend
Jagt er fort von seines Knaben Leiche.

Dort im Wald, der beiderseit am Flusse
Schatten spendet, traf er auf die Mörder,
Vier mit Waffen wohlbewehrte Männer,
Und den Einen kannt' er wohl von ihnen,
Seines Vaters allertreusten Diener.
Als die Vier den Hufschlag dröhnen hörten,
Hätten sie sich gern zur Flucht gewendet;
Doch der Rächer ist schon über ihnen,
Und den Führer, seines Vaters Treuen,
Streckt er nieder mit dem ersten Streiche,
Und dem Zweiten spaltet er den Schädel,
Und den Dritten, der den Speer erhoben,
Trifft er in die Weiche, daß er taumelt;
Doch bevor er sich zum Vierten wendet,
Der auf hundert Schritte schon entwichen,
Trifft ein Pfeil ihn handbreit nur vom Herzen,
Und der Vierte floh ins sichre Dickicht.

Keinen Schmerzenslaut vernahm die Waldung,
Nur ein dreifach matt verscheidend Röcheln,
Und der Prinz, entfärbt im Angesichte,
Langsam reitet er zurück zum Knaben,
Steigt vom Roß, wie sehr ihn brennt die Wunde,
Hebt das Kind hinauf auf seinen Rappen,
Steigt dann selber mühsam in den Sattel,
Und den Pfeil im Busen trabt er heimwärts,
Fest umschlungen die geliebte Leiche.

Und sobald er einritt in die Gassen,
Schaart sich Volk um ihn, erhebt sich Klage,
Frauenklage und der Männer Murren,
Wälzt sich nach in ungestümen Wogen —
Und der wunde Held vernimmt ihr Brausen,
Sein' und seines Bruders Todtenfeier.

Doch, als sei er selbst schon abgeschieden,
Giebt er nicht dem Sturm der Fragen Antwort,
Naht sich dem Pallast, steigt ab vom Rosse,
Hebt mit morscher Kraft des Heldenarmes
Den geliebten Todten aus dem Sattel,
Und mit ihm schwankt er empor die Stiegen.

In der Halle saß Swen-Kong der König,
Auf dem Sessel neben ihm die Fürstin.
Nicht berührte sie den Morgenimbiß,
Netzte keine Lippe mit dem Frühtrunk.
Und der König auch, so viel er kämpfte,
Sich die Wolken von der Stirn zu trotzen,
Nicht bezwang er in der Brust das Grauen.

Sprach der König: Gehn nicht Schritte draußen?
Summt es nicht von Stimmen vor den Fenstern?
Doch die Fürstin schwieg und sah zu Boden.
Sprach der König: Näher kommt der Fußtritt!
Ist der Schritt nicht meines lieben Knaben,
Und den Andern sandt' ich in die Ferne —
Wer erfrecht sich, uns so früh zu stören?
Da zur Antwort öffnet sich die Pforte;
In die Halle wankt sein Erstgeborner,
Sieht dem Vater still ins greise Antlitz,
Legt den Knaben auf des Saales Teppich,
Und dann neben ihm ins Knie gesunken
Spricht er dumpf: Da bring' ich dir dein Opfer!
Jenen Tod, den du für mich bestimmtest,
Stahl mir dieses Kindes muth'ge Liebe,
Und ich fand den Tod, da ich ihn rächte.
Gute Nacht! Ich folge meinem Liebling, —
Gute Nacht auch dir, verwais'te Mutter!

Da er dieses Scheidewort gesprochen,
Zog er aus der Brust den Pfeil gewaltsam,
Daß der Blutstrahl in die Höhe spritzte,
Und zusammen brach er bei dem Knaben.

Als die Diener in den Saal sich wagten,
Fanden sie Swen-Kjang in schwerer Ohnmacht,
Ihr Gesicht' gedrückt ans Haupt des Helden,
Ihr Gewand von seinem Blut befeuchtet.
Doch der König saß zurückgesunken,
Unverwandt nach seinen Söhnen stierend,
Und sie wagten's nicht ihn anzurufen.
Und der Mittag kam, es kam der Abend,
Und noch immer saß er unbeweglich.
Da sie Abends seine Hand berührten,
War sie eisig und der Puls erstorben.

Wenig Tage kamen, bange Tage.
Aus dem leeren Hause zog die Fürstin,
Zog zurück in ihrer Jugend Heimath,
Zog zum Vater tief in Wittwentrauer.
Doch vom Süden her nach kurzen Wochen
Kamen in das Land Barbarenschwärme,
Brannten rings die reichen Saaten nieder,
Denn es war kein Held mehr, der sie schreckte,
Plünderten die reichen Städt' und Schlösser,
Warfen Fackeln in das Schloß des Königs —
Und die Pracht des Schlosses brach zusammen,
Und der Maulbeergarten lag verwüstet;
Nur die Grillen in dem Laub verborgen
Zirpten klagend auf den öden Trümmern.

Idyllen von Sorrent.

(1854.)

<div style="text-align:center">~~~~~~</div>

I.

Schön ist immer der Mai in Sorrent, am Strand, in den
                               Gärten,
   Ueber den Vignen am Fels, schön in den Gassen der Stadt.
Aber am schönsten um Mondaufgang, wenn um den gekrönten
   Berg Sant Angelo falb dämmert der trauliche Schein,
Und auf Ischia drüben die letzte verglimmende Wolke
   Ruht und dem alten Vesuv feierlich röthet die Stirn.
Dann trägt schweigend Luisa — so gern sie plaudert, die Gute —
   Mir ein Bänkchen hinauf auf das geebnete Dach.
Dort von des Tags nachdenklichem Nichtsthun ruht sich die Seele
   Wie zufrieden mit sich aus in der Stille der Luft,
Träumt von diesem und dem, zu den Freunden hinüber, den
                               Fernen,
   Schweift mit gesättigter Glut über die Gärten im Grund,
Wo die Feige gemach anschwillt und Duft der Orangen-
   Blüte die dunkelnde Frucht nachbarlich wieder umspielt.
Sacht entgleitet den Händen das Buch. Heut war es ein seltsam
   Büchlein in Duodez; aber das treffliche fiel
Unsanft; nämlich es flog von zornigen Händen geschleudert
   Wider den Rand des Altans, schimpflich am Boden zu ruhn.
Tommaseo, es war dein Werklein: Glauben und Schönheit;
   Noch wie Wenigen erst über den Alpen bekannt.
Und doch schrieb es ein ganzer Poet, und nicht in der Crusca
   Stelzgang spreizt sich der Stil, sondern im Tact des Gemüths.

Wärst du ein weniges nur sparsamer mit Liebesgeschichten!
    Auf dein Conto allein kommen an dreißig und mehr;
Ganz zu geschweigen, wie oft, eh dich sie gefunden, Maria,
    Dein hochherziges Weib, sich in den Männern geirrt.
Freilich berichtest du auch sorgfältig das leiseste Zwinkern
    Reizender Augen, den Druck jeder gefälligen Hand,
Härmst dich über Gebühr, weil Die und Jene vergebens
    Nach dir seufze; du selbst schmachtetest nimmer umsonst.
Doch dies sei wie es sei. Man weiß, ihr Südlichen habt ein
    Flunkriges Blut, und sogleich — klopft es, so ruft ihr „herein!"
Nur das Eine verdroß mich schwer: kaum nennst du das holde
    Weib dein eigen, doch ach, wieder gebietet die Noth,
Daß du Paris aufsuchst, einsam die Geliebte zurückbleibt,
    Gleich droht wieder Gefahr, und du entblödest dich nicht,
Briefe zu schreiben: O komm! o schütze mich! Wenn ich
                                    allein bin,
    Steh' ich für nichts. Schon stellt eine Grisette mir nach. —
Schande! so rief ich aus — bei dieser Gelegenheit flog denn
    Eben das Buch an die Wand — Schande dem flüchtigen
                                    Mann,
Der aus Banden der Liebe sogar sich selbst zu verlieren
    Bangt, dem Neigung nicht Treue gebiert und erzieht!
Oder es war nicht Liebe, der Trug nur gaukelnder Sinne,
    Oder sie war nicht echt, nicht von der himmlischen Art,
Nicht so echt, wie mir sie die Brust ausfüllet und ausdehnt,
    Mich in der Einsamkeit Winter in Flammen erhält.
Nicht als wär' ich ein Blinder und sähe die glücklichste Bildung
    Deiner Geschöpfe, Natur, immer verschlossenen Sinns.
Doch wann schrieb' ich Briefe der Liebsten: O komm, mich zu
                                    schützen,
    Weil Giacinta mir sehr, oder Teresa gefällt?
Lebt doch hier im Busen ein heilig Vertraun in die ew'ge
    Liebe; die nordische Treu' giebt mir im Süden Geleit.
Käm' ein Engel, sie wankte mir nicht! — So sittlich entrüstet
    Sah ich den Sünder im Staub streng und bedauerlich an;
Und an der Brüstung lehnend hinab zum Saume des Gartens,
    Wo der Olive Gewächs vor dem gekräuselten Meer

Luftige Wipfel bewegt, hin starrt' ich. Da hört ich Geräusch vom
  Nachbarsdach; nur schmal trennt es von unserm der Hof.
Drüben am Tag schon sah ich die glänzenden Linnen im Winde
  Flattern, in sonnigen Reih'n fest an die Schnüre geknüpft.
(Doch es gehörte die Loggie dem Apotheker, dem einz'gen
  Honoratioren Sorrents, neben den geistlichen Herrn.)
Jetzo gewahr' ich ein Mädchen das Dach hinwandeln, geschäftig,
  Und in den binsenen Korb wirft sie die Tücher zuhauf.
Angiolina! ruf' ich. Umsonst; nicht dreht sie das Hälschen.
  Angiolina! — Sie schweigt. Wahrlich, es irrte der Blick.
Größer und völliger ist sie, als Angiolina, des Hausherrn
  Tochter, und trägt sich zudem nicht so geschniegelt wie Die.
Kaum auch würde sich Jene dem niederen Dienste bequemen,
  Weil sie die Mutter erzog, wie es Gebildeten ziemt;
Und sie lernte Gesang, auch Lesen und Schreiben; es lernen's
  Wenige Töchter Sorrents, und den Gesang von Natur. —
Doch — cospetto! wer ist nun Die? Ich kenne doch ziemlich
  Hier in der Nachbarschaft jegliches hübsche Gesicht.
Zwar — wie soll ich sie kennen? Ich sah sie noch kaum. Zum
                     Tort mir
  Wendet die häßliche Dirn' immer die Augen mir ab.
Ruhig die Reihen der Tücher hinauf und hinunter hantiert sie,
  Nur ein bescheidener Streif wird vom Gesichte gezeigt.
Doch wohl seh' ich den zierlichen Hals, und hebt sie die
                     Arme —
  Welch entzückendes Rund wölbt sich und woget gelind.
Und so lärmt' ich ein wenig auf meinem Altane mit Pfeifen,
  Husten und Singen; sogar sang ich ein zärtliches Lied,
Jenes holde bekannte: Te voglio bene assaic!
  Ach, zu sehr nur behielt Recht der verwünschte Refrain.
Endlich — sie hatte die letzten der reinlichen Linnen mit kleinen
  Händen gelös't, und kaum faßte die Fülle der Korb —
Geb' ich der Neugier nach, der verderblichen, fasse die reife
  Goldorange — von Tisch nahm ich sie mit zum Altan —
Ziel' und werfe sie sanft ihr zu, und siehe! dem Mädchen
  Grade zu Füßen — doch ach! nicht in den Korb. Wie
                     ein Blitz

Schießt ein Blick mir herüber.   Sie steht, und die bräunliche Wange
  Brennt; nun seh' ich sie ganz, finster, das Mündchen gepreßt —
Welch ein Mündchen! — die Nas' ein wenig gerümpft — welch Näschen! —
  Doch nicht haschte die Hand — was für ein Händchen! — die Frucht.
Nur so schneller entwich sie mir jetzt, leicht über dem Haupte
  Mit dem erhobenen Arm stützend den schwankenden Korb.
Und so stand ich denn wieder allein, unmuthig.   Auf einmal
  Tagt mir's innen: die Frucht, die ich hinüber gesandt,
War schon leise verletzt von spielenden Bissen.   Ich nagte
  Ganz in Gedanken vertieft unter dem Lesen daran.
Darum hat sie die Gabe verschmäht; denn Zeichen der Neigung
  Ist's, anbeißen die Frucht und der Erwählten sie weihn.
D a r u m ! dacht' ich in mir, und scharf wie prickelnde Nesseln
  Schlug mir ein Aerger ins Herz, daß ich es brennend empfand.
Doch — was seh' ich im Zorne zuerst?   Dich, übelgeschmähtes
  Büchlein!   Kichert es gar zwischen den Zeilen?   Es rührt
Nur ein raschelndes Lüftchen die offenen Blätter.   Der Schalk von
  Meinem Gewissen allein hat sich ins Fäustchen gelacht.
Narr!   Was hätt' ich gethan?   Kein Stäubchen des schillernden Flügels
  Hat an der Fackel des Gottes Psyche so rasch sich versengt.
Doch die Lehre gewann ich, indem ich gelassen den guten
  Tommaseo sofort wieder vom Boden erhob:
Immer ein Wagniß bleibt's, an die Wand sich den Teufel zu malen;
  Doch Gott stehe dir bei, malst du dir Engel daran.

〰〰〰

II.

Was nur denk' ich davon?   Mich lockte die Fülle des Mondes
  Wieder hinaus.   Nun stand kühl an den Bergen die Nacht.
Noch summt tief in den Gassen gedämpfteren Klanges die Freude,
  Aber die Dächer, wie still ruhn sie, veröbet und weiß.

Und so blick' ich hinüber zum Nachbarsdach; in der besten
  Unschuld wahrlich, und was hätt' ich zu suchen gehabt?
Aber — da raunt mir ein Lüftchen ins Ohr: Wo blieb die
                    Orange,
  Die du geworfen? Zuvor lag sie doch sichtbar genug,
Dort, noch weiß ich den Fleck, an der Brüstung, wo sich in
                    Töpfen
  Angiolina die bunt blühenden Nelken erzieht.
Hat wohl Die sie gefunden? — Gewiß nicht. Nimmer besucht sie
  Abends die Blumen, so hört gleich sie ein Jeder im Haus;
Weil aus Robert dem Teufel sie jüngst die Romanze gelernt hat.
  Nun, heut war sie vielleicht heiser; sie fand sie gewiß.
Oder die Magd — nichts ist wahrscheinlicher! Oder das Hündchen
  Fiffi spielte mit ihr, rollte sie weiter. — Und sind
Nicht auch Katzen genug in Sorrent? Wahrhaftig, die Katzen
  Holten sie. Fiffi ist schon viel zu erwachsen zum Spiel.
Oder — wie wär's? Auch diese Vermuthung eitel — so bliebe
  Freilich die andere noch, daß sie die Rechte geholt.
Zwar nichts Eitleres kann sich ein Mensch aussinnen, als dieses.
  Possen! das trotzige Ding, das die Gekränkte gespielt?
Hast du den zornigen Mund — und welch ein Mündchen! —
                    vergessen,
  Und dies Näschen — und welch Näschen! — und wie sie es
                    rümpft',
Und nun gar den verächtlichen Blick? — Das weiß ich nun
                    freilich
  Noch auswendig. — Du siehst also, sie kann es nicht sein. —
All das seh' ich; und doch, obwohl so schlagend bewiesen,
  Daß sie es nicht sein kann, quält es mich, ob sie es war.

<center>~~~~~~</center>

III.

Liebste, wie lang schon saß ich im lachenden Morgen und starrte
  Auf dies Blättchen, und doch ließ ich die Feder in Ruh'.
Denn aus Träumen erwacht sehnsüchtiger Liebe, von Herzen
  Brannt' ich, ein inniges Wort hin zu beflügeln zu dir.

Doch wie red' ich hinaus in die tödtliche Ferne? Wie sag' ich,
   Was hier klopfet und tobt, was die Gedanken verwirrt?
Mein! mein! Immer das Eine beschlich eintönig das Ohr mir,
   Lauscht' ich nach innen; es klang jauchzend und traurig zugleich.
Soll ich's schreiben? Es ist nicht viel; doch ist es mein Alles,
   Was ich gewußt und weiß, was mich zu wissen verlangt.
Ach, dich auch? — So fragt' ich, und selbst antwortend ein helles
   Ja! — wie versank ins Meer dieses Gedankens das Herz.
Leibhaft tratst du heran. Da rauschten die Wipfel des Gartens,
   Wo wir selig zuletzt Eines dem Andern gehört.
Wieder das Gras, das hoch in dem Baumgang wucherte, sah ich
   Unter dem zierlichen Fuß leise gestreift und gebeugt;
Sahe den Hain von Fichten, den Pfad am Flusse, das Plätzchen
   Dicht am wallenden Feld neben der plätschernden Bucht.
Damals schlug's wie ein Sturm in den Herd frohlockender Liebe,
   Deren verstohlene Glut lang in der Asche gezückt
Und nun prächtig und frei aufloderte, Allen zur Freude,
   Bis das Leben aufs Neu' Eines dem Andern entriß.
Ach, und den Abschied dacht' ich, am Bach, der schluchzend dahinlief
   Unter dem Weidengesträuch, drin ich zuletzt dich verlor.
Doch mein! rief ich, und mein! Mir war's, ich hätte dich nimmer
   Eigner besessen als heut, näher als heut dich gefühlt.
Und so hätt' ich die Wonne genährt bis hoch an die volle
   Sonne, das Blatt vor mir immer so weiß wie zuerst,
Aber es rief von außen Luisa: Kommet ein wenig
   Auf den Altan, Signor, kommt den Kometen zu sehn! —
Was? den Kometen? Es ist ja Tag! — Nun sehet ihn selber;
   Gestern aus weißem Papier hat ihn der Bruder gemacht. —
Ferdinando? — Ich kam und das Treppchen hinauf zu dem Dachraum
   Klomm ich, und droben, verschämt, nickte der Bursche mir zu.
Siebzehn Sommer erlebte der Treffliche; aber er ist schon
   Für sein Alter in viel nützlichen Künsten geübt.
Sitz' ich und tafle, so trägt er die Schüsseln herauf von der Küche,
   Bringt mir den röthlichen Wein und die Orangen dazu.

Auch auf Besen und Bürste versteht er sich, tanzt wie ein Dämon
  Tarantella, und schon hat er ein städtisches Amt:
Festtags immer die Reihen der winzigen Böller zu laden,
  Und mit der Lunte, bedenk! brennt er sie säuberlich ab.
Jetzt — was hat sich der Stolz der Familie Neues ersonnen?
  Einen Drachen, die Lust nordischer Knaben im Herbst.
Kunstreich wehte der Schweif, und es rauschten papierene Büschel,
  Als sich das Unthier nun kühn in die Lüfte verstieg.
Aber er hielt am Faden und lenkt' ihn, lächelte selig
  Ueber den stattlichen Flug, und ich belobt' ihn vollauf.
Auch noch Andere sahen die Pracht. Vom Dache des Nachbars
  Blickt' ein schönes Gesicht, das mir am meisten gefällt
Hier im mädchenberühmten Sorrent. Mit anderen Sternen,
  Die kein Weiser begehrt, ging sie am Abend mir auf
Gestern. Ich fragte Luisen und hörte, sie heißt Mariuccia.
  Oftmals staun' ich sie an; Liebste, versteh: wie ein Bild,
Von Giorgione, von Palma vielleicht. Doch unsre Luisa
  Bildet sich ein, ich sei über die Ohren verliebt.
Darum rief sie mich her, ich merkte die Tücke. Sie blinzte
  Lustig, und nun aus der Hand nahm sie dem Bruder die
      Schnur.
Seht, Don Pavolo, rief sie, so seid ihr Männer, wie dieser
  Schöne Komet; auch euch regt und beweget ein Wind.
Eben, da weht's ein wenig vom Meer, gleich dreht sich der Vogel,
  Und doch schien er zuvor fest wie der Himmel zu stehn. —
Aber ich lacht' und erwiederte flugs: Nein, gute Luisa,
  Sondern die Männer getreu sind sie wie dieser Komet.
Wie du jetzt am Schnürchen den flatternden lenkst, so lenkt mich
  Fern im Norden und hält immer die Liebste mich fest.
Jetzt wohl schweif' ich ein Weilchen in diesen gesegneten Lüften,
  Wiege mich über dem Meer, steig' in die Berge hinan.
Aber ich fühle den Faden, und zieht sie ein weniges fester,
  Siehe, so kehr' ich im Nu heim von der schwankenden Fahrt.
Zieh nur einmal, so wirst du gehorsam finden den Irrling,
  Zieh ihn heran; er stürzt dir vor die Füße gewiß. —
Aber der Muthwill zog, nur über die Maßen. Auf einmal
  Riß in der Mitte die Schnur, und in die Tiefe sofort

Schoß köpflings der Komet und verfing sich im Wipfel des
Oelbaums,
Aber ein Lachen erscholl hüben und drüben mit Macht;
Auch Mariuccia lachte. Da habt Ihr's, spottet Luisa,
Ihr auch macht es vielleicht noch wie der Schelm, der Komet,
Bleibt hier hängen im warmen Sorrent und lasset die Liebste
Droben im frierenden Nord ziehen so viel ihr beliebt. —
War's denn Schuld des Kometen? erwiedert' ich lachend. Das
Fädlein
War nur tückisch; es webt Amor ein festeres Band. —
Aber das Mägdlein drüben erröthete, lächelt' und ging dann
Hurtig hinab, und hinab auch die Geschwister, vom Baum
Ihren Kometen zu lösen. Und ich — ich sitze nun einsam.
Mein! mein! ruf ich, und dein! hallt es im Innersten nach.

IV.

Rathet, von wem ich komme, Don Pavolo! — Von der Gevattrin?
Falsch! — Von der Schneiderin? — Falsch! — Dann von
der Messe gewiß! —
Nein, Ihr wollt's nicht rathen! — Bei San Francesco, Luisa,
Gern; wer aber erräth Mädchen-Gedanken und -Thun? —
Bei Mariuccia war ich. — Bei Der! — Nun thut mir der
Herr doch
Gar, als wäre das nichts. — Wenig, Luisa, für mich. —
Habt nur Geduld; gleich kommt es an Euch. Ich macht' ein
Geschäft mir
Heut am Morgen und that Seidengespinnst in den Korb,
Daß sie ein Band mir webe; sie hat im Haus die Geräthe.
Und ich fand sie, allein Mutter und Schwester mit ihr,
Richtet' es aus und hoffte von Euch ein Wörtchen zu plaudern,
Aber die anderen Zwei horchten; ich hütete mich.
Und so war ein Stündchen verthan. Da ging ich, und mit mir
Ging Mariuccia. Wie gern hätte sie nun mich befragt!
Also stehen wir unter der Thür. Ich sage: Commare,
Sag' ich, besuchst du mich nie? — Aber sie schüttelt den Kopf.

Nein, denn ich darf nicht, sagt sie; du weißt, nicht liebt es die
    Mutter,
Weil ihr ein Wirthshaus habt. — Närrchen, es stehet ja leer;
Noch ist Keiner gekommen zum Seebad. — Aber es wohnt doch
    Einer bei euch. — Nun Der, sag' ich, — wie findest d.
    Den? —
Ei, nicht übel. — Verstelle dich nur, Spitzbübin! du hast ihn
    Gern, und du weißt, er dich! sag' ich. Da lacht sie ur
    schweigt.
Aber auf einmal faßt sie mich um und küßt mich, ich denke
    Gleich, sie erstickt mich, und dann läuft sie wie Wetter davon.
Und ich ruf' es ihr nach: Den Kuß, Mariuccia, bestell' ich,
    Aber du weißt wohl, wem. Richtig; sie dreht sich und nickt:
Thu's, Luisa! und weg, ins Zimmer hinein. Die Arme!
    Denk' ich, sie hätt' es allein freilich am liebsten bestellt.
Chi va piano va sano; es kommt ihr, eh sie es denket.
    Aber so stehet es jetzt, Herr, und da hab' ich den Kuß.
Wollt Ihr ihn auch? — O edle Luisa — Also da ist er!
    Seht, Don Pavolo, dies thut die Luisa für Euch:
Anderen thät' sie's nimmer; doch Ihr, Ihr wisset was Scherz ist,
    Und dies Alles, es sind Possen. Nun aber im Ernst:
Geb' ich den Kuß nicht wieder für Euch? Und hättet Ihr keinen
    Mir zu bestellen? Es wär' jetzo in Einem gethan. —
Liebe Luisa, ich that ein Gelübd, nie Küsse zu geben;
    Küsse zu nehmen — ja das scheint ein besonderer Fall.

<center>~~~~~~~~</center>

V.

Große Gesellschaft hab' ich zu Mittag, offene Tafel,
    Und sie würzt mir das oft überbescheidene Mahl.
Eins und das Andere kommt von den Kindern des Hauses und
    setzt sich
    Mit an den Tisch und sieht freundlich dem Essenden zu;
Hübsch — Gott sei es geklagt! — nicht Eins, doch ehrliche
    Seelen;
    So zutraulich und zudringlich sogar wie daheim.

Fast auch mein' ich, es sei aus nördlichen Landen ein Kaufherr
   Dieses Geschlechts Urahn, welchen die Welle verschlug
Einst an Napoli's Strand; da ließ er ein lebend Gedächtniß
   Südlicher Freuden zurück, und es vererbte der Mund,
Diese geknetete Nase, der knorrige Wuchs und der Plattfuß,
   Aber das biedre Gemüth erbt' in den Sprößlingen auch.
Und — sie verstehen zu plaudern, zumal die Erwachsenen.
                         Scheu noch,
   Stumm an die Lehne des Stuhls drücken die Jüngsten sich an.
Du vor Allen gebietest dem Wort, Stammhalter Francesco,
   Weil dir häufig vergönnt, gute Gesellschaft zu sehn.
Denn in den Kirchen umher in Sorrent und der Ebene bist du
   Thätig, den Festtagsschmuck bunter Tapeten mit Kunst
Hoch von den Pfeilern herab, um Kanzel und Chor zu befest'gen,
   Ja und den Hochaltar hüllst du in flitterndes Gold.
Und da geziemt dir's wohl, dich weisen Gesprächs zu befleißen,
   Und mit der Theologie lässest du gerne dich ein,
Nur wie's eben eine Laie vermag. Doch hast du am Schnürchen,
   Wie viel Scudi die schönfarbige Steinmosaik
In Carrotta gekostet, wie viel in Sorrento der Umhang
   Um den Altar, und wann neu sie die Kirche getüncht.
Auch vor Allen erscheinst du in Wundergeschichten bewandert,
   Denn du liebst, wie du sagst, wenn du ein „Factum"
                    erfährst;
Auch in der Predigt, so sehr dich übrigens rührt die Betrachtung,
   Zieht das Historische doch immer am meisten dich an.
Und so giebst du mir gern die erstaunlichen Wunder zum Besten,
   Welche der Kirche Patron, Sant Antonino, gethan,
Jegliches ganz urkundlich auf hölzerner Tafel verzeichnet
   Und ein Gemälde dazu, welches das Factum bezeugt.
All das hängt in der Krypte. Man sollt's nicht glauben, be-
                    kennst du,
   Ständ' es geschrieben allein; aber es ist ja gemalt.
Hier ein Schiffer in Nöthen, in Wolken der Heilige, der das
   Wetter beschwört; dort liegt krank an den Masern ein Kind
Und die bekümmerte Mutter am Bett, zu dem Heiligen betend;
   Dort mit dem leichten Gefährt gehet zum Teufel ein Gaul;

Aber der Heilige faßt es am Zaum. Dies Alles erzählst du
　　Deutlich, mit Namen und Ort und mit dem Datum der That.
Wenn du aber verschnaufst, andächtig versenkt in Betrachtung,
　　Fällt mit der Tafelmusik hurtig das Schwesterchen ein,
Trillert das schmachtende Lied: Vieni Teresa! der Schiffer
　　Lieblingsgesang: Fidelin! oder ihr Michelemmà.
Ich indessen ich schmause vergnügt und schenke den Gästen
　　Fleißig den Wein von Sorrent. Aber ins Fenster herein
Sieht der Vesuv und weht der bethörende Duft der Orangen,
　　Gleitet die Sonne, gedämpft, zärtlich die Blumen entlang.
Und so saßen wir heut in herrlichen Freuden. Auf einmal
　　Klang von unten ein hell silbernes Stimmchen herauf.
Aber es galt der Luisa. Sie winkt' uns lachend. Da ist sie!
　　Flüsterte sie. Seid still! Wartet, ich locke sie her.
Damit trat in die Thüre der Schalk. Bist du's, Mariuccia?
　　Rief sie hinunter. So komm! Komm! denn du findst mich
　　　　　　　　　　allein. —
Und wir hörten ein Huschen die Stiegen herauf, und die Stimme
　　Klang schon näher: Ich bin's; bist du auch wirklich
　　　　　　　　　　allein? —
Freilich. — So ist mir's lieb. Wir schwatzen ein wenig. Es
　　　　　　　　hat mir's
　　Heute die Mutter erlaubt. — Aber so komm nur herein! —
Darauf kam es heran, zwei trippelnde Füßchen, und plötzlich
　　Stand an der Schwelle, bestürzt, glühend, das schöne Gesicht.
Lachend hielt sie Luisa zurück, die leise sich sträubte,
　　Rief: Was fürchtest du dich unter Bekannten zu sein? —
Ach, ich selber, ich war nicht wenig erschrocken. Es schien mir
　　Aug' an Augen im Ernst drohend die holde Gefahr.
Aber ich betete still: Sant Antonino, o hilf mir!
　　Und das Mirakel geschah; eilig besann sich das Herz.
Sei mir freundlich gegrüßt, Mariuccia, rief ich; du kommst nun
　　Zwar zum Mahle zu spät; aber versuche den Wein,
Iß von den süßen Orangen, und hier sind Kuchen zum Nachtisch;
　　Sieh, und ein Sessel ist leer. — Aber die Schüchterne stand,
Ueber die herrlichen Augen gesenkt zart schattende Wimpern,
　　Und ihr klopfendes Herz lüftet am Busen das Tuch.

Jetzo nahm ich vom Teller ein Törtchen, brach es zu gleichen
  Hälften und trat zur Thür: Nimm es, ich theile mit dir. —
Und sie empfing's zutraulich und hielt's in der Hand, und den
                Andern
  Nickte sie jetzt und trat ohne Bedenken herein.
Aber den Sessel — er stand dicht neben dem meinen — ver-
             schmähend,
  Nippte sie nur vom Wein, den ich im eigenen Glas
Ihr anbot. So standen wir auch und beschlossen die Mahlzeit,
  Und Luisa, vergnügt, führte das muntre Gespräch.
Nur du, werther Francesco, schwiegst; denn die geistliche Würde
  Hemmte den freien Erguß weltlicher Scherze mit Recht.
Jetzt zu dem offenen Flur, von wo zum Dache die Stufen
  Führen, hinaus in den Tag lenkten wir Alle den Schritt.
Dort auch ist das Geländer mit Blumen besetzt, und die Nelken
  Blütheten reich am Stock. Dort der Luisa im Arm
Stand der Besuch, und sie pflückten ein Sträußlein. Aber ein
             Kind saß
  Einsam unten im Hof neben dem Kätzchen. Da warf
Ihm Mariuccia ein Blümchen hinab, und die Kleine verwundert
  Spähet' empor. Doch flink bog sich die Lose zurück.
Und nun traf sie ein zweites, und wieder umsonst in die Höhe
  Dreht die Kleine den Kopf. — Ueber das Närrchen! Es denkt,
Daß vom Himmel herab in den Schooß ihm fielen die Blumen,
  Flüsterte lachend das holdselige Mädchen. O weh!
Endlich entdeckt sie mich doch! Maria Grazia, willst du
  Mehr von den Nelken? — Das Kind lächelte strahlend herauf.
Nun, weit übergelehnt, vom Stock abpflückend den ganzen
  Flor, in den Hofraum warf Blumen das Mädchen hinab.
Und ich weidete mich an dem Anblick, wie auf den Zehen
  Stehend die schlanke Gestalt über die Brüstung sich hob.
Aus den Pantöffelchen waren die Füße geschlüpft, und die weißen
  Strümpflein rührten noch kaum nur mit den Spitzen daran.
Jetzt — ich ersah mir flink die Gelegenheit, raubte den einen
  Schuh, und verbarg ihn gleich unter dem Rock. Es gewahrt's
Keiner, vertieft in das ernste Geschäft, die Stöcke zu plündern;
  Nur Francesco allein sah es und drohte mir sanft.

Und wir trieben es weiter mit Scherz und Plaudern ein Weilchen,
   Als auf einmal ein Bursch stürmte die Stiegen herauf.
Komm nach Haus, Mariuccia, geschwind! Mich sendet die
       Mamma.
   Ist Die böse! Sie schwört, daß sie es lang dir gedenkt;
Nämlich, es sagt' ihr's einer, du sei'st hier bei dem Signore.
   Lüge nur immer; du weißt, Checco ist stumm wie ein Thier. —
Ach, wir Andern standen bestürzt. Sie biß sich die Lippe,
   Strich sich die Haare zurück, aber sie redete nichts;
Nur ein Blick zu Luisen beklagte sich: Siehe, mir ahnt' es!
   Dann in den hölzernen Schuh schlüpfte das Füßchen zurück,
Eins nur; aber sie suchte den anderen, während der Bursch noch
   Stand. Da sah sie auf mich, und sie errieth es sogleich,
Und nicht mochte sie bitten, noch ich einräumen den Diebstahl.
   Leihe mir deinen so lang, bis sich der meinige fand!
Bat sie Luisen, und suche den Zoccolo. Ach — und addio! —
   Dann — noch ein Winken, ein Blick, und die Erscheinung
       verschwand.

<div style="text-align:center">~~~~~~~</div>

VI.

Und da liegt er, der arme, verwaisete kleine Pantoffel,
   Blickt vom Tische wie ernst zwischen den Büchern mich an!
Zoccolo, bist du mir gram, daß ich dich trennte von deinem
   Holden Bewohner? Es wär' freilich ein triftiger Zorn.
Denn ihr Zoccoli führt das geplagteste Leben von allen,
   Habet die Mühen allein, andere ernten den Dank.
Stets in den Gassen den Staub und das Felsengeröll im Gebirge
   Schmeckt ihr, und regnet es gar, geht's in die Pfützen hinein;
Aber um Mittagszeit auf glühendem Sand in der Vigne
   Oder den Fahrweg hin knirschet das Leder und ächzt.
Freilich, der hölzernen Sohle verschlägt's nicht, erst in der Hitze,
   Dann gleich wieder im Haus über den Fliesen zu stehn.
Aber es giebt doch ein Ding, das Ehrgeiz heißt; der geringste
   Knecht — Festtags in dem Krug prahlt er und spielt er den
       Herrn.

Ihr bleibt immer zu Haus, wenn's hoch hergehet, und leider
    Schiebt der Gerechteste euch selber die Schuld in die Schuh.
Laß mich's offen bekennen: man ehrt ja deine Gesinnung,
    Aber warum, mein Freund, trittst du so bäuerlich auf?
Wie soll dir ein Mädchen vertraun ein verliebtes Geheimniß,
    Wenn zum Handwerk dir immer das Klappern gehört?
Schleicht sie zum Liebsten, der Mutter davon, erst mußt du ins
                            Eckchen,
    Weil du die Stiegen hinab immer so laut räsonnirst.
Auch im Uebrigen bist du und bleibst zu zärtlichen Dingen
    Unanstellig. So oft unter dem Tische den Fuß
Ihres Geliebten das Mägdlein sucht, dir muß sie entschlüpfen;
    Geht's zum Tanze, gewiß läßt sie den Zoccolo stehn.
Und ist endlich die Hochzeit da und das Mädchen vermählt sich,
    Dem zu dienen du nie Regen und Hitze gescheut,
Anderen räumst du den Platz, Fremdlingen, verzärtelten, die nicht
    Nahe gestanden der Braut manch ein beschwerliches Jahr.
Und du bleibst von der Kirche zurück, und die gleißenden Stutzer
    Gehn zum Fest und sogar Nachts in die Kammer mit ihr.
Und dann führst du im Winkel ein ernstes Gespräch mit dem
                            Bruder:
    Oft im schlechteren Rock schlage das bessere Herz,
Und wenn seidene Schufte zu herrlichen Ehren gelangten,
    Hülle der Redliche sich still in den eigenen Werth. —
Aber es schmerzt doch immer. Und nun, nun gar im Ge-
                            fängniß?
    Schändlich geraubt? Und warum? — Wüßt' es der Räuber
                            doch selbst!
Sträflicher Muthwill war's, und er rächt sich. Seit du das
                            Zimmer
    Mit mir theilest, wohin rett' ich Gedanken und Blick?
Wirst du eitel und denkst, dir gelte die sehnliche Wallung
    Hier im Blute? Du irrst. Doch du beschworst mir herauf
Jenes bezaubernde kleine Gespenst des winzigsten Mädchen-
    Schuhs, der damals noch trug in die Schule das Kind,
Als ich in all der Kleine zuerst ihn erblickte; das Röckchen
    Gab ihn dem Blick noch frei, dem er gewaltig gefiel.

Noch schlief aber das Herz. Nur spukt' ihm häufig ein Pärchen
    Zierlicher Füße behend durch den bedenklichen Traum.
Aber das Schulkind wuchs, und es wuchs zum Erschrecken das
    Röckchen;
    Ueber des Fräuleins Fuß wallte der schleppende Saum.
Als nun das Herz aufwacht' und mit staunenden Augen sich
    umsah —
    Ach wie holder Besitz kam da dem Frommen im Schlaf!
Eins nur fehlte. Doch einst, auf meinem Schooße sie haltend,
    Sah ich von Kopf bis zu Fuß fast wie in Zweifel sie an,
Ob nicht gar Melusinens dämonisches Theil sich verriethe
    Unter dem Saume des Kleids, der sich ein wenig verschob;
Aber ein Schuh sah tröstlich hervor, nun freilich gewachsen,
    Dennoch, Zoccolo, viel kleiner und feiner als du.
Zwar unedel erschien's und ungroßmüthig, den Kerker
    Dir mit verächtlichem Wort noch zu verbittern; auch du
Bist ein schmucker Geselle. Der Wahrheit aber die Ehre:
    Daumensbreite gewiß hast du vor jenem voraus.
Und ihn hab' ich gekannt von klein auf. Ach, und es bürgt uns
    Dauernden Glückes Besitz besser und sicherer nichts,
Als aufwachsen zu sehn mit eigenen Augen das Füßchen,
    Dessen Pantoffel dereinst unseren Wandel regiert.

VII.

Richtig, es lockt ein Stimmchen, ein Hauch nur, wie ihn ein Vogel
    Singt im grauenden Tag, wenn er die Eule noch scheut,
Und da flattert ein Zipfel vom Kleid. Nun, Zoccolo, laß uns
    Zu ihr gehen; sie harrt deiner — und meiner? vielleicht.
Sieh, da steht sie und thut ganz fremd und breitet gelassen
    Ueber die Fläche des Dachs sauber zum Bleichen das Garn.
Komm nun oben hinauf. Hier trennt uns immer des Hofes
    Breite; doch oben berührt nahe sich Dach mit dem Dach.
Leider, die Mauer verwehrt, mannshoch, hinüberzuwandern;
    Ach, es erbaute sie einst fluchend mit eigener Hand

Unser verehrtes Familienhaupt, Francesco. Die kluge
   Schwester Luisa, sie war fast noch ein Kind und bereits
Händeln der Liebe geneigt. Oft schlich zu der Kleinen der hübsche
   Brittische Knabe, der Sohn jenes begüterten Paars,
Welchem der Apotheker die oberen Zimmer vermiethet;
   Nimmer den englischen Spleen spülten im Golfe sie ab.
Aber das Söhnchen erkor sich ein Mittelchen wider die Langweil,
   Bis ihm die Kurzweil ach! Tücke des Bruders verdarb.
Fand er nun doch hinüber den Weg? Deß schweigt die Geschichte;
   Doch wo fände den Weg Liebe, die wagende, nicht?
Mir war immer die Mauer zu hoch, zum klaren Beweise,
   Daß nicht Liebe den Fuß leitet' hinauf zum Altan.
Ehrbar rückte den Schemel ich nah an die leidige Festung,
   Ueber die Zinne nach i h r schaut' ich bequemlich hinaus.
Erst vollbrachte sie ganz ihr Werk, und den Finger am Munde
   Sah sie mich an; derweil dunkelte leise der Tag,
Läuteten ferne die Glocken. Sie späht rings über die Brustwehr,
   Aber die Luft schien rein. Jetzt zu dem oberen Dach
Kommt sie; ich seh's, sie zwingt sich ein ernstes Gesicht zu be-
                    haupten,
   Doch ein Lächeln umspielt heimlich den schwellenden Mund.
Gebt mir den Zoccolo wieder, Signor! Ihr habt ihn, ich weiß es,
                   weiß es,
   Und was habt Ihr daran? — Dich, Mariuccia; du mußt
Mir still halten, so lang mir beliebt. Nun sage vor Allem:
   Hast du die Mutter versöhnt? — Reden wir leiser, Signor!
Angiolina belauscht uns sonst. Die Schändliche! sie war's,
   Die mir den schimpflichen Streich heut bei der Mamma
                   gespielt.
Neidisch ist sie und Jedem verhaßt, wie sehr sie gelehrt ist;
   Davon wird ihr Gesicht wie die Limone so gelb.
Sagt, was konnt' ich dafür? Ich kam zu Luisa, zu Euch nicht;
   Und ein Wörtchen mit Euch — wäre die Sünde so groß?
Doch gleich lief sie herum zu der Mutter und rief: Mariuccia
   Ist beim Fremden; sie stehn öffentlich auf dem Altan.
Nun, Ihr wißt, wie Mütter sich gleich das Gefährlichste denken;
   Meine — sie ist nicht schlimm, doch wie die anderen auch.

Mühsam hab' ich es ihr auseinandergesetzt. — Die verruchte
    Schwätzerin! Höre sie das, wenn sie auch jetzt spionirt! —
Bitto! Seid vorsichtig, ums Himmelswillen. Ich darf nicht
    Thun, als wüßt' ich darum. Sehet, ich stelle mich auch
Freundlich zu ihr. Denn es ginge vom Argen ins Aergste, ver-
                      säumt' ich's;
    Ja und sie redet sich vor, daß sie mit Grund mich bewacht.
Denn ihr Onkel — Ihr saht ihn wohl, er geht mit dem braunen
    Römischen Hute, wie Ihr — machte mir früher den Hof.
Doch dann reis't er davon, und sie sagen, er sei in Milano
    Lange gewesen und gar weiter hinauf in Paris,
Mit Mazzini und anderen Herrn, die alle zerstoben,
    Als sich die Könige dann wieder zu Meistern gemacht.
Vor vier Monden erschien er auf einmal hier in Sorrento,
    Trat zum Bruder ins Haus, nur mit dem leichten Gewehr;
Aber er trug in den Taschen ein wichtiges Häufchen Dukaten,
    Und sie schwatzten: er nimmt jetzt Mariuccia zur Frau.
Seht, wir sind ein wenig verwandt. Doch meine Familie
    Kam seit Jahren zurück. Früher — da galt es ihm gleich.
Jetzt — was ist Mariuccia dem Herrn? Mich kümmert es wenig,
    Angiolinen sogar freut es; sie gönnte mir's nicht.
Und nun quält sie mich doch und paßt auf Schritt mir und
                      Tritt auf,
    Daß sie an Gallen und Gift noch zur Orange vergilbt.
Und doch thu' ich, wonach mein Sinn steht. Aber ich muß mich
    Hüten, ein anderes Mal offen wie heut es zu thun.
Gebt nun, bitte, den Zoccolo, Herr! — Da ist er! — Ich
                    reicht' ihn
    Ueber die Mauer, und warm fühlt' ich die Nähe der Hand.
Wie sie den Fuß nun hob und geblickt anpaßte das Schühlein,
    Ueber das holde Gesicht fielen die Flechten herab.
Und ich sagte: Wie ist's nur möglich, daß er dich täglich
    Sieht, Mariuccia, und nicht dich zu besitzen entbrennt?
Und sie rümpfte das Mündchen und sprach: Habsüchtige Männer!
    Schönheit reizet sie wohl, doch es gewinnt sie das Gold.
Oder vielleicht auch haben ihm Andere besser gefallen.
    Saget, die Mädchen bei Euch sind sie denn schöner als hier?

Eure Geliebte zum Beispiel gleich? — Mir ist sie die Schönste,
  Die ich irgend gesehn, aber die Liebste gewiß. —
Diese Ringe — Ihr habt sie von ihr? da muß sie auch reich sein.
  Wie alt ist sie? und sagt, bitte, wie heißet sie auch? —
Margherita; sie ist in deinen Jahren; im Wuchs auch
  Gleichet sie dir und im Mund, aber die Augen sind braun. —
Seht, mich freut es; ich hab' Euch gern, Euch gönn' ich die
                          Beste;
  Doch Ihr reiset gewiß bald zu der Liebsten zurück? —
Wär' dir's leid, Mariuccia? — Sie schwieg. Ich höre die
                          Thür gehn,
  Sagte sie rasch. Lebt wohl! — Bleib noch ein weniges! —
                          Nein,
Aber ich komm' schon wieder. Felice notte! — Sie lief zum
  Treppchen zurück und stand dorten und horchte hinab.
Dann noch einmal blickte sie um und winkte mit beiden
  Bräunlichen Armen und ach! lachte mit Augen und Mund.
Langsam stieg ich herab vom Schemel. Des Onkels gedacht' ich,
  Ballt' unwillig die Faust gegen den flüchtigen Mann.
Einer von uns ist wahrlich ein Thor, so rief ich; mein Auge
  Narrt mich, oder der Mensch, der sie verschmäht, ist ein Narr.

VIII.

Wisset, ich war in Meta; ich trug zur Tante die Bänder,
  Die ich gewebt; sie hält dort sie im Laden zu Kauf.
Doch nicht war sie daheim; ich hatt' ein Stündchen zu warten,
  Und dies Sträußchen indeß pflück' ich im Garten für Euch.
Denn sie erzieht an Rosen die herrlichsten Sorten das Jahr durch,
  Und Ihr, wie ich gesehn, pflegt und betrachtet sie gern.
Und mir sagte Luisa des Vormittags, da ich fortging,
  Daß Ihr traurig und blaß säßet, vergraben in Angst,
Weil Euch Briefe gebrächen von Haus. Nun sehet, ich kann nicht
  Schreiben; ich schrieb' Euch gern allerlei Briefe zum Scherz.
Freilich, es wär' doch keiner von Margherita; was hülf' es?
  Doch Ihr lachtet vielleicht über das alberne Zeug.

Nehmt nun aber die Rosen; sie sind doch immer Gesellschaft.
    Fangt sie! Die Mädchen in Rom, denk' ich, sie lehrten es Euch.
Da! — Und die Freundliche warf. Ich fing mit der Rechten
                den schönen
Ueppigen Strauß, und entzückt taucht' ich hinein das Gesicht.
Wie nur dank' ich es dir, Holdselige, daß du so herzlich
    Meiner gedenkst, wenn ach! ganz mich die Liebste vergißt! —
Stille davon, und abbio für heut! — Du gehst? — In die
                Kirche
Muß ich. — So spät am Tag, lange nach Ave Marie? —
Ja, noch haben wir Mai, da hält ein Padre des Abends
    Immer die Maiandacht, wegen der Mutter des Herrn,
Die im Maien geboren; man weiß nicht sicher, an welchem
    Tag. — So feiert Ihr nun jeden, um sicher zu gehn.
Darf ich mit in die Kirche? — Mit mir nicht; aber Ihr könntet
    Auch hinkommen, allein, und man begegnete sich.
Horch, da ruft mich die Schwester, Pepina. Wenn ich bei
                Euch bin,
Immer vergeß' ich die Zeit, oh, und sie schelten mich aus.
Also — Ihr kommt! — So flog sie hinweg. Ich eilig hinunter,
    Und mir wiesen sogleich andere Fromme den Weg,
Mädchen zumeist, sittsam in der Hand ein Büchlein, die Köpfchen
    Unter den Tüchern versteckt, wie's in der Kirche sich ziemt.
Nicht in die stattliche gings, Sant Antonino geheiligt,
    Sondern ein Kirchlein war's mit in die Häuser gereiht.
Und nun kam Marinccia daher und die Schwester. Sie sah mich
    Gleich und blickte beiseit, aber sie lächelte doch,
Als ich den Strauß an die Lippen erhob. So folgt' ich den
                Mädchen
Unter das Vordach erst, dann in der Kirche Bereich.
Traulich beschränkt war's drinnen und kühl und duftete Weih-
                rauch,
Und zwei Lichter allein brannten im wolkigen Duft.
Und so setzten wir uns, und zwar Weiblein von den Männlein
    Züchtig gesondert; vereint aber begann der Gesang
Sammt Litanei. Vor sang mit der zitternden Stimme die alte
    Lehrerin, welcher Sorrent Nähen und Stricken verdankt,

Und wir Anderen fielen mit ein. Mir wies der betagte
   Küster das Buch und schrie heiser und falsch mir ins Ohr.
Dich auch hört' ich heraus mit der hellen und kindischen Stimme,
   L'Arrabbiata; ich sah's, wie du am spätesten kamst,
Finster die Stirne verhängt hinschrittest die Reihen der Bänke
   Und zu den Kindern gesellt vorne den Platz dir ersahst.
Endlich verstummt der Gesang; zur offenen Sakristeithür
   Schreitet ein Priester heraus, welchem der Knabe voran-
Trägt ein wankendes Lämpchen und leuchtet hinauf in die Kanzel,
   Daß nur ein Streiflicht fällt über den stattlichen Kopf.
Und er beginnt eindringlich in schwellendem Flusse. Man
                     horcht' ihm
   Gern; auch flocht er gewandt schöne Legenden mit ein.
Seht, so sprach er, es heißt Maria Sanüssima „Mutter
   Gottes." Warum? das weiß, hoff' ich, ein Jedes von euch.
Weil sie den Heiland gebar. Allein, ihr Name „Maria" —
   Wisset ihr auch, was der heißet? Ihr wisset es nicht.
Merkt, ich will es erklären. Ihr wißt, was mare bedeutet,
   Meer. Nun aber, da ist manches verschiedene Meer.
Erstlich das große da unten, das mittelländische. Eins dann
   Bei Ancona, es wird Adria's Busen genannt,
Und noch andere, anders genannt, groß ist ja die Erde.
   Doch ein Urmeer giebt's, welches die anderen tränkt.
Flüss' und Seeen und Quellen entläßt aus ewigen Füllen,
   Welches den Regen ernährt und den erquicklichen Thau.
So wie dieses die Erde belebt und befruchtet und alle
   Creaturen erquickt, also die Mutter des Herrn,
Also Maria, des Heils Urmeer. Welch heilige Namen:
   „Mutter des Herrn, Urmeer!" Bitte, Maria, für uns!
Dich anrufen erquickt das Gemüth und löschet der Seele
   Durst. Du aber belohnst köstlich ein gläubig Gebet.
Davon wissen genug hochpreisliche Wunder die heil'gen
   Bücher, und eines davon will ich erzählen. So hört!
Einst vor Jahren da lebt' ein Mönch, jung, aber begnadet,
   Und sein lauteres Herz lag vor der Mutter des Herrn
Tag und Nacht auf Knieen; er sang die fünf benedeiten
   Psalmen, und jeden beginnt eine der Lettern, versteht:

M-A-R-J-A; die sang er mit brünstiger Seele.
  Solches gefiel gar wohl Unserer himmlischen Frau.
Darum bat sie einmal ihr Söhnlein, ihn zu belohnen;
  Und wie ward er belohnt? Rathet! — Ihr rathet es nicht.
Laßt euch sagen: der Herr ließ wachsen am Munde des Frate
  Eine Rose! Nun denkt! Eine gewöhnliche nicht;
Eine vom Paradiese! Sie duftete himmlischen Wohlduft.
  Und was weiter? Es stand golden auf jeglichem Blatt
Eine der Lettern gemalt, der fünf, die den Psalmen voranstehn,
  M-A-R-J-A. Solches geschahe mit Fleiß,
Um zu bekunden, wie hold und theuer ein eifriges Beten
  Immer der Jungfrau sei. Also versäumet es nicht!
Also verunreint nimmer den Mund mit häßlichen Worten,
  Deren ein Türke sogar, ja und ein Jude sich schämt.
Sondern schmücket den Mund mit dem heiligen Namen „Maria“.
  Bitte, Maria, für uns! — Und in der Kirche wie still
War's, kein Athem erging. So stieg er die Kanzel herunter;
  Knab' und Lämpchen voran ging's in die Pforte zurück.
Doch wir Anderen wallten hinaus, ich wieder die Rosen
  Fest an die Lippen gedrückt. Unter der Thür im Gewühl
Zu Marinccia fand ich den Weg. Wir gingen in Schweigen
  Neben einander. Die Hand rührte geheim an die Hand.
Aber die Hand war heiß, und der Strauß an den brennenden
                        Lippen
  War so eilig verwelkt, daß ich im Herzen erschrak.
Draußen die Nacht sternhell und die schauernden Lüfte lebendig,
  Und es gelüstete mich nieder ans klingende Meer.
Unten verweilt' ich lange. Ich sang in die Wellen ein deutsches
  Lied, am Rande des Schaums wandelnd das Ufer entlang,
Und ich sah, wie zu Füßen, im Mondschein blinkend, die Ebbe
  Meinen erblassenden Strauß riß in die offene See.

IX.

Wo sich das äußerste Horn von Sorrento's Bucht in das Meer
           streckt,
   Die wie ein Kind im Schooß Napoli's Busen umschließt,
Liegt hart neben dem Ufer ein Fels, am Gipfel geebnet,
   Den mit dem Festland noch altes Gemäuer vereint.
Denn vormals schlug römische Hand zwei Brücken hinüber,
   Eine bis tief zum Grund, eine im Bogen gewölbt.
Dort tritt tief in den Felsen die Flut ein, mächtigen Kessel
   Füllend. Geräuschlos sieht bläulich der Spiegel herauf.
Dorthin wandr' ich am liebsten. Die Klippe dünkt mich die
           Grenze
   Meines Gebiets; denn hier endet der Bann von Sorrent.
O wie jauchzt' ich zuerst laut auf, als mit dem geliebten
   Freund hieher sich der Fuß längs dem Gebirge verstieg.
Wie durch Wunder erschien zum Bade der Kessel vertiefet,
   Wie durch Wunder das Gras über die Klippe gesät.
Und wir lagen und sahn sprachlos in die Weite. Die Inseln
   Tauchten herauf. Der Vesuv herrschte geruhig wie je.
Auch von Capri erschien ein Streif, als weiter nach Westen
   Wir zum Saume des Meers klommen die Felsen hinab.
Damals saßen wir gern in die heftige Sprache versunken,
   Drin sich die Woge bespricht mit dem zerklüfteten Strand,
Sahen der Flut unersättliches Spiel. Nun aber vereinsamt
   Wandr' ich dahin. Du weilst unter den Pinien Roms.
Dein entbehr' ich — wie sehr! Schon hängt in Blättern die Rebe,
   Die noch nackt in die Luft starrte des wilden April,
Als du gingst. Kaum sahst du die zögernden Knospen der Feige;
   Weniger Nächte Verlauf lockte zu Tage das Blatt.
Denn hier reift ein Jedes geschwind, hier reifet der Neigung
   Blüte, die herbe, wie bald ach! zu der süßesten Frucht,
Reift auch rasch ein empfangenes Lied und die zarte Gestalt auch,
   Die wie ein Schatten zuerst schwebte dem Dichter heran.
Und er sieht der beweglichen zu; nun wagt sie sich näher;
   Schon umfließt sie ein Hauch dämmernd belebenden Lichts,

Und er rührt mit dem Finger die Stirn ihr. Siehe, sie regt sich,
  Blickt mit geistigem Blick; endlich befreit sich das Wort
Von der melodischen Lippe — sie lebt, sie ist deine, sie fühlt sich
  Dein — und dennoch, sie lebt völlig ein Leben für sich.   .
So, als heut zu der Klippe den Weg ich wandelte sinnend,
  Zogen dem sehnlichen Blick reizende Schatten voran,
Deren Gestalt ich in Marmor sah im Palast zu Neapel,
  Hoch auf abligem Roß reitend ein bräutliches Paar;
Vor dem Verlobten die Braut. Halb siehst du das süße Gesichtchen
  Ueber die Schulter. Sie hebt zärtlich die Augen empor,
Streift mit der Fackel im Spiel an die niedrigen Zweige der
                    Waldung,
  Während das willige Roß folget dem Sclaven am Zaum.
Aber der Mann blickt finster. Er wägt die Geschicke der Zukunft.
  Ward er verbannt von Rom? Hat er das Mädchen entführt?
Wortlos gehet die Reise den Strand hin. Da von der Klippe
  Durch unwirthliche Nacht grüßet mit Lichtern das Haus.
Einst stand dorten ein Tempel des Hercules. Ueber den Trümmern
  Ließ sich den Sommerpalast köstlich der Römer erbaun,
Und dort birgt er den lieblichen Raub. Nun über das Brückchen
  Geht's. Vom Zelter ans Herz hebt er das Mädchen herab.
Und sie steht und betrachtet das Meer, und plötzlich verlockt sie
  Unten im Becken die Flut kühl zu dem nächtlichen Bad.
Doch er küßt ihr die Wange, zerstreut. Dann führt er sie nieder
  Felsige Stufen. Es sind unten die Zellen bereit.
Nun geht leise der Mond in die Höh und staunt, in der Wildniß,
  Wo er zuvor nur dich, ehrliches Schaffnergesicht,
Fand, heut blühende Jugend zu sehn, schwarzlockige Schönheit,
  Welcher den silbernen Fuß zitternd die Welle benetzt.
Aber das Glück ist falsch. Vom Wald genüber vernehm' ich
  Schleichenden Fußtritt jetzt. Wachet! es nahet Verrath!
Ist es der griechische Mann von Sorrent, dem, als du hin-
                    durchrittst,
  Lächelnde Braut, jählings drang in den Busen der Pfeil?
Wär's ein Bote der Eltern? — Es kommt. Schon schlägt es
                    die Zweige
  Aus einander — doch wer zeigt sich am schroffen Gestad?

Angiolina's Onkel, im Jagdrock und mit der Flinte!
  Ihm zu Füßen voraus hüstelt ein zottiger Hund.
Muß mir so der Verhaßte die traulichen Träume zerrütten?
  Und er sieht mich, und stracks lenkt er die Schritte zu mir.
Zwar — hübsch ist er, ich räum' es ihm ein. Von reichlichem
                    Bart ist
  Dunkel umrahmt das Gesicht, feurig das Auge, der Mund
Fein und der Anstand sicher. Man ist auch höflich; man
                    grüßt ja
  Wahrlich zuerst: Wie geht's? Herrliches Wetter, Signor! —
Danke, vortrefflich! Und wie geht's Euch? — Wie's Jägern
                    ergehn kann,
  Die schon Stunden umsonst passen auf glücklichen Schuß.
Seid Ihr Jäger? — Bedaure. Ich schoß nicht übel vor Zeiten
  Nach der Scheibe. Doch nie hatt' ich ein lebendes Ziel. —
Nun, hier bietet vielleicht sich Gelegenheit. Bleibet Ihr länger,
  Machen wir wohl noch einmal einen geselligen Gang,
So vor Tag, und schießen ein weniges, bis Ihr genug habt. —
  Gern. Längst brannt' ich darauf, mehr zu verkehren mit
                    Euch. —
Und wir schüttelten uns mit höflichem Lächeln die Hände,
  Während die Bestie mich winselnd und heulend umsprang.
Sagt, sprach wieder der Onkel, wie dünkt' Euch gestern die
                    Predigt?
  Ein Prussiano wie Ihr, den's in die Kirche verlockt,
Was absonderlich Hübsches erwartet er. Habt Ihr gefunden,
  Was Ihr gesucht? — Und mehr, sagt' ich; es hat mich erbaut.
Wahrlich, der Dienst der Maria, ich kann nicht länger ihm
                    gram sein,
  Denn nichts Holderes wird unter dem Monde geliebt. —
Hm! kein schlechter Geschmack. Mir ward er ein wenig verleidet;
  Doch nicht ständ' ich dafür, daß er mich wieder bekehrt.
Dann — doch verzeiht! da streift sie heran — der will ich's
                    gedenken! —
  Und von der Schulter im Nu riß er die Flinte. Der Schuß
Rollte die zackigen Ufer entlang. Lauf, Fido! Hinunter!
  Rief er dem Hund. Der sprang kläffend hinab in die Flut.

Und dort sah ich in zappelnder Angst die verwundete Wachtel
  Schwimmen. Es ruderte stark Fido der sinkenden nach,
Faßte sie sauber am Flügel und schwamm eilfertig zurücke;
  Triefend, die Wachtel im Maul, kroch er die Felsen empor.
Oben empfing sein Herr die verblutende, während der Hund sich
  Schüttelt' und stäubend umher spritzte die salzige Flut.
Seht, sprach lächelnd der Onkel zu mir, die wollte nach
                    Deutschland.
  Stets vom Süden zurück reis't sie im Maien. Es sind
Rings an den Küsten die Garne gestellt, da fängt sich so manche;
  Manche verlockt auch wohl leckeres Futter vollauf,
Hier in Sorrento das Feld einheimischem Volk zu benaschen,
  Und die büßen mit Recht. Nehmet den Vogel, Signor!
Gerne verehr' ich ihn Euch. Laßt ihn Euch braten zum Abend
  Und seid meiner gedenk, wenn er Euch leiblich behagt.
Hieher, Fido! — Er rückte den Hut und neigte sich lächelnd;
  Dankbar lächelt' ich auch. Und in die Waldung zurück
Schritt er, der Hund mit ihm. Ich blieb am Meere, die todte
  Wachtel in Händen, und sprach: Trefflicher Onkel, du bist
Höflich und klug und ein Meister der Jagd und seiner Symbolik,
  Doch in Einem, verzeih, bist du und bleibst du ein Narr.

X.

Heut da kommt mir ein fremdes Gesicht aufs Zimmer. „Ich
                    bin ein
Deutscher, verzeihn's". — Nun, dies scheint mir verzeihlich
                    zu sein.
Nehmen Sie Platz, mein Theurer. In wie viel Tagen ver-
                    nahm ich
Kein heimathliches Wort! — „Schauen's, so ging mir es holt
Auch; drum bin ich so frei, als Deutscher — wenn Sie er-
                    lauben" —
Nehmen Sie Platz! Wie süß tönst du, mein mütterlich Deutsch!
All das welsche Gemunkel, zumal dies Napoletanisch,
  Süß wie die Feige, doch auch weichlich entartet wie sie.

Endlich wieder ein kräftiges Wort und wär' es zunächst auch
    Nur ein wienerisch dumpf Holtergepolter — es labt!
Aber, Sie stehn noch immer? — „Verzeihn's, ich komme directe
    Vom Vesuvio her, wo ich verwichene Nacht
Beim Einsiedler geschlafen. Der Salkrische! der Malefizbub
    Ließ sich zahlen! Zuletzt nahm ich noch Wanzen in Kauf.
Und nun mein' ich, es sitzt mir im Rock ein Rest des Geziefers,
    Und die Racker sogleich nisten sich ein in den Stuhl.
Salva venia, aber es ist holt sänisch im Süden;
    Ich vor Allen, ich bin sehr an das Propre gewöhnt,
Erst seit Kurzem. Ich komme von Gräfenberg, und die Reise
    Sollte die Nachkur sein." — Hm! ich begreife! ja ja!
Dann ist's freilich ein anderes Ding. — „Jo schauen's, ich hatt' ein
    Magenleiden, und zehn Aerzte, die ersten in Wien,
Setzten mir zu. Was half's? Da ging ich zuletzt zu dem Priesnitz,
    Mitten im Winter; es war letzten December ein Jahr."
So! — „Jo wissen's, ich fror wie ein richtiger Schneider. Es ist dort
    Regel, man deckt in der Nacht nur mit dem Kotzen sich zu.
Solcher ist luftig und schmal. Ich kroch im Sommer und Winter,
    Eh ich zu Priesnitz kam, unter die Federn zu Nacht.
Seine Gewohnheit hat doch ein Jeglicher." — Wahr! zum Exempel
    Ich, um die jetzige Zeit schöpf' ich ein weniges Luft
Auf dem Balcon, sonst schlaf' ich die Nacht nicht. (Freilich, die Stunde
    War's, wo ihren Balcon auch Mariuccia betrat,
Nur Ein Haus von dem meinen getrennt. Streng hielt sie die Mutter
    Tages am Webstuhl fest. Aber sie kam in der Nacht.
War's auch immer zum Reden zu weit, zum Blicken zu dunkel,
    Grüßte sie doch mit Gesang, winkte sie doch mit der Hand.)
„Gehn's nur," bat mich der Deutsche. „Die Thür ist offen, so können's
    Mich von draußen verstehn. Also wo blieb ich? Ich fror.

Und so geb' ich dem Hausknecht Geld, er soll mir ein Deckbett
    Schaffen. Er schafft es, und ich schlafe die Nacht wie ein
        Dachs.
Aber was wird mein Priesnitz thun? Was denken's? Die Runde
    Macht er und schaut, ob Keins wider die Regel verstößt.
Nun, wie gesagt, ich schlief und ich ahnt's nicht. Morgens —
        wie wird mir? —
Lieg' ich — und klappre vor Frost — unter dem Kotzen allein.
Aber mein Hausknecht klärte mich auf! Der Schlingel! Er
        wußt' es
Alles voraus, und doch steckt' er das Geld in den Sack.
Nicht acht Tage, so war ich's gewohnt. Jetzt sei mir ein Bette
    Kalt wie es will, nur sei's sauber, so ist mir es recht.
Sehr ein erfahrener Doctor, der Priesnitz!" — Wie es der
        Werthe,
Ob er es weiter bewies, frage mich Keiner darum.
Denn jetzt trat sie heraus, ein Lämpchen in Händen, und hängt' es
    Ueber den Sims des Balcons. Schöner erschien sie als je.
Und dann nimmt sie den Hammer zur Hand und klopft gar eifrig
    Gegen den Rahmen der Thür. Hat sich ein Nagel verrückt?
Warf sich das Holz? Doch scheint's kein ernstlicher Schaden.
        Es gleitet
Müßig das Auge zu mir, leuchtet und lächelt und winkt.
Säße der lästige Mensch nur jetzt in der Tiefe des Kraters
    Oder der Hölle, ein Wort rief ich hinüber zu ihr!
Doch da sitzt er und schwatzt. Das abscheuliche Deutsch! Wie
        wohl thut
Ein landsüblicher Fluch, hinter den Zähnen gebrummt.
Still! jetzt öffnet sie wahrlich den Mund. Was aber bestürzt sie,
    Daß sie auf einmal stumm blickt in die Scheiben der Thür?
Aus der erschrockenen Hand fällt klingend der Hammer, sie
        hält sich
An dem Geländer, sie starrt — wandelt im Haus ein Gespenst?
Gieb ein Zeichen — was ist's? Was siehst du? — Sie scheint
        sich zu fassen,
Nimmt das Lämpchen, und jetzt — ach, sie verschwindet
        im Haus.

Und so lässest du hier mich allein, zur Beute dem Räthsel,
  O Mariuccia? bedenkst nicht, wie du folterst den Freund?
Fiel ein plötzlicher Schwindel dich an? Ach, liegst du nun drinnen
  Von Ohnmachten umstrickt? oder die Mutter vielleicht,
Oder die Schwester, und lähmte die Hand ein entsetzlicher Anblick?
  Was — was glaub' ich? womit still' ich mein ahnendes Herz?
Wer mir Gewißheit gäbe! — Da hör' ich den ehrlichen Deutschen
  Zu mir treten. Und Sie, sagt er, was halten's davon? —
Ich? — Nun, stimmen's mir bei? — Ja freilich! — Sie halten
                         die Stirn so;
Ein Kopfschmerzl? — Fürwahr, 's ist mir beklommen im
                         Hirn. —
Wissen's, da thut nix besser, als frisch vom Brunnen ein
                         Sturzbad:
Folgen Sie mir. Ich selbst steh' mit Vergnügen zu Dienst. —
Danke! Es bessert sich schon. Allein wahrhaftig, ein Sturzbad,
  Das mir das Hirn abkühlt, thäte schon lange mir noth.

〜〜〜〜〜〜

XI.

Dir, dir will ich es sagen, Geliebteste, will ich es klagen,
  Was wie des Meerwinds Hauch leise das Blut mir empört.
Nicht ein Kummer; du weißt, seit ich dich habe, bekümmert
  Mich nur Wenig, und das bangt und getröstet sich dein.
Doch wenn holde Gewohnheit uns zutraulich gewiegt hat,
  Und sie entzieht uns rauh ihren gefälligen Arm,
Dann — wer drängte die Klage zurück, wer täuschte der Oede
  Dumpf unstätes Gefühl gleich mit Entsagen hinweg?
Soll ich so bald mich entwöhnen des schönen Gesichts, das
                        freundlich
Kam und ging, zu Gespräch immer und Lächeln bereit?
Ach, wenn widriger Wind in Napoli hemmte die Barke,
  Die mir ein Blatt von dir, die mir das Leben versprach,
Und ich stand und im Weiten mit ungeduldigen Augen
  Folgte vom offenen Dach jeglichem Segel im Meer,

Dann wohl über die Mauer die klingende Stimme vernahm ich:
   Seid Ihr traurig? Warum? Seht, es betrübt mich sogleich,
Wenn Ihr finster und stille den Kopf hängt. Lasset uns plaudern!
   Ist das Leben doch süß; seid Ihr doch jung und geliebt. —
Und was hilft mir der Liebe Gewißheit? Haben ist Alles;
   Haben allein ist süß; Haben ist Jugend allein. —
Und sie tröstete mich mit dem kindischen Troste: So seid nur
   Klug und geduldig. Ihr kehrt wieder und habt sie aufs Neu'. —
Kann ich's glauben? Und zweifle sogar am Gewissesten, daß ich
   Einst sie besaß; mir scheint's nun wie ein Trug, wie ein
            Traum.
Unzufriedner! Und kommt nicht fleißig ein Blättchen und sagt
            Euch,
   Daß dies Alles sich erst kürzlich und wirklich begab? —
Sonst wohl kam's, und da glaubt' ich es leicht. Nun aber ent-
            behr' ich's
   Schon seit Tagen, und gleich drängt sich der Zweifel ans
            Herz. —
Ihr habt Recht. Schwer ist es, vergangene Dinge zu glauben;
   Grade die liebsten, sie sehn heut wie die fremdesten aus.
Jeder erfuhr's, ich auch, und es braucht nicht Meilen dazwischen,
   Daß unmöglich erscheint, was wir mit Augen gesehn.
Vor zwei Jahren einmal, im Sommer, ich war kaum sechzehn,
   Faßt' ein Fieber mich an, eisig und bang wie der Tod,
Und sie dachten, es sei mein Letztes; ich selber, ich dachte
   Wenig. So lieg' ich am Tag, schon für verloren, im Bett,
Gar einsam, denn die Mutter besorgte den Herd, und Pepina
   War in Meta. Da kommt Einer zur Kammer herein,
Setzt sich neben das Bett und faßt mir die Hand und beschaut
            mich
   Lang. So verworren ich war, dennoch erkannt' ich ihn gleich
Und schwieg still. Um die Welt nicht hätt' ich ein Wörtchen
            geredet.
   Doch er sagte: Du bist krank, Mariuccia; Geduld!
Du wirst wieder genesen; ich fragte den Arzt; er versprach
            mir's.
   Halte das Herz nur still! — Aber er küßte mich auch

Und sprach weiter: Du sollst bald lachen und singen wie früher,
  Und viel besser vielleicht. — Sehet, das sagt' er und ging.
Von Stund an wie ein Wunder geschah mir's, daß mich das
      Fieber
  Ließ. Schon Tages darauf saß ich auf offenem Dach.
Doch mein Lachen und Singen — wo blieb's? Jetzt, seh' ich
      Denselben,
  Ist mir's immer, es sei falsch und ich hätt' es geträumt.
Mag's denn sein, wie es will — was ist's auch? Aber da
      seht nur
  Ueber das Meer. Kommt dort nicht von Neapel das Boot?
Ja, ich erkenne das Wimpel Luigi's. Seid Ihr auch jetzt noch
  Nicht zufrieden? — Ich wär's, wäre der Brief mir gewiß,
Brächt' er Erwünschtes, und hätt' ich ihn schon. Noch trägt ihn
      die falsche
  Welle. Verzeih! mich treibt's selbst an den Hafen hinab.
Und sie nickte, die Freundin. Und kam ich zurück und erklomm
      dann
  Jubelnd das Dach, sie stand droben und wartete mein. —
Aber nun les't mir ein wenig zum Dank! — Ich that es, so
      gut ich
  Konnte; das sinnige Deutsch setzt' ich in welsche Musik.
Und sie lauscht' und wandte sich dann, fast traurig. — Das
      ist nun
  Schon seit Tagen vorbei. Freuden und Schmerzen allein
Muß ich tragen. Zuletzt erschien ihr liebes Gesicht mir
  Nachts, von weitem, und da riß es ein Räthsel hinweg.
Jetzt belagert das Dach hartnäckig die garstige Hexe
  Angiolina. Sie thut freilich geschäftig genug.
Bald muß Fiffi heran, da badet und kämmt sie den Armen,
  Oder sie nimmt ein Buch, das sie zum Scheine studirt.
Ach, und leider verdunkelt Gewölk am Tage den Himmel,
  Kein willkommener Strahl scheucht mir die Neidische fort.
Mir ist doppelt die Sonne versteckt. Ich frage Luisa,
  Aber sie weiß nicht Rath, denn sie entzieht sich auch ihr.
Drüben wimmelt das Haus von groß' und kleinen Spionen;
  Hier guckt Einer und dort plötzlich ein Anderer vor,

Schielt nach mir und verschwindet. Was ist's nur? Bin ich so
                                   sehr denn
Staatsgefährlich? Und was, denken sie, führt' ich im Schild?
Ich, als merkt' ich es nicht, gleichgültig in Händen den alten
      Vater Homer, vom Altan halt' ich die Späher in Schach.
Immer das Nämliche les' ich, und nicht nur, weil ich zerstreut
                                   bin:
      Weil mit neuer Gewalt immer das Eine mich rührt.
Wenige Zeilen, — sie fassen ein Schicksal. Bei den Phäaken
      Weilet Odysseus noch. Aber er sehnt sich nach Haus.
Und so steigt er hinab in den Saal zu den harrenden Fürsten
      Aus dem behaglichen Bad. Und an der Schwelle der Thür
Tritt Nausikaa leise zu ihm, in göttlicher Anmuth,
   Grüßt und bittet: Du gehst, aber versprich mir, daheim
Mein nicht ganz zu vergessen, die gern den Gestrandeten aufnahm.
      Und mit herzlichem Wort redet der Dulder zu ihr:
O Nausikaa, Tochter des edlen Alkinoos, gönne
      Mir so sicher die Fahrt Zeus an den heimischen Strand,
Als ich deiner auch dort, wie der Himmlischen Einer, gedenk bin
      Jeglichen Tag, denn du, Liebliche, hast mich erquickt!

〜〜〜〜〜

XII.

Kommt, schon wartet der Wagen am Haus! — Wie soll ich mich
                                   trennen?
      Gestern — ein Leichtsinn war's, daß ich es ernstlich beschloß.
Heut — wie am Fenster die Spinne sich anwebt, häng' ich mit
                                   tausend
      Fäden im eigenen Netz fest an die Stätte geknüpft.
Lieber Vesuv, wir sehn uns drüben in Napoli wieder
      Aber ein Anderer dann bist du — ein Anderer ich.
Ruhiges Meer, auch du — nicht mehr in der Glorie schwimmst du
      Hinter Olivengesträuch, sondern in schmählichem Frohn
Zahllos ankernder Schiffe getrübt die gediegene Klarheit;
      Statt des Orangengedüfts dampft an der Rhede der Theer.

Und du, innige Stille der Luft, von Stimmen der Liebe
   Zärtlich gebrochen, im Lärm Napoli's schmacht' ich nach dir.
Stürzt, mitleidige Thränen! Verfinstert den Blick und entreißt
          ihm
   Näh' und Weite; er soll jetzt sich bescheiden, er muß.
Bist du hier, o Luisa? Geleite mich! Sinnen- und fühllos
   Geh' ich. Weinest du auch, Mädchen, und bleibst in
          Sorrent? —
Nein, ich fahre mit Euch, bis Castellamare; die Mutter
   Auch, Francesco und wen sonst die Karosse noch faßt.
Sonntag ist es, so haben wir Zeit. Als wärt Ihr ein Bruder,
   Will Euch Jedes im Haus wohl, und das wisset Ihr auch. —
O ihr Guten! — Wir gingen, vorbei dem Altan; ich gewann's
          nicht
   Ueber das trauernde Herz, droben noch einmal zu stehn.
Und wir fanden die Mutter im Sonntagsputze, die Schwestern
   Und Francesco im Flur. Aber sie schmückten mich erst
Wie ein Opfer mit Blumen und steckten mir dunkler Orangen
   Zwei in die Hand. Mit Noth wehrt' ich ein Dutzend mir ab.
Ach, und am Hausthor harrte die leidige Kutsche. Vergnügt saß
   Ferdinando bereits neben dem Kutscher mit Stolz.
Jetzt wir Anderen hurtig hinein, sechs Große, dazwischen
   Zwei von den Kleinen; am Bock hing sich ein Drittes mit an.
Freundliche Nachbarn kamen, die Hand mir reichend zum Abschied,
   Hoben die Kinder hinein, daß ich sie herzte wie sonst,
Und fort stob das beladne Gefährt. Indessen an Eins nur
   Dacht' ich: Und du nur bleibst, du, Mariuccia, zurück!
Nicht am Fenster erschien sie. Es hing kaltsinnig der Vorhang,
   Und kein Fältchen verschob, winkend und scheidend, die Hand.
Sei's! So will ich auch dies ausstreichen in mir, in die Zukunft
   Blicken und hoffen. Ein Gott nehme des Andern sich an!
Siehe, der Tag ist heiß. Kaum blieb im Rücken die Ebne,
   Und den gewundenen Weg schnaufen die Gäule hinan,
Breit in den Felsen gebaut, der steil in die Wogen hinabsteigt,
   Als uns Alle befällt Plage der goldenen Glut.
Nun entfalten wir eilig den Schirm, nun ducken sich Alle
   Unter das Dach, das roth lachende Wangen bescheint.

Jedes in Sonntagslaune und thut sein Bestes mit Schwatzen;
  Nur die Luisa blickt schweigend hinaus auf das Meer.
Ich, am Rande des Schlags, mir zwischen den Knieen das jüngste
  Mädchen, von Allen befragt, stand ein Erhebliches aus.
Niemals machte zuvor Bosheit so heiß mir die Hölle,
  Wie ich im biederen Kreis dieser Verehrten geschwitzt.
Aber sobald um den Felsen die Fahrt bog oder ein Garten
  Schatten verstreute, sogleich tauchten wir wieder hervor,
Zeigten einander den wechselnden Schmuck der gesegneten Ufer,
  Oder das leuchtende Meer tief an dem gelben Gestein.
Und es erzählte die Mutter: Dereinst — sie säugte das erste
  Kind — stieg plötzlich das Oel über die Maßen im Preis.
Und da sagt' ihr Bippo einmal: Frau, wenn wir ein eignes
  Gärtchen besäßen, es wär' heuer ein braves Geschäft.
Aber, woher soll's kommen? — Darauf, sie bewahrte die Worte
  Still im Herzen, beschlief's ein' und die andere Nacht;
Endlich da war es gefunden: sie that ihr Alles an Ringen,
  Spangen und Ohrengehäng, so sie getragen als Braut,
Auch von der seligen Ahne das Schaustück sein in ein Kästchen,
  Ferner die Kette; sie ging zehnmal bequem um den Hals.
All das trug sie dem Goldschmied hin, der tauscht' es für blankes
  Silber; sie bracht' es dem Mann, welcher sie staunend befrug,
Schalt und belobte zuletzt, und sie kauften den Oelbaumgarten,
  Und er gedieh. Niemals hat sie der Handel gereut.
Seht, was hatt' ich den Schmuck auch noth? Ich hatte die Kinder,
  Hatte den Mann, und blieb immer von Festen zurück. —
Doch du sagtest darauf, Francesco, Diener der Kirchen:
  Mutter, ich war unlängst drüben im Garten und sah
Unsere heurige Ernte. Fürwahr, mich dünket es gottlos,
  Wie zusehends das Kreuz dort an der Mauer verfällt.
Denket, am Heiland gar ist völlig die Farbe verwaschen,
  Und doch wirket der Herr Segen in jeglichem Herbst.
Was dünkt Euch? Wir wenden die paar Carlin an den Tüncher,
  Daß er das Bild auffrischt. Aber die treffliche Frau
Nickt' und sprach: So soll es geschehn, Francesco. Es ist dies
  Deines Amtes. Du weißt, was für den Himmel sich
          schickt. —

Also plauderten sie; nur als von ferne das weiße
   Castellamare sich zeigt, wurden wir stiller und still.
Jetzt in den Bahnhof lenkt das Gefährt, jetzt spring' ich hinunter,
   Hebe die Mutter heraus, reiche den Mädchen die Hand.
Und wir standen und schwiegen. Wie Viel will scheidend ge-
                                 sagt sein,
   Und wie Weniges doch sagt man einander zuletzt.
Aber ich zog Luisen beiseit. Grüß mir Mariuccia;
   Grüß und sage, wie sehr ich sie am Fenster vermißt. —
Wißt, sprach leise das Mädchen, zuvor nicht mocht' ich es sagen
   Wegen der Andern. Ich sprach heut in der Messe mit ihr,
Und ich gab ihr das seidene Band. Sie sagte: Der Herrgott
   Weiß, wie gern ich ihm selbst dankte, so gut wie er ist.
Doch — was sagst du, Luisa? — der Carlo, sagt sie (der Onkel
   Angiolinens, versteht!) kam zu der Mamma und warb.
Wenige Tag' ist's her, und es war schon finster. Ich stand noch
   Auf dem Balcon. Da klopft's innen, da tritt er herein,
Sagt's mit wenigen Worten, um was er komme. Die Mutter
   Weinte vor Freuden, und ich — siehe, Luisa, der Tod
Kann mir das Herz nicht stärker als diese Wonne beklemmen,
   Als er die Hand mir dann gab wie in früherer Zeit.
Aber du mußt noch schweigen; er will nicht, daß es herumkommt,
   Sagt sie. Ich hätt' auch dir nicht das Geringste vertraut.
Doch er nahm mir im Ernste das Wort ab, nimmer den
                                   Fremden
   Wiederzusehn; ich gab's, sagt sie, und mußt' ich es nicht?
Nicht aus Laune geschieht's, das sag' ihm. Weißt du, er
                                  war mir
   Freundlich und ich ihm hold, wie es für Nachbarn geziemt.
Vielmals grüß' ich ihn aber und Margherita, und Beiden
   Bringe die Hand von mir. Nehmt sie, und meine dazu! —
Und frohlockend ergriff ich die Hand. Glückselige Botschaft!
   Rief ich. So ist nun hier Alles geschlichtet und gut.
Laß dich küssen, Luisa! — Und Euer Gelübde? — Die Heil'gen
   Wissen, mit reinerem Sinn wurde noch keines verletzt.
Grüße sie wieder zu tausend Mal, und hör, auch den Onkel! —
   Und wir schieden. Dahin fuhr ich im brausenden Zug.

Sei, holdseliges Mädchen, so rief ich, sei mir gesegnet,
  Die mir den Abschied auch, die mir die Thräne versüßt!
Segne das Glück dir Garten und Haus und am Hause die Reben,
  Segne das Kind, das holdlachend im Schooße du wiegst;
Und im Glück — o gedenke des Freunds, der nicht dir es neidet
  Führt ihn dem eigenen auch zögernd ein Gott in den Arm!

Die Furie.

Willst du im Ernst mich hassen, du Eifersüchtige? wendest
   Finster die Augen und lehrst schmollen den lachenden
              Mund?
All das, weil du mich sahst aufheben das seidene Tüchlein,
   Das nachlässig verlor jene gefährliche Frau?
Ob sie es mir zuwarf, ob ganz unschuldig es hinfiel —
   Weiß ich's? Aber die List, wenn sie es war, sie mißlang.
Denn nicht sprach ich ein leiseres Wort, nicht blinzt' ich bedeutsam,
   Noch auch drückt' ich die Hand, der ich erstattet den Fund.
Weiß schon war sie genug — das magst zur Strafe du hören! —
   Und es ermunterten mich freundliche Blicke genug.
Wär' ich groß zu verdammen? In früheren Tagen, bevor ich
   Ganz dein eigen, ich hab' ärgeren Frevel verübt.
Und noch fehl' ich zuweilen in Wort und Blicken; die losen
   Schwärmen auf eigene Hand, schweifen begehrlich herum,
Wie muthwillige Knaben, sobald sie der Lehrer allein läßt;
   Ihr Zuchtmeister, das Herz, weißt du, verschuldete nichts.
Doch heut waren sie sittlich gelaunt. Und ging ich des Wegs
              nicht
   Einzig um deine Gestalt oben am Fenster zu sehn?
Warum sah ich sie nicht! Muthlos sank nieder die Wimper,
   Und das unselige Tuch drängte dem Blicke sich auf.
Und da muß dich ein Dämon gleich herlocken zur Unzeit,
   Daß du mit Argwohn uns Beiden die Stunde vergällst.

Komm, sitz nieder zu mir und wende nur immer den Rücken!
   Halb doch wendest du schon wieder die Seele mir zu.
Laß dir ein Märchen erzählen. Es ist nicht fein, der Geliebten
   Predigen dürre Moral; aber ein Fabelchen nützt.

Nun, da wüthet' einmal im Winter ein feindlicher Nachtsturm;
   Ueber das attische Land schauerte Regengewölk.
Wer sich ein Obdach wußte, der segnet' es. Aber ein Flüchtling
   Stob durch Wetter und Graus irrend die Haide dahin,
Hinter dem Stöhnenden her ein Häuflein Furien. Hob er
   Gegen ein Leben die Hand, dem er das eigne verdankt?
War es Orest gar selbst? Wer kündet es! — Mitten im
                Brachland,
   Das Stromregen verschlemmt, löf'te vom haftigen Fuß
Einer der Strafgöttinnen das Band sich, welches die Sohle
   Hielt; am hinkenden Gang merkt' es die Wilde zuletzt.
Jung noch war sie und nicht so ganz in die Rache versunken,
   Daß sie des Schuhes Verlust hätte geringe geschätzt.
Also blieb sie zurück und sucht' am Boden; die Schwestern
   Jagten vorüber, und nicht hatten der Kleinen sie Acht.
Die, nachdem sie umsonst die Spur am Wege gemustert,
   Stand und bedacht' im Geist, ob sie den Flüchtigen nach
Stürmt', ob lieber der Stadt zuwandelte, wo sie den nackten
   Zärtlichen Fuß aufs Neu' kleid' in ein festes Gewand.
Jetzt zum Thor in die Gassen hinein scheu huschte die Kleine,
   (Denn nie war sie zuvor Häusern der Menschen genaht)
Und mit flammenden Augen die Schrift an den Thüren ent-
                räthselnd
   Sah sie an einer erfreut Schuh' und Sandalen gemalt,
Drunter des Hausherrn Namen: Diiphilos, Sohn des Palämon.
   Herzhaft klopfte sie an. Sieh, da erschloß sich die Thür,
Und ein schmucker Gesell — ihm stand nicht übel das Schurz-
                fell —
   Staunte mit offenem Mund stumm die Besucherin an.
Hübsch wohl war sie und jung, doch nicht gar sauber; der
                Sturmwind
   Hatte die Flechten gewirrt, denen der Regen enttroff.

Aber ein Graun war völlig die schlangengeflochtene Geißel,
 Die sie mit Vorsicht halb unterm Gewande verbarg.
Freundlich — es war ihr bestes Gesicht — nickt, Jenem die
            Kleine,
 Schlüpft' in die Kammer und hob über den Knöchel das Kleid.
Aber der stattliche Bursch, vom Handwerksstolze befeuert,
 Sprach: Dir mangelt ein Schuh; hurtig bedien' ich und gut.
Fremd mir scheinst du im Land, auf eiliger Reise; die Nacht ist
 Finster, und heut wohl nicht denkst du von hinnen zu gehn.
Darum sage mir an, wo dich bis morgen ein Gastfreund
 Herbergt, daß ich zu ihm liefere zeitig den Schuh;
Denn nicht scheu' ich die Nachtarbeit. — Da schüttelte Jene
 Heftig den Kopf und sprach: Gleich, denn ich reise noch heut!
Also fand sich der Meister darein, ohn' andres Bedenken,
 Stellt' aufs Bänkchen und maß knieend den zierlichen Fuß.
Nur, so geschäftig er war, anschielt' er zuweilen die Schlänglein;
 Diese verhielten sich still. Aber es knarrte die Thür,
Und in das kleine Gemach, vom Lämpchen erhellt, sah ernsthaft
 Unter den Locken hervor glühend ein Mädchengesicht.
Nun, tritt immer herein! rief ihr der Beflissene. Lang schon
 Wartet' ich heut. Derweil kam mir ein Fremdenbesuch.
Rüste den Tisch, Lykoris. Du darfst nicht weigern, o Herrin,
 Unser bescheidenes Mahl heute zu theilen. Es ist
Mir dies Mädchen verlobt. Aufs Frühjahr halten wir Hochzeit
 Und da besucht sie mich noch jeglichen Abend geheim.
Denn sie dient im Hause gestrenger Gebieterin; Tags nicht
 Darf sie hinaus. Nun, Herz! rüste das Tischchen geschwind! —
Aber das Mägdlein stand, und den Eindringling mit den Augen
 Maß sie und nahm dann still ihren Geliebten beiseit.
Wer ist Diese? — Was weiß denn ich? Sie reis't in Geschäften.
 Kehre dich nicht an sie. — Aber sie äugelt dich an! —
Laß sie immer! sie geht, sobald die Sandale genäht ist,
 Die sie bestellt. Sitz her, Kind, und ereifre dich nicht! —
So sie begütigend schob er ein Seßlein neben den Tisch hin,
 Drauf unweigerlich nahm schweigend die Furie Platz.
Nicht vom Brode genoß sie und nicht blaßgrüner Oliven
 Frucht und den Honigtrank, welchen das Mädchen gebraut;

Die auch saß stillschweigend und aß kein Bischen und trank nicht,
    Finster gelaunt, und hielt immer die Göttin im Aug';
Bis ihr Liebster vom Tisch sich erhob, sein Mädchen zum Abschied
    Küßt' und eilig sodann Leder und Pfriemen ergriff.
Kühl hin nahm sie den Kuß und warf die Thür im Hinausgehn,
    Daß es die Furie selbst schreckte vom Sessel empor.
Wildfang! brummte der Schuster. Sie thut mitunter gefährlich,
    Aber ein süßes Geschöpf ist sie in friedlicher Zeit.
Daß sie dich hier antraf, das machte sie böse. Sie schmollt nun;
    Doch wir kennen uns wohl, morgen ist Alles verraucht.
Mach dir's dorten bequem und schlaf ein wenig; es braucht
                      schon
    Immer ein Stündchen und mehr, bis ich die Sohlen gesäumt.

Also saß er und sputete sich. Sie schlich zu dem Schemel
    Ihm gegenüber und sah steif in das offne Gesicht,
Drauf die Gesundheit blühte. Sie hatte die widrige Geißel
    Von sich gelegt, und das Haar schlang sie in Knoten ums
                      Haupt.
Gar nicht garstig erschien sie jetzt. Er aber beharrlich
    Sah auf Faden und Pfriem, und er erzählte dem Gast,
Längst schon sei ihm das Mädchen verlobt und wäre sein Weib schon,
    Aber die Mutter so lang habe der Pflege bedurft,
Und nicht habe das Handwerk jetzt so goldenen Boden,
    Drauf drei Menschen und gar vieren ein Häuschen zu bau'n.
Jüngst sei leider die Mutter hinab zum Hades gewandelt;
    Welche vortreffliche Frau! und er beweine sie stets.
Doch sie habe die Stelle geräumt. So hoff' er im Hause
    Wieder ein Mütterchen bald, aber ein jüngres zu sehn.
Und dann floß ihm der Mund von Träumen der Zukunft über,
    Wie er gedenke den Tag, ach! und die selige Nacht
Ihr zur Seite zu sein. Da lauschte das Herzchen begierig,
    Und das verwilderte Herz wurde gezähmt und gerührt.
Selber verstand sie's kaum. Denn es hatte die grimmige Mutter
    Von klein auf sie gewöhnt an die entsetzliche Jagd
Hinter dem sündigen Fuß. Nun hörte sie Worte der Liebe,
    Und die Rinde sogleich schmolz von dem Herzchen gelind.

Sacht vom Schemel erhob sich die Liebende, schlich zu dem seinen,
    Und ihr schüchterner Mund küßte die Wange des Manns,
Nur wie ein Hauch. Schon wollt' er erzürnt sich geberden und
                                                    schelten —
Zürnt auch ernstlich ein Mann, wenn ihn ein Mädchen geküßt? —
Als zur geöffneten Thür wie ein Blitz Lykoris hereinfuhr,
    Und das beleidigte Herz eifernde Schmähung ergoß:
Willst du hinaus zur Kammer, Verführerin? Meinst du, ich hätte
    Nicht zwei Augen im Kopf? Meinst du, ich hätte vorhin .
Nicht dein schändliches Spiel durchschaut, nicht Alles errathen,
    Als du fremden Besitz frech mit den Blicken verschlangst?
Und du, tückischer Mann! ist das die gepriesene Treue,
    Daß du Gesindel zu Nacht dir in die Kammer gewöhnst?
Traun, mir soll nur einmal ein reisendes Herrchen Gesellschaft
    Leisten, und ganz so fremd thun, wie ich Jene gesehn;
Sauberen Lärm dann gäb' es und regnete Flüch' und Beschimpfung,
    Aber der Vorwand doch käme dir herzlich erwünscht.
Stehst du nicht dort noch immer und schirmst die Verworfene?
                                                    Pfui dir!
Und du, willst du den Raub hüten, du diebisches Ding?
Gieb mir heraus, was mein! — Da hörte sie zischen die
                                                    Schlangen,
Und vom Boden im Nu hob sie die Geißel und schlug
Auf die verschüchterte Furie los, die fest mit den Armen
    Ihres Diiphilos Knie hülfebegehrend umschlang.
Der war schon vom Schemel empor und schalt die erbos'te
    Liebste mit heftigem Ernst: Schlägst du die Fremde, hinfort
Sind wir Beide geschieden; es soll mir nimmer die Hausfrau
    So mit grilliger Wuth künftig Besucher empfahn! —
Leer in die Luft hin hallte das Wort. Schon wollte die Geißel,
    Aus der erbitterten Hand winden der kräftige Mann,
Da graunvoll in das Haus einstürmte der Furien Rudel,
    Welche den Spuren gefolgt, als sie die Schwester vermißt.
Und kaum sahn sie das Mägdlein hier wild schwingen die Geißel
    Nimmer des fremden Gesichts hatten sie Arg. Mit Gewalt
Um die Entsetzte geschaart, fortriß sie der rasende Reigen,
    Eh zum Schreien ihr Mund sich zu ermannen vermocht. — —

Ferne verklang der Gewaltigen Tritt. Da hob zum bestürzten
  Schuster das Herzlein bang auf den beweglichen Blick.
Stoße mich nicht hier aus! so flehte sie. Wisse, du hast mir
  Völlig verleidet die Lust, mit den Geschwistern zu sein.
Besser gefällt mir's nun, auf deine Gespräche zu hören,
  In dein Auge zu sehn, dir an der Seite zu knien.
Denn mir hast du ein Feuer geflößt in Herz und Gebeine,
  Das kein Sturmwind mehr oder ein Regen verlöscht.
Trotzig verließ dich Jene, die Warnungsstimme verachtend;
  Ich will jegliches Wort immer beherzigen. Ach!
Nur dies Eine befiehl mir nicht: die Schwelle zu meiden,
  Die mir einzig die Welt inniger Liebe begrenzt! —
Und dann schmiegte sie fest sich an ihn und bat mit der ganzen
  Dringenden Schmeichelgewalt eines bestrickenden Arms —
Wie du jetzt, o Geliebte, mir thust, auf daß ich verschweige,
  Was an weiser Moral dieses Geschichtchen verbirgt.
Bat sie umsonst? — Wer dürft' es bejahn, dem eben im Kusse
  Deines erglühenden Munds Wort und Besinnung vergeht.

Rafael.

(1863.)

Johannes Kugler

zugeeignet.

~~~~~

O Rom, der Städte Königin,
Wie schwebt auf deinen Hügeln jetzt
Mit Flügeln, die der Südwind netzt,
Melancholie so bang dahin!
Durch deine stillen Gassen weht
Die Asche todter Majestät,
Und wenn der Flug der Vögel ruht,
Schweift eines Irrlichts bleiche Flamme
Ob deiner Tiber gelbem Schlamme
Und mahnt an unversöhntes Blut.
Wo war die weltgepriesne That,
Die deine Schwelle nicht betrat,
Und wo ein Gräul so gottverflucht,
Der nicht Asyl bei dir gesucht?
Die herrschgewalt'gen Geister all
Sahst du an deinem Throne knieen;
Sie wußten: wem du Macht verliehen,
Deß Nam' umflog den Erdenball.
Heut eine Greisin tiefgebeugt,
Kahlhäuptig, mit verdorrter Brust,
Die nie mehr ein Lebend'ges säugt,
~~~~~

Verstummt, versteint für Leid und Lust,
Von Kummerspur gefurcht die Wangen,
Drin längstvergeßne Zähren hangen —
Die öden Gräber hütest du
In schlaflos reueloser Ruh.
Es trägt das Band um deine Scheitel
Das Königssprichwort: Alles eitel!
Dein Stab, der einer Welt gedräut,
Zur morschen Krücke ward er heut
Und gräbt nur Zeichen ohne Sinn
In Staub und Moder vor sich hin.
Wem jetzt dein Hauch die Seele streift,
Der wird ernüchtert, wird gereift,
Und wenn er jung und lachend kam,
Er geht, als hätt' er Schuld zu sühnen,
Wie wer mit frevelndem Erkühnen
Vom Saisbild den Schleier nahm.

Doch manchmal, wenn zur Sommernacht
Im Strom sich kühlt der Sterne Pracht,
Wenn rings des Nachtthau's weiche Wellen
Der Greisin hagren Leib umschwellen,
Wacht in den Augen, einst so kühn,
Noch auf ein mattes Freudenglühn.
Bekränzt mit Veilchen immerjung
Lehnt neben ihr Erinnerung
Und singt und sagt dem stumpfen Ohr
Ein Lied verschollner Tage vor.
Ein hoher Reigen wallt vorbei
Von Männern, Weibern, kühn und frei,
Die aus dem Kelche, den sie bot,
Das Leben schlürften und den Tod.
Gepaart, geschaart ziehn sie dahin
Und neigen sich der Königin;
Die starrt sie an, nicht wie im Traum —
Die eignen Kinder kennt sie kaum.
Doch sieh, ein Jüngling schwebt herzu.

Da plötzlich, bebend, öffnen sich
Die kalten Lippen mütterlich
Und lallen: Rafael — auch du?
Die braunen Locken hangen
Um seine sanften Wangen,
Sein dunkles Auge, feuchtverklärt,
Ist wie mit Himmelsglut genährt;
Er winkt der Alten mit der Hand
Und hat sich still hinweggewandt.
Sie blickt ihm nach mit langem Blick;
Die Tage dämmern ihr zurück,
Da er zuerst, noch scheubeklommen,
Auf ihren Ruf von fern gekommen,
An Jahren jung, an Ruhm ein Mann,
Und wie der Herrliche begann
Die junge Kraft zu stärken
An hocherlauchten Werken,
Daß bald vor seinem Morgenglanz
Erblich der alten Sterne Kranz
Durch Rom sein Name siegend flog
Und selbst der Neid den Nacken bog.
Er aber ging die hohe Bahn,
Und wie den Lufthauch, der die schwüle,
Gedankenvolle Stirn ihm kühle,
Ließ er den Ruhm gelassen nahn.

Doch jener Tag, — gedenkst du sein? —
Der eingrub nieverlöschte Spuren
Der jungen Brust? Von ihm erfuhren
Du und der Dichter nur allein.
Der Tag war's, da im Vatican,
Rom, deine Augen hochentzückt
Das erste Werk vollendet sahn,
Das hier der jungen Hand geglückt.
Gewonnen war der erste Sieg.
Doch als er Abends niederstieg
Die Marmorstufen am Palast,

Wie schreitet er mit banger Hast,
Ein Flüchtling, dem der Boden brennt
Im Wahn, daß man ihn kennt und nennt?
Nur manchmal blickt er sich verstohlen
Und taucht mit tiefem Athemholen
In einen Kranz sein glühend Haupt,
Den, gleich als hätt' er ihn geraubt,
Er heimlich in der Linken trägt.
Wer hat die Rosen nur, die rothen,
Der stummen Liebe liebste Boten,
Ihm Morgens vor sein Bild gelegt?
Umsonst im Hause forscht' er nach:
Wer stahl sich ein in dies Gemach?
Stand über Nacht ein Fenster offen,
Und bracht' ein wandernd Schwalbenpaar
Urbino's Heimathgruß ihm dar?
Er hob das Kränzlein auf, betroffen,
Und sah ein goldgewirktes Band
Verschlungen zwischen zarten Blättern,
Darauf in leichtgezognen Lettern
Nur „Heute Nacht!" geschrieben stand.
Und wie er stutzt, und wie er sinnt,
Sein Denken wird ein Labyrinth.
Die Hand will heut zum Werk nicht taugen,
Die Inschrift dämmert ihm vor Augen;
Der Kirchenväter ernste Schaar,
Die Heiligen des Himmels gar,
Des Volkes lauschendes Gedränge —
Auf allen Lippen lies't er nur
Wie neckend dieser Worte Spur;
Ja, mitten in der würd'gen Menge,
Wo ausgestellt das höchste Gut
Auf des Altares Linnen ruht,
Glaubt er mit widerwill'gem Grauen
Des Kranzes Räthselwort zu schauen.

Der Tag verrann. Was galt ihm heut

Des Papstes Staunen, Lob und Huld?
Sein Herz entbrannt' in Ungeduld,
Bis spät die Gaffer sich zerstreut.
Es treibt ihn durch versteckte Gassen,
Er will sich von den Freunden nicht
Wie sonst zum Weine locken lassen,
Den Hutrand zieht er ins Gesicht,
Und unaufhaltsam eilt sein Fuß
Zum kleinen Haus am Tiberfluß.

Hier wohnt' er, Monde schon, allein.
Den Diener selbst hatt' er entsandt
Mit einer Botschaft über Land;
Und dennoch trat er spähend ein,
Als hofft' er einen Gast zu finden,
Und traute seinen Augen kaum,
Da ihn umfing der leere Raum.
Er öffnete den Abendwinden
Die Pforten und die Fenster weit;
Dann saß er in der Einsamkeit
Auf seinem Ruhebette nieder
Und las die beiden Worte wieder.
Auf einer Schale erznes Rund
Legt' er den räthselhaften Fund
Und frischt' aus seinem Kruge dann
Die halbverlechzten Blüten an.
Alsbald ergoß sich Rosenduft
Schwüll durch die eingefangne Luft,
Als ob der Kranz, der neuerquickte,
Zum Dank sich an zum Sprechen schickte.
Doch von den rothen Lippen weht
Ein stummer Hauch, der nichts verräth,
Und nur die Inschrift tröstet sacht:
Herz, sei geduldig! Heute Nacht!

Geduld! O wer dies Wort ersann,
War nie in heißen Jugendnächten

Ein Spiel den herrisch wilden Mächten,
Wenn Stund' um Stunde leer verrann.
Geduld! Dem Bettler mag sie frommen,
Im Kerker ist ihr Trost willkommen;
Die Seele, die in Qualen stöhnt,
Wird an Entsagen streng gewöhnt,
Und in den kargen Schlummer lullt
Den ärmsten Dulder die Geduld.
Doch wen das Glück verheißungsvoll
Mit goldnem Fittig schon gestreift,
Sag, wie sich Der gedulden soll,
Eh er den Wunsch mit Händen greift?
Wie grausam täuschte dich, wie oft
Die Stunde, die du heiß erhofft!
Der Sturm der Sehnsucht schürt dein Blut,
Der Zweifel summt, der arge Spötter,
Das alte Lied vom Neid der Götter,
Und tief im Busen stirbt der Muth.

So ihm, seit bei des Hochamts Feier
Still unter dem gehobnen Schleier
Die Flamme jenes Blicks ihn traf!
Trüb war sein Wachen, hell sein Schlaf.
Dies Bild — so eigen schwebt's ihm vor,
Als hätt' er's seit den jüngsten Tagen
Verhüllt in seiner Brust getragen,
Und plötzlich risse nun der Flor.
Kaum konnt' er glühend sich bezwingen,
Durch alles Volk zu ihr zu dringen,
Die nach ihm blickend unverwandt
Fern in dem Chor der Frauen stand.
Doch als verstummt der Orgel Klänge
Und das Gewühl ins Freie wallt',
Umsonst verfolgt' er in der Menge
Die Spur der einzigen Gestalt,
Umsonst mit ruhelosem Sinn
Irrt' er die Gassen auf und nieder;

Die Augen grüßten ihn nicht wieder,
Und jede Hoffnung schwand dahin.

Und heut, die duft'ge Gabe dort —
Verbürgt sie, daß die Qual sich ende?
Sind's wirklich die geliebten Hände,
Die schrieben jenes Räthselwort?
Längst über Strom und Hügeln blaut
Die linde Nacht; der Aether thaut.
Der Lärm der Gassen ist verschollen,
Und lautlos an den Ufern rollen
Der Tiber Wogen träg vorbei.
Man hört von fern der Unke Schrei,
Den Nachtgesang der Grillen
Durch die Campagna schrillen.
Das ist die Zeit, da pfeilbewehrt
Der Dämon mit der Knabenhand
Im Sturmflug durch die Lüfte fährt
Und lodern läßt den alten Brand;
Die Zeit, der Jene wohl gedacht,
Die Rosen auftrug: „Heute Nacht!"
Doch Niemand pocht am kleinen Haus,
Darin der junge Meister sitzt,
Die Stirne fiebernd aufgestützt,
Bang lauschend in die Nacht hinaus.
Und plötzlich fährt's ihm durch den Sinn:
Wie? wenn ich nun betrogen bin?
Wenn lose Spötter, mich zu äffen,
Erdacht dies schnöde Gaukelspiel,
Um, ihrem Witz ein wehrlos Ziel,
Mich einsam harrend hier zu treffen?
Verwünscht! Und wär' es mehr als Trug —
Wer' weiß, ob ich mich selbst nicht trüge?
O wär' ich endlich Manns genug,
Daß ich der Hoffnung mich entschlüge,
Des Wahnsinns, der nun tagelang
Besinnung, Freude, Kraft verschlang!

Ein Spuk nur war's der Phantasie,
Mit diesen Händen faß' ich's nie!
Und ist der Tand hier werth der Mühe,
Daß ich in Ungeduld verglühe?
Fort, Kuppler! Du bethörst mich nicht!
Und du lisch aus, einsames Licht!

So sprechend stand er auf und trat
Voll Unmuth an des Hauses Schwelle.
Durch hohe Myrten lief ein Pfad
Zum Fluß hinab in Sternenhelle,
Und schon will er den Kranz erheben,
Dem Spiel der Flut ihn preiszugeben,
Da plötzlich hält er an und lauscht.
Es kommt wie Ruderschlag gerauscht,
Und an der Wasserpforte jetzt
Legt ein geschwinder Nachen an,
Deß Schnabel sacht die Stufen wetzt.
Drin sitzen, dunkel angethan,
Zwei Frau'n dem Fährmann gegenüber
Und spähen nach dem Haus hinüber.
Es scheint, sie halten flüsternd Rath;
Die Eine dann betritt den Garten,
Und während stumm die Andern warten,
Durchwandelt langsam sie den Pfad.

Den Kranz wie zum Empfang bereit,
Von wechselnder Gefühle Streit
Erschüttert, lehnt der Jüngling dort,
Und ihm versagt zum Gruß das Wort.
Sie aber, noch vom Schleier dicht
Verhangen Brust und Angesicht,
Hub also an zu sprechen:
Ich wag' hier einzubrechen,
O Meister, recht nach Diebesart,
Und wohl auf Raub geht meine Fahrt.
Denn seit ich weiß von Eurer Kunst,

Schien mir's die höchste Himmelsgunst,
Ein Werk zu schauen lebenslang,
Das Eurem Künstlergeist entsprang.
Geweiht ist schmerzlichem Entsagen
Der arme Rest von meinen Tagen,
Und weil ich, wenn die Nacht sich hellt,
Von Rom soll scheiden und der Welt
Und man am Tag mich streng bewacht,
Komm' ich zu Euch im Schutz der Nacht.
Ihr seid enttäuscht, Ihr schweigt betroffen;
Der Kranz betrog wohl Euer Hoffen.
Statt eines frohen Liebchens tritt
Ein Weib zu Euch, das Viel erlitt.
Mir aber ist's die letzte Gabe,
Die ich vom Glück zu hoffen habe,
Daß Eure Kunst mir helle
Die trübe Klosterzelle.
Und wär's auch nur ein flüchtig Blatt,
Euch zu gering, es aufzuheben,
Wie köstlich schmückt es noch ein Leben,
Das allen Schmuck verloren hat!

 Sie sprach's, und wie berauschend drang
Ans Herz ihm dieser Stimme Klang.
Es wogt in silberner Cadenz
Die süße Rede von Florenz,
Doch fremde Laute mischen
Verstohlen sich dazwischen.
Und endlich spricht er: Tretet ein,
Vieledle Frau! Mein Haus ist klein;
Doch was sein niedres Dach umfaßt,
Das eignet meinem holden Gast.
Nur — wenn es nicht zu kühn erscheint —
Entfernt des Flors verhaßte Falten.
Wir Maler sind den Schleiern feind,
Die unser Recht uns vorenthalten;

Und auf dem Tisch das kleine Licht —
Vertraut ihm dreist; es plaudert nicht.

Da schlug sie freundlich alsobald
Den Flor zurück, der sie umwallt;
Es überhaucht ein züchtig Roth
Das Antlitz, das sie frei ihm bot.
Sie sprach: Nicht gern stellt eine Frau,
Einst wohl verwöhnt durch Lob der Männer,
Euch, aller Schönheit tiefstem Kenner,
Verblühten Jugendreiz zur Schau.
Wer aber selbst zu bitten kommt,
Weiß, daß Versagen ihm nicht frommt.

So trat sie ein. Doch unverrückt
Stand er am Eingang, wie verzückt.
Sie war's, nur schöner tausendmal,
Nur sehnsuchtwerther ihm genüber,
Als da ihr Blick in stummer, trüber
Schwermuth von fern sich zu ihm stahl.
Der Kranz war seiner Hand entsunken.
Wie junge Bienen, sommertrunken
Sich sonnend, Honig saugen,
So schwärmen seine Augen.
Um diese Lippen roth und frisch
Spielt, wenn sie lächeln, Frühlingsluft,
An diesen Wangen zauberisch
Hängt noch der Jugend zarter Duft;
Die breitgeschwungnen Augenlider
Gehn still und langsam auf und nieder,
Gleich sammetweichen Schwingen
Von nächt'gen Schmetterlingen.
Unstäten Flugs bewachen sie
Der dunklen Augen schönes Licht,
Die Augen aber lächeln nie,
Auch wenn der Mund von Liebe spricht;
Und vor Gedanken wie erschrocken,

Die traurig mahnend sie umschwirr'n,
Birgt sich im Schatten blonder Locken
Geheimnißvoll die hohe Stirn.
Sie trägt nicht Goldschmuck noch Gestein,
Die Schönheit ist ihr Schmuck allein;
Nur an der Linken blaß und schmal
Glänzt ein Smaragd in grünem Feuer
Und äugelt mit des Lämpchens Strahl.
Und jetzt, da er noch stets in scheuer
Versunkenheit von ferne stand,
Ließ sie, vom dunklen Florgewand
Umhüllt, die schlanken Glieder
Auf einem Sessel nieder
Und schien den Pfühl ihm frei zu lassen.
Doch er, unmächtig, sich zu fassen,
Sprach vor sich hin und wußt' es kaum:
Ihr Götter, ist dies mehr als Traum?

Sie hört' es lächelnd und begann:
Ihr botet Euer Haus mir an
Und würdigt's nicht mit mir zu theilen?
Wohl weiß ich, Künstler stehn zuweilen
In menschenscheuer Laune Bann.
Ich bitt' Euch, sprecht ein halbes Wort,
Und wie ich kam, so geh' ich fort,
Ungern, ich darf's bekennen.
Wer möchte leicht sich trennen,
Wo sichtbar Eure Seele webt?
O wie Ihr schön und einsam lebt!
Hier ist der Freiheit Heiligthum;
In diesen ungeschmückten Wänden
Kehrt ein das Glück, die Macht, der Ruhm.
Hier streift wohl auch mit weichen Händen
Die Liebe schmeichelnd Euch vom Haupt
Den jungen Lorbeer, dichtbelaubt,
Und windet mit verschwiegnem Kuß
Den schönsten Kranz dem Genius.

Doch wie? Vernehmt Ihr meine Worte?
Noch steht Ihr schweigend an der Pforte.
Ich ahne, ob Ihr's auch verhehlt,
Daß ich die Stunde schlecht gewählt.
So scheid' ich denn nach kurzer Rast;
Vergebt dem unwillkommnen Gast!

Und schon erhob sie sich, da sprang
Die Fessel ab von seinen Gliedern.
Er konnt' ein bittend Wort erwiedern,
Das halb noch wie Verstörung klang.
Dann, ihrem Wunsch genugzuthun,
Holt er vom Sims die alten Rollen,
Die Mappen, stattlich angeschwollen,
Drin leichtentworfne Blätter ruhn.
Er öffnet und durchwühlt sie alle
Und findet Nichts, das ihm gefalle.
Was mag für sie sich schicken,
Die den bestürzten Blicken
Ein überirdisch Wunder scheint!
In Wahrheit, stammelt er mit Zagen,
Ich bin wohl ärmer, als Ihr meint.
Die Blätter sind aus jüngern Tagen,
Noch fehlt das Leben, fehlt die Kraft,
Und jeder Strich ist knabenhaft. —
Und sie: Ein Thor ist, wer Euch glaubt.
Ihr könnt von keinem Blatt Euch trennen:
Ihr fühlt's Euch auf der Seele brennen,
Sobald Ihr denkt, daß man es raubt. —
Nein, edle Frau, Ihr irrt fürwahr. —
Wohlan, so zeigt mir's offenbar.
Ich suche mit, wenn Ihr's vergönnt,
Dann wett' ich, daß Ihr finden könnt.

Nun stand sie auf und trat ihm nah,
Und langsam mit den schlanken Händen
Begann sie Blatt um Blatt zu wenden;

Wie reiche Schätze fand sie da!
Doch er, da sie beisammen stehn,
Fühlt selig ihren Athem wehn;
Er sieht des Lichts bewegtes Spiel
Auf ihrem sinnenden Profil,
Den Busen, der mit zarter Fülle
In Wogen hebt die zücht'ge Hülle,
Und diesen Nacken, stolzgeschwellt,
Umwallt von goldnen Lockenringen —
Er wagt' es nicht für eine Welt,
Mit dreistem Arm sie zu umschlingen;
Ihm ist, als ob er sterben müßte,
Wenn dieser rothe Mund ihn küßte!

Doch als ihr Auge lang geschweift,
Bald still geweilt, bald nur gestreift,
Wo fessellos Natur in freier
Unschuld verschmähte jeden Schleier,
Hebt sie mit hellem Freudenlaut
Ein Blatt hervor aus all den vielen,
Drauf man im Kreise der Gespielen
Der Jungfrau Hochzeitfeier schaut,
Den bärt'gen Priester in der Mitte,
Die Ringe tauschend nach der Sitte.
O Meister, spricht sie, könnt' ich sagen,
Wie einst mich dieses Bild bewegt,
Wie ich es tief im Busen hegt' —
Ihr gönntet mir's davonzutragen.
Hier webt ein Himmelsfrieden,
Der niemals mir beschieden;
Und dennoch, dürft' ich immerdar
Die Freude der erwählten Schaar,
Dies Fest von allen Festen sehn,
Mir würd' ein großes Heil geschehn:
Ich mein', ich könnt' auf Erden
Nie ganz unselig werden!

Und er darauf mit raschem Feuer:
Dies Blatt und jedes hier ist Euer.
Doch wie Ihr seht, zur Hälfte fast
Sind diese Linien gar verblaßt;
Verweilt ein Stündlein hier im Haus,
So bessr' ich gleich die Schäden aus.

Sie sprach: Ich bleibe gerne.
Noch ist der Morgen ferne,
Und diese letzte Nacht ist mein;
Ich mag sie schlafend nicht vergeuden,
Denn morgen muß geschieden sein
Auch von des Lebens ärmsten Freuden.
Erlaubt Ihr mir, Euch zuzuschauen?
Denn ich bekenn' Euch im Vertrauen,
Ich gäb' als eine Pfuscherin
In Eure Schule gern mich hin.
O wüßtet Ihr, wie dankbewegt
Die Hand, die man in Fesseln schlägt,
Nach jeder Blume pflegt zu haschen,
Die Glückliche auf ihrem raschen
Triumphgang in die Winde streun,
Es reut' Euch nicht mich zu erfreun.
Doch still! Wer Geister will beschwören,
Soll, wenn sie nahn, ihr Werk nicht stören.

Und er: Nein, lasset mehr mich hören!
Mir ist, wenn Eure Stimme klingt,
Daß meine Seele sich beschwingt,
Daß, wenn sie ewig mich umklänge,
Das Höchste mühlos mir gelänge.

Darauf verstummten Beide tief,
Und Keines sah das Andre an.
Sie horchten, wie die Nacht entschlief
Beim alten Schlummerlied der Sterne,
Die in erhabner Himmelsferne

Melodisch wallten ihre Bahn.
Dem Lämpchen nah hatt' er inzwischen
Den niedren Sessel vorgerückt
Und saß auf seine Knie' gebückt,
Die zarten Linien aufzufrischen.
Sie aber, auf dem Pfühl genüber,
Beugt regungslos das Haupt herüber,
Und wie in Andacht folgt gespannt
Ihr Blick dem Zuge seiner Hand.

Da sah er plötzlich auf zu ihr
Und sprach: Ich kann das Herz nicht zähmen.
Es treibt mich innige Begier,
Von Eurem Schicksal zu vernehmen.
So jung, so schön, so werth des Glücks —
Wo ist die Macht, die hinterrücks
Ein Leben, das zur Sonne strebt,
In dumpfer Klostergruft begräbt?
Ihr schweigt; auf Eurem Angesicht,
Um Aug' und Lippe zuckt ein Wehe.
O glaubt, wenn ich Euch lachen sähe,
Nach Euren Räthseln forscht' ich nicht!

Sie sprach: Das Herz, das Abschied nahm
Von jeder Hoffnung, stählt der Gram.
Ich bin mit meiner Gruft versöhnt,
Des Lachens freilich längst entwöhnt,
Doch nicht im Tiefsten so versteint,
Dem Sonnenstrahl zu widerstehen,
Der mich aus fremdem Glück bescheint.
Wohlan! wollt Ihr mich heiter sehen,
So sprecht von Euch, dem treugesinnt
Ein Freudenloos die Parze spinnt.
Laßt Alles mich erfahren
Aus Lehr- und Wanderjahren,
Erzählt von Freunden und Gefährten,
Von Augen, die zum ersten Mal

Die junge Seele seufzen lehrten;
Von Allem sollt Ihr ohne Wahl
Und ohne Scheu mir Kunde geben;
Und seht, schon hellt sich mein Gemüth
Im Glanze, der aus Eurem Leben
So lachend mir entgegenblüht.

Und er, mit einem leichten
Erglühn, hub an zu beichten.
Er ging zurück mit schlichtem Wort
Von Jahr zu Jahr, von Ort zu Ort
Die stillen Pfade seiner Jugend,
Des Vaters Kunst, der Mutter Tugend,
Die Freunde, die sich früh gesellt,
Das Licht, das blendend ihn erhellt,
Da er im ersten Jugendlenz
Betrat die Gassen von Florenz
Und heiß von Staunen übermannt
Vor Lionardo's Werken stand
Und sich vor Buonarotti beugte,
Daß von ihm wichen Schlaf und Ruh,
Bis ihm geheim der Geist bezeugte:
Getrost! ein Maler bist auch du!
Dann, wie er auf des Papstes Ruf
In Rom, wo seit den großen Alten
Ein jeder Geist sein Höchstes schuf,
Begann die Flügel zu entfalten
Zu freudig ungehemmten Flügen.
Sie hing indeß an seinen Zügen,
Und nur, wenn seine Rede stockte,
Warf sie ein sinnig Wort dazwischen,
Das den Bescheidnen weiterlockte.
Um ihren Mund, den träumerischen,
Durch ihrer Augen milden Flor
Bricht eines Lächeln Glanz hervor,
Daß er der Arbeit ganz vergaß
Und schauend ihr genüber saß,

Verstummend wie zu Anbeginne.
Die holde Klugheit ward es inne,
Und plötzlich stand sie auf und sprach:
Die Nacht verschwindet allgemach.
Meister, es ist nun Scheidens Zeit;
Auch seh' ich, daß Ihr fertig seid.
So bitt' ich, nennt mir nun den Preis.
Gewinn verschmäht Ihr, wie ich weiß,
Auch ahn' ich, daß Ihr sagen wollt,
Das Blatt sei Euch nicht feil um Gold.
Doch bleibt Ihr eigensinnig,
Noch zehnfach stolzer bin ich,
Und was Ihr immer sagt und denkt:
Dies Kleinod nehm' ich nicht geschenkt!

Da fuhr er wie gerührt vom Blitz
Jählings empor von seinem Sitz.
Ist's wahr? rief er in lautem Schmerz,
Ist's möglich? könnt Ihr mich verlassen,
Und morgen soll mein einsam Herz
Die Welt, der Ihr entsagt, nicht hassen?
O scheidet sonst ein schönes Glück,
Die Hoffnung läßt es doch zurück,
Und Ihr erschient nur, um zu gehn,
Und sprecht: auf Nimmerwiedersehn?
Bei Christi Blut, dies trag' ich nicht;
Das finstre Schicksal will ich kennen,
Das Euch vom Leben wagt zu trennen
In schnöd erzwungenem Verzicht!

Und kühner, da er Worte fand,
Trat er ihr nah, die unbeweglich
Ihr Herz bekämpfend vor ihm stand.
Sie sprach: Wie sagt' ich, was unsäglich?
Ich weiß: ein Herz das edel schlägt,
Wird leicht von fremdem Leid bewegt
Und fühlt sein Mitleid doppelt scharf,

Wenn es nicht helfen kann und darf.
Ich aber — könnt' ich mir's verzeihn,
Ließ' ich zum Dank so hoher Gilte
Euch einen Stachel im Gemüthe?
Drum muß es rasch geschieden sein.
Nur Eins noch hält mich — dieses Bild,
Und seid Ihr wirklich fest gewillt,
Zu schenken, was unschätzbar ist,
Nehmt diesen Ring — zum Angedenken,
Obwohl ich weiß — und darf mich's kränken? —
Wie schnell ein Glücklicher vergißt!

Vergessen! rief er, heil'ger Gott!
Treibt Ihr mit meinem Jammer Spott?
Wo soll ich hinfliehn unterm Himmel,
In Meergebraus, in Schlachtgetümmel,
Zu welches Leid, in welche Lüste,
Daß dieser Stimme goldner Ton
Mir nicht bethörend folgen müßte?
Zu lang, zu selig trank ich schon
Den Lebensathem deiner Schöne,
Daß ich mich jemals sein entwöhne.
Und wenn hinfort nach öden Tagen
Der Abendstern verheißend winkt,
Wie soll ich eine Nacht ertragen,
Die dich mir niemals wiederbringt!
Wardst du nicht inne, was du thatst,
Als diese Schwelle du betratst?
Sie lud dich gastlich zu mir ein,
Und jetzt — in Flammen steht der Stein!
Weißt du nicht, daß Dämonen
In dieser Hütte wohnen,
Die, wenn der Schönheit Blick sie traf,
Abschütteln ihren leisen Schlaf?
O wohl, den Künstler suchtest du:
Was gilt dir auch des Menschen Ruh'?
Die Wimper zuckt dir nicht einmal,

Verglüht ein Herz an ihrem Strahl;
Die Lippen sind gewohnt zu sprechen
Ein stolzes Wort, wenn Herzen brechen.
Ist's deine Wahl, ist's dein Verschulden,
Wenn, die dich schauten, Qual erdulden?
Doch nein, heut sollst du büßen!
Hier lieg' ich dir zu Füßen
Und weiche nicht, bis ich vernahm,
Daß dich Erbarmen überkam,
Daß diese Glut, so wehevoll,
An deinem Mund sich kühlen soll!

Sie blieb noch immer regungslos,
Die Hände hingen still im Schooß,
Die Augen, thränenüberflossen,
Hielt sie so rührend fest geschlossen,
Wie wer den Tag zu schauen bebt
Nach Träumen, drin er froh gelebt.
Ein halb ungläubig Lächeln stund
Um ihren athmend heißen Mund.
Sie will nicht Worte tauschen,
Will träumen nur und lauschen;
Sein Schweigen selbst ist ihr Musik,
Ihr Aug' empfindet seinen Blick
Durch der gesenkten Wimpern Hülle.
O sterben, jetzt, in Lebensfülle!
Doch plötzlich fährt sie jäh zusammen,
Erweckt von seines Kusses Flammen.
Sie kann nicht mehr von hinnen fliehn,
Da schlingt sie selbst den Arm um ihn,
Und keiner Fessel mehr bewußt
Ruht Mund an Mund und Brust an Brust.

So hielten sie sich fest umschlungen,
Von Leid und Leidenschaft bezwungen,
Der edle Mann, das blüh'nde Weib,
Einander werth an Seel' und Leib,

In Zweien Eine Creatur,
Die sich gesucht auf fremder Spur,
Bis sie nach irrem Wandern
Ausruhen Eins im Andern
Und durch ein Wunder neu vermählt
Ihr Leben tauschen neubeseelt.
Doch, wie von Zweifeln noch bedrängt,
Löf't sie den Arm, der ihn umfängt.
Sie lächelt ihn durch Thränen an
Und spricht: Was haben wir gethan?
Kann ich denn wieder gehen,
Da mir so hold geschehen,
Zur unhold fremden Welt zurück,
Ich, die den Himmel offen schaute?
Ach, daß ich meiner Kraft vertraute,
Die nie sich maß an einem Glück! —
Nein! rief er, sprich von Scheiden nichts!
Der Glanz nur deines Angesichts
Kann mir hinfort die Tage lichten.
Du bleibst, ich lasse dich mit nichten,
Und wer hier findet deine Spur
Und dich begehrt — er komme nur!

Sie sprach: Die Stund' ist viel zu schön
Und wird zu rasch vorübergehn,
Um sie mit Klagen zu verstören;
Und dennoch sollst du Alles hören.
Ausschütten will ich auf einmal
In deinen Busen meine Qual.
Dein Herz, so stark, so göttlich groß,
Um Erd' und Himmel zu umfassen,
Wird vor der Hölle nicht erblassen,
In der ich schmachte hoffnungslos.
Mir aber, einsam, glückverwais't,
Ist's Labsal, daß du Alles weißt.
Komm! Laß uns Wang' an Wange lehnen,
Ich netze nimmer sie mit Thränen,

Und wenn ein Grau'n mich übermannt,
Leg deine still in meine Hand,
Dann weiß ich, daß dem ärmsten Leben
Doch eine Stunde Glücks gegeben.

Nun auf das Polster sank sie wieder
Und zog den Freund zu sich hernieder.
Er drückt' in Sehnsuchtsüberschwange
Sein brennend Aug' an ihre Wange.
Ihr Athem, da sie sprach, umhauchte
Sein Antlitz, das in Gluth sich tauchte.
Er dacht' an Küssen nicht und Kosen,
Er lauschte nur mit ruhelosen
Herzschlägen, was die Liebste sprach,
Nur ihre Hände hielt er beide,
Sie an sich pressend, wenn vor Leide
Ein Seufzer ihr vom Herzen brach.

Und sie: O süßer Freund, begann
Die Liebliche ihr Loos zu klagen,
Wie hell sah ich das Leben tagen,
Das so in Nacht und Noth verrann!
Mein Vater, edel, stolz und reich,
In Chios lebt' er fürstengleich.
Die Mutter, die nur mich geboren,
Hab' ich als junges Kind verloren.
Doch war der Liebe rings genug,
Die mich auf weichen Händen trug.
Ich aber blieb ein trotzig Kind,
War keinem Menschen holdgesinnt.
Am liebsten lange Tage
Lauscht' ich dem Wogenschlage
Und schwamm im wilden Sturmgebraus
Weit in die offne See hinaus.
Dann konnt' ich stundenlang mit Wonnen
Am schroffen Hang der Küste liegen,
Wo Fischer nie sich hin verstiegen

Und Schlangen nur am Fels sich sonnen.
Die Amme schalt, kam ich zur Nacht
Verwildert heim; ich aber lacht'
Und sprach: Ihr lebt hier in der Gruft,
Und ich will frei sein, wie die Luft,
Mich keinem Zwang bequemen;
Ihr werdet nie mich zähmen,
So wenig, wie des Meers Delphin
Anschirren, euren Kahn zu ziehn.
Der Vater, sah er so mich schweifen,
Die Locken los, die Stirn verbrannt,
Nur lächelnd droht' er mit der Hand
Und sprach: Die Sonne wird sie reifen.
So wuchs ich ungezügelt auf
Und merkte kaum der Jahre Lauf.
Ich lernte nichts von Frauenkünsten,
Von Weben, Sticken, Goldgespinnsten,
Nicht tanzen, aller Mädchen Luft.
Ich hab' auch wahrlich nie gewußt,
Was Andre schon so früh verstehn,
Nach schmucken Jünglingen zu spähn.
Der Meerwind war mein Buhle gut.
Wie schlug mein Herz, wenn seine Schwingen
Mich schwüll und ungestüm umfingen,
Hinab mich lockend in die Flut!
Und da ich längst herangeblüht
Zu Jahren, wo sich im Gemüth
Ein unbekanntes Sehnen regt,
War ich noch wie die Möve wild,
Die herrenlos die Flügel schlägt
Und tanzt, wenn hoch die Woge schwillt.

Da war's an einem Sommertag,
Daß ich ermattet nach dem Bade
Am einsam brandenden Gestade
In tiefen Schlaf versunken lag.
Und plötzlich fühl' ich aufgeschreckt

Den Boden unter mir erschwanken
Und find' auf eines Schiffes Planken,
Das eilig flieht, mich hingestreckt.
Corsaren hatten, in der Bucht
Anlandend, einen Quell gesucht
Und schlafend mich hinweggeführt.
Die taube See hätt' ich gerührt
Mit meinem Flehn und Stöhnen;
Sie sagten mir mit Höhnen,
Daß ich zu schön zum Mitleid sei,
Und setzten alle Segel bei.
Denn hinter ihnen her mit Macht
Kam meines Vaters flinke Yacht.
Ich, als ich sie erkannte, raug
Laut betend die gebundnen Hände,
Daß Gott des Retters Werk vollende,
Der schon von fern die Waffe schwang.
Ach, wohl erreicht' er unser Schiff;
Schon hört' ich seine stolze Stimme
Das Räubervolk bedräun voll Grimme,
Doch eine tückische Kugel pfiff,
Ein Wehruf scholl von drüben her,
Ein schrilles Ach — ein Fall ins Meer —
Ich schrie, ich rüttelt' an den Banden,
Bis mir im Schmerz die Sinne schwanden.

So taucht' ein einz'ger Augenblick
In ew'ges Irrsal mein Geschick.
Heimath und Freiheit mir geraubt,
Des edlen Vaters theures Haupt,
Und selbst der Trost in letzter Noth:
Ein freierwählter stolzer Tod!
Das Maß, ließ ich mir träumen,
War voll zum Ueberschäumen.
Doch da nach stürmevoller Fahrt
Wir landeten in Trapezunt, —
Kaum denkt's die Seele, sagt's der Mund —

Das Aergste war noch aufgespart:
Als Waare ward ich ausgestellt,
Umgafft, umfeilscht für schnödes Geld.
Den Blick selbst, den die Wucht der Schmach
Zu Boden schlug, doch ach, nicht brach,
Ward ich gezwungen aufzuschlagen,
Um höh'res Blutgeld einzutragen.

Zuletzt, nicht marktend um den Preis,
Erkaufte mich ein würd'ger Greis,
Der ungesäumt zu Schiff mich nahm
Und schweigend schonte meinen Gram.
Ein Florentiner Kaufherr war's,
Der Jahr um Jahr nach der Levante
Der Güter reiche Ladung sandte.
Beim Anblick seines grauen Haars
Wähnt' ich, daß ich den Vater sähe,
Und schluchzend löf'te sich mein Wehe.
Er aber sprach: Du bist mein eigen,
Doch nur, daß ich dein Sklave sei.
Sobald wir aus dem Schiffe steigen,
Am Strand Italiens, bist du frei.
Zum Dank begehr' ich Eines nur:
Daß du zum Ehebunde
Schon heut mit Hand und Munde
Dich mir verlobst in heil'gem Schwur.
Von Stund' an, was ich hab' und bin,
Als dein Besitzthum nimm es hin. —

Ich nahm die Hand, die er mir bot;
Die Lippe schwur — das Herz war todt.

Und er hielt Wort. Als sein Gemahl
Betrat ich seines Hauses Saal.
In Sammet und in Seiden
Mußt' ich mich fürstlich kleiden,
Von Goldschmuck und Juwelen

Das Köstlichste mir wählen.
O diese bunte blanke Lüge
That nicht der armen Brust Genüge,
Die, einst an freien Hauch gewöhnt,
Nun bang dem fremden Zwange fröhnt.
Denn er hielt Wort, allein nicht ganz:
Frei war ich nicht in meinem Glanz,
Und ob ich auch in Treu' und Ehren
An ihm, der mich gerettet, hing,
Ein Argwohn schien ihn zu verzehren,
Der Tag' und Nächte mit ihm ging.
Erst hütet' er mich streng im Haus,
Dann bracht' er, sichrer mich zu hegen,
Auf einen Landsitz mich hinaus,
Im wilden Waldgebirg gelegen.
O hätt' er dort mich ausgeschieden
Von aller Welt, ich hätt' ihm warm
Gedankt den langersehnten Frieden,
Darin verblutet jeder Harm.
Doch war ein Hüter mir bestellt,
Der mir die Einsamkeit vergällt',
Ein Mann, vor dessen Blick mir graute,
Ein Teufel, dem er, blind genug,
Allein von Allen mich vertraute,
Weil Einer Mutter Schooß sie trug,
Weil er von Kindesbeinen an
Ein Leben lang ihm wohl gethan,
Ein Bruder, mehr als väterlich; —
Er sollt' es büßen, er und ich.

Doch als ich in den Bergen droben
Zum ersten Mal den Blick erhoben,
Wie grüßte mich so tröstlich da
Die offne Weite, die ich sah!
Wie sog die Brust so voll und rein
Den Balsam dieser Lüfte ein!
Von der Altane dicht am Haus

Blick' ich bis an das Meer hinaus,
Das Meer, das noch wie damals blaute,
Da es mich frei und glücklich schaute.
Und dort am Fels in Schluchtentiefen
Die Haine silberner Oliven,
Der Strom, aus ihren Schatten blinkend,
Und fern des Domes Kuppelbau,
Erhaben ernst herüberwinkend —
Nie ward ich satt so reicher Schau!
Da schien ich mir ein selig Weib,
Und bald zu Zeit- und Leidvertreib
Begann ich deine Kunst zu üben;
Ich zeichnete die Berge drüben,
Das Haus, die Heerde sammt dem Hirten,
Den Brunnen überdacht von Myrten;
Mein zager Stift ward dreist und dreister.
Du hättst gelächelt, lieber Meister,
Doch lebt' im Haus ein Capellan,
Ein Greis, im Malen wohlgeübt,
Eh sich sein Augenlicht getrübt;
Der spornte meinen Eifer an,
Und kam mein Herr dann aus der Stadt,
Wie lobt' und pries er jedes Blatt
Und ließ mir schöne Farben bringen;
Mich aber freute mein Gelingen.
Sucht doch ein ungestilltes Herz
Trost seinem Kummer allerwärts.
Der Schwäher mußt' es wohl gestatten.
Ich liebt' es, stundenweit zu gehn,
Um neuem Ausblick nachzuspähn,
Und immer folgt' er wie mein Schatten.
Dann lag er neben mir im Gras,
Zum Schein tief in ein Buch versunken,
Allein sein Auge sprühte Funken,
Wie Neigung bald und bald wie Haß.
Doch wagt' er's nie, so kühn er war,
Mir seinen Sinn zu offenbaren;

Daß er und ich geschieden waren,
An meiner Stirne las er's klar.

Zwei Jahr' hielt dieser Mann in Haft
Die niegekühlte Leidenschaft,
Bis sie zuletzt, entlodert,
Ihr Opfer wild gefodert.
Denn eines Tags kam mein Gemahl
Zu uns heraus mit frohem Herzen;
Wir speis'ten bei dem Schein der Kerzen
Zu Dreien Nachts im luft'gen Saal.
Das Mahl, der Wein hatt' ihn erquickt,
Die Diener waren fortgeschickt;
Ich mußt' ihm, was ich malte, zeigen.
Er scherzte: Sieben Stunden weit
Hast du nun Alles conterfeit;
Nun sollst du mit zu Schiffe steigen,
Dein Aug' an neuer Schau erfrischen,
Zu neuem Werk die Farben mischen.
Mein theurer Bruder, weil wir fern,
Versieht im Haus die Pflicht des Herrn. —
Der Bruder, der am Schenktisch stand,
Ward bleich und schweigsam wie die Wand.
Und da es kam an Mitternacht,
Mein Herr stand auf, zu Bett zu gehen.
Er sprach: Wie ist mir denn geschehen?
Ist's Wein nur, der mich taumeln macht? —
Ein Schauder fuhr mir durch den Sinn,
Ich sah sein Antlitz sich verfärben,
Und plötzlich rief er: Ich muß sterben!
Und mir zu Füßen stürzt' er hin.

Ich sah den Schwäher ruhig nahn
Und sprach nur: Das hast du gethan!
Er aber gab kein Wort darauf,
Er hob den Hingesunknen auf
Und trug ihn selbst in sein Gemach.

In halber Ohnmacht wankt' ich nach.
Ich stand am Bett des Kranken
In wogenden Gedanken,
Ich sah die Qualen, die er litt,
Da Tod und Leben um ihn stritt;
Die letzten Kräfte mußt' er sammeln,
Um mir ein Lebewohl zu stammeln.

Er faßte meine Hände.
„Mein Weib, es geht zu Ende.
Dich aber hab' ich so geliebt,
Daß Eifersucht mir das Geleit
Hinüber zu den Schatten giebt.
Mir ist, wenn dich ein Andrer freit,
Müßt' ich aus tiefstem Grabesschooß
Erstehn und wandeln ruhelos.
Dem Einz'gen nur in aller Welt
Säh' ich dich ohne Neid gesellt,
Dem Bruder, der mir theuer war.
Nach deinem stillen Wittwenjahr
Vergönn' ihm deiner Treue Pfand;
Wo nicht — in diese kalte Hand
Gelobe mir's: kein Mann auf Erden
Soll meines Schatzes Hüter werden.
Im Schleier sei des Himmels Braut,
Der dich mit Gnaden überthaut,
Wenn dies Gelübd' aus deinem Munde
Mir sanfter macht die Scheidensstunde.“

An meinen stummen Lippen hing
Sein Blick, den halb schon Nacht umfing.
Ich sah der Angst geheimen Krampf
In jeder Nerve tödtlich zittern —
O durft' ich ihm den letzten Kampf,
Ihm, der mich so geliebt, verbittern,
Ihm sagen: dem du mich vereint,
Der hieß dein Bruder, war dein Feind?

Wie leicht, ach, wie erwünscht erschien
Die Wahl: ein Kloster — oder ihn! —
So sprach ich das Gelübd' ihm nach;
Er lallte Dank — sein Auge brach.

Kaum deckte den Entschlafnen — nein,
Den Hingemordeten der Stein,
Da trat der Schwäher ein zu mir,
Sein Mund war bleich, sein Auge stier,
Sein Haupt hing auf die Brust herab.
Da ich ihn sah, wandt' ich mich ab.
Er aber, heuchlerisch und sacht,
Sprach: Frau, Ihr habt gar unbedacht
Dem Bruder ein Gelübd' gegeben,
Mit kurzem Wort ein langes Leben
Geopfert eifersücht'gen Grillen
Und selbst gebunden Euren Willen.
Ich weiß, Ihr habt mich stets gemieden
Und längst in Eurem Sinn entschieden,
Die Welt zu fliehn um meinethalb.
Doch kennt Ihr sie und mich nur halb.
Ihr dürft in weltentlegnen Mauern
Nicht diese Probezeit vertrauern.
In Lebenslust, in Jugendwonnen
Soll Eure Seele frei sich sonnen,
Die Herrlichkeit der Erden
Soll mir ein Anwalt werden.
Dann hoff' ich, daß die Freude warm
Euch locken wird in allen Sinnen,
Dem Klostergrabe zu entrinnen
In eines Freundes treuen Arm.

Ich schwieg und ließ mit mir geschehn,
Mein Wille blieb im Herzen stehn.
Wir reis'ten viele Monden lang,
Nie hört' er meiner Stimme Klang.
Wie der Versucher einst dem Herrn

Die Welt gezeigt von Bergeszinnen,
So sucht' auch er mich zu gewinnen; —
Glatt war die Schale, taub der Kern.
Er ließ mich der Provence Auen,
Die liederfrohen Städte schauen,
Lombardiens blütenreichen Kranz,
Venedigs meergewiegten Glanz,
Und wenn der Lärm des Tags verhallt,
Dann lockten hundert Fackeln bald
Zu märchenhaften Festen.
Wie gern wär' ich den Gästen,
Den müßig schwatzenden, entflohn!
Es klang mir wie ein bitt'rer Hohn,
So oft sie meine Schönheit priesen.
O was erlitt ich nicht um diesen
Verhaßten Schmuck, und immer noch
Um ihn allein seufzt' ich im Joch!

Und doch, mit jedem Tage neu,
Blieb mir noch eine Freude treu.
Mein Blut fühlt' ich erhöhter wallen,
Wenn ich durchschritt die reichen Hallen,
Paläste, Kirchen, Wand an Wand
Geschmückt von hoher Meister Hand.
Gar oft vor einem Bild geschah's,
Daß ich der ganzen Welt vergaß,
Mit innigem Vergnügen
Hing an den lautren Zügen
Und meine Sehnsucht rasten ließ
Im längst verlornen Paradies.
Dann konnt' ich lange Zwiesprach halten
Mit stillen Frau'n auf goldnem Grund,
Und oft mit Seufzen sprach mein Mund:
Ich neid' euch, selige Gestalten!
Ihr glänzt in unberührter Zier
Und weckt nicht Habsucht und Begier.
Um euch, die überirdisch schweben,

Stehn Brüder nicht sich nach dem Leben.
Frei wie das Licht, das Allen nah,
In ew'gem Frieden blüht ihr da!

In solcher Stunde, reichgesegnet,
Bist du, mein Holder, mir begegnet.
Noch kannt' ich nichts, als deinen Ruhm.
Da bin ich einst, um still zu beten,
Mit ahnungsvollem Geist getreten
In jenes Klosterheiligthum,
Das an den Oelwald angeschmiegt
Bei Città di Castello liegt.
Das Wunder, das mir dort geschehn,
Soll nun durchs Leben mit mir gehn,
Das Bild, das vom Altar mich grüßte,
Mir folgen wie ein Stern der Wüste.
Doch als ich sie zuerst geschaut,
Die benedeite Himmelsbraut,
Die ihre Hand von Scheu bewegt
In des Erkornen Rechte legt,
Die jungfräulichen Mienen
Von Göttlichkeit umschienen, —
Da maß ich aus mit Einem Blick
Mein eigen jammervoll Geschick,
Da wußt' ich erst, was ich verloren,
Als ich dem Todten mich verschworen,
Ein Glück, in dieser bangen Welt
Vom Himmel selbst zum Trost bestellt:
Zwei edle Herzen frei vereint!
Da brachen auf die alten Wunden;
Ich fühlt', ich würde nie gesunden,
Und weinte, wie ich nie geweint.

Den Thränen, die so bitter flossen,
Ist dieser Stunde Glück entsprossen.
Mir war's, dich selbst hätt' ich gesehn.
Den Schönen dort im Brautgeleite,

Deß Augen sinnend in die Weite
Wie nach verhüllten Sternen spähn,
Mit deinem Namen nannt' ich ihn,
Und Nachts in meinen Träumen schien
Dies Augenpaar mit süßen
Huldblicken mich zu grüßen,
Daß ich empor vom Lager fuhr
Und seufzend rief: Ach, träumt' ich nur?
Und in mir klang es fort und fort:
Nach Rom, nach Rom! denn Er ist dort.

Da meinem Stolz gewann ich's ab
Und ließ zur Bitte mich herab:
Eh ich ins Kloster müsse treten,
An des Apostels Grab zu beten.
Der Schwäher hörte mich gelassen
Und sprach: Nach Rom? Begehrt Ihr nur
Dem Papst die Kniee zu umfassen,
Daß er Euch löf't von Eurem Schwur?
Es naht die Frist, Euch zu entscheiden.
Ihr liebt mich nicht. Das aber wißt:
Spinnt immerhin geheime List, —
Mein Dolch wird das Gespinnst zerschneiden.
Wohlan, nach Rom!

Wir brachen auf.
Mein Herz schlug bis zur Schläf' hinauf,
Als meine Augen, die entzückten,
Die Zinnen Roms von fern erblickten.
Was war mir diese Welt von Stein?
Doch schloß sie meine Sehnsucht ein.
Die Straße, da wir ritten,
Ist Er vielleicht geschritten;
Wer weiß, er geht an mir vorbei,
Ich ahn' es nicht, wie nah er sei.
Werd' ich ihn sehn, und wann, und wo?
So in Gedanken bang und froh

Hab' ich in Rom die erste Nacht
Ein Raub der Zweifel durchgewacht.
Der Schwäher hütete mich strenger;
Mit jedem Tage ward ihm bänger
Um seines Frevels schnöde Frucht.
Zu all den Stätten hochgefeiert
Mußt' ich ihm folgen dichtverschleiert;
Ich aber dachte nicht an Flucht,
Nur, wie ich noch das Glück erwürbe,
Dir zu begegnen, eh ich stürbe,
Und nirgends, ach, erschienst du mir!
Da eines Tags durchwandeln wir
Mit einer bunten Menge
Die offnen Hallengänge
Im weiten Haus des Vatican.
Und als wir aus den Fenstern sahn,
Vernehm' ich hinter mir das Wort:
Siehst du im Hof den Jüngling dort?
Das ist er, das ist Rafael,
Des Papstes Liebling. — Blitzesschnell
Erkannt' ich dich. Du schrittest eben
Vom klarsten Sonnenlicht umgeben
Die Stufen zum Portal hinan
Und weiltest sinnend dann und wann.
Es flog dein Blick in heitrer Ruh
Den Schwalben am Gesimse zu,
Und an die Brustwehr angelehnt,
Sahst du ihr schwebend Nest sie bauen.
Ich aber durfte satt mich schauen
Am Anblick, den ich lang ersehnt!
O deine Züge, kühn und klar,
Vom Winde leisbewegt dein Haar,
Dein Lächeln, als du an der Pforte
Zum Schweizer sprachst zwei kurze Worte —
Wie hab' ich diesen Mann beneidet,
Die Vögel selbst, an deren Flug
Dein schönes Auge sich geweidet,

Kaum bändigt' ich das Herz genug,
Daß es nicht ausbrach aus der Brust
Und aufschrie laut in Qual und Lust!

Doch als du warst zur Thür hinein,
Schwand plötzlich mir der Tagesschein.
Ein Schwindel kreis'te mir ums Haupt,
Ich hielt mich an den Pfeilerwänden,
Und Eins nur stöhnt' ich sinnberaubt:
Verlornes Herz, wie soll dies enden!

Und heut — und jetzt, in herberm Schmerz,
Wie soll dies enden? klagt mein Herz.
O hätte mich der Gott mit raschen
Geschossen hingestreckt in Aschen,
Anstatt mich aufzusparen
Zu tödtlichern Gefahren!
Ich war der Welt von Herzen feind,
Ich hätte nicht ihr nachgeweint,
Mein Haupt der Scheere gern geboten,
Mein Herz gebettet zu den Todten.
Wußt' ich denn je, was Leben heißt?
Ich lernt' es erst an deinen Küssen,
Und zehnfach werd' ich sterben müssen,
Wenn mich der Tag von hinnen reißt.
Warum mit nächtlich kühner List
Sucht' ich, was so verderblich ist,
Beschwor mit ungestümem Flehn
Die treue Magd, den Gang zu wagen,
Die Rosen vor dein Bild zu tragen
Und diese Nachtfahrt zu bestehn?
Warum in deines Hauses Pforte
Ludst du die Fremde freundlich ein
Und sprachst so arge Liebesworte,
Die mich berauscht wie junger Wein?
Auf! ende diesen kurzen Trug!
Ich büß' ihn dennoch lang genug.

Erbarm dich! noch ist's nicht zu spät;
Stoß' mich hinweg von deiner Seite,
Gieb rauhe Worte zum Geleite
Der Seele, die ins Elend geht.
Dann werd' ich einen Muth gewinnen,
Mich auf mein Schicksal zu besinnen,
Und zu mir sprechen: Flieh hinaus!
Das Leben selber stößt dich aus!

So rief sie, und in wildem Harm
Entglitt sie plötzlich seinem Arm
Und sank, von Todesqual durchzückt,
Vom Pfühl herab zu seinen Füßen.
Er weckte sie mit heft'gen Küssen,
Und tief zu ihr hinabgebückt
Raunt' er beschwörend ihr ins Ohr:
Stirb nicht! stirb nicht! O blick empor
Und hinter dich wirf alle Pein;
Von heut an ist dein Leben mein.
Sobald der neue Tag erschien,
Will ich mit flehentlichen Bitten
Am Stuhl des heil'gen Vaters knie'n,
Ihm sagen, was ein Weib gelitten,
Auf daß er lösend von dir nimmt
Den Schwur, um den mein Herz ergrimmt.
Und mag der Feind dann Rache brüten,
Ich lache nur zu seinem Wüthen,
Ich weiß, daß er erliegen muß:
Denn wer von deinem Hals sich lös'te,
Dem in die stolze Seele flößte
Triumph dein Lächeln, Sieg dein Kuß.

Er hob das schöne Weib empor;
Sie sah ihn an, wie nie zuvor.
Sie sprach: Mein Freund, es ist vergebens.
Und riefst du aller Engel Schaar,
Sich zu erbarmen meines Lebens,

Verfallen ist's auf immerdar.
Der Feind, dem dieses Haupt verpfändet,
Hat schon zu theuren Preis verschwendet;
Und hab' ich Zeugniß wider ihn
Vorm heil'gen Stuhl, und darf ich's wagen,
Ihn jenes Gräuels zu verklagen,
Deß ihn mein ahnend Herz geziehn?
Ja, macht' ich's wie die Sonne klar,
Und stellt' ich hundert Zeugen dar,
Sein Gold, sein Nam' und, stärker noch,
Sein Muth der Bosheit siegte doch.
Ich bin, wie in des Geiers Kralle
Das Reh, das überm Abgrund schwebt,
Das, bringt ein Wunder ihn zu Falle,
Der Räuber stürzend mitbegräbt.
Des Bruders Schatten höhnt ihm zu:
„Es gilt! Ein Kloster oder du!"
Und wie erträgt sein wilder Geist,
Daß mich ein Andrer ihm entreißt.
Würd' er in deinem Arm mich sehn,
Die Hölle rief' er unter Waffen,
Ihm Rache grauenvoll zu schaffen,
Und um uns Beide wär's geschehn.
Wie aber? Hab' ich denn geweint?
Schilt meinen Kleinmuth, süßer Freund!
Daß ich geklagt, war Gotteslästern;
Denn mir vor allen meinen Schwestern
Ward ja ein unermeßnes Heil
Hoch über meinem Werth zu Theil.
Wie manchem Weib fällt in den Schooß
Ein vielbeneidet goldnes Loos,
Und willst du nach dem Glück sie fragen,
Sie muß die Augen niederschlagen.
Und ich, nach dunklen Lebensmühn
Hab' ich den Quell der Sel'gen schlürfen
Und Seel' und Sinne tauchen dürfen
In Flammen, welche nie verglühn.

Nun komme was da kommen mag,
Ich bin gefeit seit diesem Tag;
Nun komme was da kommen muß,
Ich bin geweiht durch deinen Kuß,
Die Braut, das Weib und ach, wie schnell —
Die Wittwe meines Rafael!
Du aber, wenn auf deinem Pfad
Dir Schönheit winkt und Liebe naht,
Den flücht'gen Rausch nur gönnst du ihr,
Dein tiefstes Sehnen weilt bei mir;
Denn niemals wird dein Herz vergessen
Der Stunde, da du mich besessen!

Das Lämpchen losch; schwül war's im Haus.
Ins Freie traten sie hinaus.
Die Myrten rauschten um sie her,
Die Nacht floß wie ein stilles Meer
Um einer sel'gen Insel Strand,
Darauf sie gingen Hand in Hand.
Ihr Flüstern selbst verstummt gemach,
Nur ihre Herzen blieben wach
In heißem Pochen ohne Rast.
Und da nun Stern an Stern verblaßt,
Stand hoch im dämmernden Azur
Einsam der Stern der Liebe nur.

––––––––

Die Nacht verging, der Morgen kam.
Da saß, versunken tief in Gram,
Den keine Lebensfreude stillt,
Der Jüngling vor dem hehren Bild.
Die himmlischen Gestalten sehn
Auf seine Trauer ernst hernieder,
Als sprächen sie: Was ist geschehn?
Blick auf! Wir kennen dich nicht wieder.
Er aber hebt die Blicke nicht,
Ihn lockt umsonst das Sonnenlicht.

Der Mund, der nicht mehr küssen kann,
Fängt unbewußt zu dichten an,
Das Herz, das stumm an ihrem ruht',
In Rhythmen strömt es seine Glut,
Und ein beschriebnes Blatt nur liegt
Auf Knieen, die sein Glück gewiegt.
Da öffnet sich die Thür in Hast.
Hereinstürmt, heut ein leid'ger Gast,
Ein Freund, mit dem er manchen Tag,
Wenn er am Werk sich heiß gemüht,
Vertrauter Reden gerne pflag.
Heut aus den offnen Zügen glüht
Begeistrung wundersam ihn an.
Er aber, wie ein siecher Mann,
Hebt kaum das Haupt, sein Gruß klingt schwach,
Er birgt das Blatt, das er beschrieben.
Doch Jener, wie vom Sturm getrieben,
Durchmißt beflügelt das Gemach.
O, ruft er, Meister, Theurer, Lieber,
Erdulde mich, ich bin im Fieber!
Es hat's ein Weib mir angethan,
Schön, wie es diese Augen nimmer,
Auch nicht an Hellas' Küsten sahn.
O hätt' ich nur den blassen Schimmer,
Wie ihn zurück die Welle strahlt,
Den Schatten dieser Frau gemalt,
Um eines Herzogthums Gewinn
Gäb' ich das einz'ge Bild nicht hin.
Denk, als ich heut, nichts Arges ahnend,
Durch müß'ges Volk den Weg mir bahnend,
Hinunter die Ripetta schritt, —
Mein Bruder Carlo schlendert mit,
Wir plaudern, was man eben spricht,
Von deinem Bild, von schönen Frauen,
Da rennt das Volk und schaart sich dicht,
Der stolzen Barke nachzuschauen,
Die schon das Ankertau gelös't

Und eben jetzt vom Ufer stößt;
Ein Prachtschiff, aufs Verdeck gestellt
Ein schimmerndes Brocatgezelt,
Mit Teppichen belegt der Bord,
Und — heil'ge Venus! wer steht dort?
Ist's eine Göttin? ist's ein Bild?
Der Flor nur, der im Winde schwillt,
Der Blick, der still ins Weite strebt,
Sagt uns: die Göttliche, sie lebt!
Wie schön der Glanz ihr Haupt umfing!
Im Kreis von Mund zu Munde ging
Ein staunendes, beklommnes Ach!
Sogar die Kinder riefen's nach,
Und hätten sie den Himmel offen,
Der Engel Reigentanz gesehn,
Sie konnten sel'ger nicht betroffen,
Nicht athemlos entzückter stehn.
Mir aber, der seit manchem Jahr
Der süßen Schwäche Meister war,
Mir in den Adern tobt' es heiß,
Die Stirn benetzte kalter Schweiß,
Den Sinnen kaum zu trauen wagt' ich.
Ich riß den Freund im Sturm hinweg,
Drang vor bis an den Ufersteg,
Und einen von den Schiffern fragt' ich:
Wer ist die Frau? Wohin die Fahrt? —
Malanno! flucht' er in den Bart,
Ist's nicht, um aus der Haut zu fahren,
Wenn solch erles'ne Creatur
Zum Teufel geht in jungen Jahren,
Will sagen, in ein Kloster nur?
Der Teufel aber weiß, warum,
Ich nicht; die Dienerschaft war stumm!
Vom Kloster sprachen sie, nichts weiter,
Kein Wort, wohin die Barke schwimmt,
Und wo die Frau den Schleier nimmt.
Ein finstrer Herr ist ihr Begleiter,

Reich, aber böse. Seht ihn dort!
Just steht er neben ihr an Bord. —
Ich sah's, er trat an sie heran;
Er durfte dieses Weib geleiten —
Ich fühlt', ich haßte diesen Mann.
Und als das Schiff mit sanftem Gleiten
Stromabwärts trieb, folgt' ich dem Schwarm
Dem Strand entlang an Carlo's Arm.
Ist's möglich? In den Engelsmienen
Kein Hauch von Schwermuth, die beklagt,
Daß sie so jung der Welt entsagt,
Um einem strengen Gott zu dienen?
Wie nach erkämpften Siegen war
Ihr Auge frei und sonnenklar,
Ein Lächeln schwebt' um ihren Mund,
Als wär' ihr wohl in Herzensgrund,
Als trüge sie hinweg das Glück
Und ließe leer die Welt zurück.
O Rafael, wem sind bewußt
Die Räthsel einer Menschenbrust!
Und als vom frischen Wind gezogen
Das Schiff umglitt den weiten Bogen,
Da wo die letzten Häuser stehn,
Ließ sie ein weißes Tüchlein wehn,
Ein Lebewohl — doch wem? — zu winken.
Die Mauern hemmten mich; mir war,
Als säh' ich einen Stern versinken,
Versinken, ach, auf immerdar!

    Was aber seh' ich? Theurer, sprich,
Du glühst? Mein Fieber — schüttelt's dich?
Du kehrst dich schweigend nach der Wand?
War sie dir nur zu wohlbekannt,
Die Himmlische, und frische Wunden
Riß auf mein ahnungsloses Wort?
O bleibe! Sie ist längst entschwunden — —

Umsonst! Wie sinnlos stürmt er fort.
Wär's möglich? — — Ein verlornes Blatt
Am Boden dort, von Thränen satt,
Sonette, heiße Liebesklagen —:
„Nach kurzem Glück — welch ein Entsagen!
O warum bin ich aufgewacht?
O warum kamst du in der Nacht
Und brachtest niegeahnte Wonne?
Da längst versank die Eine Sonne,
Wie ging die andre strahlend auf — —"

Er hielt das Blatt und starrte drauf,
Von tiefer Rührung übermannt;
Es bebte still die Freundeshand.
Es ist so, sprach er vor sich hin:
Dem Reichsten ward auch d e r Gewinn;
Wer h a t, der soll in Fülle haben,
Um aus dem Vollen uns zu laben.
Wir sehn am Strand vorübergleiten
Ein Glück, das unerreichbar winkt;
Er braucht den Arm nur auszubreiten,
Damit es an die Brust ihm sinkt.
Hinweg, elender Neid! Was haben
Wir für ein Recht auf solche Gaben?
Nur wer Unsterbliches vollbracht,
Dem tagt ein neu Gestirn zu Nacht,
Der wird, die wir umsonst begehrt,
Des Lebens Goldfrucht brechen können,
Und wir — wir müssen sie ihm gönnen,
Denn Er allein ist ihrer werth!

Michelangelo Buonarotti.

(1852.)

Rück mir den Sessel näher an die Glut!
Ich hab' es noth, denn mein Gebein ist alt
Und von des Winters Unbill müd' und kalt.
Leg Scheite zu, Urbino!

      So ist's gut! -- —
Ja ja, leg Scheite zu. — Das glüht und flammt,
Giebt Glanz und Wärme, wie es uns beliebt.
Der Funken, der in uns vom Himmel stammt,
Wenn d e r zurück ins All des Lichts verstiebt,
Dann schrei'n wir auch: Herr, Herr, leg Scheite zu!
Und wer dann übrig bleibt, den fröstelt. —

        Du,
Geh schlafen, guter Junge! Draußen treiben
Die Flocken sausend um, und durch die Ritzen
Der Fenster weht die Nacht. — Wie? Willst du bleiben?
So komm heran; du sollst am Feuer sitzen.
Was siehst du mich mit großen Augen an,
Als stünd' ein Zeichen, fremd und wunderlich,
Mir an der Stirne?

     Schon erquicken mich
Die muntern Flammen. An mein Herz heran
Dringt wieder Leben. Laß uns diese Nacht
Nun ganz durchwachen! Du hast manche schon
In sündlichern Gedanken hingebracht,
Als ich sie dir vertrauen will, mein Sohn,
Und dir allein! Dich hab' ich treu erprobt

Die zwanzig Jahr', seit ich in Dienst dich nahm,
Und habe schon in anderm Zorn und Gram
Vor dir geweint, gebetet und getobt;
Ob ich auch weiß, ihr Alle seid's nicht werth,
Daß man ein menschlich Herz zu Tage kehrt
Vor Menschenaug' und Ohr. —
                                        Und Eine doch,
Ja, Eine war, vor der ich ohne Scham
Vom nackten Herzen riß den Flitterkram;
Nur war ich ungeschickt in Worten noch.
Ich haus't in Rom kaum sieben Monde lang,
Stand eines Morgens in der Arbeit Drang
In meiner Werkstatt, Trümmer um mich her
Von Julius' Grabmal, das ich nimmermehr,
Wie mir's im Sinne lag, vollenden sollte.
So knetet' ich am Mosesbild herum,
Noch aus dem Gröbsten, wie's gelingen wollte,
Und ganz versunken sah ich keinmal um.
Da hört' ich, wie mich wer bei Namen rief,
Und zornig, daß sie mich beschlichen, lief
Das Blut mir ins Gesicht. Nun, kurz und wild
Wend' ich mich um. Ein schmächtig Frauenbild
An eines Mannes Arm steht auf der Schwelle
Und bittet beim berühmten Angelo
Um Einlaß. Eitel sind wir. Vom Gestelle
Tret' ich zurück, verneige mich, und so
Lass' ich sie zu. Sie standen lange da
Und sprachen nichts. Ich, von der Seite, sah
Mir die Gesichter an. Des Mannes Bart
War dünn und fahl, die Linien im Profil
Wohl ausgeprägt und nicht gemeiner Art,
Der Anstand vornehm, wie mir's wohlgefiel.
Die Frau war scheinlos, kümmerlich von Wuchs;
Doch aus dem Blau der großen Augen schlug's
Wie Meeresleuchten oft. Dann, wie der Mund
Zu reden anfing, ward voll Lieblichkeit
Ihr blaß Gesicht, das sonst zu voll und breit;

Die Nase, die nicht in der Richte stund,
Erhielt 'nen klugen Zug. Und was sie sprach,
Wie das zugleich aus Geist und Seele brach!
Ich horchte staunend. Aus dem plumpen Thon
Las sie des Marmors ganze Zukunft schon.
Der ist es, sprach sie, der den Herrn gesehn
Und unerblindet durfte von ihm gehn.
Der sieht Euch ähnlich, Meister. Oft in Stunden
Lebend'gen Lebens habt Ihr Euch wohl auch
Dem höchsten Schöpfer innig nah empfunden,
Und stiegt Ihr dann, noch trunken von dem Hauch
Des Ew'gen, nieder in der Welt Gedränge
Und saht die goldnen Kälber, die die Menge
Mit dumpfem Sinn umtanzt, schwoll heil'ge Wuth
Auch Euch zum Herzen, um die schnöde Brut,
Der Ihr verflucht seid das Gesetz zu bringen.
Zertrümmert's nicht, und laßt den Pöbel springen
Um seine Götzen! — Und so sprach sie mehr
Und schöner noch, so kräftig, klar und hehr
Das Bild mir deutend, daß ich bei ihr stand
In Demuth vor dem Werk der eignen Hand,
Und tölpisch schwieg ich still. Zuletzt nur wagt' ich
Ein unbeholfnes Stammeln: die Figur
Sei, wie sie sei, ein einzeln Bildniß nur,
Und um sie her ordn' ich noch andre, sagt' ich. —
Und sie: Gott war bei ihm — laßt ihn für sich!
Wer dürft' es wagen, neben ihm zu stehn?
Ein andermal die Andern. Laß uns gehn!
Wir kommen wieder. — Da verließ sie mich,
Der ich mich kaum begriff, so groß und klein,
So weis' und albern dünkt' ich mir zu sein.
Wie ich mich dann besann, schickt' ich den Knaben,
Der mir zur Hand war, ungeduldig aus,
Um Kundschaft von dem seltnen Gast zu haben.
Mehr als die Namen bracht' er nicht nach Haus:
Marchese von Pescara, der Gemahl
Vittoria Colonna's.

Seit dem Tag

War mir's, als früge jeder Meißelschlag
Bei ihren Augen an. Faſt litt ich Qual:
So wühlten ihre Worte ſich ein Bette
In meiner Bruſt und ſchwollen an zum Strom,
Der all mein Weſen tränkt', als ob in Rom
Ich bis auf jenen Tag gedurſtet hätte.
Und ſie kam wieder, wie ſich's traf, zu Zwei'n,
Mit ihren Frauen, oder auch allein
Und ſah mir zu und ſprach. Ein jedes Blatt,
Drauf ich Figuren hingeſtrichelt hatt',
Jedweden Bauriß legt' ich vor ſie hin,
Und ſie mit ſeinem Finger wies darin
Auf das, was ihr zumeiſt gefiel; doch wo
Die Form noch klein war und verwirrt und roh,
Da ſchien ihr Blick zu fragen. Da, wie klar
Erkannt' ich mich und ahnt' ich, wer ſie war!
Doch, war ich recht dem Wohllaut hingegeben
Der hohen Seele, flüſterte mir zu
Ein eigenſinn'ger Dämon: Blinder du!
Du könnteſt auch den Finger meiſternd heben,
Denn dies Geſicht hat Gott verpfuſcht! —

Da ſchlug ich

Die Augen nieder, und im Herzen trug ich
Ein widrig zweifelhaft Gefühl. Hernach,
War ſie dann fort, und hatt' ich Narr der Kunſt
Mir gar verbittert all die Himmelsgunſt
Der reinſten Nähe, dann zur Sühne brach
In Liedern aus die heft'ge Leidenſchaft,
Entzückter Dank, demüth'ge Liebesbitte,
Gefühl der eignen Macht und Manneskraft,
Und ungezügelt nach Poetenſitte
Schwatzt' ich mich ſelbſt nur heißer in die Glut.
Sie ſchrieb mir auch. — Du, mein Urbino, weißt,
Wie ganz Italien ihre Verſe preiſ't.
Doch war ſie weiblich immer auf der Hut,
Den Sturm zu zähmen. Für mein glühend Erz

Gab sie Demanten, und ihr eigen Herz
Schien durch den klaren Schliff mit sanftem Schein.
Ich träumte mich in tollen Traum hinein
Und ward in Wort und Wünschen dreist und dreister.
Kam sie dann zu mir, hob sie halb im Ernst
Den Finger auf und drohte: Lieber Meister,
Es giebt doch eine Kunst, die du nicht lernst,
Und die dir frommte!
                Hätte sie's gewußt!
Wenn ich sie sah mit Augen, so verging
Der Sehnsucht Uebermuth, und zitternd hing
Das Herz mir schwebend zwischen Leid und Lust.
Und doch bei all dem frevlen Selbstentzwei'n
Wuchs meine Künstlerschaft, daß Farb' und Stein
Mir willig dienten.
              Doch es zehrt' an mir,
Und einen Tag entschied sich's. Nach dem Essen
Am kühlen Abend trinkend sitzen wir
Ein Dutzend Maler in der Schenke, messen
Im Zeichnen unsre Kunst, in Possen auch,
Ich unterm Schwarm ganz wider meinen Brauch.
Und Einer nimmt die Kohle, tritt zur Wand
Und zeichnet unversehns mit kecker Hand
Der Fratzen eine, wie sie Kinder pflegen
Aufs Mauerwerk zu malen an den Wegen.
Die Andern lachen. Doch die Ungestalt
War noch für Kinderhand zu mannigfalt.
Ich nehm' ein Kohlenstück, und ganz genau
In lahmen Linien zeichn' ich eine Frau,
Daß Alles ruft: So kann's Michele nur!
Den Andern wurmt es, daß ich's besser macht',
Und tritt zu mir, flickt mit der Kohle sacht
Noch hie und da 'nen Zug in die Figur
Und sagt: Jetzt hab' ich sie, Vittoria!
Und freilich stand im wüsten Zerrbild da
Die edle Frau, und das Gesindel schrie:
He, Michelangelo, erkennst du sie?

Und lacht' unmäßig. Doch ich schlug dem Wicht
Im ersten Ingrimm fluchend ins Gesicht;
Da ward es still. — Dann ging ich rasch von dannen.
Doch wo ich ging und stand — den Spuk zu bannen
Vermocht ich nicht. Im Wachen und im Traum
Kam mir das Schimpfbild nach, auf jede Mauer
Warf mir's ein Teufel hin, — der Thränen kaum
Erwehrt' ich mich in meiner Scham und Trauer.

Und andern Morgens, wie ich grad in Eile
Unmuthig sinnend zur Sistina will,
Kommt mir entgegen auf der Treppensteile
Ein Kämmerling vom Hof. Ich grüß' ihn still
Und will vorbei. Er aber hält mich fest
Und grinf't so höflich, daß der letzte Rest
Von meiner Langmuth schwand. Ich frug: Was soll's?
Ei ei, erwiedert er, schon jetzt so stolz,
Und der Marchese starb erst gestern Nacht?
Nun sagt mir ehrlich, wann Ihr Hochzeit macht. —
Hochzeit? mit wem? — Verhehlt doch nicht vor mir,
Was alle Gassen Roms einander sagen.
Pescara starb — wer erbt da, wenn nicht Ihr?
Und — unbequem ist's, Wittwenkleider tragen. —
So schwatzt' er, und der Ingrimm packte mich;
Doch zwang ich mich, schob ihn nur säuberlich
Mit einem Fußtritt fort und stieg empor.
Dort klomm ich aufs Gerüst und nahm mir vor,
Mein Deckenbild zu fördern. streckt' mich auch
Zur Arbeit hin: allein den halben Tag
Rührt' ich den Pinsel nicht und lag und lag,
Die Augen zugedrückt; des Athems Hauch
Ging keuchend aus und ein. Und so im Gram
Einsamen Wehs mußt' ich Gesichte schaun.
Sie selbst, Vittoria, stand im Wittwenkleid
Mir, wo ich malt' und meißelte, zur Seit',
Sah still mich an und hielt mir Blättchen vor
Und raunte meine Verse mir ins Ohr

Und sprach: Michele, war das Alles Trug?
Nein! rief's in mir, ich schrieb es warm genug,
Vernarrt genug: doch Liebe war es nicht!
Denn was ich lieben soll, das muß ich gern
Betrachten — du bist dürftig von Gesicht. —
Da funkelt' ihres Auges großer Stern,
Und Worte sprach sie reiner Melodie,
Die mir die Seele lös'ten, daß sie schrie:
Du liebst sie doch, dein unvergänglich Theil
Bedarf dies Weib zu seinem ird'schen Heil!
Auf einmal meiner Sinne spottend stand
Das Zerrbild vor mir von der Schenkenwand,
Daß ich die Augen aufriß und empor
Zur Decke starrte. Da umschwebte mich
Die ew'ge Form, wie ich sie dort zuvor
So gut ich's konnt' mit armem Pinselstrich
In Freuden malte, und es sprach in mir:
Geselle Zeitliches nicht nah zu dir!
Sei deine Kunst dein Weib, die wird dir frommen,
Denn sie ist ganz an Seel' und Leib vollkommen.
Ring' dich heraus aus dieser Halbheit Zwist,
Und bleib' allein, und bleibe was du bist!
    Da trat es hinter mich und fiel im Nu
Wie Bergeslasten von mir, und in Ruh
Schritt ich zum Werke. So in kurzer Frist
Ward jene wackre Decke, was sie ist.
Sie wußten nicht, warum ich mich verschloß;
Nicht um den Fleiß! Es war, weil mich verdroß
Das nichtige Geschwätz der Narren drauß.
Mit Gottes Hülfe focht' ich's redlich aus.
Ich sah nichts mehr von ihr. Nur einen Tag,
Da ich noch droben auf den Brettern lag,
Bringt mir ein Bursch ein Brieflein. Mein Gesicht
War stumpf geworden von dem blöden Licht,
Darin ich malte. Lange sah ich's an,
Bis mir der Spuk zu fester Form gerann.
Zusammen schrak ich, denn es kam von ihr.

Nicht Scheltwort oder Klage schrieb sie mir,
Und doch ergriff mich's, daß ich schier verging.
Sie woll' ein Grabmal, schrieb sie, Dem errichten,
An dem ein Stück von ihrem Leben hing.
Nun rede sie mir nicht von Freundespflichten,
Denn wo sei Pflicht, wo Lieb' und Güte sei.
Doch bat sie, ihr zu Liebe möcht' ich's thun
Und ihm zu Ehren, hätt' ich Stunden frei,
Vom großen Werk beim theuren auszuruhn.
So freundlich war es Alles.

                    Da ich's las,
Stürmt' auf mich ein, was ich mit Noth vergaß,
Und rüttelt' an der Seele. Endlich frug
Der Bursch, der harrend stand. Ich aber trug
Ihm dieses auf: Ich hätte gern geschrieben
Und käme gern zu ihr; doch sei die Rechte
Mir fast erlahmt, und hätten böse Mächte
Mit meines Leibes Kraft ihr Spiel getrieben.
Was ihren Wunsch betreffe, sei mir's leid;
Zu neuem Thun ermangelt' ich der Zeit.
Nicht könn' ich sagen, wann dies Werk vollbracht,
An dem ich schaffen müss' aus aller Macht.
Und somit — nun, der Bursche ging, und ich —
Wie ich allein war, weint' ich bitterlich.

Warum gedenk' ich weicher grauer Narr
Der Jugendnarrheit? Trägt der alte Nacken
Doch sonst den Druck der Tage fest und starr.
Muß es mich heut wie Weiberschwäche packen?
Ich merk' es wohl, so ist der Dinge Lauf:
Was jung man wünscht, das hat man alt vollauf.
Da ich noch jung war, sucht' ich Einsamkeit.
Nun hab' ich ihrer ein gehäuftes Maß;
Gott sei's geklagt! — —
                    Du hast zur Traurigkeit
Nicht Grund, Urbino, weil ich dich vergaß.

Du bist mir Diener, Freund und lieber Sohn.
Doch — du bist jung, ich in den Siebzig schon.
Mit andern Augen sehen wir die Welt
Und hören Gott mit andern Ohren.
                                        Nun,
Er half mir, da ich's ihm anheimgestellt,
Und gab Gedeihen meiner Hände Thun,
Und schuf, daß ich in ihm mich einsam sonnte,
Daß nur der Schönheit Urbild reifen konnte.
So webend in der Form webt' ich zugleich
Im ew'gen Bildner, und aus seinem Reich
Floß mir der Frieden zu. Den wirren Stimmen,
Die hastig in dem Wind der Meinung schwimmen,
Horcht' ich nur selten, wie wohl in der Nacht
Ein Nüchterner dem Haus vorübergeht,
Draus ihm das Laster frech entgegenlacht.
Ich hielt die Lumpen ferne früh und spät.
So mit des Lebens Tollheit, Traum und Tand
Zerstob auch jenes Weh und hat mich nimmer
Als nur mit flücht'gem Schatten übermannt.
Doch heut am Nachmittag sitz' ich im Zimmer —
Du warst, um Wein zu kaufen, ausgegangen —
Und war mir wunderlich zu Sinn. Ich sann
Den manchen Dingen, so ich angefangen,
Verdrossen nach. Da klopft's. Ein eil'ger Mann
Bringt mir ein Blättlein. Ich erbrach den Brief,
Und wie der Blick die Zeilen überlief,
Stand mir der Herzschlag still. Es war die Hand,
Die ich in saubrer Feine sonst gekannt,
Und die nun wankend dieses Blatt beschrieben.
Sie lieg' am Tod, hab' allen ihren Lieben
Bereits Valet gesagt. Wenn ich noch käme,
Daß meinen Blick sie mit hinübernähme,
So scheide sie getrost.
                              Das liebe Wort
Riß mich hinaus zu ihr. So wie ich war,
Im alten Mantel und verworrnen Haar

Und baarhaupt stürmt' ich auf die Straße fort.
Der Schnee trieb ungestüm. Auf Markt und Gassen
Kein Pferd noch Maulthier, das sich miethen lassen.
Nicht lange suchen mocht' ich. Aus dem Thor
Schritt ich dahin, und an den Wangen fror
Der Tropfen ein, der von der Wimper quoll.
Im Felde packte mich des Sturmes Groll,
Der übers todte Land mit Pfeifen schnob.
Ich ging so hin, wie sinnlos; denn die Last
Des Schmerzes drückte mich zu Boden fast,
Und kein Gedanke kam, der mich erhob.
Nur ihren Brief sagt' ich mir leise vor,
Wenn mir die Kraft versiegte.

         Doch zuletzt,
Da mich die Angst drei Stunden weit gehetzt,
Gelang' ich keuchend zu der Villa Thor.
Mich schauert schon, da ich es offen finde;
Nun tret' ich ein: im Flur sitzt das Gesinde
Und weint; — da wußt' ich's! — —

            Einer kannte mich,
Der weis't mich denn hinauf. Vorüber schlich
Der Arzt, der mir wohl sonst in Rom begegnet.
Er hielt mich an und schluchzte wie ein Kind.
Mein Auge war mit Thränen nicht gesegnet,
Nur bebt' ich, wie ein dürres Laub im Wind.
So trat ich ins Gemach.

         Es war voll Glanz;
Die Ampel flammte von der Kerzen Kranz.
Ich weiß, des Lichtes war ihr nie zu viel,
So lang sie lebte. Nun so schreiend fiel
Der Schein zudringlich auf der Wangen Blaß,
Ward mir der Sinn beleidigt.

         Drinnen saß
Der Zofenschwarm und schluchzte widerlich,
Die Wärt'rin lief umher und rang die Hände,
Die Pagen weinten. Da besann ich mich
Nicht lang und machte dem Tumult ein Ende

Heyse. II. 10

Und trieb das Volk, so viel es schalt, hinaus
Und schloß die Thür. Dann, wie ich Ruh' geschafft,
Löscht' ich den Ueberfluß an Kerzen aus
Und kniet' am Bette. — Noch kaum todtenhaft
Erschien sie, unverfärbt. Die Hände beide
Nahm ich in meine, und das milde Licht
Gab eines Lächelns Anschein dem Gesicht,
Als ob sie freundlich meine Nähe leide.
So lag ich lang und bat dem Bild der Todten
Im Stillen ab, was ich ihr Leids gethan.
Doch — nichts von Reue wandelte mich an:
Was ich gethan, Gott hatt' es mir geboten.
Die Hände küßt' ich ihr und drückte dann
Die heiße Stirn an ihre stille Wange — —
Genug davon!
        Ich weiß es nicht, wie lange
Man so mich ließ mein Todtenfest begehn.
Dann wurd' es draußen laut. Sie pochten stark.
Ich öffnete und sah Pescara stehn,
Der Todten Schwager. Mühsam nur verbarg
Er seinen stolzen Zorn. Ich habe freilich
Ihn seltsam angesehn, daß ihm der Muth
Verging, zu schelten. Und so war es gut;
Wir tauschten keinen Gruß. Ich wandelt' eilig
Hinab und in die Nacht und in den Schnee;
Mir fror das Haupt, das Herz that brennend weh. — —

   Das Feuer sinkt zusammen. Leg dich nieder!
Auch ich will schlafen gehn, die Augenlider
Sind bleiern schwer; die Reise griff mich an.
Doch morgen stehst du zeitig auf; ich sende
Dich in der Frühe schon zum Vatican.
Dort legst du in des heil'gen Vaters Hände
Den Baucontract, wie ich ihn aufgesetzt.
Ich will Sanct Peter bau'n ohn' allen Lohn,
Allein zu meines Herrgotts Ehre, jetzt
Und immerdar. — Nun gute Nacht, mein Sohn!

König und Priester.

(1856.)

„Gleich dem Tiger, wenn er tagelang
In der Höhle lauert auf den Fang,
Gleich dem Falken, wenn er unversehn
Auf den Raub herabstößt aus den Höh'n,
Gleich dem Löwen, dem, wenn er sich zeigt,
Jedes Waldthier zittert, dient und schweigt —
Groß ist unser König! Vor ihm her
Zieht sein Ruhm und wallt von Meer zu Meer,
Wie ein Rauch, der seinen Feind erstickt,
Wohlgeruch, der seinen Freund erquickt,
Auf und ab am alten Flusse Kjang —
Schöne junge Sonne, leuchte lang!"

Also sang am Fuß des Königsschlosses
Eine Sängerschaar. Das Volk im Kreise
Horcht den Worten, spricht sie nach und athmet
Jenen Wohlgeruch mit freud'gen Sinnen.

Drinnen aber bei dem Siegesfestmahl
Sitzt der junge Löwe, sitzt der König,
Bleich inmitten weinerhitzter Gäste.
Weder spricht er, weder netzt der Becher
Ihm den Mund, noch der Gesang die Seele.
Brennt im Schenkel ihm die alte Wunde?
Glimmt in seinem Busen neue Liebe,
Die Verstörerin der Lebensfreuden?
Liebe nicht und nicht die Wunde nagt ihn,

10*

Ihn verzehrt das Weh der Königskinder,
Einsamkeit und Herzensungenügen.

Und der Freund, der einz'ge seiner Jugend,
Spricht zu ihm: Auf neue Thaten sinnst du,
Herr, ich seh's am Zucken deiner Lippe.
Warum schlürfst du nicht des Ruhmes Labsal,
Nicht die Ruhe, die nach Mühen süß ist,
Nicht die Liebe deines Volks, o König?

Drauf der König: Wer des Ruhmes werth ist,
Dem ist Ruhe fremd. Zudem gedacht' ich
Jener Fürsten, die mein Schwert gebändigt.
Schollen nicht auch ihnen solche Lieder,
Labte nicht auch sie des Volkes Liebe,
Jenes selben Volkes, mein Tschang-Tschao,
Das sie mir gebunden überliefert,
Als ich siegend in die Vesten einritt?
Volkesgunst ist wandelnd wie die Meerflut;
Wohl am Saum des Strandes läßt der Weise
Gerne sich von ihr die Sohle kühlen,
Doch er weiß, im Grunde wohnt die Tücke,
Wohnt der Tod. Was sprichst du mir vom Volke! —

Und er neigt das Haupt und schließt die Augen,
Und ein Traum entführt den wachen Geist ihm,
Solch ein Traum, wie ihn die Mächt'gen träumen,
Sättigend ihr Herzensungenügen.
Denn er wuchs im Traum. Mit seiner Sohle
Tritt er fest die Erde, mit dem Scheitel.
In den Reigen der Gestirne ragt er,
Die sein Haupt umglühn als Krondemanten.
Doch des Volkes Haß und Liebe brandet
An sein Ohr nur wie ein dumpfes Murmeln
Ferner Wasser — und er lacht im Traume.

Als er aufblickt — horch! ein dumpfes Murmeln

Dringt herauf, es schweigt das Lied der Sänger,
Und im Saal, wo seine Feldherrn zechten,
Sieht er staunend sich allein gelassen.
Auf vom Sitze fährt er.   Nur Tschang-Tschao
Weilt bei ihm: Du hast geschlummert, König?   .

    Nein, geträumt.   Wo sind die Mandarinen?
Wo die Feldherrn?   Wo die Schaar der Diener?

    Herr, zum Markt sind sie hinabgegangen,
Denn ein Tao-Ssé, ein alter Priester
Kam zur Stadt — sie heißen ihn den Heil'gen —
Der mit Wassern, die sein Mund gesegnet,
Sieche heilt, das Kommende vorhersagt
Und unsterblich lebt in ew'ger Jugend.
Alles Land ist voll von seinem Preise,
Und sie gingen, ihm das Kleid zu küssen,
Da sie, König, dich entschlafen glaubten.

    Purpurn ward die junge Fürstenstirne;
Und hinab von seinem goldnen Thronsitz,
Den verwundeten Schenkel mühsam schleppend,
Trat er zum Altan.
                    Da sah er drunten
Auf dem Platz die dichte Menge knieen,
Wie ein Kornfeld, das der Hagel knickte;
Seine Feldherrn, seine Würdenträger,
Keiner schont sein goldgesticktes Hofkleid,
Weiber, knieend, schwingen Weihrauchfässer,
Blumen streu'n die Kinder auf den Weg hin,
Und inmitten aufrecht steht der Heil'ge.
Bis zum Gürtel überm Bastgewande
Fließt der weiße Bart.   Sein Antlitz leuchtet
Wie die Pfirsichblüt' im Maienmonde, —
Leuchten je so farbig Greisenwangen? —
Und er murmelt in der heil'gen Sprache
Worte des Gebets.

Da schallt des Königs
Stimme vom Altan: Den Knecht der Lüge
Führt herauf, den Gleißner vor mein Antlitz,
Denn ich bin gesonnen, ihn zu richten!

Gleich als wäre Ruf von einem Irren
Laut geworden in der Tempelstille,
So emporgeschreckt aus tiefer Andacht
Sehn zum Schloß des Volkes tausend Augen.
Die zunächst dem Heil'gen knien, sie beugen
Tiefer nur das Haupt auf seine Schuhe,
Emsger wird das Weihrauchfaß geschwungen,
Wie zur Reinigung der Luft, die frevelnd
Jener Ruf entweiht.
                    Allein der König —
Noch befahl er nie zum zweiten Male —
In den Saal ist er zurückgeschritten
Und erwartet, daß der Priester komme.
Niemand kommt. Da naht sich ihm Tschang-Tschao.
König, warnt er, deine schwere Wunde
Braucht der Schonung. Sieh, das Gift des Speeres
Ward mit linden Salben eingeschläfert
Und erwacht, wenn Zorn das Blut dir aufwühlt.
Laß den Priester fliehn. Wo fändst du Ursach
Wider ihn? Er wandelt leise Pfade,
Und das Volk, vergreifst du dich an Diesem,
Wirst du heut und immer dir entfremden.
Hör auf mich! —
                Mich dünkt, sie zaudern lange,
Spricht Sün-Tsé. Geh du hinab, Tschang-Tschao,
Hol ihn her! Ist dieser leere Festsaal
Ursach nicht genug? —
                    Da ging der Treue,
Ging und kehrte wieder mit dem Heil'gen
Und ihm nach die Gäste. Vor dem König
Stand der Alte, neigte sich bescheiden
Zweimal, daß sein Bart den Boden rührte,

Doch sein Blick hing an des Königs Auge.
Also mißt sich Löw' und Leoparde,
Die sich treffen in der engen Thalschlucht.

Und der Löwe, wild, daß er des Gegners
Auge nimmer kann zu Boden blitzen:
Sprich, wer bist du, herrscht er ihm entgegen,
Der sich unterfängt mit frommen Tücken
Zu verblenden meines Volkes Herzen?
Säest schnöde Saat des Ungehorsams
In die Köpfe meiner Mandarinen,
Daß sie mir vom Tische weg sich stehlen,
Daß die Krieger, die dem Tod gestanden,
Zitternd vor der Wucht des Aberglaubens
Wie die Weiber dir die Kniee beugen?

Und ein Schauder überlief die Hörer,
Und sie seufzten heimlich ob der Lästrung;
Doch der Tao-Ssé hub an und sagte:

Unrein bin ich nicht. Denn nur der Wille
Reinigt und befleckt die Menschenseele,
Und der meine trieft vom Bad der Demuth.
Wer ich bin? Es kennen mich die Menschen
Beiderseit am Flusse Kjang. Ein armer
Priester bin ich, unwerth, daß der König
Nach ihm fragt. Vor hundertsechzig Jahren
Fand dein Knecht im hohen Steingeklüfte
Eines Magiers Buch. Mit rothen Lettern
War die Schrift auf weißen Grund geschrieben
Und benannt: Der Weg zur großen Ruhe.
Hundert Hefte sind's. Die einen fünfzig
Voll von uralt magischen Gebeten,
Daß der Leib genese. Doch die andern
Lehren, wie man blüht in ew'ger Jugend,
Diese sind Geheimniß; jene frommen
Jedem Mutterkind. Seit damals, König,

Hab' ich auf und ab das Land durchzogen,
Körper heilend, und die Seelen weisend
Auf den dunklen Weg zur großen Ruhe.
Diese Hand soll mir vom Arme faulen,
Nahm ich jemals Lohn, die kleinste Münze,
Je ein Kleinod, außer Trank und Speise,
Nur zu fristen meine Lebenstage.
That ich was, um Herzen zu verblenden?
Sprach ich was, zu schmälern deine Hoheit,
Die der Herr der Welt mit Strahlen kränze
Ewiglich? Dein Knecht hat ausgeredet.

  Sprach's und neigt bescheiden sich dem König,
Zweimal, daß sein Bart den Boden rührte;
Doch der König — eine Feuersäule
Stand er auf dem Thron, Verderben züngelnd,
Und sein Wort fuhr sengend durch die Herzen:
Tao=Ssé, ich kenne dich und alle
Deinesgleichen. Euren Nacken beugt ihr —
Euer Auge trotzt mir dreist entgegen.
Heuchelei ist eure ganze Demuth,
Euer Zauber ist der Menschen Wahnsinn,
Eure ew'ge Jugend ist die Tücke,
Welche nie in eurem Orden ausstirbt.
Wohl den Weg zur großen Ruhe wißt ihr:
Jeder geht ihn, der die wache Stimme,
Die nach Wahrheit schreit, in sich betäubet
Und sich bettet in die eigne Lüge.
Faule nur die Hand von deinem Arme,
Denn du reckst sie nach dem größten Kleinod,
Nach der Macht, die alle Schätze werth ist.
Deine Wange täuscht mich nicht, und sollte
Mich dein Mund betrügen? Nein! Von hinnen
Tilg' ich dich; denn Macht sei bei dem Einen,
Der ein Held und Retter in der Noth ist,
Nicht beim Schleicher, der vom ew'gen Gott sich
Alles anmaßt, Würde, Macht und Jugend,

Nur das Eine nicht: den Haß der Lüge!
Weil nun Gott geduldig ist und Manchen
Ueberhört, der ins Gesicht ihn lästert,
Soll der König, Gottes Sohn und Abbild,
Seines Herrn und Vaters Ehre wahren
Und die Gleißner in den Boden schmettern.
Führt ihn fort, in Ketten! Diesen Tag noch
Weis' ich ihm den Weg zur großen Ruhe.

Da fiel Alles in die Knie', die Feldherrn,
Mandarinen und der Freund Tschang-Tschao,
Und sie flehten: Gieb ihn frei den Heil'gen!
Schon' ihn, großer König!
      Furchtbar blickte
Von dem Thron der Held. Für euch um Schonung
Solltet ihr mich anflehn! Ist es Wahrheit,
Daß er heilen kann mit seinen Wassern,
Warum rieft ihr, da ich wund zurückkam,
Euren Heil'gen nicht, daß er mich heile?
Warum rieft ihr einen schlechten Wundarzt?
Geht, ihr seid zu blöd an Geist und Sinnen,
Und sich selber widerspricht der Wahnsinn,
Sonst gedächt' ich, daß ihr Arglist übtet.

In Bestürzung knien sie, Alle wortlos,
Und es winkt der Fürst. Die Gäste wandeln
Heim; hinab zum Kerker schritt der Priester. — —

Eine Stunde war dahingegangen,
Da zum jungen König kam die Mutter;
Denn ein Fürwort bei dem Sohn zu sprechen,
Baten sie die Mandarinenfrauen.
Und sie fand den Sohn allein im Garten,
Und sie sprach: Was thatest du, mein Liebling? —

Mutter, sprach er, wie ein König that ich! —

Und die Mutter: Könige sind milde,
Könige sind klug und fromm vor Allem. —

Nein, vor Allem, Mutter, sind sie König.
Kommst auch du und bittest für den Gaukler,
Der mein Volk verführt, der mir die Feldherrn
Von der Seite lockt, daß auf dem Thron ich
Einsam sei? Mit theuren Eiden schwor ich,
Diese Brut der üppigen Lügengeister
Wegzutilgen, daß die Erde rein sei,
Und ich will's, so wahr mein großer Vater
Als ein reiner Geist da oben wandelt.
Stets, seit ich ein Roß beschreiten lernte,
In die Feldschlacht folgt' ich meinem Vater
Weit und breit; wenn er sein Land bereis'te,
Stand ich neben ihm im goldnen Wagen,
Hört' und sah sein Thun und Reden alles;
Niemals sah und hört' ich, daß er Gauklern
Ehrfurcht zollt'. In seiner Faust zerbrach er
Geisterspuk und -Trug wie Eierschalen,
Und vor Gott nur lag er auf den Knieen.
Und so will auch ich thun, gute Mutter,
Gott gehorchen und der Götzen lachen
Und vernichten alle Götzenpfaffen.

Kind, erwiedert kummervoll die Mutter,
Höre mich, denn ich bin alt geworden
Dicht am Throne, wo man zeitig altert.
Gott gehorchen ist der Weisheit Anfang,
Doch der Götzen lachen ist gefährlich
Jedem, und dem Herrschenden vor Allen.
Was begehrt das Volk? Es will beglückt sein.
Wenn's ein Wahn beglückt, dann weh dem Herrscher,
Der den Wahn ihm zu entreißen trachtet,
Böt' er auch dafür die schönste Wahrheit!
Nicht Erkenntniß tilgt den Aberglauben,
Nur der Glaube; denn der Geist der Menge

Lechzt nach Wahrheit nicht, nur nach dem Glauben.
Weil das Volk an deinen Vater glaubte,
Konnt' er Pfaffenspuk und -Trug verachten,
Nicht zerbrechen; solches wagt' er niemals.
Du bist jung. Als Helden kennt das Volk dich,
Nicht als Herrscher. Daß sie an dich glauben,
Danach trachte, Sohn, und ihre Götzen
Werden nie die Wege dir vertreten.
Doch mit ihnen kämpfen, macht sie mächtig,
Und der Kleinste unter ihnen zwänge
Hundert Helden, wenn man ihn beleidigt,
Da er ungekränkt von selbst vermodert.

    Sprach der Sohn: So willst du, gute Mutter,
Daß ich mit der Lüge mich vertrage,
Weil sie Waffen hat?
               Und Jene sagte:
Waffen, Kind, die keinem Helden ziemen,
Waffen, wie die Wahrheit nie sie führte,
Unbesieglich doppelschneid'ge Waffen.
Sohn, noch einmal: gieb ihn frei, den Gaukler!
Sag, du seist voll süßen Weins gewesen,
Stift' ihm einen Tempel. Hat dein Vater
Tempel nicht erbaut an allen Enden,
Nicht allein zur Ehre Gottes, nein, auch
Diesem Volk zu Nutz?
            Von seiner Seite
Riß Silu-Tsé das Schwert. Wie diese Klinge
Nackt in Lüften saus't und ihrer Schärfe
Sich erfreut, so ist dein Sohn, o Mutter.
In der Scheid' ein Schwert — so war mein Vater.
Wer der Stärkre, — richten wird die Nachwelt.

    Und die Hand auf seine Schulter legend
Spricht die Mutter: Höre noch dies Eine!
Daß er Sonn' und Regen wirken könne,
Rühmt das Volk vom Tao-Sé. Wohlan denn:

Eine Dürre brütet viele Wochen
Ueberm Land; vermag er die zu bannen,
Sag ihm das, so soll er frei davongehn,
Reich beschenkt; wo nicht, als Lügner sterben.

Sei's denn! sprach der Sohn; doch thu' ich's ungern.

'Und er ließ den Priester vor sich führen.
Ohne Ketten kam er, denn die Schergen
Hatten's nicht gewagt ihn anzufesseln.
Grimm, da er dies sah, befiel den König,
Doch er zwang sich, sagt' ihm jene Rede,
Wie die Mutter sie ihm eingegeben.
Sprach der Tao-Ssé, sich zweimal neigend:
Herr, die Frist, die meinem Lebensathem
Vorbestimmt, ich weiß, sie geht zu Ende;
Bleich sind meine Sterne; doch versuch' ich
Was ich kann.
              Da führten ihn die Schergen
Auf den Markt. In heller Sonne lag er
Nieder, betend, seine weißen Hände
Still gefaltet vor das blüh'nde Antlitz.
Rings umstand ihn dichtgedrängt die Menge,
Stumm. Auf dem Altan erschien der König;
Keine Lippe rief ihm heut Willkommen,
Nicht ein Blick begrüßt' ihn aus des Volkes
Tausend Augen; sinnend an der Brüstung
Lehnt Sün-Tsé; im Herzen war ihm wehe.

„Wenn die Sonne zum Gebirg hinabsteigt,
Ehe Spruch und Bitte dieses Priesters
Aufgethan die eh'rnen Himmelsschleusen,
Wird der Gaukler auf den Holzstoß treten,
Und die Flamme soll von ihm die Lande
Und vom Wahn die irren Herzen läutern!"

So der Herold. Athemloses Schweigen,

Murren dann und Wehgeschrei im Volke,
Lauter Zuruf: Rette dich, du Heil'ger!
Rette dich! wir wissen, du vermagst es.

Doch der Alte lag, als ob er schliefe,
Lag und lag. Die langen Stunden rollten
Schwer am Himmel in den glühenden Gleisen.
Und die Sonne sank. Da hieß der König
Scheiter auf dem Markt zusammenschichten,
Und mit Fackeln traten vier Trabanten
An die Ecken hin des Sterbehügels,
Eines Winkes vom Altan gewärtig.
Und die Sonne sinkt. Der Abendstern schon
Blinkt herauf, es schwebt die Mondensichel
Rein am Firmament — die Sonnenscheibe
Rührt den Bergrand — sinkt — ein rother Schimmer
Streift verklärend noch den Todgeweihten —
Und der König winkt. Die Schergen tragen
Den Verfallnen auf die Todesbühne,
Der, so scheint's, in sanftem Schlummer athmet,
Und die Fackeln stürzen in die Scheiter.
Da im Nu erhebt sich himmlisch Brausen
Ueberm Markt, die Ziegel von den Dächern
Fahren durch die Luft im Kreis gewirbelt,
Ein Gewölk wie Heere großer Adler
Stürmt zusammen, unter ihrem Fittig
Dröhnt der Aether, wankt die alte Erde,
Und ins Jauchzen, Beten, Schrei'n des Volkes
Prasselt furchtbar Himmelsflut in Bächen,
Fegt den Markt von Gaffern rein, zerflößet
Scheit auf Scheiter wie ein Reisighäuflein,
Und die Fackeln zischen aus. Der Alte
Liegt bewegungslos, als ob er schliefe.

Und der Regen schweigt. Wohl einen Schuh hoch
Ueberschwemmt' er weit und breit die Gassen.

Aber um den Alten drängt das Volk sich,
Alle Feldherrn, alle Würdenträger
Knieen in der Flut, indeß der Priester
Sanft die Augen hebt und leise murmelt
Worte des Gebets.   Da rauscht ein Hufschlag
Durch die Lachen; hoch zu Roß, umgeben
Von Trabanten, naht Sün-Tse, der König,
Neben ihm Tschang-Tschao. Keine Gasse
Thut sich auf im knieenden Volk. Die Lanzen
Müssen sie ihm bahnen und der Hufschlag;
Jeder meidet, zu ihm aufzuschauen,
Wie man meidet böser Geister Anblick.
Und er hält beim Tao-Sse. Der Priester
Schlägt die Blicke ruhig auf zum König,
Dessen Aug’ in trübem Feuer lodert.
Und der König: Gott, den Herrn des Himmels,
Würd’ ich lästern, glaubt’ ich, daß die Ordnung
Der Natur aus ihren Fugen wankte,
Dich zu retten. Vorbestimmt von Anfang
War die Flut, die sich herab ergossen,
Nicht gehorsam einem Lippenmurmeln.
Oder wär’s, so wär’s ein Sieg der Hölle
Ueber Himmelsmächte, wärst du selber
Ein verfluchter Geist, und ich gesegnet,
Wenn ich dich zurück zur Hölle sende.
Auf, Trabanten! nach der großen Ruhe
Lüstet ihn: so weis’t ihm denn die Pfade!

Keiner hebt den Arm, die Klinge Keiner.
Und der König schäumt: Ein Volk von Memmen
Nenn’ ich mein? Ist Keiner, der den Flachsbart
Das gemalte Angesicht verachtet? —
Da erblitzt ein Stahl. Tschang-Tschao’s Waffe
Trennt das Haupt des Tao-Sse vom Rumpfe.

Dumpf ein Fall — und welch ein Echo folgt ihm,

Welch ein Wiederhall von tausend Herzen,
Welch ein Nachhall in den Wolkenschluchten
Hoch am Himmel! Draußen vor dem Stadtthor
Ward auf einen Pfahl der Leib befestigt,
Eine Schrift dabei: So stirbt die Lilge!
Und durch Haufen Volks, die stumm hinwegsahn,
Ritt der König finster heim zum Schlosse.

Und ihm folgt das Echo, folgt der Sturmwind,
Fliegt ihm nach auf schwarzen Adlerschwingen,
Kreiset heulend um des Schlosses Zinnen,
Ein Empörer. An die Scheiben klirrt er,
Fährt zum Schlot herein, durchwandelt rasend
Unsichtbar die düster goldnen Säle,
Und verlöscht die Kerzen. Auf dem Bette
Liegt Sün-Tsé. In seiner Schenkelwunde
Kocht das Blut. Bis an den lichten Morgen
Hören draußen ihn die Wachen ächzen,
Denn die Meldung war ihm zugekommen,
Daß der Sturm den todten Leib entführet,
Und das Haupt sei ihm vorangeflogen.
Keine Silbe sprach Sün-Tsé. Am Lager
Saß der Freund Tschang-Tschao, mischte sorgsam
Kühlen Trank und horcht' auf seines Königs
Athemzug. Sobald der Sturm verstummt war,
Mitternachts, besänftigt sich der Kranke,
Und zu schlafen scheint er. Doch auf einmal
Fährt er auf, zur Pforte stiert sein Auge,
Sieh, sie öffnet sich, die feuchte Nachtluft
Fröstelt scharf herein — ein Schrei des Königs —
Und er greift zum Schwerte; blinde Streiche
Führt er in die Luft, verworrne Zwiesprach
Stammelt er mit Schatten, dann ins Kissen
Sinkt er hin und ächzt: Er ist gegangen!
Tod den Wachen, die ihn eingelassen!
Ziemt es sich, zum König so zu kommen,
Nachts, das Haupt im Arm? O meine Mutter!

Und Tschang-Tschao ging und rief die Mutter.
Da sie kam, fand sie den Sohn im Schlummer,
Kalten Schweiß auf seiner Stirne thauend;
Und sie wacht bei ihm die nächste Nacht lang
Ungesehn von ihm. Und wieder kam es,
Stiert' ihn auf vom Schlafe, Keinem sichtbar,
Als nur ihm, und schwand, wie es gekommen,
Und von Neuem ruft er: Meine Mutter!

Leise tritt sie vor, und ihn umfangend
Spricht sie: Kind, was hast du? Wer verfolgt dich?

Mutter, Er! entgegnet dumpf der Kranke.
Meine Sinne sind mir abgefallen,
Wie mein Volk. Sie halten's mit dem Gaukler
Wider mich; ich weiß, daß sie mich narren,
Mich zu ängsten; dennoch staut die Welle
Meines Bluts zurück zur Herzenskammer
Und zersprengt sie schier. Hilf, meine Mutter!
Zweimal schon zu der geschlossnen Pforte
Trat er ein. Nicht drohen seine Augen;
Wenn sie drohten, könnt' ich ihrer spotten.
Still und höhnisch leuchten sie und saugen
Das Gebein mir leer vom Mark des Lebens.
Tausend Feinde in der Schlacht erschlug ich,
Keinem fiel es ein, mich heimzusuchen.
Warum ihm? Gehorcht' ich nicht der Wahrheit?
Warum rafft mich das Gespenst der Lüge
Heimlich hin?
              Da redete die Mutter:
Armer Sohn, nicht sind's die Nachtgesichte,
Sind die Taggesichte, die dich ängsten
Und Gewalt an deiner Seele üben.
Denn ich sah dich reiten heut am Mittag,
Sah, wie alles Volk sich von dir kehrte,
Und du sahst es auch, mein armer Liebling.
Lachte dir wie sonst des Volkes Antlitz,

Wär' es wohl ein Glanz in deinen Nächten,
Daß kein Spuk an deine Thür sich wagte.
Eines frommt nur: die verlornen Pfade
Bahne dir zurück zu ihren Herzen
Ungesäumt. Befiehl, in der Pagode
Vor der Stadt den Altar zuzurüsten;
Dort vollbring ein heilig Todtenopfer.
Wem du's opferst, — Alle werden's wissen,
Und vor allem Volk wirst du entsühnt sein.
Solches thu, und Ruhe kehrt dir wieder,
Ruh' in Nächten·und am Tage Frieden.

Sei's denn! sprach der Sohn. Doch thu' ich's ungern.

Andern Tags im frühen Sonnenschimmer
Ritt er aus, Tschang-Tschao ihm zur Seite,
Keiner sonst. Zu Rosse saß der König
Als ein Träumender, die Augenlider
Eingedrückt, die Faust an seiner Wunde,
Und das Roß schritt fürder ohne Lenkung.
Oede lag die Stadt. Kaum vor den Thüren
Spielt' ein Kind. Vorauf den beiden Reitern
Flog ein Rabe, wohl gesehn vom Freunde,
Doch der König blickt' in seinen Busen.

Als sie um die letzte Krümme bogen,
Ragt der Tempel hoch am Bergesabhang,
Dunkel wogt's um ihn. Das ganze Volk stand
Um die Stufen, und von Mund zu Munde
Lief's: Er kommt! zur Buße kommt der König! —

In die Höhe fährt Sün-Tse. Ich wußt' es!
Murrt er knirschend. Diese Stunde soll mir
Bitter werden. In den Sumpf der Lüge
Sink' ich tiefer, da ich ihm entfliehn will.
Büßt man's nur mit Heucheln, daß man Heuchler
Von sich stieß? Es sei; doch thu' ich's ungern.

Und heraus zur Pforte der Pagode
Tritt ein Priester, blank in Feierkleidern.
Schlecht verhohlen triumphirt sein Lächeln,
Und er neigt sich tief Sün-Tsé entgegen.
Wohl gewahrt's der König, stößt im Zorne
Weg die Hand, die sich dem Bügel nähert,
Und betritt das Heiligthum.   Im Innern
Flammt der Altar. Knieend reicht der Priester
Weihrauch dar, im Kreise stehn die andern,
Summend wallt ihr Lied hinaus zur Pforte.
Und der König zaudert; in die Runde
Blickt er, überfliegt die Angesichter,
Die von Stolz und Flammenscheine roth sind;
Dann die Lippe beißend reißt er heftig
Aus des Priesters Hand das Weihrauchbecken,
Schwingt's und schleudert alles in die Flamme.

Ein Gewölk, ein duftiges, steigt zur Decke,
Bläulich wirbelnd, ballt sich, träg und träger,
Und im Dampf bis ans Gewölbe reichend
Steht der Tao-Ssé, das Haupt im Arme,
Dran der weiße Bart wie Nebel flattert.

Draußen, die zunächst dem Tempel harren,
Hören grausend einen hellen Aufschrei,
Und sie sehn den König aschefarben,
Einem Todten, der da wandelt, ähnlich,
Aus dem Tempel stürmen, mit der Klinge
Hinter sich die leere Luft zertheilend,
Gleich als wär' ein Feind ihm auf den Fersen.
Seine Nüstern fliegen, wie dem Schlachtroß
Im Gewühl, der Schaum steht ihm am Munde,
Und er ruft: Mein Pferd! Nach Hause will ich.
Fluch der Lüge, die den Tag besudelt!
In die Nacht zurück, ihr Nachtgespenster!
Fort! mein Pferd!

Da hört er's unten wiehern,
Sieht den Rappen in dem hohen Grase
Harrend stehn; — doch wer — wer hält den Zügel?
Ein Lebendiger? — ein Luftgebilde?
Wallt ein weißer Bart? — Aus ihren Höhlen
Treten weit des Königs Augenlichter,
Nach der Stirne greift er, stier geöffnet
Lacht der Mund, der Helm ist ihm entsunken,
Wie ein Bildniß des Entsetzens spreizt er
Alle Finger an der blassen Linken —
Plötzlich zückt die Rechte, die den Schwertgriff
Fest umklammert hält, nach des Phantomes
Haupt — ein Schrei, ein Blutstrahl schießt gen Himmel,
Und es fällt — ein Mensch.

    Der rothe Springquell
Wusch den spukenden Nebel ihm vom Auge;
Und das Schwert entfällt ihm, nieder wankt er,
Dann dem Roß genaht bückt er sich mühsam,
Und den Arm, den der Entseelte fallend
Wie zur Abwehr ums Gesicht geschlagen,
Hebt er auf — aus den gebrochnen Augen
Trifft ihn still der Abschiedsblick der Treue,
Und bei seinem todten Freund Tschang=Tschao
Bricht er selbst zusammen.

    Alle sahn es,
Niemand hob ihn auf. Vor der Pagode
Stand der Priester, über der Brust die Arme
Ruhig kreuzend, hinter ihm die andern,
Und im Volke sprach's: Es war Tschang=Tschao,
Der den Heil'gen schlug. Der Himmel richtet.

Als dem König die Besinnung kehret,
Fühlt er sich zu schwach, zu Roß zu steigen;
Eine Sänfte heischt er. Seinen Todten
Hebt er selbst hinein und setzt sich düster
Ihm genüber, dicht den Vorhang schließend,
Denn sie sollten nicht ihn weinen sehen.

Also trug man sie zurück zum Schlosse.
Eine Blutspur zeichnet ihre Straße,
Denn die Schenkelwunde, halb vernarbt schon,
Blutet frisch. Die Aerzte, die sie prüften,
Schüttelten die Häupter: Herr, das Gift ist
Aufgewacht. Das Ende deiner Tage
Naht. — Und Einer murmelt vor sich nieder:
Nur der Tao-Ssé, wenn er noch lebte,
Wäre mächtig, dieses Blut zu stillen.

Ruft mir meine Mutter! spricht der König. —
Und sie kommt. O Sohn, mein Held, mein Liebling,
Wie verwandelt finden wir uns wieder!
Ganz ein Andrer blickt aus deinen Augen,
Theures Kind! — Da hieß er einen Spiegel
An sein Lager bringen. Lange blick' er
Auf die glatte Fläche. Dieser König,
Sprach er milde, ist ein Kind des Todes.
Was verunreint er die Lüfte länger
Den Lebend'gen? — Plötzlich blick' er starrer:
Kommst du wieder? schrie er. Aus den eignen
Augen, aus den eignen Zügen höhnst du
Mir entgegen, Spuk? Nicht eher weichst du,
Als zertrümmert ist mein eignes Bildniß?
Wohl! — Er schlug ins Glas, in Splitter klirrt' es.
Rückwärts traurig lächelnd sank aufs Lager
Hin der Held. Sag meinem Bruder, haucht' er,
Sag ihm, Mutter, daß er Gott gehorche,
Aber sag ihm auch, woran ich sterbe! — —

Sprach's und starb. Da sie den Leib begruben
Hundert Priester schritten vor der Bahre,
Hundert hinter ihr. Im Dunstgewölke,
Das vom Scheiterhaufen hoch emporstieg,
Sahen Viele durch die Lüfte schwebend
Einen Rauch, gleich einem Greisenhaupte,
Dran ein weißer Bart wie Nebel wehte,

Und sie zeigten sich's mit banger Ehrfurcht.
Doch es sang zu sanften Trauerflöten
So ein Sängerchor die Todtenklage:

„Gleich dem Tiger, wenn er tagelang
In der Höhle lauert auf den Fang,
Gleich dem Falken, wenn er unversehn
Auf den Raub herabstößt aus den Höh'n,
Gleich dem Löwen, dem, wenn er sich zeigt,
Jedes Waldthier zittert, dient und schweigt, —
Groß war unser König! Vor ihm her
Zog sein Ruhm und ging von Meer zu Meer,
Wie ein Rauch, der seinen Feind erstickt,
Wohlgeruch, der seinen Freund erquickt.
Strahlend an dem alten Flusse Kjang
War sein Aufgang — trüb sein Untergang!"

Thekla.

Ein Gedicht in neun Gesängen.

(1858.)

Erster Gesang.

Ueber das steile Gebirg gen Süden den sonnigen Fußweg
Wanderten Zwei mit einander und prüften sich oft mit den
Augen,
Wie wohl Reisende thun, die ein Zufall kürzlich gesellt hat.
Einer an Wuchs ansehnlich, in griechischem Kleide, die Locken
Glänzend von Oel und den wehenden Bart sorgfältig gekräuselt;
Schlicht wie ein Handwerksmann sein Wandergenoß, der ein Bündel
Trug, vielfältig geschnürt, und schwer von der Bürde geplagt schien.
Denn oft keucht' er und wischte den Schweiß, so erfrischend der
Herbstwind
Säuselte zwischen den Fichten. Er hielt sich immer ein wenig
Hinter dem rüstigen Fremden und schien unfroh der Begleitung.
Rings auf Stunden begegnete nichts als weidende Ziegen,
Oder ein Trupp Waldesel, versprengt in der steinigen Wildniß,
Die mit Sprüngen entflohn, sobald die Wanderer nahten.

Jetzt zu dem stummen Gefährten begann der gesellige Grieche:
Wie armselig und rauh liegt hier in der Runde das Bergland,
Wind und Wetter ein Raub! Kaum daß auf den Klippen die Föhre
Dürstige Nahrung findet, und gelb wie am Feuer getrocknet
Raschelt das spärliche Gras; selbst hungrige Ziegen verschmähn es.
Da wird freilich das Herz nicht heiter gestimmt. Ich versprach mir
Bessern Gewinn vom Tage, zumal da gestern die Reise

Mich durch lachende Thäler und üppige Wiesen geführt hat.
Stets noch denk' ich daran, wie fröhlichen Muths ich dahinritt
Heerden und Hirten vorbei und der Unzahl fetter Gehöfte.
Vor mir wandelte pfeifend ein Mann, der ein scheckiges Milchkalb
Führte. Das Thier war kaum zehn Wochen gesäugt, wie er sagte,
Und doch schien's halbjährig, dem Wuchse nach. Und auf einmal
Stürmt' uns hoch von der Matte zu Thal mit freudigem Brüllen
Eine gewaltige Kuh wie toll und thörig entgegen.
Fest auf das Thierlein war ihr glänzendes Auge geheftet,
Denn sie glaubt' es das ihre. Nun war das herrlich zu schauen,
Wie aus strotzendem Euter, gewaltsam schwankend im Laufe,
In vier Strahlen die Milch, ein lebendiger Brunnen, herausschoß
Ueber die Blumen und Gräser, ein Bild kraftsprühenden Reich-
       thums.
Doch schnell hielt ihr der Hirt den beschlagenen Stecken entgegen,
Und nun stand sie bestürzt, und den Irrthum selber erkennend,
Stierte sie traurig uns an und wandte sich klagend zur Heerde.

Aber der Andere sprach mit verdrossenem Ton: Was ist so
Herrlich daran? Mich dauert die Milch, die sündlich verspritzt
       ward.
Wem, das sage mir, kam der verschleuderte Segen zu Gute?
Wären wir dort, ich wollte des Reichthums besser genießen,
Denn mir lechzet der Gaumen. Das schlechteste Wasser, entdeckt'
       ich's
Heut, erlabte mich mehr, als Milch von siebenzig Kühen,
Die du gestern gesehn, und wären es Helios' Rinder.

Sprach's und zuckte die Achseln. Der Bärtige ließ ihn geduldig
Schelten und schwieg. So waren sie lang untraulich geschritten,
Da ward lichter der Wald, und es bog sich der Weg, und auf
       einmal
Standen sie über der Ebne, die fruchtbar unten sich aufthat,
Rechts vom Joch des Isaurer Gebirgs wie mit Wänden geschlossen,
Links weit offen und flach. In dämmernder Ferne des Südens
Wölkte des Taurus Kette sich ein in herbstliche Nebel.
Aber hinab vom Saume des Walds, bis wo sich im Grunde

Häuser und Tempel erhoben, und drüber hinaus zu dem Landsee
Drängte sich Reb' an Reben und Fruchtbaumhalden und Aecker
Und in gelichteten Reihen der niedrige Stamm der Olive.
Still war's. Eben verglühte der Tag, und über den Häusern
Wirbelte bläulicher Rauch in die Luft.

Da standen die Wandrer.
Aber der Mann mit dem Bündel, auch sonst beschaulichem Staunen
Abhold, nutzte die Frist, die belastete Schulter zu wechseln,
Fest an die Fichte gelehnt. Dann murmelt' er: Wär' es gefällig
Weiterzugehn? Da steht er und gafft, und wünscht sich am Ende
Hier noch Wurzeln zu schlagen. Aus Müßigen machen die Götter
Narren. Ich soll wahrhaftig den Tag mit Augen vergehn sehn,
Und noch sind's zwei Stunden hinab!

So murrt' er und blickte
Gegen den westlichen Himmel, den Stab schon fertig in Händen.
Aber er zögerte noch. Denn wenige Schritte zur Seite
Stand in Reisegewändern ein Betender. Gegen der Lüfte
Klarheit zeichnete streng sich die Stirn und die bärtige Wange
Und die erhobenen Arme. Da frug der Hellene den Andern:
Ist dir Jener bekannt, der dort wie ein Perser der Sonne
Betend das Haupt zuwendet? — Der Andere prüfte noch einmal;
Dann: Der ist kein Perser, erwiedert' er, sondern ein Jud' ist's,
Dafür hab' ich die Witterung, Herr, wie ein Hund für das
Wildpret;
Denn ich hasse sie herzlich. Ein widerwärtig Geziefer
Sind sie, und das zum Erschrecken sich mehrt. Noch weiß ich
die Zeiten,
Daß sie bei Hunderten erst unscheinbar nisteten. Jetzo
Sind's viel Tausende schon und in Ansehn. Wäre die Brut nur
Weniger emsig, sie schadete nicht. Nun aber verkürzt sie
Ehrlichen Leuten das Brod und stört uns jegliches Handwerk.

Während er sprach, schien endlich der Betende inne zu werden,
Daß sich Menschen genaht. Er wandte sich. Edel erschien er,
Männlich, gedrungenen Wuchses und frei. Stark wölbten die Brauen
Ueber den leuchtenden Augen sich hin, ineinandergewachsen
Dicht an der kräftigen Nase; das Antlitz bräunte der Sommer.

Und so trat er bescheiden sie an und sprach, sie begrüßend:
Heil und Friede mit euch! Und habt ihr keinen vertrauten
Handel im Gehn zu berathen, so laßt mich diese Begegnung
Nutzen und eures Gespächs mich erfreun, bis unten im Städtchen
Jeder den Gastfreund sucht.
                              Schnell rief der Beladene zornig:
Höre mir einer! Ein Städtchen! Ikonium, welches die Hauptstadt
Ganz Lykaoniens ist! Man hat doch wahrlich bis heut uns
Nicht Kleinstädter gescholten. Und komm nur hinunter. Von oben
Freilich, da rückt es zusammen, und Stadt, Vorstädte, die vielen
Villen am See, das Alles umfaßt Ein Auge mit einmal.
Unten verirrtest du dich in hundert Straßen und Gassen.
Und heut feiern sie grade das Weinfest, führen die hehre
Kybele, Bacchus' Mutter, heran, und sämmtliche Priester
Tanzen vorauf, so viele, wie nicht drei Städtchen ernährten.
Augenverblendend ist all die Pracht, das sollst du erleben;
Denn in Asien nicht und nicht in den Städten von Hellas
Feiern sie reichere Feste, und schönere nirgend auf Erden.
Auch dein Volk, wie feindlich es Herz und Thüre den Göttern
Zuschließt, blinzelt begierig hinaus in die Feuer und Fackeln,
Hört die Musik und schauert, erschreckt vom Bilde der Göttin.
Laßt uns eilen und seht es selbst. Dann sagt, ob ich prahlte.

Damit schritt er voran in dem Hohlweg, welcher den Blicken
Wieder die Ebne verbarg. Da wandte zu ihm sich der Grieche:
Freund, da du seßhaft bist in Ikonium, laß dich um Eines
Fragen, ob dir ein Name bekannt, der einst mir geläufig,
Thamyris, Kallias' Sohn. Er kam in des Vaters Geschäften,
Noch nicht völlig gereift, an die Küste hinab und verweilte
Lang in Milet. Dort wohnt' ich und lehrte die griechische Jugend
Philosophie und übte, so gut wir sie wissen, die Heilkunst.
Jener, ein feuriges Blut und die üppigen Kräfte vergeudend,
Fiel in ein hitziges Leiden, und mühsam gab ich den Jüngling
Wieder der Jugend zurück. Seitdem sind Jahre vergangen,
Aber er denkt wohl meiner, und weil kein anderer Gastfreund
Mir in Ikonium lebt, gern fänd' ich die gastliche Schwelle.
Diener und Maulthier folgen mir nach den bequemeren Saumpfad,

Und ich treffe sie unten am Thor. Mich aber gereut nicht
Ueber die Klippen der Weg, der manchen Genuß mir eintrug,
Droben den Blick in das herrliche Land und werthe Bekanntschaft.

Stehn blieb Der mit dem Bündel. Es zuckten die struppigen
Brauen
Unter der niedrigen Stirn, und in polterndem Eifer begann er:
Bist du auch so ein Jugendverderb, so ein Götterverleugner?
Thamyris findest du wohl. Denn erst seit Kurzem ein Bräut'gam
Wird er die Stadt nicht meiden, am Fest, wo Alles verliebt ist.
Aber gedenkst du selbst in Ikonium länger zu weilen,
Wisse, genug schon treiben im Land dein schlimmes Gewerbe;
Möchten sie alle verhungern! Den Zorn der olympischen Götter
Riefen sie über die Bürger herein, seitdem sie die Jugend
Lästern gelehrt. Nie haus'ten zuvor so schmählich die Römer,
Reichlicher mästete nie den Bauch und den Seckel der Prätor,
Daß nun Jeder das Kupfer vergräbt und das Silber vermauert.
Und das spür' ich am schwersten am eignen Verdienst. Denn
ein Goldschmied
Bin ich, Charikles' Sohn, der übergesiedelt von Lystra,
Und vom Vater ererbt' ich die Kunst und ein Häuschen am Markte,
Doch es gebricht am Segen. Im Anfang freilich, da ging mir
Keiner vorbei, und besucht war stets mein Laden. Da hieß es:
Zeig mir, was du an Goldschmuck hast! — He, Meister, ein
Dutzend
Spangen mit gelbem Topas, Hermogenes! Neue Gewänder
Sollen die Sklaven bekommen. — Ein Reitzeug, Meister, ein
goldnes,
Und mit Gemmen und reich! — So drängten sie. Jetzo, das
Elend!
„Putze das Ringlein auf; es kommt von der Ahne. Die Fassung
Sollst du mir ändern, und hier die verbogene Schale zurecht-
ziehn! —
Hast du silberne Ketten, vergoldete? Aber du hältst mir
Reinen Mund. Denn goldne versprach ich gestern der Persis."
Meint ihr, ich fabele nur? Ich könnt' euch nennen die Namen,
Die viel gelten im Volk. Und gar — wie steht's mit den Göttern?

Sonst — weit schick' ich umher die gegossenen Silberidole,
Auch gediegne Figuren, und ringsum fanden sie Absatz.
Doch — das will ich beschwören — allein die Schandphilosophen
Haben die Kunst und das edle Gewerk auf ihrem Gewissen.
Kaum noch wendet ein Reicher das Geld an den eigenen Schutz-
                gott;
Reicht ja ein Wachsbild aus und ein hölzernes Püppchen. Und
                kauft noch
Einer ein besseres Stück — wann zahlt er es? Heut erst komm' ich
Leer, mit Schaden und Aerger, zurück von Kunden und Schuld-
                nern;
Die zwei Worte bedeuten mir Eins. Zu Laodicea
Hatt' ich ein Lager und kam und dacht': ein richtiges Sümmchen
Wird dir der Mann hinzählen, und ist's nur mäßig, die Reise
Schlägst du heraus! — Was war's? . Kaum zehn windbrüchige
                Drachmen,
Kupfer so viel am Abend ein Bettlerskittel beherbergt.
Doch mich faßte die Wuth. Ich verschloß den Laden, den Hüter
Jagt' ich davon — nun hab' ich den leidigen Kram auf dem
                Halse.

Sprach's und wandte sich rasch und hastete murrend und fluchend
Jenen voran. Da, während der Weg ihn häufig den Augen
Seiner Gefährten entzog, sprach heiteren Mundes der Grieche:
Sieh, nun dank' ich dem ahnenden Geist, der gleich sich dawider
Auflehnt', daß ich im Winter Ikoniums Lüfte genösse,
Sondern das Ziel mir in Tarsos wies. Wie könnt' ich da unten
Je mit ruhigem Herzen das Haupt hinbetten zur Nachtzeit,
Wenn ich den Schlaf vom Kissen der wackersten Bürger ver-
                scheuche.
Treues Gemüth! Ihm bauten am Markt ein Häuschen die
                Götter,
Und nun ehrt sie der Brave, wiewohl ungnädig sie heute
Fremdes Vergehn heimsuchen an ihm, und schleppt sich geduldig
Lahm an seinen Thrannen.
                Er lächelte sicher, und stattlich
Warf er die Locken zurück. Da sprach sein ernster Begleiter:

Warum spottest du sein, dem noch ein Heiliges heilig,
Der noch Treue bewahrt in der schwankenden Lüge der herzlos
Irrenden Welt? Wohl irrt auch er und das Irdische zwingt ihn.
Schätzebegierig vergrub er sich selbst in Höhlen und Schachte
Blinder Begier. Doch blickt er hinauf und sucht, die den Weg ihm
Zeigten, die Stern' am Himmel, und findet sie nicht, und bedenkt
nicht,
Daß er selbst sie verscherzt. Jetzt fühlt er es dunkel im Herzen,
Daß wir Sterne bedürfen, und klagt: Was hat sie verfinstert?
Dränge zu ihm nur ein Strahl des unendlichen Lichts in die Tiefe,
Dankbar ließ er und froh sich hinaufziehn. Wahrlich, es dünkt mich
Besser ein Dunkel wie seins, als jene betrügliche Dämmrung,
Welche den Stolzen umgraut, der im eigenen Lichte zu wandeln
Wähnt und dem eigenen Irrlicht folgt und der Sonne sich ab-
kehrt.

Fest klang jegliches Wort, wie aus ehernem Busen; und wieder
Lächelte ruhig der Grieche und redete: Freund, ich erkenne,
Daß du ein jüdischer Mann, und ich ehre die offene Sprache.
Doch ich bin nur ein Grieche. Da hilft mir wenig der Juden
Sonne, die nur ihr Volk, das erkorene, freundlich erleuchtet,
Doch nie tagt für die Fremden. Und käm' ein andrer Prometheus,
Der ein Fünklein nur sich entwendete, — euer Jehovah
Spielt' ihm wohl nicht glimpflicher mit, als Zeus dem Titanen.
Drum bescheiden wir uns und nehmen fürlieb mit dem Irrlicht,
Froh, beim wankenden Schein nicht allzu kläglich zu straucheln,
Oder im Bodenlosen bis über den Hals zu versinken.

Ihm entgegnete Jener: Du irrst! Wohl bin ich ein Jude.
Aber die Zeit ist hin, da Volk von Völkern ein Vorrecht
Schied. Denn es kam in die Welt ein Gewaltiger, und mit
dem Finger
Rührt' er den Baum des Gesetzes, daran nur Früchte den Juden
Reiften. Und sieh, er wuchs, und die Wurzeln hinab in die Hölle
Senkend, das Erdrund wird er mit schwellenden Zweigen be-
schatten.
Aber ein Gleichniß red' ich und will nun offen bezeugen,

Daß ich den ewigen Sohn des ewigen Vaters zu künden,
Wandere, der im Fleisch, dem gekreuzigten, Gottes Natur barg
Aus unsäglicher Liebe, der Welt ein Opfer zu werden,
Juden und Heiden zumal; denn nicht sei fürder ein Zwiespalt.
Hält Ein Gott nicht Himmel und Welt, und wär' er der Juden
Gott nur allein, weil sie nur allein ihn kannten und suchten?

Da fiel freudig erstaunt der Milesier ihm in die Rede:
Sei der Tag mir gelobt, der noch am Abend so freundlich
Mir ein altes Verlangen erfüllt. Denn ich trachtete lange
Einem von euch zu begegnen; und doch, wie die eigenen Wünsche
Häufig zurückstehn müssen im täglichen Drang der Geschäfte,
War mir der Weg zu den Weisen von Nazareth immer ein
                              Umweg.
Sieh, nun fügt es sich so und erfreulicher, als in Miletos;
Denn dort wohnt nur ein Häuslein erst christianischer Juden,
Armes, verachtetes Volk, unwissendes. Aber in dir, Freund,
Ist mir ein Meister erschienen, von dem zu lernen Gewinn ist.
Wahrlich, es trat wie ein Wunder in diese begehrlichen Zeiten
Euer entsagender Bund, zu jeglichem Opfer der Liebe
Einer dem Andern bereit. Ich sagte: Pythagoras' Schatten
Wandelt die Völker entlang, nur zärtlicher! Auch die Legenden
Jenes vergötterten Manns, der die heimliche Schule gestiftet,
Klangen mir traulich ins Ohr, und der Sitten Milde gefiel mir.
Aber warum, ihr Kinder des Lichts, die belebende Flamme
Wieder in Rauch einhüllen? Warum zu dem thätigen Guten
Wieder des Aberglaubens erklügeltes Uebel gesellen?
Zwar ihr Meister, ihr wißt: dem Volk in die Seele zu bringen,
Ist der geradeste Weg nur selten der kürzeste. Der nur
Hoffe, den Willen zu lenken, der erst mit Märchen die Geister
Aengstiget oder ergötzt. Denn stets ist kindisch die Menge.
Aber es sollte der Sturz der Olympier, sollte das Ende
Alles Mysterienlugs, samothrakischen, orphischen Wahnsinns
Reiferem Blick doch zeigen, wie bald sich kindischer Leichtsinn
Satt am mystischen Spielzeug sieht, und immer ein neues,
Immer ein hübscheres will und das alte zerbricht und hinweg-
                              wirft.

Wollt ihr Männer erziehn, so übt sie im Kampf des Gedankens,
Daß sie das Tändeln verschmähn und die fabelnden Träume der
Dichter.
Oder erfuhrt auch ihr, wie feig sich der Haufe davonstiehlt,
Gilt's ein muthiges Denken, so sammelt den Rest der Beherzten
Lieber um euch, als selbst vom Trosse verführt zu verzagen.

Und mit den Schwachen wohin? antwortete milde der Jünger.
Und wohin mit den Feigen? In aller Gefahr sie verlassen?
Handelt ein Feldherr so und läßt die verzagte Mannschaft,
Ehe die Schlacht anhebt, mit verächtlicher Rede dahinten,
Daß sie der Feind abschneidet und leicht die Umzingelten mordet?
Nein, er reiht sie ins Herz des bewährteren Heers, und es läuft sein
Auge die Glieder entlang und entzündet den Muth und den
Glauben
An sein siegendes Glück in den Wankenden, daß sie ermannen.
So that Er, der Allen voran sein Leben dahingab.
Doch die in Kraft sich brüsten und einzelnen Kampfes begehren,
Diese verlockt der Feind und fällt die Verzweifelten, einsam,
Wo ihr Ruf in der Oede verhallt. —
Und er redete weiter:
Ist das mystische Fabel und abergläubige Dichtung,
Freund, was Himmel und Erde gesehn, sein Leiden und Sterben,
Seine Geduld, sein Sieg und die Glorie seiner Verklärung?
Heißt das träumen, erstehn vom tödtlichen Schlummer der Sünde?
Wie? und wär' es ein heimlicher Bund, der Allen sich aufthut,
Die nicht feindlich gesinnt ihm nahn? der ewig bestehn soll,
Ueber die Schranke der Zeit, und brüderlich einigen alle
Völker der Welt? Dies aber verhieß, der jede Verheißung
An ihm selber erfüllt, der Ewige, welchem vergänglich
Wort nicht ging von der Lippe, und der nichts Eitles gewirkt hat.

Doch mitleidig zugleich und erstaunt antwortete Jener:
Lieber, du schwärmst, und dem Weltlauf fern in begeisterter Stille
Scheint dir, nicht von Stürmen zerrauft, vor inneren Gluten
Leise vergangen zu sein das Haar an der männlichen Scheitel;
Denn ein giltiges Wort, das daure, gedenkst du zu finden,

Hoffst in ewige Form die vergänglichen Geister zu prägen,
Wähnst, es könne bestehn, was herrscht. Und wär' es das Höchste,
Hinsinkt's, weil es geherrscht. Denn das Mächtige wechselt auf
Erden,
Nur das Gemeine verwandelt sich nicht und das Niedre vergeht
nicht.
Mit sich eins ist der Einzelne nur. Wie Blätter des Waldes
Sind die Gedanken der Völker. Die heut in Blüte gestanden,
Ueber ein Jahr am Boden verfaulen sie, und der Geringste
Tritt sie mit bäurischem Fuß in den Staub, weil über dem Haupt ihm
Neues unendliches Laub um die Blüte der Zukunft gaukelt.
Also bescheide sich weise der Mann, und des Wechsels gewärtig
Bleib' er sich selbst nur treu und rette den eigenen Gleichmuth;
Wie ein Schiffer im Meer am Bord die bewegliche Habe
Festiget, daß kein Sturm ihm das Schiff umrüttle von Grund aus.
Doch du gleichest dem Edlen, der einst am Fuße des Aetna
Mich herbergt' in der Hütte; sie lag auf Felsen gegründet
Fern vom unteren Dorf, und ringsum grünten die Reben.
Aber auf einmal kam ein Getöse zu Nacht und erschreckt' uns,
Und es erbebte der Fels. Nur leicht; doch unter dem Dorf hin
Schüttert' ein gräulicher Stoß; wir sah'n im Grund die Gebäude
Wanken, und laut wehklagte der Wirth sammt alle den Seinen,
Denen in Hütten des Dorfs Blutsfreund' und Verschwägerte
wohnten.
Da, noch seh' ich's wie heut, von der Seite der eigenen Kinder
Stürzte der Mann unsinnig hinaus in den donnernden Aufruhr,
Hilfe zu bringen entbrannt, wo helfen ein nichtiger Wunsch war.
Kinder und Gattin schrieen ihm nach; — er rannte den Abhang
Nieder und raffte sich auf, so oft er auf zuckender Erde
Taumelt' und fiel, und erreichte die schwankenden Mauern und
stürzte.
Doch nicht hob er sich wieder, — die vorderste Hütte begrub ihn.

Als er das Letzte gesprochen, umfing ein Schweigen sie Beide.
Dunkler versank in die Gärten die Nacht; schon traten die Sterne
Einzeln hervor, und der Wind zog leiseren Fluges vorüber.

Freund, sprach endlich der Christ, du ahnst nicht, wie du mich
labteſt.
Denn wohl gab mir der Herr viel köſtliche Liebe zu ſchauen,
Aber es dünkt mich dieſe die heiligſte, welche den Guten
Zwang, ſein Schickſal blind dem Geſchick zu geſellen der Freunde,
Ohne Gewinn für Beide, nur das unfähig zu tragen,
Daß er allein feſtſtünde, wo ſo viel Theure verſanken.
Denn das iſt nicht Liebe, die wägt und klügelt, wie viel ſie
Nutzt und das Mögliche thut und dann ſich mit Thränen be=
ſcheidet;
Wie ein Feuer am Herd, dienſtbar der beſonnenen Hausfrau,
Die es erhält und ſchürt, ſo lang ſie's nutzet am Tage,
Und es am Abend verlöſcht und Waſſer verſpritzt in' die Brände.
Nein, wem Liebe genaht, den faßt ſie mit feurigen Armen,
Zehrt am innerſten Mark, und er jauchzt noch, wenn er verzehrt
wird.
Denn ſie iſt ſtark wie der Tod und wühlt in die Tiefen des
Lebens.
Soll ſie den Tod nun fürchten? Sie liebt ihn, weil ſie dem Tode
Gleicht, der Starres verzehrt und dem All das Einzle zurückgiebt!

Sinnend, die Hand leicht ſpielend im Bart, vernahm's der
Hellene.
Und ſchon ſchwebt' ihm ein herzliches Wort am Rande der
Lippen,
Als ein verworrener Schall unfern von den Wanderern aufſtieg
Ueber die Felſenränder des Hohlwegs. Flöten erklangen,
Menſchliche Stimmen und Hörner. — Verwundert, was es bedeute,
Stiegen die Höhe des Wegs ſie hinan. Da breitete feſtlich
Drüben die Ebne ſich aus in der Dämmerung. Funkender Qualm
ſchlug
Ueber den Reben empor, und ſie ſahn an den nächtigen Bergen
Einzelne Feuer vertheilt und die Stadt von Lichtern erglänzen.
Doch von wo herbrauſ'te der Schall, links ab, an der breiten
Straße, die oſtwärts lief, ſtand leuchtend ein Tempelgebäude,
Säulen von Lampen umkränzt, und längs den Geſimſen und
Giebeln

Liefen wie Perlenschnüre zu Hunderten zierliche Flammen.
Und dort sahn sie ein wimmelndes Volk den Pforten entströmen,
Gegen die Stadt sich wenden und hell in die Nacht hinwallen.
Rings zu den Seiten heran auf den Pfaden der Ebene schwärmten
Viel nachzügelnde Fackeln, vereinzelte oder zu Haufen,
Welche dem Zug zueilten, und weit aus Gärten und Feldern
Hörte man Hörnergetön und gellende Pfeifen.
           Die Männer
Staunten hinab. Da wurde des Goldschmieds Stimme ver=
         nehmbar
Unten im Weg, und sie wandten sich um. Sie kommen! sie
        kommen!
Keuchte der Athemlose und winkte mit eifrigen Armen.
Ihr da, wenn ihr die Pracht ganz nah in Muße beschaun wollt,
Kommt; es mündet sogleich in die breitere Straße der Hohlweg;
Aber ich weiß ein Treppchen, hinauf in den untersten Weinberg,
Der die Straße begrenzt; da stehn wir oben bequemlich,
Sehen den Zug ankommen und gehn, und besser als Mancher,
Der im Gewühle der Stadt nur schwer ein Plätzchen erobert.

Sprach's und eilte voran. Ihm folgten die Zwei, und sie kamen
Bald ans Ende des Wegs und erklommen die steinernen Stufen
Bis an des Weinbergs Thür. Dort zog der erfahrene Gold=
        schmied
Ihnen den Riegel zurück, und sie schritten entlang an der Mauer.
Und kaum standen sie jetzt am äußersten Rande des Gartens,
Höher nicht von der Straße getrennt, als ohne Gefahr wohl
Spräng' ein gelenkiger Knabe hinab, als unten der Festzug
Plötzlich erschien um die Krümme des Wegs. Wie helles Ge=
        tümmel
Rasender Bienen sich drängt um den brennenden Korb in der
        Nachtluft,
So vielhäuptig umgab die schwärmende Menge der Göttin
Wandernden Thron. Kienfackeln, im Kreis umwirbelnd, ver=
        sprühten
Blutigen Schein, und die Cymbel erklang zu den Flöten und
      Hörnern,

Während die tobende Pauke die fiebernden Sinne verwirrte.
Aber dem Wagen vorauf und rings zu den Seiten erschienen
Priester in Weibergewand, ums Haupt kurzschneidige Schwerter
Schwingend, das Antlitz roth und die Schläfe bekränzt mit den
heil'gen
Binden und glänzendem Laub.   Und sie tanzten daher.   Doch es
war kein
Tanz, wie er ruhigen Augen gefällt, sich wiegend in Anmuth,
Sondern ein trunkener Taumel bewegte die zuckenden Glieder
Graunvoll.   Aber es · jauchzte das Volk.   Nun sahen die Männer
Endlich der Göttin Bild, mit der Mauerkrone bekrönet,
Bunt in seidnem Gewand.   Aus Augen von glänzendem Jaspis
Starrte sie groß in die Nacht.   Roth glühten die Lippen, am Halse
Schimmerte goldener Schmuck und blankes Gestein an den Armen.
Und so fuhr sie dahin auf dem Fackelwagen, von Priestern
Langsam fürdergezogen.   Ein Paar langmähnige Löwen
Schritten den Rädern voran, scheu um sich blickend.   Die Wächter
Hielten sie kurz an der Kette und schwangen den Stab mit dem
Stachel
Drohend, so oft vom Lärmen gereizt der gefesselten einer
Wilder den Schweif aufwarf und ein heiseres Winseln her-
vorstieß.
Schon war Alles vorübergewallt, nur immer die Lohe
Wandert' Ikonium zu, und es trug der Wind den zerrissnen
Schall weit über das Feld, da sahn noch droben die Männer
Schweigend dem Lichtschein nach, und Jeglicher dachte das Seine.
Und der Ikonier sprach: Was dünkt euch?   Saht ihr im Leben
Aehnliches schon, und hab' ich geprahlt?   Wohl schrakt ihr zu-
sammen,
Als die erhabene Mutter daherkam, ob ihr auch beide
Unfromm seid und die Götter verlacht.   Nun kommt und er-
lebt erst,
Wie die Begeistrung wächs't in der Stadt, bis endlich die Priester
Sich in heiliger Wuth mit den eigenen Schwertern verwunden,
Alle der Taumel ergreift, die Besonnensten, Männer und Weiber
Tanzen, Gewand und Haar sie zerrissen umfliegt und die Jugend
Bis zum glimmenden Morgen vergnügt ihr Leben genießet.

Mancherlei Unfug freilich geschieht. Hausmütter und Greise
Haben den Kopf zu schütteln; allein so war es von Alters,
Und wie arg sie's treiben — ich lob' es, weil es den alten
Göttern gefällt. Denn ein Uebriges thun ist immer das Klügste.
Doch nun laßt uns eilen. Ich führ' euch kürzere Wege
Bis in die Stadt; dort findet ihr Wein und Mädchen die Fülle.

Damit bog er die Ranken zurück, im Gehn von den Stöcken
Naschend. Es folgten, versenkt in sinnendes Schweigen, die
Andern.

Zweiter Gesang.

Längst in Ikonium wogte das Fest. Ein buntes Gewimmel
Trieb sich gehend und kommend die breiteren Gassen hinunter.
Hier mit Gesang ein Haufe von Fischern des Sees, die dem
Abend
Fröhlich entgegengezecht in bescheidener Schenke der Vorstadt,
Dort ein lärmender Trupp Feldbauern, vom Weine begeistert
Und vom Glanze der Stadt, zu der viel Meilen im Umkreis
Immer das Landvolk strömte, gelockt von Kybele's Feier.
Freunde begegneten sich und tauschten, mit winkenden Händen
Grüßend, ein eiliges Wort. Dann trennte sie wieder die Woge,
Oder es schob umsanft sie ein Römersoldat an die Seite,
Oder ein Fackelträger, voran der geschlossenen Sänfte,
Drin von Sklaven getragen sich wiegt' ein behaglicher Geldmann.
Nur die geringeren Bürger verschmähten es nicht, in des Volkes
Rauschendem Strome zu schwimmen. Die Reicheren blieben zu
Hause,
Und vom Söller des Dachs, auf Polstern und Teppichen ruhend,
Sahn sie hinab. Doch Sklaven und Schaffnerinnen und Mägde
Standen, die jüngeren Kinder im Arm, an den offenen Thüren,
Die sie am Tage bekränzt, und sie warteten alle des Aufzugs.
Hell wie am Mittag war's. Denn es flackerten auf den Gesimsen,
Neben die Pfosten gesteckt, an die Dächer befestiget, zahllos
Lampen und harzige Fackeln, und hoch aus Kupfergeschirren
Prasselte Pechglut auf, daß über den schimmernden Häusern

Dampf hinzog und ein röthlicher Qualm die Gestirne verhüllte.
Dunkel und schmucklos standen die jüdischen Häuser, die Pforten
Lagen im Schloß. Doch hielt nur selten ein eifriger Frommer
Ferne dem heidnischen Gräu'l sein Weib und Kind und Gesinde.

Aber am Hauptweg, siehe, das stattliche Haus an des Gäßleins
Ecke — warum so düster und lautlos bleibt es geschlossen?
Wohnt auch hier, wie im Nachbarhaus, ein strenger Hebräer?
Nein, an der Thür ein leichtes Gewind und ein zierlicher Rebkranz
Ehren die festliche Nacht. Doch erst vor wenigen Monden
Ward hier Klagegesang an des Hausherrn Bahre vernommen,
Und jetzt stand in Gedanken an ihn sein Kind auf des Daches
Fläche, den Nachbardächern versteckt durch blühende Zweige,
Welche den luftigen Platz wie ein Wäldchen umschatteten. Ruhig
Hielt sie die Arme gekreuzt. Ihr war die Blüte des Busens
Eben entfaltet, die Stirn schon früher gereift von Gedanken;
Aber die herrlichste Fülle des Haars fiel über die Schläfen
Dunkel herab. So stand sie, den Mund von Schmerzen ge=
schlossen.
Denn in der Mitte des Raums, auf niedrige Polster gebettet,
Lag vom Schlafe bezwungen ein Jüngling. Aus dem verwornen
Haar war niedergeglitten der Kranz, schwerfälliges Athmen
Kam von den brennenden Lippen, und ihm zu Häupten die Ampel
Zeigte, im Nachtwind schwankend, die Spur verschütteten Weines
Auf dem gelöften Gewand.
Und horch, da klangen von ferne
Dunkel die Pauken heran; ein Summen herauf von der Straße
Kündete, daß nun endlich der Zug zu den Thoren genaht sei.
Deutlicher tönten die Flöten. Und jetzt, unwillig ermuntert,
Hob sich der Schläfer vom Pfühl und dehnte sich, streifte die letzten
Nebel des Traums von der Stirn und sah mit umdämmerten Augen
Auf in die funkelnde Nacht. Dann rief er träge: Wo bist du,
Thekla, holdeste Thörin? Umarme mich! Wahrlich, da steht sie,
Stumm, als hörte sie nicht, und spielt die Gekränkte. Verdrießt
dich's,
Daß ich ein Stündchen geschlummert? Es that mir noth. Denn
ich will nicht

Thamyris heißen, wofern ich weiß, wie ich aus des Amyntas
Schenke den Weg her fand. Dort schlendert' ich aber vorüber
Nachmittags, und ich wollte zu dir. Auf einmal gewaltsam
Werd' ich von hinten gepackt, als hätten mich Mörder beschlichen.
Und schon ruf' ich: Verrath! und rüttle mich los, da schallt mir
Tolles Gelächter ins Ohr, und ich finde mich unter Bekannten.
Einspruch that ich; umsonst. Sie schleppten mich fort an den
         Zechtisch;
Und wer dort einmal bei dem Samier sitzt, wo es kühl ist,
Und vom See sich ein Lüftchen herauffliehlt, feucht und gelinde,
Den lockt Eros selber so bald nicht wieder von dannen.
Komm! Was stehst du und schweigst? Ich versprach dir freilich,
         mit Freunden
Nicht mehr Tags zum Weine zu gehn. Heut aber ist Festtag;
Sieh und ich wurde gezwungen, und dein Wohl klang in die
         Runde.
Und wie soll ich es machen, den Spott zu ertragen, die Lauge
Dieser verwünschten Gesellen, die stets mit der Zunge voran sind?

  Jetzt umschlang er das Mädchen und küßte sie. Und sie er=
         litt es
Kalt wie ein Bild; sein Kuß entsiegelte nimmer die Lippen.
Doch er hielt sie im Arm und zürnte: Du bist nicht freundlich!
Wahrlich, ein schicklicher Tag, so schwer mit dem Liebsten zu
         grollen,
Weil er den Spender der Freude, den Gott, nach Würden ge=
         ehrt hat!
Hörst du den Hall der Musik? Schon lenkt in die Straße der
         Festzug.
Komm und laß uns die Fackeln beschau'n.
         So führt' er die Jungfrau
Vor ans Marmorgeländer des Dachs, und hinübergebogen
Blickt' er hinaus in die Stadt. Sie stand in den Armen des
         Jünglings,
Ueber die Dächer hinweg in die nächtlichen Wolken versenkt ihr
Sinnendes Auge; das Herz war fern beim Vater im Hades.

Und so gewahrte sie kaum, wie der Zug herschwoll und die Funken
Schwärmten, hinauf zu den Dächern. Betäubend verfing sich der Festlärm
Zwischen den Häusern; es bebte der Grund, und die rasselnden Pauken
Schütterten hoch am Geländer das Laub der Granaten und Myrten.
Da sah Thekla hinab. Und die Tanzenden ließen die Blicke
Umgehn, frech an den Pforten vorbei und empor zu den Söllern.
Allen voran schritt taumelnd der oberste Kybelepriester,
Schlotternd im Purpurgewand. Ihm troff von den nackenden Armen
Blut auf der Göttin Pfad. Sein stechendes Auge begegnet
Thekla's schlanker Gestalt und dem blassen Gesicht in dem Licht=
schein;
Und mit üppigem Grinsen hinauf zum Geländer sie grüßend
Schwingt er das Krummschwert hoch und jauchzt in bacchantischem Zuruf.
Da mit dringendem Ton zum Bräutigam sagte das Mädchen:

Thamyris, führe mich fort! Mich ängstet der Lärm und die Blicke.
Schwindel ergreift mein Haupt, und der Dampf von den Fackeln beklemmt mich.
Siehst du den Priester? Du weißt, wie sehr mir dieser verhaßt ist,
Seit er die Mutter besuchte, die kaum verwittwete. Da schon
Stellte der schändliche Mann mir nach. Nun blickt er so schamlos,
Daß mir das Blut in den Adern gerinnt. O wenn du mich lieb hast,
Komm zur Mutter hinab!
Er aber entgegnete lachend:
Närrchen, beruhige dich! Wie bist du kindisch und blöde!
Weil dort einer im Zuge dich angafft, dem du gefallen,
Willst du auf und davon? Das wär' auch Noth, vor dem Unmann

Fliehn, der ganz unschädlich und zahm. Nein, lache du herzhaft
Ihm in das welke Gesicht, wo nimmer ein Bart mehr blühn will.

Sprach's und umschlang nur enger die Sträubende, Schulter
an Schulter
Lehnend, und kaum mehr dämpft sie im wallenden Herzen den
Aufruhr.
Fest ihr Gemüth und fester die glühenden Augen verschließend,
Hört sie von Thamyris' Worten den Schall nur. Seht mir den
Hämmling!
Flüstert er; wie er den Nacken verdreht und immer heraufstiert!
Möchtest du tauschen mit mir, armseliger Buhler? Es ist nicht
Uebel, ich mein's, so ein Schätzchen am klopfenden Busen zu
halten.
Jetzt, du Betrogener, magst du vor Neid und Aerger ersticken,
Während ein Mann sein Leben genießt.
Und die spottenden Lippen
Neigte der Uebermüth'ge zum Kuß auf die Wange der Jungfrau.
Aber das Maß war voll. Ausbrach der verhaltnen Empörung
Ganze Gewalt, und heftig entreißt sie sich seiner Umarmung.
Und noch ahndet er nichts und verfolgt und erreicht sie von
Neuem,
Wild in der Laune des Weins. Da erschallt ein Gelächter. Dem
Mädchen
Ist's, als stünde sie droben für tausend Augen ein Schauspiel.
Laß mich! ruft sie entschlossen und ringt mit ihm, und die Augen
Flammen ihr. Laß mich hinweg! Sie weisen auf mich mit den
Fingern.
Doch ihm schäumt unseliger Trotz im Herzen, und herrisch
Hält er sie: Bleib! Ich befehl' es! — Da lösen sich unter dem
Ringen
Ihr von der Schulter die Spangen, es fällt das Gewand, und
der weiße
Busen erglänzt. Auflodernd, die Brust mit den Händen bedeckend,
Stößt sie den Jüngling zurück. Er steht, wie zaubergeblendet,
Plötzlich ernüchtert und schweigt. Da nutzt sie die jähe Ver-
wirrung,

Und vom Söller herab in die Kammer geflüchtet, verschließt sie
Hastig die Thür und bricht mit stürzenden Thränen zusammen.

Draußen verrauschte das Tosen. Sie lag auf steinernem
Estrich
Neben den Kissen des Lagers; die dunklen Flechten umfangen
Weich ihr Gesicht und die Stille beschwichtigt leise die Thränen.
Nur ein schluchzendes Weh durchzuckt sie. Und jetzt von dem
Söller
Kommt es die Stufen herab. Da bebt sie empor. Und ein
Finger
Pocht, und es ruft sie ein Mund. Wohl kennt sie den Ton, und
den Athem
Hält sie zurück. Und die Stimme beschwört sie: Oeffne mir,
Thekla!
Laß es genug sein, Liebste! Verdien' ich es, ernstlich zu büßen,
Was ich im Scherze verbrach? Sei gut! Was dächte die
Mutter,
Fände sie mich hier außen! — Er schweigt und wartet. Und endlich
Ruft er von Neuem: Mir reißt die Geduld, und ich rathe dir, öffne,
Oder es wird dich gereu'n. Besinne dich, ehe es zu spät ist! — —
Wie? noch immer verstockt? Wahnsinnige! Meinst du, ich denke
Meine Zeit zu vergeuden und hier wie ein Knabe zu winseln?
Schlimmer als Weinrausch dünkt mich der Rausch so kindischen
Trotzes.
Schlaf' ihn säuberlich aus und zeige dich morgen vernünftig,
Sonst — beim Zeus! — nicht soll mir hinfort ein albernes
Mädchen,
Das ich leider verwöhnt, mein fröhliches Leben verbittern!

Damit hört sie draußen den Schritt sich entfernen, die Hausthür
Gehn, und erhebt nun erst vom Boden die zitternden Glieder.
Nicht mehr Zorn, noch Scham, noch Liebe gewandelt in Abscheu
Rast ihr feurig im Herzen. Sie steht wie gelähmt von Er-
innrung
Finsterer Todesgefahr. Mit irrender Hand wie im Traume

Streicht sie das Haar von den Wangen, bewegt vom schmerzlichsten
Mitleid
Mit sich selbst. Da erleichterte sich in Worten ihr Busen:

Hab' ich Ruhe für heut? Wie theuer erkauft! Und ein Morgen
Kommt, und endlich ein Tag, da verläßt mich die Ruhe für
immer.
Sind denn Alle wie er? War nicht mein Vater ein Andrer?
Ach, und wüßt' ich das Einzige nur, ob, wenn er noch lebte,
Er mir Diesen erwählt, so fügt' ich mich, dächte, verwöhnt nur
Bist du und willst, daß Alles geschieht nach deinen Gedanken.
Doch jetzt bin ich verlassen von Einsicht, der ich vertraute;
Nur mein klagendes Herz will immer gehört und befolgt sein,
Das vor ihm sich sogleich beim ersten Gruße zurückzog.
Und da war er doch gut und gelind und schien doch gesittet.
Aber es ahnte mir gleich, er verstelle sich nur. Nun weiß ich's!
Muß denn ich mich bezwingen, und ihm soll Alles erlaubt sein,
Mich zu beschimpfen im Volk und vor mir selbst zu erniedern?
Mutter, es bringt mich um!
So sprach sie für sich in des Kummers
Einsam redendem Fieber. Sie trat zum Fenster. Das Gäßlein,
Das schmal unter dem Hause vorbeilief, dunkelte lautlos.
Aber vom Nachbarhaus drang hell in die Kammer herüber
Aus dem erhöhteren Fenster ein Lichtglanz und ein Gemurmel
Vieler versammelter Stimmen. Sie kannte die jüdischen Leute,
Die dort wohnten, von längst, obwohl sie keine Vertrautheit
Pflog mit ihnen. Die Mutter verbot's. Denn sie standen im Rufe,
Nazarener zu sein. Oft aber am sinkenden Abend
Horchte das heidnische Mädchen, erfüllt von kindlicher Neugier,
Wenn mit ruhiger Stimme der Hausherr Wundergeschichten
Vorlas, sanft und geheimnißvoll. Ihr waren es Fabeln
Fremder und freundlicher Götter, und oftmals pries sie den Zufall,
Welcher das Haus so nahe gerückt und die Fenster benachbart.
Denn hier war ihr Lager zu Nacht, seitdem ihr der Vater
Starb und sie nicht mehr schlief mit beruhigten Sinnen und
traumlos,
Sondern sprechend und stöhnend im Traum vielfältig die Mutter

Aengstete. Heute vergaß sie es ganz, hinüberzulauschen;
Ach, inbrünstige Sorge verschloß ihr Sinn und Gedanken.
Da in den Streit des Gemüths, den zerrüttenden, mischt sich
auf einmal
Einer erhobenen Stimme Gewalt, die, während das Murmeln
Schweigt, von drüben erklingt. Und die schmerzlichen Worte ver-
nimmt sie:

Wovon red' ich, Geliebte? Ich kam in Freuden und bin nun
Traurig; ich kam zu Menschen und fand in Menschengewändern
Horden von Thieren und Teufeln in blinder Verruchtheit taumelnd.
Nun umstehet ihr mich und begehrt zu hören. Vermögt ihr's,
Da euch das Ohr noch bebt vom Schalle besessenen Jauchzens,
Da noch kürzlich mit Schaudern das Herz vom Gelächter Ge-
henna's
Wiederhallte? Und o, wie soll ich reden, und Seufzer
Drängen die Worte zurück? Ich blick' umher, und das Auge
Sucht hier Manchen umsonst, der einst vom Quell der Erlösung
Mit uns trank. Wo sind sie? Wo ist mein Bruder Nikanor,
Den ich vor Allen geliebt, den hier vor Allen ich taufte,
Als — nun sind's vier Jahr — ich zuerst, von dem hohen Apostel
Paulus zu euch gesandt, euch stärkte den wankenden Glauben?
War's Nikanor, o sagt, den draußen ich unter den Heiden,
Unter den schwärmenden fand? Sein Blick, vom Weine ver-
wildert,
Kannte den Freund nicht mehr, und der Arm, der einst mich um-
fangen,
Schlang sich in heißer Begier um den üppigen Leib der Mänade.
War't ihr Alle zu schwach, mit heiligen Banden der Liebe
Mir den Einen zu fesseln, und nimmt mich's Wunder, wie Andre
Gott abfielen, da er in die Schlinge der Götzen zurücksank?
Ist's denn möglich? Ein Stein, von Menschen geformt, er ver-
drängte
Unseres Heilands Bild aus einer erkorenen Seele?
Blut, von Priestern der Lüge verspritzt in erheucheltem Wahnsinn,
Wäscht es die Tropfen am Kreuz hinweg, und der Becher der
Wollust

Ekelt er nicht dem Mund, der trank vom Kelche des Lebens?
Nein, sie vergaßen ihn nicht, den Gott, an welchen sie glaubten.
Wer einmal ihn erkannt, wie vergäß' er ihn je? Er vergäße
Eher die leiblichen Eltern, die ihn im Fleische gezeuget.
Aber sie wurden dem Geist abtrünnig. Des himmlischen Vaters
Denken sie jetzt mit Beben, und gleich halsstarrigen Söhnen
Flüchten sie tiefer in Schuld, hinweg vom Auge der Wahrheit.
Und wie steht es um euch? Ihr prunkt in Feiergewändern
An Festtagen der Götzen, am Tag, wo Wiedergebornen
Trauern und Fasten geziemt und Gebet und Heiligung? Wehe!
Besser ihr ächztet noch in Mosis Gesetz, und die Botschaft
Hätt' euch nimmer befreit, als euch zu Lüsten entzügelt.
Aber ich hör' euch reden: Wir thun nach Sitte des Landes;
Was ist Uebels daran? — O treffliche Jünger des Heilands!
Wie? Nach Sitte des Lands? Seid ihr nicht Bürger der neuen
Zion, des ewigen Reichs, mit dessen Krone der Heiland
Ward vom Vater gekrönt? Was schlägt euch nieder die Wimpern?
Herr, Herr, wende dich nicht von den Irrenden, die es vergaßen,
Daß du die Bande des Todes zerbrachst, nur weil du in Unschuld
Hingingst. Höret auf mich, ikonische Männer! Vernehmt mich,
Frauen und Jungfrau'n alle! Das Wort vom Herrn ist ein Feuer,
Wie es die Hirten entzünden, die dürftigen, die in der Sumpfluft
Hüten, auf daß sie die Pest im Schlaf nicht tückisch ergreife.
Denn dies Land ist ein heidnischer Sumpf, und die Nebel der
Sünde
Dampfen herauf und verdorren der Unschuld Mark in der Wurzel.
Ward euch nicht die Verheißung des Herrn, ihr würdet am Tage
Seines Gerichts gleich ihm von den Todten erstehn und ver=
sammeln
Bein zu Gebein? Nun: Geist und Leib sind Eines in Zweien.
Wenn ihr Einen befleckt, so ist's ein Makel dem Andern;
Wenn sich der Eine vergeht, so wird's am Andern gerochen.
Aber es herrsche der Geist! Weh ihm, wenn je zum Tyrannen
Ihm sich das Fleisch aufwirft; denn was zum Dienen geschaffen,
Ras't verderblicher nur, sobald es der Zucht sich entlebigt.
Dann im geschändeten Leib, wie wird vorm Stuhle des Richters
Eure Seele bestehn? Was frommt dann Prahlen und Hoffahrt?

Nehmt ihr Purpur hinüber, die frierende Blöße zu decken?
Folget die Wollust nach, die süßen Betruges den freien
Geist in die schnöde Gewalt selbstherrischer Glieder verlockte?
Weh euch! Alles dahin, wie ein Schatten verweht, wie ein Vogel
Oder ein Pfeil, und dahinter die Luft fällt eilig zusammen.
Und dann wird sich erfüllen das klagende Wort Jesaias':
„Rühme dich, Unfruchtbare, die nie geboren! Frohlocke,
Die nie Kinder empfangen!" Die Jungfrau'n werden der Keuschheit
Früchte genießen und ruhn dem Herrn zu Füßen für immer.
Selig die Jungfrau'n, selig in unentweiheter Hülle
Ein jungfräulicher Geist! Wie ein Stern, wie ein Engel auf
                              Erden
Wandelt er strahlend dahin und besiegt im Leben den Tod schon.
Aber es knirschen die Geister des Abgrunds, wenn sie die Nähe
Wittern der Kinder des Lichts, und spritzen den Schlamm der
                              Versuchung
Gegen die Fittige Jener, auf daß sie beschwert sie hinabziehn.
Doch die schütteln sich schaudernd und baden sich rein in der Höhe.
Also thut auch ihr; denn es naht die Zeit der Erfüllung.
Sterbet der Zeit nun ab und lebt im Ewigen. Wahrlich,
Das sei ferne von mir, zu schelten die irdische Satzung,
Welche den Mann zum Weibe gesellt in heiliger Ehe.
Aber die Pest ging um, und die Mannheit faulte; das Laster
Herrscht, und die weibliche Tugend verdarb. Wer frei sich be-
                              wahrt hat,
Will er sich Knechten vermählen? Er rette mit fester Entsagung
Seel' und Leib und weihe sie ein zur Stätte des Lebens!

So klang drüben die Rede. Der horchenden Jungfrau wallte
Stürmisch das Herz. Noch stand sie, verhaltenen Athems. Da
                              schrecken
Hastige Schritte sie auf, und es klopft an der Thüre gebietrisch:
„Oeffne mir, Kind!" — Ein Lichtstrahl fällt in die Spalte des
                              Riegels.
Seufzend verschließt sie den Laden und geht nachdenklich zu öffnen,
Denn schon hört sie von Neuem den Prediger. Doch mit der
                              Ampel

Steht an der Schwelle die Mutter und spricht unwillig die Worte:
Sag, was soll es bedeuten, du Thörin, daß du im Dunkeln
Sitzest, die Thüre verwahrst und gar den Thamyris fortschickst?
Lyce meldete mir's. Die stand im Hof, und auf einmal
Hört sie den Bräutigam reden im Gang und bitten und schelten.
Hast du mit ihm dich erzürnt? Hier ist nicht Alles in Ordnung.
Immer verdrossener wirst du zu ihm; schon lange bemerkt' ich's.
Bist du närrisch? Du sollst was auf dich halten, ich lob' es;
Aber mit Art, daß mehr du ihn anlockst, als ihn zurückschreckst.
Zuviel Feuer und zuviel Eis ist beides vom Uebel.
Wirst du es niemals lernen? Und Der — ein Mann, wie ein Tauber,
Arglos, zahm und verliebt — bis Der zornmüthig davon rennt,
Muß ein Großes geschehn, ein Gefährliches. Sonst, beim Abschied
Abends, steckt' er den Kopf in die Thür und schwor mir, du seiest
Sein Abgott, sein Alles, und ich die seligste Mutter.
Warum ließ er es heut? Du glühst, und die Wangen verrathen,
Daß du geweint. Was war's? Nun will ich es wissen, du Angstkind.

Aber das Mägdlein hörte mit ganz abwesenden Sinnen,
Stand an der Schwelle der Thür und sah zu Boden. Die Stimme
Drüben erklang noch immer; da fürchtete sie, von der Mutter
Würd' unzeitig entdeckt ihr eigenstes liebstes Geheimniß.
Und nun sprach sie in Hast: O Mutter, ich sage dir morgen
Alles genau. Heut bin ich verstört und des Schlafes bedürftig.
Was ich Thamyris that? Ich nichts. Nur daß ich hinabging,
Als er mich bitter gekränkt, und weigerte jede Versöhnung.
Sahest du nicht, wie er kam, vom Gelag noch trunken, die Augen
Gläsern, und gleich um den Hals der Musarion fiel und der Lyce,
Völlig der Sinne beraubt, und weil ihm Jegliche recht war?
Mutter, und dann — wohl sah ich, er liebt und achtet mich wenig.
Sonst — wie wär's ihm leicht, mich stets von Neuem zu kränken?
Und ich bat ihn so sehr: Thu mir's zu Liebe! — Da lacht' er.
Doch nun ist es genug; nun mag, was wolle, geschehen,
Niemals —
          Thue mir nicht ein Gelübd, rief heftig die Mutter.
Bist du im Haupte verwirrt, Leichtsinnige, daß du wie Spielzeug

Glück und Ehre zerbrichst? Ein weises Gelübd, ich errath' es:
Keinem Mann zu gehören und nie Brautkrone zu tragen!
Damit seid ihr rasch bei der Hand. Ich sage dir aber,
Daß du Vernunft annimmst von Erfahrenen, weil du ein Kind bist.
Was? Nur weil er ein wenig gezecht, soll Alles vorbei sein?
Nähm' das Jede so übel, wo gäb's in Jkonium Hochzeit?
Doch das kenn' ich an dir: wo Andere reden, verstummst dn;
Wo sie schweigen, da sprichst du gewiß; das hast du vom Vater;
Aber es stand ihm besser. Denn Anderes ziemet den Männern,
Anderes uns; wir haben uns früh in die Männer zu schicken,
Beides mit Reden und Schweigen. Ich bin nicht schlechter ge-
fahren,
Weil ich die Zeit absah, wo ein Wörtlein nicht in den Wind fiel.
Sag, was träumtest du auch? Dein leiblicher Vater, er war nicht
Zahmer als irgend Einer in ledigen Jahren der Jugend.
Aber ich fuhr nicht gleich so heraus und machte den Liebsten
Stutzig; ich dachte: die Zeit kommt schon; erst muß er im Netz sein.
Goldene Regel! Es lernte sie sonst von der Mutter die Tochter
Ganz stillschweigend. Doch jetzt — wo hört auf die Henne das
Küchlein?
Wahrlich, es ist kein Segen, ein allzufrühes Verlöbniß,
Eh man gelernt, nachgiebig zu sein, um besser zu herrschen.
Aber ich sagte zu mir: wo fänd' ich erwünschteren Eidam,
Bessere Stütze für mich und meine verwaisete Tochter?
Ist nicht Thamyris schön und reich und freundlichen Herzens?
Nur du, wähliges Ding, hast stets am Besten zu mäkeln.
Freilich, du bist für Jeden zu gut, und wenn von den Göttern
Einer zu freien käme, du sähst ihm sauer und danktest.
Aber ich mag nichts hören. Es steift sich Jeder auf Worte.
Schlaf' und stehe mir auf mit klügerem Sinn und Betragen,
Denn nicht sollen die Frau'n Jkoniums spotten: sie erntet
Wie sie gesä't; was ließ sie dem Trotzkopf immer den Willen?
Nun verlor sie den Freier! — Es wär' ein sauberer Leumund!
    Hiermit gab sie die Lampe dem schweigenden Mädchen, und
halblaut
Scheltend ging sie davon und stieg hinab zu den Mägden.
Doch sobald sie im Schatten verschwand, schloß Thekla die Kammer,

Trat zum Fenster zurück und öffnete wieder. Die Nacht schwieg
Tief. Kaum dröhnte zuweilen ein Schritt in veröder Gasse.
Denn jetzt schwärmte das Fest um die Hügel, am See, in den
Häusern,
Und wer Freunden zu Nacht ein Gelag gab, ließ mit dem Frühlicht
Erst nach Haus sie geleiten. Der Mond zog über den Dächern
Ruhig herauf, und es löschte der Wind die verglimmenden Lampen.
Wohl kam noch von drüben der Schein, nicht aber die Stimme,
Und sie wartete bang, wie ein irrender Schiffer im Weltmeer,
Der erst freundliche Laute vernahm landkündender Vögel,
Und dann wieder das Brausen der Flut. Nun lauscht er begierig,
Ob von Neuem der Klang ihn ermuthige; aber er schweigt ihm.
Dann wohl schilt er das Ohr leichtgläubig, und wieder verzweifelnd
Sinkt am Steuer die Hand.

Und die Nacht bleibt still und das Mädchen
Sieht, wie der Lichtschein schwindet. Da schrickt sie zusammen
und wandelt
Auf und ab in Gedanken:
Er schläft! O wer er nur sein mag?
So wie er hat Keiner im jüdischen Hause geredet,
Keinen verstand ich so gut. O Trostwort: „Selig die Jung=
frau'n!"
Wer ihn das nur lehrte, den Mann? Vielleicht in der Straße
Stand er und sah mich Aermste. Da fühlt' er zorniges Mitleid
Mit dem Loose der Mädchen und ging und warnte die andern.
Warum warnt' er so spät? Was hab' ich Eignes zu retten?
Freiheit wo, sie zu hüten vor knechtischen Händen? Es ist mir
Nur untröstlicher jetzt. Man sagt mir: Geh! und die Füße
Bleiben gelähmt. —

Nun stand sie am Bett nachsinnend: Ich kann's nicht
Fassen, mich ihm zu ergeben. Ich gab ihm nie den geringsten
Theil von mir. Er aber, was hätt' er je mir gegeben?
Und was schuldet' ich ihm? Wär's Undank, mich zu erlösen?
Vater, warum so frühe verließest du mich? Nun weilst du
Drunten im traurigen Nebel des Styx, und ich rufe vergebens.

Ach, was sagte die Stimme? Die nazarenischen Todten
Sollen erstehn und die Reinen der Gottheit ruhen zu Füßen?
Wär' ich Eine von ihnen! — Sie schüttelte leise die Locken:
Nein, ich will zum Vater und auf mich nehmen die lange
Nacht der unendlichen Oede, wie er that. Aber es soll mir
Nicht der arge Gedanke den Traum dort unten vergiften,
Daß ich oben im Lichte mich wegwarf! — Und an das Fenster
Trat sie noch einmal rasch und begann in die lauliche Stille:

Möge der Schlaf dich erquicken, du Edelster! Segne der Gott dich,
Dem du betest, und geb' in das Herz dir, länger zu weilen,
Mir nicht ganz zu verstummen. — Und ihr, allmächtige Götter,
Ist rein bleiben vor euch kein Frevel, und straft ihr ein Herz nicht,
Das sich selber getreu und sich nur strebt zu behalten,
O so wendet der Mutter den Sinn und lehrt sie erkennen,
Daß ich in Wahrheit muß, was ihr zu denken so hart ist!

Darauf trat sie zurück und bestieg ihr Lager. Die Lampe
Löschte sie. Schlummer umfing und Traum mit schwebendem
Flügel
Ihr unschuldiges Haupt und kühlte die Schmerzen der Jugend.

Dritter Gesang.

~~~~~

Als aus nebliger Frühe der Herbsttag glühend erhoben
Wie in der Mitte des Jahrs umleuchtete Thal und Gebirge,
Stand im Saal bei den Mägden die Hausfrau; und sie vertheilte
Einer das Garn zum Weben und Einer die flockige Wolle,
Aber den Anderen gab sie die mancherlei Werke der Nadel,
Jeder vollauf für den Tag, und schickte sie an zu der Arbeit.
Luftig war's in der Halle, sie lag nach Norden gewendet:
Denn zur Mahlzeit diente sie sonst, so lange der Hausherr
Lebte. Der Tag auch fand ihn hier in seinen Gedanken,
Oder in ernstem Gespräch mit dem und jenem Clienten,
Dem vor Gericht er ein Anwalt war; denn er konnte des Forums
Nicht sich entwöhnen, obwohl er im Rath saß unter den Vätern.
Doch am Abend, sobald sie des Mahls sich hatten ersättigt,
War's ihm Freude gewesen, im Saal mit der Tochter zu wandeln
Hand in Hand. Dann sprachen sie viel, und das Auge des Vaters
Strahlte von frohem Stolz bei den sinnigen Fragen des Lieblings.
Glückliche Zeit, nun war sie dahin! Statt kluger Gespräche
Klang nun Mägdegeschwätz und das schnurrende Klappern des
                              Webstuhls.
Aber die Hausfrau warf rings über die fleißigen Reihen
Einen zufriedenen Blick. Dann sagte sie: Richtet es alles
Hurtig und sorgsam her und gedenkt, euch Ehre zu machen.
Daß mir Thamyris' Mutter am Ende den Kopf nicht schüttle,
Wenn sie den Brautschatz mustert und findet ein ärgerlich Wesen,
~~~~~

Flüchtig genäht, saumselig gebleicht, ungleich in der Webe.
Denn am Stoffe versah ich es nicht. Ihr also befleißt euch!

So befahl dem Gesinde die Frau. Leichtblütig und arglos
Dachte sie längst nicht mehr an die heftigen Reden des Abends.
Kann doch gegen ihr Kind nicht länger grollen die Mutter,
Als im Garten die Nessel dem jätenden Manne die Haut sengt.
Und sie durcheilte den Saal und freute sich heimlich, mit Küssen
Ihr schlafseliges Kind in der Helle des Tags zu ermuntern,
Als von draußen ein Lärmen den Fuß ihr hemmt' an der Schwelle,
Hundertstimmig Geschrei. Was ist in die Leute gefahren?
Sagte sie. Nun beim Himmel, es war doch gestern des Unfugs,
Mein' ich, genug. Nie weiß das Gesindel ein Ende zu machen. —
Lautlos horchten sie alle. Da sprach von den Mägden die Eine:

Herrin, es ist an des Nachbars Haus. Schon als ich am
Morgen
Ausging, Narde zu kaufen, umgab ein Gedränge die Pforte,
Und mir begegnet der Knecht des Nathanael, und ich befrag' ihn:
Warum öffnet ihr heute das Haus? Von Juden und Andern
Strömt es hinein. Ist drinnen ein Fest? Er aber: Die Thür ist
Offen für All' und Jeden. Du magst nur kommen, Amykle.
Denn ein Prediger, sagt' er, ist bei uns, welcher Gewalt hat,
Scharf an die Herzen zu rühren und Freund' aus Feinden zu
machen.
Darum sollen ihn hören, so Viele der Saal und der Hofraum
Faßt; und Abends gedenkt er auf offnem Markte zu reden.
Willst du hinein? — Ich aber entwich, denn übel geziemt es,
Zu Gottlosen zu gehn und die Arbeit drum zu versäumen.

Kaum war dieses gesagt, da klang ein erneuertes Toben
Laut von draußen herein, wie wenn ein wüthender Zuchtstier
Gegen die Pforte des Stalls anrennt mit den mächtigen Hörnern.
Geh' doch Eine, befahl kopfschüttelnd die Frau, zu erforschen,
Was sie treiben. Es ist, als stünde der Feind in den Gassen.
Möchten die Götter nur an den Neuerern ahnden den Aufruhr,
Hader und Lärmen, womit sie friedliche Bürger erschrecken! —

Da sprang jede der Mägde vom Sitz auf. Aber die Herrin
Schalt: Ihr bleibt, und Amykle geht! Neugierige Dirnen,
Giebt's im Haus ein Geschäft, so habt ihr Blei in den Sohlen,
Doch gleich wachsen die Flügel, sobald es hinaus in die Stadt
        geht. —
Still zur Arbeit sahn die Gescholtenen, während die Hausfrau
Ueber die schallenden Fliesen dahinschritt ernsten Gesichtes.
Draußen indeß schwieg Alles. Die Thür am eigenen Hause
Hörten sie gehn, dann Stimmen im Flur, und jetzt in die Halle
Trat mit verwildertem Blick eilfertig ein alter Bekannter.
Kaum erkannten sie ihn, so waren des ehrlichen Goldschmieds
Züge verstört, und das Haar umsträubt' ihm finster die Schläfen.
Grußlos legt' er ein Päckchen, in saubere Linnen gewickelt,
Auf den geglätteten Tisch; dann schleppt' er schwer an den Stuhl sich,
Seufzt' und vergrub tiefsinnig die Stirn in die nervigen Hände.
Aber die Herrin trat mitleidig herzu und legt' ihm
Leis' auf die Schulter die Hand. Nun, Meister Hermogenes,
        sprach sie,
Stürmst du so in den Saal, um vor dich nieder zu brüten,
Wie ein geschlagener Mann? Du kommst von der Gasse. So
        sag uns,
Welches Entsetzliche dort sich begab. Wir hörten den Lärmen.
Mühsam hältst du das Haupt. Fast denk' ich, ein gestriges
        Räuschlein
Dröhnt dir darin, und die Zunge bequemt sich schwer zum Erzählen.

Edle Theoklia, sprach, sie nur halb anblickend, der Meister,
Schilt nur, daß ich der Sitte vergaß und hier wie ein Bauer
Vor dir sitze. So sehr mich deine Güte verwöhnt hat,
Hab' ich doch stets vor Augen den Abstand, immer die schuld'ge
Hochachtung. Denn Jeglicher ehrt sich, bleibt er im Kreise
Seiner Geburt. Jetzt aber — und käm' auch selber der Prätor —
Könnt' ich nicht um die Welt aufraffen den Leib von der Ohnmacht.
Denn ich erlebt' ein Grauen, und oh! kein gestriges Räuschlein
Dröhnt mir im Haupt; fast wünscht' ich es selbst, dann könnt'
        ich mir sagen:
Spuk war's, was du gesehn, und der Wein warf Blasen im Hirne.

Nein, ich kam des Wegs bei klarem Verstand, und im Gehen
Dacht' ich daran, wie lahm jetzt Handel und Wandel dahinschleicht,
Wie sich die Menge vermehrt und immer die Güte vermindert,
So an Waaren wie Menschen. Ich hatt' ein silbergetriebnes
Lämpchen im Arm. Ein ionischer Sklav, mein bester Geselle,
War erst gestern am Tag mit dem Prunkstück fertig geworden,
Und ich dachte: das Kind der Theoklia geht in die Ehe;
Sicher fehlt in der Kammer ein Ampelchen, wie es dem Brautbett
Ziemt. So komm' ich die Straße daher und sehe von fern schon
Drüben am Nachbarshause, dem jüdischen, dichtes Gedränge
Um die verschlossene Thür. Mich wundert es. Und ich befrage
Einen im Schwarm: Was steht ihr hier so müßig am Werktag?
Aber es maß mich der Mann mit trutzigem Blick und versetzte:
Possen! es wird jetzt nimmer ein Werktag sein. Sie bereden
Drinnen das Ende der Welt. Bis dahin reichet der Vorrath
Von vorjährigem Korn und Wein und die Kleider am Leibe.
Ich will heim und den Webstuhl gleich zu Spähnen zerschlagen,
Dran ein Süpplein zu kochen. Denn unnütz wird das Ge-
                              rümpel. —
Und da trat mich ein Anderer an. Hermogenes! ruft er,
Willst du dir auch, mein Bester, den Schaden besehn? Warum auch
Kommst du so spät? Du hättst hier rare Sache vernommen.
Jetzt ward leider die Thüre der Störung wegen verschlossen,
Aber getröste dich, sagt er. Ich war im Haus, und die Sticklust
Trieb mich weg in die Gasse; den Hauptpunkt aber behielt ich:
Daß nicht Silber und Gold zu der Menschen Beseligung helfe,
Wein nicht oder ein Liebchen und andere Wonne des Lebens:
Nur ein gewisser Jesus, ein nazarenischer Halbgott.
Hast du von dem kein Bild in der Werkstatt, Meister, so wett' ich
Keinen Obolen darum, daß dir dein Handel in Flor bleibt. —
Staunend hör' ich es an, und es drehen sich mir die Gedanken,
Gleich als würd' ein Traum mir erzählt und ich hätt' ihn zu
                              deuten.
Und ein Dritter gesellt sich dazu und schnaubt vor Entrüstung.
Was, ihr Männer? beginnt er, im Ernst? er bedräuet die Jungfraun,
Daß sie die Ehe verschmähn? Wer ist er, der sich herausnimmt,
Uns die Stadt zu entvölkern und unsere Götter zu höhnen?

Stäupt ihn hinaus! er schändet das Gastrecht. Wie? erst gestern
Kam er, und heut schon will er das Unterste kehren zu oberst? —
Und mir stieg's in den Kopf; ich besann mich, daß ich den Juden
Gestern am Weg auflas; da schien er ein stiller Geselle,
Der kein Wässerchen trübt. Doch nahm mich's Wunder: am Stadtthor
Warteten sein an zwanzig der Jüdischen, Männer und Weiber,
Und ein gewaltiger Jubel erhob sich, als er daherkam.
War ich selber der Pest in die Stadt ein Führer gewesen?
Jetzt ergriff mich der Zorn. Ihr Bürger, ikonische Männer!
Rief ich, steht ihr müßig, indeß ein tückischer Fremdling
Weiber und Narren beschwatzt, die Jugend verführt und die Götter
Lästert? Ein Einzelner soll Macht haben, die Stadt zu verheeren?
Schmach euch! Auf und hinein und die giftige Natter zertreten,
Eh sie das Gift noch weiter herumspritzt unter der Menge!
Also rief ich, ich kannte mich nicht. Da glotzten sie furchtsam,
Wichen zurück und getraute sich Keins. Doch Einer versetzte:
Meister, es ist nicht richtig. Ein Zauberer ist er, ein Dämon!
Mehrmals saß er gefangen, erzählen sie, wegen Bezaubrung
Und ist immer entwischt, und Niemand weiß, wie es zuging.
Aber ein stämmiger Bursch schrie laut und ballte die Fäuste:
Memmengeschwätz! gebt Raum! Und säß' ein Dutzend Dämonen
Unter dem Schädel des Schurken, ich schlüg' ein Loch in die Zelle,
Daß sie eilten, wo anders und ruhiger unterzukommen! —
Rief's, und ein Stein flog wider die Thür, ein zweiter und dritter,
Jetzt ein Hagel — ich selbst, ich warf, was mir in die Hand kam.
Stets noch schwieg es im Hause. Da rannte der Wüthende selber
Gegen das Holz mit den Schultern und tobt' am Klopfer und brüllte:
Liefert den Zauberer aus! Heraus mit dem Judenpropheten!
Und nach riefen es Alle. Da öffnet die Thür sich auf einmal,
Und im Flur, von den Seinen umsonst am Mantel gehalten,
Zeigt sich ruhig der Fremde. Der trotzige Bursch, wie er kaum ihn
Sieht, wird weiß wie ein Tuch, schlägt zuckend umher mit den Armen,
Schreit wie ein Thier und stürzt, ein Gräuel zu schau'n, in die Gasse.
Da war Jedem die Zunge gelähmt, mir aber vor Allen

Schauderte Mark und Gebein — ich stiftet' es an. Und die Augen
Senkt' ich. Allein wohl fühlt' ich die brennenden Blicke des Fremden,
Die mich suchten im Volk; mir war's, sie verkohlten das Herz mir.
Doch er sprach: Tragt Diesen hinweg; Gott hat ihn geschlagen! —
Also hob man ihn auf, den Bezauberten. Aber wir Andern
Schlichen bebend davon. Kaum schleppt' ich mich her in die Halle.
Und nun will ich nach Haus, denn ein Weniges bin ich erkräftigt;
Doch du laß dich warnen, o Frau, und mache mit Opfern
Dir die Götter geneigt. Du wohnst der Gefahr und dem Unheil
Nah. Wo ein Dämon haus't, sind schon die Lüfte vergiftet.

Hiermit rafft' er sich auf, tiefseufzend, und neigte sich eilig
Vor der betroffenen Frau. Es hätte die Gütige sonst wohl
Erst vom stärkenden Wein dem erschütterten Manne geboten;
Doch unheimliche Sorge befällt ihr ahnend die Seele,
Daß sie zurück sich ruft ihr spätes Gespräch mit der Tochter,
Jede Geberde des Kinds und das ängstliche Feuer der Augen.
Als nun die Hausthür klang und der Unglücksbote hinaus war,
Hörten die bangenden Mägd' in der Todtenstille des Saales,
Wie sie ein Sprüchlein sagte zur Abwehr feindlichen Zaubers;
Also gewann sie sich Muth. Und hinauf zur Kammer der Jungfrau
Ging sie die Marmorstiegen und stand an der Schwelle zu horchen.
Lautlos blieb es im Innern. Sie schläft noch! sprach sie getröstet,
Oeffnete sacht und trat an die Thür. Am Fenstergesimse
Lehnte die liebe Gestalt, weit vor in die Gasse gebogen,
Daß sie der Pforte Geräusch nicht hört und die Schritte der
Mutter.
Erst als diese den Arm ihr faßt mit bittenden Händen,
Kehrt sie sich um und erschrickt; denn Hoffnungsstimmen entrissen
Muß sie die Worte des Grams aus zitterndem Munde vernehmen:

Kind, vom Fenster zurück! Was hast du gethan? Der Bezaubrung
Gabst du dich preis, unwissend, wie finsterer Macht du anheimfällst!
Laß dich, Aermste, bedeuten: ein Dämon redet herüber.
Weh, er wendet den Göttern das Herz ab, daß es Gespenstern
Dienstbar wird, den Lemuren und ärgeren, die es verderben.

Sieh, nun starrst du mich an. Ach, kennst du mich nimmer, ge-
liebtes
Einziges Kind, mein Licht im schleichenden Dunkel des Alters?
O nun fühl' ich es erst, wie viel mit dem Gatten dahinstarb:
Denn des Weibes Verstand ist viel zu schwach, ein erwachsnes
Kind zum Guten zu lenken und ach, zu erretten aus Irrsal.
Doch wenn einst du den Vater geliebt und je von der Mutter
Liebes erfuhrst, o Kind, willfahre mir, rette dich selber,
Und wir wollen mit Opfern die hohen Olympier anflehn,
Dein unschuldig Gemüth vom heimlichen Fieber zu heilen.

Mutter, ich bin nicht krank, sprach ernsthaft lächelnd die Jungfrau;
Mutter, ich kann's nicht sagen, wie wohl mir ward. Die Ge-
danken
Schweben so leicht; mir ist, ich sei vom Tode genesen.
Wenn er ein Dämon wäre, so wär' er der freundlichen einer,
Die wohlwollen den Menschen. Doch sagt er, er sei ein Gesandter
Gottes, des himmlischen Herrn. Ach, wolltest du selbst ihn hören,
Dir auch würde das Herz durchzückt von seligem Frieden!
Nicht mehr schmähtest du ihn und gingst zu ihm, wie die Andern,
Und ich ginge mit dir, zu des Predigers Füßen zu sitzen,
Und sein Auge zu sehn. In ihm ist Fülle der Wahrheit.

Herzlich faßt sie die Hände der sprachlos lauschenden Mutter,
Doch mit Blicken der Angst stößt diese sie fort; aus den Augen
Stürzen plötzliche Thränen, sie strebt zur Thür, dann wieder
Hält sie das Mitleid fest, und Zorn und Jammer bestürmt sie.
Nahe mir nicht, Unsel'ge! bedroht sie die staunende Tochter.
Thust du die Scham schon ab und bekennst dich frei zu dem Fremden,
Trachtest sogar, mich rechtliche Frau zu verlocken ins Elend?
Weh, weh über die Welt, weh über die thörichte Liebe,
Die vom eigenen Blut so schmählichen Undank erntet!
Darum zog ich dich auf in der heiligen Stille des Hauses,
Lehrte dich opfern und beten und fromm sein, daß du auf einmal
Jede Wurzel der Zucht vom Grunde der Brust ausjätest?
Höret es nicht, ihr Götter; vergieb ihr, Mutter der Dinge;
Lehrt auch mich, es vergessen! — Und jetzt zur Tochter gewendet,

Flehte sie wieder und wieder mit rastlos strömenden Thränen:
Komm vom Fenster zurück, o komm in den Garten hinunter,
Daß dich heile die Luft, das fiebernde Blut sich verkühle!
Was wird Thamyris sagen, erfährt er, welche Verblendung
Dich dir selber entreißt und ach, uns Allen entfremdet!

So beschwor sie die Frau. Da sagte das traurige Mädchen:
Mutter, ich gäb' mein Herzblut hin, dir Kummer zu sparen,
Und doch muß ich es sagen, ich muß, so hart es mich ankommt:
Nie wird mich als Tochter des Thamyris Mutter begrüßen!
Denn was Leib und Leben an mir, das eignet den Eltern,
Und gern opfr' ich es auf. Doch mein ist ewig die Seele,
Mir von höheren Mächten vertraut, sie nicht zu entehren
Mit unwürdiger Lüge, dem Ungeliebten zur Seite,
Sondern in Wohl und Wehe der inneren Stimme gehorch' ich,
Die nur schlief in der Brust, bis drüben der Ruf sie erweckte.
Wußt' ich es selbst nicht längst: was nicht aus vollem Vertrauen,
Nicht von Herzen geschieht, ist Frevel an uns und der Gottheit.
Denn was haben wir mehr als unsre Seele zu eigen?
Was in Tagen des Schreckens verknüpft uns noch mit dem Leben,
Als ein entschlossenes Herz, das nie sich selber hinwegwarf?
Und so wär' es Verrath am meinigen, wollt' ich es liefern
In des Mannes Gewalt, der nie sein eignes beherrschte.
Siehe, du darfst nicht weinen. Denn dein ja bleib' ich. Du hättest
Mich an den Gatten verloren, und wenn du mich liebst, du segnest
Einst dies Wundergeschick, vor dem du heute zurückbebst.

Doch mit zärtlicher Worte Gewalt und trauter Umarmung
Hielt sie die Sträubende nicht. Die wandte das Haupt mit Abscheu,
Wie man Hauch der Verpesteten flieht, und weinenden Auges
Winkt sie der Tochter zurück und reißt sich hinweg und verläßt sie.

Aber dem Jüngling sandte Theoklia eilends die Botschaft:
Komm, ich bedarf nun deiner! — Er kam leichtherzig und dachte:
Eilt es der Frau mit der Hochzeit jetzt? Wohl wär' es am besten.
Doch mit Thränen begegnet sie ihm: Ach, kommst du Getreuer?
Kommst du zu mir, mitleidiges Herz? Wenn irgend zu helfen,

Du nur kannst es allein! — Und dem Staunenden sagte sie Alles,
Oft durch Weinen gehemmt, soviel sie wußte vom Goldschmied.
Alte Geschichten berichtete sie von der Magier Tücken,
Von thessalischen Hexen und Lamien, und wie der Vampyr
Erst im vergangenen Jahre zu Nacht ein Knäbchen erwürgte.
Ungeduldig vernahm es der Jüngling. Als sie nun endlich,
Scheu am Gesicht ihm hangend, das Aergste bekennt und die Tochter
Schaudernd verklagt, da braus't er im Zorn auf, nagt sich die Lippe,
Und wild schäumt er heraus: O hätt' ich den Hund zur Stelle,
Ewig sollt' er's gedenken. Ein Magier wäre der Gaukler?
Mußt du dem Volk auch gleich nachplappern die helle Verrücktheit?
Wahrlich, es braucht viel magische Kunst, ein Mädchen zu fangen,
Wenn nur einer ein Maulheld ist und schwatzen gelernt hat.
Doch das hab' ich verschmäht — nun rümpft ihr Näschen die Jungfer
Weisheit. Freilich gefiel mir schlecht die staubige Schule,
Wo engbrüstigen Schleichern das Mark im Leibe vertrocknet.
Doch nie hatt' ich es Grund zu bereu'n, auch heute fürwahr nicht.
Ist's nicht Diese, so sind zehn Andere, die sich die Augen
Längst ausgaffen nach mir. Nun will ich hinauf zu der Närrin;
Nicht als lüstete mich, was heillos wurde, zu heilen;
Nein, ich gönne sie gern dem hergelaufnen Hebräer,
Welcher des Kleinods werth, das wir nicht wußten zu schätzen!

Hiermit stürmt' er hinaus. Da brach die verlassene Mutter
Laut aufstöhnend zusammen; es warteten ihrer die Mägde.
Aber die Jungfrau hörte den Wüthenden nah'n und erhob sich
Ihm entgegen, gefaßt; und wie er herein in die Thür trat,
Stutzt' er und fand nicht Worte, den kochenden Grimm zu entladen.
Doch sie sprach aufblickend zu ihm mit sicherer Hoheit:
Thambris, gehn wir nicht in gehässigem Zank aus einander.
Leidvoll lös' ich ein Band, das ich nicht knüpfte; vergieb mir!
Wir sind nicht für einander, auch du wärst's inne geworden.
Laß mich deiner hinfort in freundlicher Stille gedenken,
Wie man gütiger Menschen gedenkt, die großes Geschenk uns
Boten, allein wir wehrten es ab; denn freie Gemüther

Drückt es, ein Gut zu empfangen und nicht vollauf zu vergelten.
Fahre du wohl, und mögen dich glückliche Sterne geleiten!

Mache das Maß nur voll und verhöhne mich! raf'te der Jüngling:
Meinst du, ich sei wie ein Kind mit glimpflichen Reden zu kirren,
Wenn mich ein Unglimpf traf?   Dein heuchlerisch Wesen ver-
acht' ich.
Du hochmüthige Thörin, wie gar armselig versteckst du
Hinter gelassene Worte die zügellosen Begierden.
Dir galt immer gemein und schlecht, was Andern erwünscht war.
Freue dich nun, es fand sich ein Unerhörtes und Neues,
Ein Landstreicher für dich, ein nazarenischer Bettler.
Aber ein Glück, daß Thamyris nie nach deinem Geschmack war,
Denn jetzt wär' es ein Schimpf; ich will nicht länger im Weg sein.
Eins nur wisse zuvor: nicht ohn' ein Zeichen des Dankes
Geht von hinnen der Mann, der mir die Augen geöffnet;
Nein, zum letzten Obol, was ich ihm schulde, bezahl' ich.

Rief's mit funkelnden Augen und stieß an den Boden die Sohle,
Wie man widrig Gewürm sich eilt mit dem Fuß zu vernichten.
Und so rannt' er hinaus und hinab und trat in die Gasse.
Draußen, genüber dem Haus des Nathanael, standen die Leute,
Unter einander vertieft in die Wundergerüchte des Morgens.
Und sie wiesen sich bange den Jüngling, der wie ein Irrer
An der verschlossenen Pforte den schallenden Klopfer bewegte.
Auf ging endlich die Thür.   Und ein Fremder erschien an der
Schwelle,
Stattlich, in griechischem Kleid.   Blind wollte der glühende
Jüngling
Ihm vorüber ins Haus, da hielt ihn Jener am Arme.
Thamyris, rief er erfreut, du hier? — Nun sah ihn der Andre
Und erkannte den Freund, den Milesier, welchen er gestern,
Als er im Zorn heimkehrte, zu Haus bei den Eltern getroffen.
Rasch zog dieser die Thür ins Schloß und sagte mit Lächeln:
Hab' ich umsonst dich einst in Milet in die Schule der Weisheit
Eingeladen, und heut in die Schule der Thorheit stürmst du,
Solcher Begeistrung voll, mein Thamyris, daß du den Gastfreund

Lässest und sagst, dich rufe die Braut? Da nutzt' ich die Muße,
Ging, die Stadt zu besehn, und gerieth hieher, und im Volke
Hört' ich erstaunliche Dinge von Spuk und Zauber verlauten.
Neugier sitzt Philosophen im Blut. Ich schaffe mir Einlaß —
Und wen find' ich im Haus? Wer spukt in den ehrlichen Köpfen
Dieses närrischen Volks? Mein Reisegefährte von gestern,
Jener, von dem ich dir sagte. Fürwahr, nicht völlig geheuer
Schien mir's unter dem Schädel des Biederen. Aber ich ahnte
Nicht die verderbliche Macht, die hundert verworrene Geister
Fortreißt. Laß uns dies an anderem Orte bedenken;
Denn es trieb mich die Glut, die den Athem beklemmt, ins Freie,
Auszulüften die Brust und des Unmuths mich zu entladen.

    Halte mich Keiner zurück! rief Thamyris. Wenn du ein
                  Freund bist,
Demas, kehre mit um und hilf mir, jenen Verruchten
Züchtigen, der mein Mädchen berückt und die Ehe zerstört hat.
Oh, es erwürgt mich die Wuth! Wer will mich halten? Ein
                  Hund ist's,
Dem Fußtritte gebühren! —
                Besinne dich! warnte der Grieche.
Freund, du schäumst wie im Fieber. Und krümmtest du Jenem
                  ein Haar nur,
Traun, in Stücke gerissen verblutetest du in der Gasse.
Denn wie am Quell ein Verdurstender hängt, so hängen sie
                  an ihm.
Komm! — und er zog ihn weg — dies ist wahrhaftig der Ort
                  nicht,
Daß du den Grimm austobst und die Luft mit Flüchen erschütterst.
Sag mir Alles im Gehn, und hast du irgend gewicht'ge
Ursach wider den Fremden, — ich helfe dir, ihn zu verklagen;
Denn böswillig eracht' ich ihn nicht, wohl aber gefährlich.
Mir auch wallte das Herz von heftigem Zornmuth über
Während der finsteren Rede des nazarenischen Schwärmers.
Was, seit Menschen gelebt, noch einzig der Mühe des Lebens
Werth schien, edler Genuß und herzliche Freude der Sinne,
Toll ist's, das zu verachten, sich deß zu schämen, ein Wahnsinn.

Blas't nur immer den Staub von den luftigen Schwingen der Seele,
Bis sie, ein Wurm wie andre, mit nackenden Flügeln am Boden
Hinkriecht, frierend und grau und der Demuth freilich beflissen.
Traun, ein frommes Geschäft, den Menschen die wenige Freude
An sich selbst zu verderben, den Urquell jeglicher Gutthat.
Doch nur zu, und das Leben versäumt in blöder Erwartung
Künftiger himmlischer Zeit, die euch ein Träumer verbriefte,
Statt von Herzen die Frucht der beweglichen Stunde zu kosten,
Die in den Schooß euch fällt, und das Künftige nicht zu bedenken!
Und was heißt's, erstehen vom Tod? Als würden wir alle
Nicht, wir Lebenden schon, in blühenden Kindern erneuert.
Zwar das wäre gemein, alltägliche Wonne verführt nicht.
Nein, ein Märchen gesponnen und tapfer geglaubt und im
                    Nothfall
Sich drauf kreuzigen lassen. Sie dünken sich wunder wie edel,
Wenn sie gen Himmel gestarrt und darob die Hälse gebrochen.

Während er so mit eigenem Zorn den Knirschenden zähmte,
Führt' er ihn fort vom Haus des Nathanael, und sie verschwanden
Bald in entlegenen Straßen dem scheu nachblickenden Volke.

Vierter Gesang.

~~~~~~

Aber das Volk am Hause zerstreute sich, und in den Gassen
Lagerte stumm und träge die übergewaltige Sonne.
Auch im Gebirg schlief jeglicher Hauch, und die schattige Wohnung
Hütete, wen kein Zwang in die Mittagsgluten hinaustrieb.
Doch nicht ruht das beschwingte Gerücht. Am See in der Fischer
Hütten, im Weinberg auch und in allen ikonischen Häusern,
Bis zu den Tempelschwellen, den luftigen, wo sich die Bettler
Unter die Säulen geflüchtet, erklang nur immer das eine
Furchtsam leise Gespräch von dem Zauberer, wie es die Menge
Pflegt, die gedankenlose, die stets sich trägt mit Geschichten.
Mancher, mit wichtiger Miene die Sonn' anblinzelnd, begann
<div align="center">wohl:</div>
Das ist auch ein besonderes Ding, im sinkenden Spätjahr
Diese gefährliche Glut, die alle Lebendigen auflös't.
Nun, wen darf es verwundern? Gedenkt an mich, wir erleben
Bald noch schlimmere Zeichen; die Welt ist alt und gebrechlich. —
Habt ihr den Dunst nicht auch in der Nase gespürt, rief Einer,
Der ums Haus des Hebräers sich zog? Mir schnürte der Brodem
Schweflich die Kehle zusammen. Der Paustas aber empfing ihn
Recht ins Gesicht: da fuhr ihm gleich der Krampf in die Glieder.
Armer Gesell, der hat's! doch wer kann wissen, wie bald ihm
Aehnliches Unheil kommt? — Schweigt! flüsterte schaudernd ein
<div align="center">Dritter.</div>
Solche, wie Der, die hören auf tausend Schritte. Vielleicht schon
Hext er jetzt uns allen die Gicht in den Leib und die Fallsucht.
~~~~~~

Beſſer, wir ſchicken geheim ihm Botſchaft, bieten ihm Geld an.
Wer am mächtigſten iſt, mit dem ſich gütlich vertragen,
Dünkt mich immer das Klügſte, es ſei nun, daß es ein Gott iſt,
Oder ein Menſch; denn ein Gott iſt Jeglicher, der die Gewalt
    hat. —
Doch ein Beherzterer ſprach: Wo ſind nun, uns zu beſchützen,
Unſere römiſchen Herr'n? Bezahlt nicht Jeder an Steuern
Ueber Vermögen, allein, ſich Leben und Leib zu verſichern,
Und bei jeder gemeinen Gefahr: „Mann, ſchütze dich ſelber!"
Spotten ſie. Iſt doch hündiſcher nichts, als Fremdenregierung.
Und wo ſtecken die Prieſter, die ſonſt doch gleich bei der Hand ſind?
Fürchten ſie ſich?

          So murrten die Klügeren. — Doch es empfand nun
Auch der Verkünder des Wortes die Glut im Haus, und die
    Predigt
Schloß er und ſprach: So geht nun heim und bewegt in Ge-
    danken,
Was ihr gehört; und ſobald ſich der Mond ankündet im Oſten,
Kommt, ihr Lieben, zurück. Denn viel noch bleibt zu verkünden,
Viel zu verſtehn und Alles zu thun. — So ließ er ſie von ſich.
Und er ſelber darauf, aus dem Saal in die Friſche des Gartens
Wandelt' er, ihm zur Seite Nathanael. Ruhig zu Häupten
Hingen in lachenden Früchten die ſchattigen Zweige des Baum-
    gangs.
Sieh, das holde Gewächs, ſprach Tryphon, wie es allmählig
Reift! Viel nächtlichen Thau und tägliche Sonne des Sommers
Braucht es, den Saft zu erziehn und die bittere Schale zu ſüßen.
Aber des Menſchen Gemüth reift unaufhaltſam auf einmal;
Denn nichts Plötzliches kennt die Natur; das eignet dem Geiſt nur.
So kam heut zur Predigt ein Mann mit unter den Erſten,
Doch, wie es ſchien, ungern. Er ſtand in der Ecke, befremdet,
Unter dem Mantel die Hand und die Augen verſteckt von der
    Wimper,
Ein ſelbſtwillig Geſicht. Mich wunderte, daß er gekommen,
Und ich ſah, wie ein Weib ihm zuſprach, ihn zu bewegen,
Daß er die Hand mir reiche, wie Andre. Doch er verſagt' es

Dann, da ich sprach, ihn öfter betrachtete, plötzlich gewahrt' ich,
Wie sein Innerstes rang; da schmolzen die steinernen Züge,
Lebhaft zuckte der Mund, und den Zipfel des faltigen Mantels
Hüllt' er sich über die Augen. Ein Andrer ging er von dannen.

Und Nathanael sprach: Mehr stauntest du, wenn du ihn kenntest.
Ein Bithynier ist's, ein Kaufmann, einer der reichsten
Hier in der Stadt, und im Hasse des Herrn war Keiner ver=
     stockter.
Denn er nahm zum Weib ein ikonisches jüdisches Mädchen,
Jene, die mit ihm kam, und ließ sie es bitter entgelten,
Daß sie geduldig ertrug, wie viel er Leides ihr anthat,
Nur ihm Eines verweigernd: dem Herrn zu entsagen. Sie fehlte
Nie, wenn wir zum Gebet uns einigten oder zum Nachtmahl.
Dann empfing er die Gute daheim mit Schelten und Schlägen.
Wenn du von Buhlschaft kämest, so schrie er, leichter ertrüg' ich's
Als vom Tische der Heuchler. Verflucht sei ewig die Stunde,
Wo mein altes Geschlecht ich so geschändet, die Würde
Römischer Rittergeburt entehrt durch diese Verbindung! —
Traf er mich sonst in der Gasse, so schmäht' er offen und drohte.
Heut — kaum traut' ich den Augen — er kam ins Haus, und im
     Weggehn
Drückt' er bewegt mir die Hand, als spräch' er: Bruder, ver=
     gieb mir!

Sprach's, und sieh, da kam sein Knab' in den Garten gelaufen,
Hurtig den Baumgang her, mit erschrockenen Mienen. Den Vater
Zog er beiseit am Mantel und sprach eilfertig und leise:

Vater, er ist im Hause, der Kybelepriester, der Midas.
Denk, nach wem er gefragt: nach Tryphon. Aber die Mutter
Schickt mich, daß du ihn warnest. Sie meint, es lauern die
     Knechte
Draußen und woll'n ihn fangen und auch uns Andre verderben.
Denn ihr ahne das Schlimmste.
     Der Vater erschrak im Gemüthe,

Spähte hinaus und sprach: Mein Sohn, du warntest vergebens.
Denn ich sehe den Feind schon über den Hof herschreiten,
Und wer könnte sich bergen vor ihm? Vor keiner Gewaltthat
Schrickt er zurück; wie ein Feuer durchwühlt er jeglichen Winkel.
Er ist stärker als wir. O Tryphon, rief er dem Jünger,
Der seitab an den Blumen sich weidete, irgend ein Unheil
Sucht uns heim. Dort naht der oberste Kybelepriester.
Was kann kommen als Arges allein vom Knechte der Arglist?
Gern entzög' ich dich ihm; du bist der Ruhe bedürftig.
Doch blick auf!

        Da sah der Apostel die Frau mit dem Priester
Und entgegnete: Wahrlich, das Herz empört sich im Busen,
Wenn sich Gemeinschaft uns mit den Hoffnungslosesten aufdrängt.
Aber empfangt ihn gelassen.

        Sie standen am Rebengeländer
Unter dem Pfirsichbaum, und der Knab' hielt zagend des Vaters
Kleid und flüsterte: Vater, und hörst du, wie er in Zorn ist?
Weh uns! Unter dem Rock wie ein Schwertgriff funkelt's im
        Gürtel! —
Kind, sprach ruhig der Vater, mit uns ist, der da Gewalt hat
Ueber die Guten und Bösen. — Da schwieg sein Knab', und sie
        hörten
Midas' heisere Stimme, die schon von Weitem sie anfuhr:

  Was, Nathanael, hör' ich? du herbergst Gaukler? du läßt dir
Große Gesellschaft gar, die den Chor macht, wenn er ein gräulich
Schandlied wider die Götter, der tückische Lästerer, anstimmt?
Schwoll euch also der Kamm? Heißt das uns danken die Nachsicht,
Die euch lang in Ikonium ward? Ihr wurdet geduldet,
Nur so lang ihr im Stillen die ewigen Götter verschmähtet.
Doch nun tretet ihr frech ans Licht und verführet die Menge?
Wie? und Der ist euer Prophet?
        So höhnt' er, die Arme
Breit in die Hüften gestemmt, und warf das Haupt in den Nacken,
Daß der geröthete Hals vorquoll und die Wange sich aufblies.
Hüstelnd erklang sein Lachen. Das Weib des Nathanael faßte

Bange dem Knaben die Hand und schlang ihm den Arm um die
Locken,
Um vorm bösen Blicke des Lieblings Haupt zu beschützen.
Da antwortete Tryphon: Du kommst zu drohen, vielleicht auch
Hast du zu schaden die Macht wie den Wunsch. Dies aber ver-
acht' ich.
Wenn mich Menschen erschreckten, ich wär' unwürdig der Gnaden
Gottes des Herrn, der stark mich schirmt in drängender Fährde,
Wie er auch heut erst wieder den Feind mit Lähmung geschlagen.
Darum wird kein Schnauben des Zorns mich irgend erschüttern;
Denn ich wandle wohin mich der Odem des Herrn will tragen,
Der die Fichten im Walde zerbricht und die Wolken dahintreibt
Und die erkorenen Boten umherführt unter den Völkern.

Höhnisch lauschte der Andre; die lauernden Augen verschwanden
Hinter gekniffenen Falten, er strich sich den Bauch mit den Händen,
Gähnt' ein wenig und sprach: Vortrefflich, Bester! der Vortrag
Wacker, die Stimme geschult; nur einiges in den Geberden
Bliebe zu wünschen, indeß auch das wohl kommt mit der Uebung.
Welchem Theater entliefst du? Man wird dich schmerzlich ent-
behren.
Drum sei klug und kehre zurück; dein ehrliches Handwerk
Nährt doch sichrer den Mann, als diese verfänglichen Possen,
Welche zuerst wohl glücken, allein, sobald sie verbraucht sind,
Dich auf dem Trockenen lassen; da nimmt's mit Schrecken ein Ende.
Siehe, die Zunft ist groß. Schon hunderte sind mir begegnet
Deines Gelichters, herab vom götterbesessnen Propheten,
Bis zu den Siebwahrsagern, die um ein Süppchen orakeln.
Freilich es lief noch keiner der Nazarener ins Garn mir,
Aber auch ihr wohl nehmt, so hoff' ich sicher, Vernunft an.
Darum laß dich bedeuten. Ich gebe dir freie Bedenkzeit
Bis zu des Monds Aufgang; doch trifft man über die Frist noch
Dich in den Mauern der Stadt — weh dir! Ich denke, du
kennst mich,
Freund Nathanael; sei mir gewarnt. Mehr giebt es der Schelme,
Als du Haar auf dem Haupt und Thorengedanken darin hast.

Diesmal nehmen wir an, du warſt der Betrogene. Künftig
Red' ich in anderem Ton, und ſpielſt du den Trutzigen, heut ſchon!

Doch Nathanael wandte den Blick zu Tryphon und ſagte:
Was du auch thuſt, mein Bruder, ob Gehn, ob Bleiben du wähleſt,
Laß dir Sorgen um uns den Entſchluß nicht irren und trüben.
Wir ſind dein; du warſt ja die Hand, die ſegnend der Heiland
Nach uns reckte —
                    Genug! rief Midas heftig. Die Ohren
Hielt er ſich zu, und es flammt' in den gelben, erloſchenen Wangen
Jählings Röthe des Zorns. Geh! führ dein Weib und den Buben
Fort, einfältiger Heuchler! Ich will hier Dieſem ein Wort noch
Sagen, ein letztes, fürwahr langmüthiger, als er verdient hat.
Oder gelüſtet es euch, ein Mahl für die Löwen zu werden,
Die ſchon lang ſolch Futter entbehrt?
                    Da ſchmiegte der Knabe
Dicht an den Vater ſich an, doch muthvoll ſprach er: Verſuch' es,
Häßlicher Mann! Auch Daniel ward zu den Löwen geworfen,
Aber ſie legten ſich ihm wie Hündlein ſpielend zu Füßen,
Denn ihn ſchützte der Herr!
                    Sanft ſtrich mit der Rechten der Jünger
Ueber die Stirne dem Knaben und ſprach: Wohl, Marcus, und alſo
Will er auch heut noch ſchützen die Seinigen. Geht, ihr Lieben!
Zwar ich weiß, nicht wird ſich der Herr zu ſeinen Befehlen
Dieſes Geſandten bedienen, doch will ich erwarten und hören,
Was er bringt. Wohl frommt es zu ſchau'n in die Herzen der Feinde.

Halblaut ſprach er das Letzte; da gingen die Anderen zaudernd,
Oft umblickend hinweg und warteten bang der Entſcheidung.
Aber ſobald ſie den Rücken gewandt und den Garten verlaſſen,
Lachte der Prieſter verächtlich und trat mit verwandelter Miene
Tryphon näher und ſprach, zutraulichen Tons: Du verſtandſt mich,
Daß der biedere Tropf bei unſerm Handel zuviel war.
Denn ſein Schädel iſt eng. Nun darf ich offener reden,
Wie es verſtändigen Leuten geziemt, die immer ſich ſchaden
Mit Umſchweifen und Lügen; es kennt doch Einer den Andern.

Deine Talente, gewiß, wir würdigen sie. Sehr weislich
Nimmst du die Weiber zuerst aufs Korn und gewinnst sie im
Ganzen.
Wer sie hat, der hat in den Kauf drei Viertel der Männer.
Hüte dich nur, daß nie mit Einer allein du zu thun hast,
Dann ist Alles verspielt. Allein wir tauschen die Rollen,
Freund! Dir geb' ich Lehren und könnte zu dir in die Schule
Gehen. Ein Meisterstück war das mit des Pausias Krämpfen;
Daran zeigt sich der feinere Kopf. Klar wußt' ich auf einmal,
Daß es gerathener sei, die Hand dir friedlich zu bieten,
Als dir feindlich zu sein und Kraft durch Haß zu vergeuden,
Die durch Einigung wächs't. Hör an. Vollkommen begreifst du,
Daß du im Weg uns bist. Denn Mutter Kybele altert,
Und wie andere Schönen, sobald die vergnüglichen Jahre
Lachender Jugend dahin, empfindlicher wird sie und zänkisch.
Weh dem Mann, der offen sie höhnt! Alsbald nach den Augen
Fährt sie dem Unglückſel'gen, zur Furie wird sie, und kläglich
Endet der Spaß. Nun weißt du, wie schwer du die Gute ge-
reizt hast;
Also besinne dich kurz und fasse die Hand der Versöhnung,
Die großmüthig sie beut; doch sprich erst, wenn du gehört hast.
Sieh, ich könnte mit Gold dein Schweigen erkaufen und sagen:
Geh aus unserm Bereich! Doch wär' uns Beiden, begreifst du,
Nur zur Hälfte gedient mit solchem bequemlichen Ausweg.
Denn dich brächte die Flucht um allen Credit bei der Menge,
Und uns bliebe der Schrecken zurück, den hier du gestiftet
Unter der Kybele Augen und recht uns Andern zum Possen.
Gehn wir feiner zu Werk. Du hältst dich ruhig die nächsten
Tage, so lange das Volk vollauf mit der Lese zu thun hat.
Predigen magst du indeß, doch spare die Kraft der Mirakel
Und den dämonischen Kram und lästere immer mit Maßen.
Ist in den Keltern der Wein, dann hält von den Löwen gezogen
Mütterchen Kybele wieder in Flur und Gassen die Umfahrt.
Laß dann mich nur sorgen. Es sollen die Bestien plötzlich
Vor des Nathanael Haus ein Gebrüll ausstoßen, die Zähne
Fletschen und einige Zeit sich wie besessen geberden.
Hier sind Lästerer, ruf' ich; die Göttin fordert ein Opfer!

Und ich winke den Knechten. Sie stürmen das Haus, auf die Gasse
Wirst du geschleppt, da trutzest du erst, ich schüre den Aufruhr,
Bis sie sich müde gelärmt; nun sinken die Löwen auf einmal
Fromm ins Knie wie Lämmer — und du, als sei in den Wolken
Dir dein Jesus erschienen, erhebst anbetend die Hände,
Und dein alter Gesell, der Pausias, ruft vom Dach her
Unsichtbar: Heil Kybele, Heil! dann sagst du dem Volke,
Was dir nützlich bedünkt, und sprichst von Kybele höflich.
Billig erscheint's, dein Gott läßt unsrer Mutter den Vorrang,
Weil er der jüngere ist. So schließen sie ehrlichen Frieden,
Daß nicht wieder der eine dem andern hämisch zu nah tritt.
Dies mein Plan. Wenn aber ein besserer dir in den Sinn kommt,
Laff' ich dir gerne den Ruhm des erfindungsreicheren Geistes,
Und im Uebrigen soll's dir nicht zum Schaden gereichen.

    Sprachlos stand der Apostel. Der Andere wartet' ein wenig,
Zog ein Beutelchen dann aus seines Purpurgewandes
Bauschigen Falten und sprach: Dies wär' nur eben auf Abschlag;
Und du verstehst: von dem Handel erfährt kein Sterblicher, keiner
Meiner Genossen, geschweig' ein Beschnittener. Scheinbar im Zorne
Gehn wir jetzt auseinander. Hernach, wenn Alles gethan ist,
Sollst du bei nächtlicher Zeit mich ganz im Stillen besuchen.
Und wir schmausen zusammen und würzen das Mahl mit Ge=
                              schichten,
Bis du hinwegziehn mußt vor Tag, um ein goldnes Talentchen
Schwerer. Dem Schelm auch will ich, dem Pausias, deinem
                              Gesellen,
Brav die Tasche vergolden. Bestreiten kann es die gute
Mutter Kybele; ist sie doch reich an Gaben der Thoren,
Welche der Kluge genießt. Und steht nach Küssen der Sinn dir,
Soll dich im Haus bei mir ein gefälliges Mädchen bedienen,
Oder ein Knabe —

                  Genug, rief Tryphon laut, der Empörung
Nicht mehr Meister. Genug, du Abschaum aller Versucher!
Herr, mein Gott, was hab' ich an mir, daß Knechte der Lüge
Dreist mir bieten die Hand zur Verbrüderung, daß die Ver=
                              ruchtheit

Auf mich zählt! O steht von deinen geheiligten Worten,
Die mein Busen bewahrt, mir keins an der Stirne geschrieben?
Doch was Wunder! der Feind ist blind; denn Alles erklügelt
Bosheit, außer das Eine: den Sinn und Willen des Reinen.
Hebe dich weg, Schamloser! Ich weiß, d e r Name beleidigt
Keinen von euch; ihr prahlt mit der Blöße der eigenen Bosheit.
Geh! vollbringe das Aergste. Der Gott, der Himmel und Erde
Schuf, ist stärker als du!

                    Wie ein Trunkener, welchen ein Steinwurf
Wider die Schläfen ernüchtert, so stand mit schwimmendem
                              Starrblick
Midas, schlaff in den Gliedern; die Wuth erstickte das Wort ihm.
Endlich errang er sich Luft. Wahnsinniger Jude, Verfluchter!
Das mir? Kybele's Priester? Und ich, den Gesellen zu schonen,
Kam, gutmüthiger Narr, zu dem räudigen Juden und traut ihm,
Und er holt mich aus mit listigem Schweigen und lockt mir
Auf die Zunge das Herz und wirft mir's dann vor die Füße?
Doch du rechnetest falsch, Elender! du sollst auf dem Markt nicht
Dieses Gespräch ausschrei'n in die Ohren des müßigen Pöbels,
Oder ich bin nicht Midas, der furchtbar'n Kybele Priester.

        Heiser erstarb sein Wort. Er spie an den Boden und ballte
Zitternd die Händ' am Gurt. Dann kehrt' er sich ab, und den
                              Baumgang
Schritt er zurück, vorüber dem Hausherrn, der mit den Seinen
Wartend im Hofraum stand. Sie sahn ihn, wie er die Lippen
Lautlos hastig bewegte, und bang ward ihnen im Herzen.
Doch er gewahrte sie nicht; er schlich wie ein Luchs in der
                              Wildniß,
Welcher umsonst sich lang abmüdete, wie er den Berghirsch
Finge mit heftigem Sprung, der hoch auf sicherer Klippe
Stets ihm bot das stolze Geweih; da endlich verläßt ihn
Murrend der Räuber; er trieft vom Schweiß, und es brennt ihm
                              das Auge,
Aber er sinnt auf List und wird sein Lager beschleichen
Und ihn würgen zur Nacht, da Wuth und Hunger ihn antreibt.

So trat Midas hinaus in die schweigende Gasse. Da sah ihn
Thekla, als er des Weges daherkam unter dem Fenster,
Wo sie die Stunden des Tags verbracht in Harren und Horchen.
Und sie erschrak und spähte, zurückgelehnt an die Brüstung,
Nach dem gefürchteten Mann und sah die Geberde des Hasses,
Wie er, allein sich wähnend, inmitten des Gäßleins stehn blieb
Und noch einmal die Faust aufhob und funkelnd zurücksah
Gegen das jüdische Haus. Ihr ahndete, wem es gegolten,
Und wie ein Meer schlägt Angst ihr über dem Herzen zusammen.
Ach, wer schützt, wer warnet den Freund? Wem Midas ge=
droht hat,
Der mag hüten sein Haupt, denn niemals droht er vergebens.
Und so steht sie am Fenster und sinnt in schwankender Seele,
Was zu thun. Da ergreift sie ein wächsernes Täfelchen. Zitternd
Schreibt sie darauf: Flieh eilig! Es droht Gefahr, und der
Himmel
Rette dich glücklich hinaus! — Das rollt sie zusammen und
wirft es
Nach dem geöffneten Fenster. Und sieh, dort fängt es der Sims
auf,
Und nicht fällt es herab, in das Haus nicht, noch in die Gasse.
Sei's drum! spricht sie bei sich. Wer bin ich, ihn zu berathen,
Ihn, den Gesandten des Herrn, beschirmt von Schaaren der
Engel?
Thöricht war ich. Und fänd' er das Blatt und ginge von hinnen,
Wie dann stillt' ich das Herz und die wachsenden Stürme der
Sehnsucht,
Welche zu Gott mich ziehn aus aller Gefahr? Wer wird mir
Führer und Freund noch sein, wenn drüben die heilige Stimme
Schweigt? — Doch flüchtet er nicht, weh, wird dann morgen
die Sonne
Unter den Lebenden noch sein strahlendes Auge begrüßen? — —

Endlich erträgt sie das Grau'n nicht mehr in der Schwüle der
bangen
Einsamkeit, obwohl sie Bekümmerniß immer gewohnt war
Bei sich selber zu schlichten. Sie will auch jetzt der Gedanken

Nicht sich entschlagen und ach, wie könnte sie? aber es soll ihr
Wieder ein Menschengesicht das Gespenst fortscheuchen des
Priesters,
Menschliche Stimme den Ruf der verzweifelnden Aengste betäuben,
Der wie Grillengesang sie umschwirrt, eintönig und rastlos.
Herzlich verlangt sie hinab in den Arm der Mutter zu eilen,
Ihr zu sagen: Du zürnst! O laß dich wieder versöhnen!
Was nur hab' ich gethan, daß ihr mich meidet und ausstoßt? —
So verläßt sie die Kammer. Da findet sie eine der Mägde,
Draußen zur Wache bestellt, ihr einsam Thun zu belauschen.
Arglos fragt sie das Mädchen mit freundlicher Stimme: Amykle,
Sag, wo find' ich die Mutter? — Da kehrt die Dienerin
schweigend
Ihr den Rücken und flieht. Nach blickt ihr lange die Jungfrau.
Meinen sie, spricht sie bestürzt, ich könn' es Anderen anthun,
Was mir selber geschehn? O hätt' ich die Macht! — Und ein
Sklave
Späht neugierig hinaus in den Flur. Doch wie er die junge
Herrin gewahrt, die leise die steinernen Stufen herabsteigt,
Zieht er den Kopf eilfertig zurück. Ach sonst, — auf den Händen
Trug sie das ganze Gesind. Mehr galt ein Lächeln der Tochter,
Als ein Schelten der Mutter, und nun, wie sind sie entfremdet,
Wie feindselig und kalt! — Stillseufzend betrat sie den Hofraum,
Stand am springenden Brunnen, die Flut nachdenklich betrachtend,
Die in Tropfen gelös't ins Porphyrbecken herabstob.
Sonst kein Laut in der Runde; der Webstuhl ruhte, die Flamme
Knisterte nicht am Herd, und die Schaffnerin nickt' in der Kammer.
Auch sie selber befällt's wie ein Traum, indem sie am Rande
Lehnt und die steinernen Züge der sprudelnden Maske betrachtet.
Und ihr ist's, sie sähe die heimlichen Adern der Erde,
Lange krystallene Pfade der Flut, an schlummernden Erzen,
Edlen Gesteinen vorbei, die still fortwachsen im Innern,
Und der Welle die Kraft, sich ans Licht zu drängen, beneiden.
Endlich bricht sie hervor, die Gewaltige, läßt in der Larve
Lachenden Mund sich fassen und spielt unschuldig und kühlend
Durch die Finger des Mädchens, am Strahl der Sonne ver-
duftend.

Während sie so noch steht und dem Wunder der ewigen Urkraft
Nachsinnt, hört sie es nahn vom Garten heran zu dem Hofraum,
Und sieht auf und erkennt die Gestalt. Sonst aber — wie anders
Pflegte die rüstige Frau durch Hof und Garten zu wandeln!
Langsam geht sie, gebückt. Nicht mehr mit den munteren Augen
Herrscht sie umher. Ein Gefäß voll röthlicher Pflaumen und
          Pfirsich
Trägt sie, und sieh, im Gehn entrollt ihr manche zu Boden.
Und doch schützet sie nicht mit den Händen den Rand des Be=
          hälters.
Wohin schweift ihr Geist? Still vor sich blickend betritt sie
Jetzt den Hof und den Schatten des weitabschüssigen Daches.
Da erhebt sie den Blick, da sieht sie drüben die Tochter,
Und das Gefäß entfährt der Erschrockenen, jählings am Boden
Klirren die Scherben, die Früchte zerstreu'n sich rollend, und
          rückwärts
Dicht an die Mauer gedrückt steht wortlos starrend die Aermste.
Mutter! beschwört sie das Mädchen und breitet bittend die Arme
Nach ihr hin. Doch sie, als kehrt' ihr plötzlich das Leben,
Ruft: Unsel'ge, zurück! Mein Tod ist's, wenn du dich näherst!
Geh, geh fort in die Kammer, und eh du anders gesinnt wirst,
Hab' ich ein Kind nicht mehr, und will nicht Mutter genannt sein.

Da ging schweigend das Mädchen hinweg mit zögernden
          Schritten,
Wankte die Treppen hinan und trat in die Stille der Kammer,
Ach, mit der Brust voll Schmerzen. Der Mutter erschütternder
          Angstruf.
Tönt' ihr ewig im Ohr. Kam's dahin, daß sie der Nächsten,
Liebsten ein Schreckbild ward, ein Gespenst am sonnigen Tage?
War sie anders geworden? Sie war's, doch ach, nur bedürft'ger
Treuer Geduld, sehnsüchtiger nur, was je sie geliebt hat,
Dicht am Herzen zu halten, und soll nun Alles entbehren?
Klang doch tröstlicher drüben die Predigt, Frieden verhieß sie,
Und ihr wogte der Streit in Haupt und Busen zerstörend.
Wieder zurück im Geist durchging sie Alles und Jedes,
Was sie gethan und gelitten. Und doch, käm' Alles noch einmal,

Anders vermöchte sie nicht — und gält's ihr Leben — zu handeln.
Doch ein Zweifel ersteht in ihrem geängsteten Geiste:
Wie? Was nicht aus Glauben geschieht, so lehrte der Fremde,
Das sei Sünde? — Doch ich, denk' ich an Thamyris, glaube
Daß ich gethan, was recht, und denk' ich wieder der Mutter,
Ist's, als hätt' ich Sünde gethan, fast muß ich es fürchten.
Wer, wer löf't mir den Zwiespalt auf? Wer bringt die Gewißheit
Meiner bangenden Seele? Mir war, als riefe gewaltig
Mahnend ein höherer Geist, und seit ich drunten die Mutter
Hörte, verstummt der Trost, und rathlos kämpfen im Innern
Doppelsinnige Worte, die nur mich tiefer zerrütten!
Könnt' ich hinüber zu i h m! er wüßte sie wohl zu entwirren!
Doch wie soll ich es wagen? Ich dürfte der zürnenden Mutter
Nie vors Auge zurück, und verwaif't durchirrt' ich die Gassen.

Lang in solchen Gedanken, die Händ' im Schooße gefaltet,
Saß sie, und vor ihr ragt wie ein Berg im Nebel die Zukunft,
Pfadlos. Fern nur herab vom Gipfel schimmert es helle.
Doch ob Eis dort glänzt, ob freundliche Sonne sie anlacht,
Bleibt ein Räthsel dem Blick. Geduld nur! sagt sie sich endlich.
Wenn die Schwülle sich legt und abendlich dunkeln die Straßen,
Füllt sich wieder das Haus des Nathanael, und ich belausche
Wieder die Worte des Heils, vielleicht auch ein und das andre,
Das den Zweifel zerstreut und Muth und Stille mir einflößt.
Aber vernehm' ich keins, wie ich's bedürfte, so will ich,
Wenn die Anderen gingen, ein Herz mir fassen, hinüber
Schleichen und selbst ihn fragen. Erfülle sich dann das Ver=
                                         hängniß!

Kaum daß dieser Entschluß ihr gereift im Busen, so stand sie
Ruhiger auf vom Sessel und öffnet' den Schrein in der Nische,
Wo ihr Mädchenbesitz bunt neben einander verwahrt lag.
Doch nicht nahm sie die Cither und nicht zum Malen die Täflein,
Sondern sie griff zur Spindel und schwang voll Flachse den
                                         Wocken
Ueber dem Haupt, am Knie umdrehend die schnurrende Spule,
Daß sie hinab zu den Fliesen entrollt' und der Faden sich drehte.

Manchmal hob sie die Augen und sah zum Fenster hinüber,
Hoffend, des Fremden Gestalt nur ein einziges Mal zu erblicken,
Wär' es der Umriß nur an der Wand im Schatten. Beständig
Sah sie im Geist sein Bild gleich jenem olympischen Jüngling
Helios, der an der Decke des Prunksals unten gemalt war,
Licht sein Mantel, das Haar von wehender Glut umlodert,
Wie auf goldenem Wagen er hinstürmt über den Himmel,
Tanzende Horen voran, und die Schaar melodischer Musen
Ihm nachschwebend im Reigen. Wie scheu zu den Augen des
Gottes
Pflegte sie aufzustaunen als Kind! Oft hatte der Vater
Scherzend hinauf sie geschwungen und droben gewiegt und ge-
sprochen:
Möchtest du auch in der Luft, mein Töchterchen, tanzend dahin-
ziehn
Hinter dem strahlenden Wagen und Meer und Länder betrachten? —
Jetzt, da über dem Irdischen hoch ihr schwebte die Seele,
War ihr's, gleich als säh' sie den Gott in glänzender Jugend,
Und sich selbst ihm folgend und mit ihr Männer und Frauen,
Die sie am Morgen gesehn des Nachbarn Schwelle betreten.
Selig genoß sie den Traum und schloß ausruhend die Augen.
Doch bald kehrt' ihr Sinn nur ernster zurück zu dem fremden
Freund. O wenn er's ahnte, wie viel an mir er gethan hat!
Sprach sie bei sich. — Ein Lufthauch fuhr an die Wange des
Mädchens,
Und sie schaudert zusammen, als ob sein Geist sie umschwebe.
Emsiger schwang sie die Spindel, und während sie spann und
im Stillen
Jedes Verheißungswort noch einmal klar sich zurückrief,
Gingen die Stunden dahin. Längst war's in den Gassen lebendig,
Handel und Wandel erscholl, und Dämmerung senkte sich nieder.
Oft vernahm sie den Ruf, der Früchte den Durstigen feilbot,
Oder die Glöckchen am Halse des Maulthiers, welches in Eimern
Wasser mit Eise gekühlt vorbeitrug unten am Hause.
Doch kein Ton lud drüben sie ein zur Quelle des Friedens.
Ach, ihr war, als sei sie den Tag durch Wüsten gewandert,
Und nun komme die Nacht und ereile sie ferne den Brunnen.

Aber zuletzt, da schon im wachsenden Dunkel der Faden
Ungleich ward und die bange Geduld ihr plötzlich versagte,
Flog sie die Stiegen hinauf und trat aufs Dach an die Brüstung.
Niemand ward sie gewahr an der Schwelle des Nachbarhauses,
Niemand trat in die Thür. Vorüberwandelnde tauschten
Flüsternde Reden zusammen, mit Achselzucken, und eilten
Ernsten Gesichtes vorbei. Da kehrt' entmuthigt die Jungfrau
Wieder zurück in die Kammer, und tödtliche Sorge befiel sie.
Was ist drüben geschehn? Wer hat ihm Schweigen geboten?
Lebt er, oder verstummte für heut und immer, und soll ich
Wehe! zuerst und zuletzt ihm sehn in gebrochene Augen?
Warum zaudert' ich hier unselige Stunden und zagte,
Statt hinüberzustürzen und gleich sein Knie zu umfassen,
Ihn beschwörend, zu fliehn, das gefährdete Leben zu retten!
Midas hatt' ich gesehn, was braucht' ich weiter zu wissen?
Und ich Thörichte ward vom Himmel erwählt zu des Theuren
Rettung und hab' es versäumt und die kostbar'n Stunden verloren.
Aber der Feind war schneller und schickt' ihm Henker; im Stillen
Würgten sie ihn, und die Stimme, die mich erweckte, verathmet!

Während sie so sich verklagend die Hoffnung völlig dahinwarf,
Oeffnet sich leise die Thür, und die Schaffnerin tritt mit dem Nachtmahl
Ein, die greise Kalliste. Sie stellt die Schüsseln und Schalen
Auf den geglätteten Tisch und steht und macht sich zu schaffen,
Schweigend, als sei sie allein. Dann geht sie wieder der Thür zu,
Nur mit verstohlenem Auge die arme Gefangene streifend.
Da blickt Thekla empor und sieht an der Schwelle die Alte,
Wie sie die quellenden Thränen sich stumm mit der Hand abtrocknet.
Gute Kalliste, spricht sie, warum nur bist du gekommen,
Mir die Speisen zu bringen? Und frommt's, ein Leben zu fristen,
Das euch Allen im Weg und mir vor Allen verhaßt ward?
Trage die Schüsseln hinweg und schütte den Wein in den Mischkrug
Wieder zurück; mich tränkt mein Schmerz, mich sättigt das Unglück.

Damit stützt sie das Haupt in die Hand, und bittere Tropfen
Stürzen ihr über die Wangen im Uebermaße der Drangsal.
Doch obschon kein Laut sie verräth, wohl merkt es die Alte;
Heftiger weint sie selbst, und die Thür sorgfältig verschließend
Tritt sie dem Liebling näher und spricht mitleidig die Worte:

Härmst du dich nun, unglückliches Herz? Wohl hab' ich der
Mutter
Heilig gelobt, kein Wort, nicht gut noch böse, zu sagen,
Daß du erführst, wie traurig es sei, wenn Alles sich abkehrt,
Was so treu dich liebte. Sie denkt, die verruchte Bezaubrung
Schwände dahin, wenn erst dein Herz zu den Deinen sich sehnte.
Darum sollt' ich dich heut in den Saal nicht rufen zum Nachtmahl,
Sondern allein dir rüsten den Tisch und schweigend davongehn.
Aber ich kann's nicht sehn, das bewegliche Weinen, ich kann nicht
Thun, als wärst du gestorben, und dich nicht fragen und trösten.
Hab' ich doch oft dir küssend die Thränen gehaucht von der
Wimper,
Wenn du als Kind dir wehe gethan. Dann wußte doch Keine
Dich so bald zu beschwichten, und Keiner folgtest du lieber.
Ist das Alles vergessen, und gilt die Alte so wenig,
Nicht so viel, wie ein leblos Tuch, in das du dich ausweinst?
Sieh, es gereut dich längst, wohl weiß ich es; gerne zur Mutter
Gingst du, und schämst dich nur und zögerst, weil du sie
kränktest.
Ach, seitdem sie im Hof dir begegnete, wo sie hinweg dich
Stieß, nicht findet sie Ruhe, und dächte sie nicht, dir frommt' es,
Nimmer ertrüge sie länger die Pein, ihr Kind zu entbehren.
Komm, o komm nur hinab, mein Töchterchen, sage: genesen
Bin ich und wieder wie sonst! und Alles vergiebt und vergißt sie.

Aber es schüttelte still ihr Haupt das Mädchen und sagte:
Bist du mir gut, Kalliste, und willst mir Liebes erweisen,
Sag mir eins: was weißt du von ihm, den Alle verleumden,
Den ihr alle verkennt, obwohl er heilig und rein ist?
Weilt er drüben im Haus des Nathanael? Ist er entwichen?
Oder erwürgten sie ihn, die Schändlichen, seine Verfolger?

Siehe, du weißt, es geschah Entsetzliches. Willst du es läugnen,
Was dein Auge verräth, was deine Geberde mir ausmalt?
Ich bin fest und des Harten gewohnt seit wenigen Monden,
Nur nicht dieser unendlichen Angst, die nie sich ersättigt,
Mir mit wechselndem Grauen das Blut vom Herzen zu saugen.

Da hob jammernd die Alte die zitternden Hände und rang sie
Trostlos. Denkst du noch immer an ihn nur, rief sie, du armes,
Ach, du verlorenes Kind? Mit ihm geht's eilig zu Ende.
Doch wie soll dies enden mit uns, wenn kommende Tage
Dich nicht heilen und uns aus Noth und Kummer erlösen!
Und ich hoffte so fest und sprach zur Mutter: es wird sich
Bessern mit ihr, wenn drüben im Haus erst reinere Luft weht.
Ist's denn möglich? O sag: du sahst ihn nimmer? Er hat dich
Aus der Ferne bethört? Das muß ein gefährlicher Mensch sein!
Denke, den Prätor selbst bestrickt' er mit tückischen Worten.
Denn dein Thamyris kam mit Bewaffneten, die er dem Prätor
Abgedrungen. Er stürmt' ins Haus und nahm ihn gefangen.
Mittags war es und nicht viel Volks in der Stadt auf den Beinen,
Also entstand kein Lärm; wir haben es alle verschlafen,
Und du weiltest im Hof. Vom Dach nur sah es die Lyce,
Wie er, als sei's ein Spiel, mit gefesselten Händen dahinschritt
Heitern Gesichts, der verwegene Mensch. Hernach im Gerichtssaal
Wußt' er so gut sich zu drehn und seine Sache zu wenden,
Daß er den Richter bestach und nur in den Kerker geführt ward,
Dort sein Loos zu erwarten; es fürchtet sich aber der Prätor,
Ihn zu verdammen, und denkt, er möcht' ihm schaden mit Zaubern.
All das wissen wir, Kind, von Thamyris' Mutter. Sie schickte
Chryse, die Magd. Dein Thamyris speist beim Prätor am Abend,
Und nicht kann's ihm fehlen, so reich wie er ist und in Ansehn,
Daß er es dennoch gewinnt und dem jüdischen Schelm an das
Kreuz hilft.
Viel zu glimpflicher Tod für Den! Und siehe, du wolltest
Doch noch hängen an ihm? Du könntest um ihn die getreuste
Liebe verschmähn? Ich weiß, du wirst dich endlich besinnen;
Blickst du doch ruhiger schon, seitdem du Alles erfahren.

<table>
<tr><td>Heyse. II.</td><td align="right">15</td></tr>
</table>

Iß nun, Tochter, und trink, und bist du wieder die Unsre,
Kommst du hinab zur Mutter, und o! schon hör' ich den Jubel.

Aber die Jungfrau hielt sie und sprach: Nicht Jubel, Kalliste,
Hör' ich im Geist; ach leider, erneuerte Thränen um alten
Wahn. Wie ward so schnell mein lachendes Leben verfinstert,
Daß ich die Liebsten betrüb', auch dich, du Gute, Getreue!
Geh nun hinab zur Mutter und sag ihr, daß ich sie liebe,
Sag ihr, inniger mir, weil, sie zu kränken, beständig
Neuen entsetzlichen Kampf mir schafft und nagendes Herzweh.
Könnt' ich es ihr und Allen, die sonst mir glaubten, erklären!
Aber ich bin zu traurig, und sagt' ich das Innerste, kläng' es
Nur wie ein dunkles Gestöhn; da wär' uns wenig geholfen.

Gramvoll wiegte die Alte das Haupt und trat an die Schwelle,
Zögerte, blickte zurück und ging dann seufzend hinunter.
Und nun saß in der Nacht, die mit ruhigen Sternen hereinsah,
Thekla wieder allein und athmete tiefer und leichter.
Nicht mehr bangender Zweifel erfüllte sie. Klar vor der Seele
Stand ein kühner Entschluß, und es klopfte das Blut in den
                                        Adern
Ihr vor freudigem Muth. Da streckte sie innig die Arme
Aus in die Nacht und rief im ersten Gebete den Herrn an:

Der du mich lange gekannt, mein Gott, und lange geführt hast,
Da ich von dir nichts wußte, du siehst und hörest auch jetzt mich,
Ein unwissendes Kind, das siebzehn Jahre das Licht sah,
Ohne dir einmal nur für so viel Gutes zu danken.
Zürnst du auch nicht, und wird mich arme Fremde der Heiland
Unter die Seinigen reihn, obwohl ich meine geliebte
Mutter zu Tode betrübt? Ach Herr, und Schwereres droht mir,
Wenn sie den Sinn nicht ändert und deinem Willen geneigt wird.
Was ich zu wagen beschloß, du weißt's, du hast mir es selber
Erst in die Seele gelegt, die feig und völlig verzagt war.
Laß es gelingen, o Herr! Wie reut mich's, daß ich zuvor nicht
Heut dein Winken verstand und rasch den Heiligen warnte.

Stets auf dich nur will ich in Zukunft lauschen und Alles
Thun nach deinem Befehl. O sprich mir deutlich im Herzen!

Darnach trat sie zurück vom Fenster. Ein ehernes Lämpchen
Nahm sie und zündet' es an, und die röthlichen Zwillingsflammen
Leuchteten über das Mahl. Sie aber genoß nur wenig,
Nippt' an der Schale mit Wein und füllte den Rest in ein
Fläschchen.
Das, sammt herrlichen Früchten, dazu ein wenig des Brodes
Ward in ein Körbchen gelegt. Dann öffnete rasch sie die Lade,
Drin zu festlichem Putz manch goldenes Kleinod ruhte,
Auch des Bräutigams Gaben, die jetzt zu schauen sie schmerzte.
Diese berührte sie nicht. Sie wählte der indischen Perlen
Zwei, mattbläulich und groß, die gern im Ohr sie getragen,
Ihres Vaters Geschenk, der einst vom fernen Korinthos
Kam und sie, die als Kind er verließ, für die er in Naxos
Puppen gekauft, nun staunend als blühendes Mädchen umarmte.
Auch zwei Spangen ersah sie und ferner den silbernen Spiegel,
Blank, am Rücken verziert mit eingegrabnen Figuren.
Sicher den Reichthum all im geflochtenen Körbchen verbarg sie
Zwischen den Früchten und knüpft' ein Tuch sorgfältig darüber.
Und nun stand sie und horchte. Die Nacht ward stiller und stiller,
Dunkler und leerer die Stadt. Ihr aber im Innersten wogt' es
Von jungfräulicher Scheu und ungeduld'ger Erwartung.

Fünfter Gesang.

Als nun unten im Haus kein Laut mehr wachte des Lebens,
Ging sie auf schwebenden Sohlen hinab. Da fand sie den
Sklaven
Neben die Pforte gestreckt, laut athmend im Schlaf. Vom Hof her
Weht' erquicklich herein die Kühle des rauschenden Brunnens.
Sanft an der Schulter berührt sie den lycischen Mann und er-
weckt ihn,
Bückt sich nieder zu ihm und schließt ihm flüsternd die Lippen:
Still, mein Freund! ich bin's, und komme zu dir, denn ich
weiß ja,
Daß du verschwiegen und treu und gern mir dienest, Olympas.
Oeffne das Haus! Mich ruft ein Geschäft. Nur wenige Straßen
Geh' ich und kehre zurück; dann poch' ich leise von außen.

Stumm sah Jener sie an, schlaftrunkenen Auges. Da sprach sie
Aengstlicher: Hier die Perle, du sollst sie haben, Olympas.
Lang wohl trug ich sie selbst; sie ist mir jetzo verleidet.
Nimm, verkaufe sie, Lieber, und tausch' dir anderen Schmuck ein,
Den du der Glauke schenkest, dem Schwesterchen, das du so
lieb hast.

Und sie ließ in die Hand des Ermunterten gleiten die Perle,
Aber der Sklav sprang auf und rieb die Augen und sagte:
Herrin, ich will nichts nehmen, und traun, es stünde mir übel;
Doch dir thät' ich Alles zu Lieb. Ich hab' es geschworen

Damals, als ich den Herrn um neunzig Drachmen betrogen,
Ich nichtswürdiger Dieb, und mich dein Bitten begnadigt.
Da gelobt' ich es mir, dir stets wie ein Hund zu gehorchen,
Heischtest du auch, ich sollte das eigne Fleisch vom Gebein mir
Schneiden und wieder verschlingen, und was noch Aergeres denkbar.
Also nimm die Perle zurück. Laß aber Olympas
Erst dich warnen, obwohl er ein Sklav, du aber die Herrschaft.
Denn sie sagen im Haus, du seist vom Zauber befallen,
Und ich lachte dazu und schalt sie Narren und Lügner,
Weil du geweiht mir immer erschienst, wie der Himmlischen eine.
Doch nun willst du hinaus so spät und meidest das Lager,
Wie wohl Fiebernde sonst im Mondschein irren und umgehn?
Hätten sie Wahres erzählt? O geh zurück in die Kammer,
Statt hinaus in die Nacht, die mit Dämonen im Bund ist!

Freund, sprach leise das Mädchen, es täuscht sie ein Wahn
die Thekla
Dessen verklagt. Fürwahr, ich gehe mit ruhiger Seele,
Nicht vom Fieber gejagt und nicht durch Zauber verleitet.
Glaubst du, ich wagte zu gehn, wenn irgend ein heimlicher Vorwurf
Mich abmahnt' in der Brust? Nein, öffne mir ohne Bedenken.

Nicht mehr säumte der Sklav; und die Nachtluft drang in
die Pforte.
Eilig barg sie im Schleier das Haupt und den Korb mit den
Früchten,
Und nun schritt sie hinaus in die schlafenden Gassen und hielt sich
Stets im Schatten der Häuser. Gewaltig klopfte das Herz ihr;
Oftmals mußte sie stehn, um Muth und Athem zu schöpfen,
Bis ein fester Entschluß den Fuß von neuem beflügelt.
Rings umgab sie der Duft, der über den säuselnden Gärten
Aufstieg, würzig und schwül; kein Nachtthau kühlte den Aether.
Still war Alles umher. Nur manchmal wimmert' ein Kindlein,
Und sanft tönte die Stimme der Wärterin, die es in Schlaf sang
Mit eintönigem Lied. Doch als schon über den Häusern
Schwarz der Gefängnißthurm aufragte mit hoher Bekrönung,
Sieh, was wälzt sich heran? was kommt ihr dunkel entgegen?

Viele Gestalten, ein hastiger Zug. Rasch gleitet die Jungfrau
Unter ein schattiges Dach und horcht mit schwindelndem Haupte.
Denn ihr fährt's in den Sinn: wie? wenn es ein Henker des
                    Midas
Wäre, mit seinen Gesellen, und er — zu heimlichem Tode
Würd' er geschleppt in der Nacht, und Rettung wäre vergebens! —
Doch es trog sie die Angst. Jetzt nahen sie, Männer und Weiber,
Ueber die Straße zerstreut; der Weiber Schluchzen vernimmt sie,
Doch still wandeln die Männer mit hoffnungslosen Gesichtern.
Einen erkennt sie alsbald, Nathanael. Neben dem Vater
Geht sein Knab'. Sie erkennt auch ihn und die Mutter des
                    Marcus,
Doch sie selber gewahrt, die Umschattete, Keiner von Allen,
Und bald sind in der Ferne die fliehenden Schritte verklungen.

Jetzt tritt Thekla hervor, kaum tragen sie fürder die Kniee.
Denn kein Zweifel: sie kamen von ihm, sie haben die letzten
Abschiedsgrüße getauscht und gehn nun, ihn zu beweinen.
Fliegend erreicht sie den Thurm, der halb in die Breite der Gasse
Vortritt und sie verengt mit dunkler gewaltiger Rundung.
Die umging sie und stand am Ziel. Denn es breitete vor ihr
Weit sich der Marktplatz aus, im Geviert von Hallen umgeben,
Drüben des Prätors Haus und der Tempel des Zeus; an den
                    Säulen
Spielten die Strahlen des Monds, und es schimmerten silbern die
                    Giebel.
Aber am Thurm ganz nahe gewahrte sie unter dem Vordach
Einen in Waffen und Wehr, das Haupt an die Schwelle gebettet,
Ueber die Stufen im Schlaf ausstreckend die riesigen Glieder.
Und sein wacher Gesell, wie ein beißiger Hund an der Kette
Hin und her in der Nacht mit lebendigen Ohren herumhorcht,
Ging er das steinerne Pflaster hinab und hinauf an der Pforte;
Halblaut summt' er ein Liedchen und pochte den Takt mit der Lanze,
Gähnte dazwischen und kraute den Bart. Noch zauderte Thekla,
Stand im Schatten des Thurms und hörte den grimmigen Wächter
Klirren und den an der Schwelle, den Schlafenden, lachen im
                    Traume.

Doch jetzt faßt sie sich Muth, und die Bahn des Gefürchteten kreuzend
Tritt sie hervor. Er stutzt, und streckt die gewichtige Lanze
Ihr entgegen und ruft: Zurück, besessene Dirne!
Kommt sie mir wieder daher und will hier winseln und betteln?
Wie von Bremsen ein Pferd, bin ich von Juden belagert.
Fort vom Thurme! Du weißt, hier sind nur Schläge zu holen,
Zerrst du auch noch so lang mir den Rock! He, schickt dich der Vater,
Ob ich geschmeidiger wäre, sobald sein Mädel allein kommt?
Nein, wir kennen den Dienst. Und ich sage dir, weckst du den Andern,
Der ist schlimmer als ich und schleppt dich gleich in die Wache,
Und dir würde geschehn, Nachtläuferin, wie dir gebührte.

Drohend erhob er den Speer. Da sprach das Mädchen: Du irrst dich;
Nicht zu Jenen gehör' ich, die erst vor Kurzem gegangen,
Und nicht wein' ich, du siehst; doch wag' ich's freilich, zu bitten.
Gern mit Früchten erquickt' ich den Mann dort oben im Thurme,
Ach, mit den letzten vielleicht, denn niemals wird er begnadigt,
Und mich jammert er herzlich; er hat mir Gutes erwiesen,
Ob ich auch fremd ihm war. Ungern-versäumt' ich zu danken.
Dir, Freund, will ich den Dienst, so gut ich's habe, vergelten.
Sieh den silbernen Spiegel; er ist von gediegener Arbeit.
Nimm ihn, Guter, und laß mich hinein zu dem armen Gefangnen,
Wär' es ein Stündlein nur; ich schwöre dir, ewig zu schweigen.

Und sie hielt mit der Hand ihm nah entgegen das Kleinod.
Schmunzelnd beschaut' es der Mann, dann nickt' er vertraulich und winkt' ihr,
Ihm in den Schatten zu folgen. Man sieht uns, sagt' er, im Mondschein.
Jetzt erst nahm er den Spiegel und wog ihn schlau und versteckt' ihn
Unter dem ledernen Panzer. Vergnügt dann rieb er die Hände,

Klopfte dem Mädchen den Arm und brummt': Ein wenig Ge-
duld nur,
Kind! du weißt was schicklich und fängst mir die Sache gescheit an.
Aber das Judengesindel, das alberne! daß ich ein Narr wär',
Dreißig Schwätzern und mehr so kitzliche Dienste zu leisten;
Denn ich wage den Hals. Doch sei's drum, dir zu Gefallen.
Zwar viel boten sie mir, und es war ein Reicher darunter,
Ein Bithynier schien's — denn er gurgelte tief in der Kehle —
Der mir Schätze verhieß. Was helfen sie, wenn es herauskommt,
Und ich werde gehenkt? Da jagt' ich sie alle von dannen.
Du wirst schweigen, ich zweifle nicht; kein Jüngferchen plaudert,
Das bei heimlicher Nacht in eignen Geschäften von Haus war.
Komm, ich schließe dir auf; dann steigst du sacht und behutsam
Ueber den Anderen weg. Doch halt, noch Eines bedenk' ich.
Sieh, im vorigen Herbst, da hieb mir ein Lyder im Trunke
Ueber die Hand mit dem Dolch; hui! flog mein Daumen zum
Kukuk.
Da er ein Zauberer ist, dein Liebster, so magst du ihm sagen,
Daß er gelegentlich, hörst du, die Hand mir wieder zurechthext;
Ein Dienst ist ja des anderen werth. Nur sachte! Da sind wir.
So! jetzt gehe nur dreist! hier hast du den Schlüssel; du findst dich
Leicht das Treppchen hinauf, und zweimal schließest du oben.
Seid fein stille zusammen, das bitt' ich mir aus, und sobald ich
Dreimal gegen das Pflaster den Speer aufstoße, so kommst du,
Wo dein Leben dir lieb; vor Tag wird Posten gewechselt.

Damit drängt' er das Mädchen hinein, nachdem er den Riegel
Selbst bei Seite geschoben und klirrend die Thür sich geöffnet.
Unwirsch zuckte der Schläfer und schlug in die Luft mit der
Rechten,
Fluchend, und schlief von Neuem. Der Andere lacht' in die Zähne,
Winkte noch einmal hinein in die finstere Thür und verschloß sie.
Auf und ab nun wieder erklang auf den Platten der Fußtritt,
Und sie hörte von drinnen den Schritt und die Stöße der Lanze.
Da umschauderte sie unheimliche Kühle; den Schleier
Schlägt sie vom Haupte zurück, ihn fest um den Busen zu knüpfen,
Und hebt spähend die Augen. Herab die verfallenen Stufen

Gleitet ein Schimmer des Monds und verglimmt in der Tiefe
der Mauern.
Langsam steigt sie hinauf, mit tastenden Händen der Krümmung
Folgend, und ruht an der Lücke der Wand, durch die sie den
Marktplatz
Sieht und die freiere Luft einsaugt, die spärlich hereindringt.
Ihm so nahe — wie schlägt ihr Herz! Nur Eines Gedankens
Regung fühlt sie: du wirst ihn sehn! Was wirst du ihm sagen?
Und so erreicht sie glühend die oberste Stufe, das Schloß nur
Scheidet sie noch von dem Freund, schon dreht sie den rostigen
Schlüssel,
Und auf thut sich die Thür, und sie steht an der Schwelle des
Kerkers.

Hell war's drinnen. Ein Fenster, verwahrt mit eisernem Gitter,
Ließ in das enge Gemach einströmen die Welle des Mondlichts.
Hier auf niedriger Schütte von Stroh lag Tryphon. Verwundert
Stützt er sich auf, da plötzlich die fremde Gestalt in die Pforte
Tritt mit scheuer Geberde, das Haupt entschleiert, die Stirne
Tief von den Locken verhängt. Ein Traumbild meint er zu
schauen.
Und sie steht, in Zweifeln verstummt, ihn lange betrachtend,
Ob er es sei. Das war ihr Helios nicht, ihr Lichtgott,
Der auf flammendem Wagen dahinfuhr und mit den Locken
Weit durchstrahlte den Aether. Und doch, da jetzt sie die Augen
Trafen mit stiller Gewalt und staunend die ihrigen grüßten,
Wußte sie, daß er es war, noch eh er die Lippen geöffnet
Und sie die Stimme vernahm, die ihrem Herzen vertraut war:

Kommt ein Bote des Himmels in Nacht und Kerker gesendet,
Mich zu mahnen, zu retten, hinaus ins Freie zu führen,
Oder ein anderes Werk mir aufzuerlegen zur Ehre
Und im Dienste des Herrn? O holdes Gesicht, wer bist du?
Sprich, auf daß ich den Saum des Gewands dir küssend berühre,
Wenn aus himmlischen Höh'n du herabstiegst. Aber dafern du

Sterblichen Eltern entsprangst, was führte dich her, dem Gefangnen
Freundlich zu nahn in der Nacht? Nie bin ich zuvor dir begegnet.

Und mit schüchternem Ton antwortete zögernd die Jungfrau:
Nicht ein Bote des Himmels in Nacht und Kerker gesendet
Bin ich. Du sahst mich nie, ich sah dich nimmer mit Augen;
Aber ich hörte dich wohl; kein Wort von allen verlor ich,
Und ich dank' es dem Herrn, daß mir zu lauschen vergönnt war.
Denn nah wohn' ich dem Haus des Nathanael. Ueber die Gasse
Drang dein Wort mir herüber und traf mich tief im Gemüthe.
Ach, gern wär' ich gekommen; es hielt mich leider die Mutter
Und vor den Leuten die Scheu, die längst mich bitter gereut hat.
Hätt' ich früher gewarnt, du wärst nicht hier im Gefängniß,
Nicht mit Tode bedroht; denn ich kenne sie, deine Verfolger,
Weiß, wie mächtig sie sind und ohn' Erbarmen im Hasse.
Aber sobald ich erfuhr, du sei'st gefangen, beschloß ich,
Mein unseliges Zagen, so gut ich könnte, zu sühnen.
Und nun sieh, hier bin ich, und der so weit mich geführt hat
Frei durch Wachen und Riegel, der Heiland hilft es vollenden.
Nur Ein Hüter des Thurms ist wach. Ihn hab' ich gewonnen.
Kehr' ich zurück, so schließt er mir auf. Du aber im Dunkeln
Folgst mir die Stufen hinab, und sobald er den Riegel hin-
wegschiebt,
Bist du zur Hand, trittst vor, und die Thür aufstoßend, ent-
springst du
Flüchtig hinaus in die Nacht, die in rettende Schatten dich auf-
nimmt.
Oder wir tauschen den Mantel, und dicht ums Haupt ihn gefaltet
Gehst du allein von dannen und fliehst in den sicheren Bergwald.
Sprich, was wähltest du lieber? — Du scheinst unschlüssig — du
lächelst?
Zaudre nicht und verachte die nahende Todesgefahr nicht!
Sieh, hier hab' ich im Körbchen des Weins ein wenig, zur
Flucht dich
Und zur Reise zu stärken, und weil's an Gelde mir mangelt,

Findest du zwischen den Früchten Geschmeid' und Perlen ver-
borgen,
Daß nicht irgend die Noth dich ereilt auf flüchtiger Wandrung.
Glückliche, denen du nahst, in deren umnachtetes Leben
Du, wie in meins, die Sterne der hohen Verkündigung aussä'st!
Mir, mir leuchten sie fort, wohl fühl' ich es. Dennoch verzagend
Seh' ich hinweg dich ziehen und weiß nicht, wie ich es trage.
Aber ein selbstischer Trieb ist Frevel; es drängt die Stunde,
Und was sonst mir im Innern zu dir hinbangte, bedürftig,
Daß du mit heiligem Wort es schlichtetest, Alles verstummt nun
Vor dem Einen: entflieh und rette dich, eh es zu spät ist!

Sprach's und näher zu ihm, von den eigenen Worten er-
muthigt,
Trat sie heran und stellte den Korb ihm bittend zu Füßen.
Immer noch schwieg der Gefangene; doch jetzt vom niedrigen
Lager
Richtet' er halb sich empor — da klirrt' am Steine die Kette.
Hörst du sie? sprach er mit Lächeln. Sie giebt statt meiner die
Antwort.
Alles bedachtest du klug, hochherziges Mädchen, die Wege
Bahntest du, aber der Fuß ist unfrei, sie zu betreten.
Doch was sag' ich, der Fuß! Und streiftest du leicht mit den
Händen
Mir vom Knöchel den Ring, wie die vielgegliederte Spange,
Welche den Arm dir schmückt, doch bliebe der Fuß mir gefesselt.
Wohin trüg' ich ihn auch, daß mir nicht immer der Vorwurf
Strafend folgte: du gingst, und die dich rettete, leidet!
Nein, gönnt ferner der Herr mir der Freiheit Lüfte zu athmen,
Wird er mich anders erlösen. Und ziemt mir's, seinem Gesandten,
Wie ein Räuber zu Nacht ausbricht, den ein blutig Gewissen
Jagt und ein Traum vom Henker, zu fliehn vor menschlichen
Richtern?
Sieh, hier schlief ich getrost, da du kamst. So schlummere du auch,
Wenn du nach Hause gekehrt, und Gott wird wachen und retten.
Doch erst höre den Dank, den dein großmüthig Erbieten,
Deiner Erscheinung Trost aus tiefster Brust mir emportreibt.

Nicht von den Unsern bist du und wagtest das Haupt für den
      Fremden,
Muthiges Kind? Wer bist du und wer die gesegneten Eltern,
Denen der Herr dich gab? und wissen sie, daß du hieher gingst?
Aber ich muß mich schelten; ich halte dich, während daheim sie
Um dich sorgen vielleicht. Geh eilig zurück und verharre
Nicht umsonst in Gefahr. Mir brachtest du her in den Kerker
Unvergeßliche Freude; so geh in Freuden auch du nun.

    Doch sie schüttelt das Haupt und spricht: Wie kann ich in
      Freuden
Gehn, wenn du, o Meister, in drückenden Ketten zurückbleibst?
Wenn dich der Herr auch schirmt und es siegt dein Wort vor
      dem Richter,
Kann je wieder ein Herz sich freu'n, je lachen ein Auge,
Das dich Edelsten sah in Haft und Bande geschlagen?
Ach, was ist doch die Welt, daß sie mich lockte zur Rückkehr,
Haben die Bösen in ihr die Gewalt zum Schaden der Guten!
Meister, mir graut, je wieder den Fuß in die Gasse zu setzen.
Heiße noch nicht mich gehn; ach, hier in der Enge der Mauern
Athm' ich frei, wie nimmer zuvor; und draußen — wie oft schon
Dacht' ich, es müsse das Herz in der Brust vor Sorgen ersticken.
Und dann fragten sie mich: was fehlt dir? Wollt' ich es sagen,
Spotteten meine Gedanken des Worts. Was hätt' es geholfen?
Hätt' ich's ihnen erklärt, die nicht zu reden gelernt hat,
Ihnen erklärt, zu denen ein Mund, wie deiner, umsonst spricht?
Wär' mein Vater am Leben, ich weiß, in seinem Gemüthe
Hätt' ein jegliches Wort der Verkündung Wurzel geschlagen.
Doch nun ist er gestorben, es blieb mir einzig die Mutter,
Und fern sei es von mir, die Liebende je zu verklagen.
Denn sie sorgte getreu und erkor mir einen der ersten
Jünglinge, den wohl Manche mir neidete; ach, ich empfing ihn
Leider als meinen Verlobten, obwohl mich Ahnungen warnten;
Denn ich war zu gehorchen gewöhnt. Doch fühlt' ich das Leben
Nun umwölkt, das sonst wie ein Baum in der Sonne gestanden.
Laß mich schweigen, wie viel ich gelitten am Tag und die Nächte
Mit mir selber allein in trauriger Finsterniß aufsaß.

Sehnlich wünscht' ich den Tod. Vom Bräutigam, welcher mich
liebte,
Trennte mich feindliche Scheu, und ich klagte sie endlich der
Mutter.
Aber sie zürnte sehr; da schwieg ich lieber und trug es.
Und fast glaubt' ich, wie sie, der Gram nur sei's um den Vater,
Der, was Andere freut, mir froh zu genießen verwehrte.
Aber ein Anderes war's. Am Kybelefest, da erfuhr ich's.
Wie es sich zutrug, Meister, und wie sich plötzlich der Abgrund
Aufthat zwischen uns beiden, vergieb, nicht mag ich es sagen.
Da, als Alles in mir von Erschüttrung bitterster Schmerzen
Bebte, vernahm ich das Wort, das tausendmal benedeite,
Das von drüben zu mir auf Flügeln der Nacht sich hereinstahl:
Selig die Jungfraun! sprachst du. Und dann: wer frei sich be=
wahrt hat,
Will er sich Knechten vermählen? Er rette die eigene Seele.
Da, da schwor ich mir zu, dem Ruf zu gehorchen, und darum
Hab' ich die Mutter betrübt und schwer den Verlobten beleidigt.
Kann nun Gott dies wollen? Er will doch, daß wir die Nächsten
Lieben, so wie uns selbst? Ich aber errette mich nur.
Sieh, der Zweifel zerwühlt mir den Geist und zerrüttet den Frieden,
Und doch sprachst du, es ruhe der Streit in gläubigen Herzen.
Hilf nun du der Gequälten, erbarme dich der Verirrten,
Die inmitten des Wegs stehn bleibt und die Hände des Führers
Sucht, die ferner sie leiten und treu die Wankende stützen.

Sprach's; er aber indeß war längst vom Boden erstanden,
Näher den Augen zu sein, die unter den schüchternen Wimpern
Schimmerten, feucht und tief, wie im Wasser gespiegelte Sterne.
Und jetzt faßt er die Hand, die still sie ihm reicht, und erwiedert:
Freundin! ich nenne dich so; denn es führt' ein hohes Vertrauen
Dich hieher zu dem Fremden und schloß die Gemüther zusammen.
Dies auch danken wir ihm, dem ewigen Sohne des Vaters,
Daß sich suchen und finden die Händ' und Herzen und Geister
Ueber die Schranken der Welt. Einst werden Länder und Meere,
Ström' und hohe Gebirge, die heute trennen die Völker,
Nur noch sein wie die Gasse, darüber die selige Botschaft

Zu dir drang; denn die Stimme des Herrn durchschallet den
Weltkreis,
Dringt durch Mauer und Wall und eiserne Riegel der Herzen.
Aber sie waltet darinnen, so wie im Forste der Sturmwind
Unsanft haus't; denn morsches Geäst an den Bäumen zerbricht er,
Und entwurzelt den Stolz und knickt, was krank in der Blüte.
Kehrt dann Ruhe zurück, wie schön verjüngt sich die Waldung;
Jeder gesundere Trieb, wie wächs't im gelichteten Raum er
Freier empor! So wirst auch du, o Mädchen, den Sturm einst
Segnen, dem du erbangst. Nicht hab' ich himmlischen Frieden
Ohne den Kampf verheißen, Gewinn nicht ohne Verluste.
Denn das Herz, wie ein Kind, begehrt nach mancherlei Süße,
Aber ein weiser Erzieher gewöhnt sein Kind zum Entsagen.
Was ist Süßeres nun, als seinen Geliebtesten immer
Alles zu Liebe thun? Was Härteres, als sie betrüben?
Wenn uns Gott mit den Unsern entzweit, wenn Herz und Gewissen
Schwer einander befeinden, da darf der Tapferste zagen.
Doch auch den Streit schlichtet ein hohes Gesetz: wie dich selber
Sollst du die Deinigen lieben, allein Gott über die Menschen.
Gieb, was dein, den Deinen, doch nicht was Gottes. Und wär's
denn
Ihnen zu Liebe gethan, was dir zum Schaden gereichte?
Denn dafern sie dich lieben, begehren sie, daß du beglückt seist.
Also harre du aus, bis künftige Tage sie lehren,
Daß mit deinem zugleich sie ihr eigenes Unheil suchten.

Und sie entgegnete drauf und neigte das Haupt nachdenklich,
Daß die Fülle des Haars vorwallt' um Schläfen und Wangen:
Meister, o zürne nicht, wenn ich dich Weiteres frage,
Denn wer weiß, wie lang mir noch zu fragen vergönnt ist.
Gott vor Allem zu lieben — es dünkt mich leicht. In der Welt
nichts
Ist so gütig wie er, so liebentzündend und heilig.
Doch wo finden wir ihn? wer sagt mir immer, ich hab' ihn?
Manchmal wohl, da empfind' ich: er ist's, er redet vernehmlich,
Ruft, du darfst dein Haupt an die Brust ihm lehnen und ausruhn.
Aber zu anderer Zeit, da klingen verschiedene Stimmen

Mir im Innern und locken und überbieten einander.
Dann mit dem armen Verstand wie soll ich die streitenden schlichten,
Wie, was Gott mir befiehlt, vor Anderm hören und merken?
Gut' und Böses entscheidet sich leicht; doch Gutes und Beßres
Abzuwägen, ist schwer. Ach, lernen wir das mit den Jahren?
Oder verleiht es nur die Geburt, und wenn wir es missen,
Läßt sich's nimmer erwerben, wie Schönheit, Kraft und Ge-
                                        sundheit,
Die den Einen beglückt und dem Andern immer versagt bleibt?
Seh' ich auf dich, o Meister, so scheint, was immer du thun
                                        magst,
Dir wie Feuer dem Felsen auf Einen Schlag zu entspringen;
So dein selber gewiß und Gottes in dir und des Heilands
Gehst du dahin. Nun sprachst du ein Wort, das dunkel und
                                        hart ist
Für uns Andre, die nicht sich erfreun so hoher Gewißheit.
Seit ich es heute vernahm, ist mir's ein Räthsel gewesen:
Was nicht ganz aus Fülle der Ueberzeugung gethan sei,
Das sei Sünde. Vergieb, es ziemt mir nimmer zu zweifeln,
Wo du sagtest: es ist! doch größeren Schaden erlitt' ich,
Unverstanden ein Wort von dir in der Seele bewahrend.
Geht nicht täglich Vieles im wechselnden Leben vorüber,
Was wir lassen und thun, nachdem wir eben gelaunt sind,
Weil es das Herz nicht tiefer bewegt? Das wäre gesündigt?
Wir, die kaum mit erleuchtetem Geist in entscheidender Stunde
Hören die Stimme des Herrn, wir sollten sie immer befragen
Bei gleichgültiger Wahl? — Du schweigst, ich sehe, du zürnst mir;
Dann — o zürne mir laut und schlage mit strafenden Worten
An den verschlossenen Sinn, auf daß er dem Licht sich eröffne!

Ihr antwortete Tryphon bewegt im tiefen Gemüthe:
Kind, dir sollt' ich zürnen? Ich schwieg, in Freude versunken;
Denn ich sage dir, Mädchen, es gehn zur Höhe der Wahrheit
Viel' und mancherlei Wege, gewundene, welche gemach nur
Steigen, und andere, steil abhängende, welche mit Mühen
Doch gradauf zu den Füßen des himmlischen Heilands führen.
Solchen erwähltest du dir. Geh muthig hinan und veracht' es,

Wenn die Sohle vom Dorn und scharfem Gestein dir blutet.
Süßer ist oben die Rast, je härter der Pfad. Kein Saumthier
Trägt dich hinauf. Du selbst mußt gehn. Doch kennen die Boten
Gottes die Quellen am Weg, die verschmachtenden Geister zu
tränken.
Und so neige dich her, und was ich hab' an Erquickung,
Soll dich stärken und trösten, bevor wir scheiden, Geliebte.
Wie du die Stimme des Herrn im Geräusch vielfacher Gedanken
Hören, beherzigen lernst vor eigenen nichtigen Wünschen,
Fragst du von mir? O Kind, ich sage dir: lerne zu hören!
Horch andächt'ger hinein ins eigene Herz. In der Tiefe
Redet der Herr. So viel du dich selbst im Tiefsten verstehn lernst,
So viel weißt du von ihm. Denn was ist dein und gehört dir,
Das nicht Gottes wäre? Erkenne dich, und du erkennest
Ihn! Thu immer das Deine, das Eigene, und du vollbringst nur
Seinen erhabenen Willen. Denn sieh, ein heiliges Urbild
Senkte der ewige Schöpfer in jede sterbliche Hülle.
Und was heißt nun leben? Es regt und bewegt sich ein jedes
Menschengebild nach seinem Gesetz, das, wie es auch immer
Ein ureigenes scheint, doch eins nur ist und dasselbe,
Weil es dem Einen entsprang, der in jeder Gestalt Er selbst ist.
Aber der Herr gab Allen die Kraft zur Sünde. Was ist nun
Sünde? Wir sagen das Böse, das Gottes Gesetz in den Weg tritt.
Gottes Gesetz! Nun siehe, wir fanden es eines und vielfach.
Und so wird auch Sünde den Creaturen hienieden
Eines und vielfach sein. Wer wider das eigene Urbild
Sündiget, fehlt an Gottes Gesetz. Denn sich zu vollenden,
Sich zu erschaffen, wie Gott das Bild von Jedem im Geiste
Trug, ist Ziel und Ende für alle lebendigen Geister.
Doch nun kommen die Menschen und machen einander Gesetze,
Nennen sie heilig und hängen daran und knechten sich selber,
Weil es den Trägen behagt, ein Allgemeines und Leeres
Hinzunehmen, das Joch der Gewohnheit lieber zu tragen,
Als ein eignes Gebild mit innigem Eifer zu schaffen
Rastlos, wie es das Herz eingiebt in jedem Momente.
Wer nun Diesem zu Lieb' und Jenem und Hunderten handelt,
Kennt er den Herrn, der nur in der Tiefe des innersten Wesens

Ihm sich enthüllt? Er lebt in den Tag hin, glauben- und gottlos.
Doch wer einmal entschlossen die läßliche Weise der Menschen
Von sich thut und dem eignen Gesetz unerschütterlich nachlebt,
Rüst' er sich aus mit Geduld und standhaft ernstem Verzichten.
Denn je mehr er sich selber die Welt im Innern erstehn fühlt,
Nämlich die Fülle des Herrn in ihm, je heftiger wird ihn
Von sich stoßen die Welt; sie haßt ein jegliches Ganze,
Das im Stillen sich rundet und ausreift, weil sie im Zwiste
Selbst sich übel behagt und uns den Frieden beneidet.

      Darauf schwieg er ein wenig. Sie sah beim Scheine des
                       Mondes,
Wie ihm dunkel die Wange sich röthete, und zu den Augen
Schlug ihr empor vom Herzen die lodernde Flamme der Andacht.
Und so stand sie und schwieg. Er aber redete weiter:
Wenige wissen es, Kind, und fassen es, was ich dir jetzo
Sage. Der Gläubigen selbst, die Christi Namen bekennen,
Tappen so Viel' in Dämmerung fort und suchen das Nächste
Fern, auf daß sie es höher bewunderten. Warum befreit' uns
Unseres Heilands Tod, und wie erlös't er die Menschheit?
Höre mich, was ich dir sage: er kam, uns dessen zu mahnen,
Daß das Unendliche Raum im Endlichen habe, der Vater
In dem erzeugten Geschöpf, im sterblichen Leibe das Ew'ge.
Sündlos ging er dahin; wie das? Er that nur das Seine,
Und so that er das Göttliche stets. Mensch war er geworden,
Und so sollen auch wir Mensch werden, in Fülle des Daseins
Von uns streifen die Bande des dumpfhinwesenden Fleisches,
In uns selbst uns Gottes bemächtigen. Hätte der Heiland
Andere Stimmen geehrt, als jene des ewigen Vaters,
Klugheit, Menschengesetz und Gewohnheit, oder wie sonst sie
Heißen, die Mächte der Welt, nicht hätt' er am Kreuze geendigt.
Und so bringen es Viele zu hohen Jahren und sagen,
Daß sie in Ehren gealtert, die lang sich fügten und schmiegten,
Während die kämpfenden Geister, die sich zu vollenden er-
                    glüht sind,
Früh an Wunden vergehn, um ewig in Gott zu bestehen.

Darum hassen sie euch, sprach Thekla, ernst mit dem Haupte
Vor sich nickend, die Herren in Rom und die Mächtigen alle,
Weil euch Christus befreit und unüberwindliche Stärke
Euch in die Seelen ergießt, nur das zu bekennen, woran ihr
Glaubt, und jedes Gesetz, das Menschen erdacht, zu verachten,
Wenn es den Willen des Herrn im eigenen Busen bestreitet.
Nun wird Alles mir klar und entzückt mich. Freudig wie niemals
Hüpft mir das Herz in der Brust, als wär' es gelös't und be-
                      flügelt.
Sprich, was soll ich vollbringen, den Muth zu beweisen, den
                      Glauben,
Der mir die Adern belebt, und die Sehnsucht, mich zu vollenden?
Lege das Schwerste mir auf, o Meister!
                      So geh zu der Mutter
Heim, antwortete Thryphon, und suche mit herzlicher Liebe
Wieder dem Herzen zu nahn, das dir im Wahn sich entfremdet.
Denn nicht Thaten zu thun, ist Jedem vergönnt. Nicht frevelnd
Sollst du Gefahr aufsuchen. Zu sein das, was du ge-
                  worden,
Täglich es wahrer zu sein, ein Wesen in Gott, ein besondres
Bild, selbsteigen und doch an die Fülle des Ew'gen verloren,
Danach trachte. Denn das in der Enge des täglichen Lebens
Rein vollbringen, fürwahr, braucht nicht geringeren Muthes,
Als auf offenem Markt hintreten und Busen und Stirne
Heiter der Steinigung bieten. Es schleicht die Gefahr in der
                  Stille
Rastlos um, und schwerer begegnest du ihr im verborgnen
Kreise bescheidener Pflicht, als wo das Auge der Welt dich
Sieht, den ermattenden Muth dir Scham anfeuert und Ehr-
                  geiz.
Geh, du Theure! der Segen des Herrn sei über dem Haupt dir,
Und er erleuchte dir immer die Wege zu ihm, wie er liebend
Dir von ferne gewinkt und dich zur Jüngerin wählte.

Und er bot ihr die Hand; sie ergriff sie zagend und hielt sie,
Aber sie ging noch nicht; sie dürstete, mehr zu vernehmen.

Lautlos schlummerte draußen die Stadt. Nicht mahnte des Wächters
Zeichen das Mädchen zu gehn. Er aber vergaß der Gefahren
Ueber dem trauten Gespräch, in dem die Seele der Jungfrau
Sich hingebend ergoß, und Ort und Stunde verschwand ihm.

Sechster Gesang.

Lampen erglänzten im Saal, und es spiegelten goldne Ge-
schirre
Blitzend die Flammen zurück in des Prätors Hause. Die Sklaven
Trugen die Speisen hinweg und reichten gehenkelte Schalen
Jeglichem Gast: das Trinken begann. Man sah von den Polstern
Tief in den Garten hinein, wo herrliche Rosen des Spätjahrs
Dufteten, und um den Nacken der ehernen Aphrodite
Zwischen den Palmen der Mond sein unstät silbernes Netz warf.
Doch schwül war's hier innen. Der junge griechische Sklave,
Der auf mimische Kunst sich verstand und lange gewartet,
Daß ihm winke der Herr, wie sonst nach Tische zu spielen,
Schlummerte nun, halb stehend und halb auf den Sockel ge-
kauert,
Dem seit Nero's Tode das Bild des Kaisers entrückt war.
Ihm zur Seite, bekränzt, im Florkleid lehnte die Sklavin,
Müde von Tanz und Gesang. Sie that ihr Bestes am Abend
Vor dem milesischen Gast, den heut zum Essen der Prätor
Einlud, da er als Zeuge dem Thamyris dient' im Gerichtshaus.
Und nicht weigert' es Demas; er war kein Freudenverächter.
Aber die Freude gebrach beim köstlichen Mahle. Der Scherz nicht
Wollte dem Becher entsprühn und nicht ein trauliches Lachen.
Denn es verlangte der Wirth, von Dem und Jenem zu hören,
Was sich in Rom zutrug, und das Neueste von den Provinzen.
Und er erhielt Bescheid von des Galba Tode, des Otho

Raschem Ergreifen der Macht und der schwankenden Lage des
                    Weltreichs.
Thamyris sprach kein Wort; fast schien er zu schlafen; die Schale
Lockte mit Duft und Feuer umsonst im Strahle der Ampeln.
Noch ein Vierter beschloß den erlesenen Kreis, der Cohorten
Oberster, welcher den Mund nur öffnete, Wein zu begehren.
Hochroth blühte die Wange dem bärtigen Paphlagonen,
Zwinkernd bewegt' er die Augen, die sanft und feierlich blickten,
Während das weiße Gebiß vorstand gleich Fängen des Ebers.
Neben dem Krieger erschien fast wie ein Knabe der Hausherr,
Schmächtig, die Wangen verwelkt, das Haupthaar früh an der
                    Scheitel
Angegraut, und die Lippe, die häufig lächelnde, blutlos.
Denn er hatte studirt in Athen und in Rom mit der reichen
Adligen Jugend gelebt, Philosophen und Weiber genossen,
Amt und Ehren erkauft. Er ruhete neben dem Fremden,
Schwer vom Trinken, und jetzt, auf Thamyris heftend die Augen,
Hob er den Arm nachlässig und gab ein Zeichen. Die Sklaven
Folgten dem Wink und verließen den Saal. Ein Einziger blieb nur
Am Schenktische zurück, ein mürrisch blickender Graukopf.
Schweigsam that er den Dienst. Denn er hatte die Zunge ver-
                    loren,
Weil er des Prätors Mutter im Bade belauscht, da sie alt war
Und vielfältige Kunst aufwendete, noch zu gefallen,
Falsche gekräuselte Locken und mancherlei Farben und Schminken.
Da ergrimmte die Frau, und der wissende Sklave verstummte.
Und jetzt hört' er die Mähr, gleichgültigen Blickes; der Hausherr
Tischte den Gästen sie auf. Sie fand heut mäßigen Beifall;
Demas schwieg. Nur der Kriegsmann strich sich den Bart mit
                    der Zunge,
Wieherte vor sich hin und schlug mit der Schale den Alten.

Doch Castelius sprach und stützte sich auf in den Kissen:
Thamyris, ist's nicht Sünde, die Nacht zu vergrollen, den süßen
Cyprier dir zu vergiften mit heimlich kochender Galle?
Sprich, was brütest du nur? Und zechtest du noch, wie der edle
Styron dort, andächtig vertieft, so ließ' ich es hingehn.

Doch kaum nippst du einmal wie ein Jüngferchen. Schäme dich,
                        Träumer!
Nicht dein Mädchen verstört dir den Sinn. Wohl weißt du, der
                           Weiber
Launen verfliegen geschwind, wie der Schaum am perlenden
                           Weine.
Sondern es nagt an dir die Erbitterung, daß ich den Christen
Nur in Gewahrsam erst, nicht gleich ans Messer geliefert.
Denkst du, es koste mich viel, noch einen dieser Hebräer
Bluten zu sehn, zumal wenn dir ein Gefallen geschehn kann?
Aber ich wollte fürwahr, du stecktest selbst in des Prätors
Haut und erlebtest, wie sehr die Staatsklugheit den Beamten
Knechtet, die Händ' ihm bindet und lenkt mit eisernem Zügel.
Heut gilt dieses in Rom, und morgen wieder ein Andres,
Ja, was gestern zumeist verpönt war, heute vielleicht schon
Ist es in Mode gekommen und weh dem, der es geringschätzt.
Deutlich entsinn' ich mich noch aus früherer Zeit, wie dem Kaiser
Selber die Laune kam, den gekreuzigten Judenmessias
Unter die Götter zu reihen. Tiber war's, welchem der eine
Gott nicht mehr als der andere galt; er höhnte sie alle.
Damals sprach der Senat, unbillig schien' es und unklug,
Den, von welchem sie rühmen, er sei der alleinige wahre,
Beizugesellen den andern, bescheidenen, die sich vertragen.
Stünd' er indeß bei den andern im Pantheon, wahrlich, es wäre
Jeder besonnene Mann jetzt sicherer, wie er daran ist.
Freilich, zu Nero's Zeit, da war's für Jeden das Beste,
Immer das Schlimmste zu thun und gegen die Christen zu
                         wüthen,
Wie man Fallen dem Maulwurf stellt in Aeckern und Gärten.
Aber so lange dem Sockel dort die Statue mangelt,
Weil viel schneller ein Kaiser in Fleisch und Bein sich erhöh'n
                         läßt,
Als aus Marmor und Erz — was bleibt dem Politiker übrig,
Als vorsichtig zu warten am Tag, wie Abends der Wind steht?

Pest! fuhr Thamyris auf, nicht länger ertrag' ich gelassen
Dies hochweise Geschwätz, das zitternden Weibern geziemte.

Hörst du, ich rede nun auch, Castelius, wie ich empfinde,
Mag es auch staatsklug nicht und vielleicht unhöflich gerathen.
Was Politik? Was hat sie mit unserem Handel zu schaffen?
Hab' ich den Christen verklagt? Den Gauner und Gaukler ver-
          klagt' ich,
Weil er die Braut mir verführt. Was schiert mich's, ob sich der
          Schurke
Nazarener benennt und einen gekreuzigten Gott hat?
Soll der Name fortan die verwegensten Schelme beschützen,
Jeglichen Frevel bemänteln und alle verstohlene Bosheit?
Saubere Religion, die Braut und Bräutigam scheidet!
Wann ward Solches erhört? Und sind nicht lange genug schon
Christen im Land, und keiner verschmäht die Freuden der Ehe?
Möchten sie doch! So recht! So würd' in wenigen Lustren
Dies hirnwunde Geschlecht sich selbst von der Erde vertilgen.
Doch was kümmern sie mich! Ich hab' es allein mit dem Einen.

Freund, fiel spöttischen Tons Castelius ihm in die Rede,
Mäßige dich! Leicht schießt ein Hitziger über das Ziel weg.
Käm' und klagte mir Einer, der Nachbar habe mit Schwatzen
Ihm sein Mädchen verlockt und ihre Liebe gestohlen,
Nun dann, sagt' ich, verschmerz es, und willst du nicht, so er-
          häng dich,
Oder tröste dich sonst; nur bring es nicht an den Prätor.
Und so sag' ich zu dir, mein Thamyris. Anders verhält sich's,
Wenn du klagst, er habe die Staatsgottheiten geläftert,
Aufruhr hier in der Stadt und Tumult böswillig gestiftet
Und in Schaaren die Weiber verführt. Dies ziemt den Behörden
Freilich mit Macht zu ersticken; allein mit nichten zu sorgen,
Ob sich ein Pärchen entzweit, und wie ein armer Verlobter
Ohne Beschwer in das Ehbett kommt. Das, denk' ich, begreifst du.

Sprach's und begehrte zu trinken. Der Kriegsmann nickte
          bedeutsam,
Schnalzte vergnügt mit der Zunge und brummt' im Baffe: So
          ist es!
Aber den Stachel empfand der Getroffene; Zorn und Beschämung

Färbt' ihm dunkel die Stirn. Wem, rief er, gab ich ein Wort schon,
Mir dienstfertig zu sein, um irgend ein Weib zu gewinnen,
Außer dem Pförtner vielleicht, die Hausthür offen zu halten?
Und nun vollends um Diese, nach der schon lange die Lust mir
Völlig verraucht! Beim Zeus, ich schliefe so gern bei den Fischen,
Als mit solch eisblütigem Ding das Lager zu theilen.
Schleppt' ich den Schuft vor Gericht, der mich mit Dieser ent=
zweite,
Nun so geschah es allein der Theoklia wegen, der Mutter,
Daß nicht sühnungslos sie der Schimpf zu den Schatten verfolge.
Ja, mich wurmt's, von der Närrin so den hämischen Mäulern
Ueberliefert zu sein, nicht hehl' ich es. Aber ich hoffte
Beistand von den Gesetzen, der Dirne das Spiel zu verderben
Und zu Tage zu bringen, um Wen sie den Thamyris wegwarf.
Und nun komm' ich zum Richter, und traun, ich kam an den
Rechten.
Denn um ein Haar nicht besser, als alle ikonischen Ammen,
Neigte der Prätor selbst sein Ohr den Gespenstergeschichtlein.
Läugne, wenn du es kannst: du hättst ihn gerne verurtheilt,
Hätte den Unfug nicht mit den Krämpfen des Pausias leider
Einer der Zeugen erzählt. Da sah ich, wie du im Sessel
Rücktest, verstörten Gesichts, und den trotzigen Augen des Juden
Auswichst, welche dich suchten. Gewiß, staatskluge Gedanken
Stiegen dir plötzlich zu Kopf; ein politisches Fieber befiel dich.
Mir auch fieberte Wuth im Gehirn, und hättst du das Urtheil
Nicht auf morgen vertagt, wer weiß, ich hätte geredet,
Was in der Curie wohl ein Prätor selten gehört hat.
Jetzt auch hätt' ich geschwiegen, allein du machtest den Anfang.
Und so denke davon, wie du willst; — ich denke das Meine!

Damit sprang er empor, sein Obergewand von dem Sklaven
Heischend und Fackelträger, sofort ihn heimzugeleiten.
Aber es winkte der Wirth dem verständigen Alten am Schenktisch,
Nicht zu gehorchen dem Gast; dann sprach er gelassenen Tones:

Demas, siehst du nun, wie ich Ursach hatte, zu klagen,
Daß sich Philosophie und ein Staatsamt häufig im Weg sind,

Und wie ein denkender Kopf zum Prätor übel sich eignet?
Denn wenn lang unschlüssig das Zünglein schwankt an der Wage,
Weil ein gewichtiger Handel Bedenkzeit fordert und oftmals
Sich die Entscheidung dreht um die tiefsten Probleme des Wissens,
Gleich sind feurige Köpfe, wie unser trefflicher Freund dort,
Mit dem Beruf bei der Hand, und mindestens heißt der Bedächt'ge
Weibisch und feig. Nun vollends ein Skeptiker, dem es das Herz ja
Abstößt, sich zu entscheiden und nicht zu enthalten des Urtheils.
Wahrlich, es sollte die Welt mir's hoch anrechnen, so oft ich
Selbst mich opfre dem Amt und in pflichtschuldigem Gleichmuth
Schlichte verworrenen Streit, trotz meines pyrrhonischen Tiefblicks.
Aber die eigene Haut — wer trüge sie gerne zu Markte,
Wo es dem Staat nicht dient, noch Pflicht es erheischet und Vortheil?
Denn wer weiß so genau, was von Dämonen zu halten?
Wer kann sagen: sie sind? und wer beweisen: sie sind nicht?
Ist nun dieser Hebräer ein Zauberer oder ein Dämon,
Was der Frage doch werth, denn mehr als Menschliches wirkt er:
Nun, so erscheint mir's klug, anstatt durch rasche Gewaltthat
Ihn zu reizen, gelind ihn sich vom Halse zu schaffen.
Ist er ein Dämon nicht, was schadet es, reiflich zu prüfen,
Welches Gelichters er sei, und erst ihn fest zu verwahren?
Daß kein Christ vom gewöhnlichen Schlag in dem Reisenden stecke,
Wußt' ich, sobald ich ihn sah und das Auge mich traf und die Stimme.
Denn zwar regt sich in Allen ein Wahnsinn, aber ein sanfter,
Macht sie in Winkeln beredt und öffentlich stumm; ihr Trotz ist
Dulden, und all ihr Rachegelüst, den Henker zu segnen.
Dieser erschien mir zuerst wie ein Mann, wie ein Löwe des Berges,
Der sich Schafen gesellt, dem Schlächter die Zähne zu weisen.

Als er geendet, erhob er die Schale mit Wein, und im Trinken
Späht' er umher. In der Thür stand Thamyris, wandte verächtlich
Kurz auflachend sich ab und trat in die Kühle des Gartens.
Da zu dem Hausherrn sprach der milesische Gast: Du bedenkst nicht,

Daß, wie du selbst auch immer gesinnt bist, muthiges Handeln
Wahrlich dem Staatswohl dient und Pflicht es erheischet und
Vortheil.
Denn wenn Jener ein Dämon ist, wenn wirklich Dämonen
Zwischen Göttern und Menschen in Dämmerung walten, so
wird nur
Eine Gewalt sie entkräften: der Staat, wo Alle für Einen
Einstehn, Einer für Alle mit Muth und Treue sich hingiebt.
Sind sie jedoch nur Wesen des Wahns, dann wehe der Schonung,
Welche die Saat des Betrugs im Land läßt wuchern und selber
Hilft das Wasser zu trüben, darin die Verschlagenen fischen.
Nicht als wäre der Christ, den heut du verhört im Gerichtssaal,
Mir als Gaukler erschienen. Ein Aergeres ist er: ein Schwärmer,
Um so gefährlicher nur, je reiner er selbst an Gemüth ist.
Grade den Bessern im Volk zerrüttet er thöricht die letzte
Männliche Kraft der Gedanken mit dunkelsinnigen Träumen.
Kein Irrwahn, so viel in Mysterien spuken und Tempeln,
Dünkt mich tiefer dem Staat in Mark und Leben zu fressen,
Frecher die wankenden Säulen der alternden Welt zu umwühlen.
Tilge den Eigennutz, wo nützt noch Einer dem Andern?
Nimm die Liebe zum Leben hinweg, wer schonet des fremden
Lebens? Wir lernen an uns, was Andere freut und verwundet.
Wer uns wider uns selbst abstumpft, der raubt uns dem Ganzen;
Denn es beruhet der Staat auf wechselsweisem Bedürfniß.
Und nun dieses Geschlecht, dem unter den Füßen der Boden
Schwindet, des Lebens Genuß sich in Hoffen und Harren verflüchtigt!
Kümmert es sie, ob künftig die nahrungsprossende Erde
Blüht, ein lachender Garten, bestellt von fröhlichen Händen,
Oder Krieg sie verheert und Wasser und Pest sie verwüsten?
Ihnen bleibt ein gesichertes Land, ein anderes Wolken-
Kukuksheim, wo ewig der Friede regiert, und in ihrem
Gotte vergnügt sie dereinst von aller Bekümmerniß ausruhn.
Wie? das dulden wir länger, die heiligen Pflichten versäumend,
Die, sich selbst zu erhalten, den Staat wie den Einzelnen mahnen?
Fort mit dem irrsinnzeugenden Wahn, und wär' er am Willen
Auch unsträflich und rein. Denn wer zum Arzte sich aufwirft,
Büß' es, wenn er ein Gift statt Balsams träuft in die Wunden.

Sprach's, das offne Gesicht von heftigem Eifer geröthet.
Aber der Kriegsmann gähnt', und der Hausherr lächelte vornehm,
Griff in das silberne Becken und haschte, die Zunge zu kühlen,
Schimmernde Stücke von Eis, die zwischen den Fingern ent-
glitten.
Doch auf einmal schwand von seinem Gesicht das Behagen;
Denn von draußen erhob sich verworrener Schall, wie am
Meerstrand
Sich von fern ankündet mit grollendem Brausen die Hochflut,
Kreischen der Vögel dazwischen und Warnungsrufe der Schiffer.
Auch der milesische Weise vernahm's. Schwerfällig vom Polster
Raffte sich Styron auf, und der Gartenpforte genähert
Horcht' er hinaus. Da sprach Castelius — nicht so geläufig
Floß ihm die Rede wie sonst —: Geh, Alter, hinaus, zu erkunden,
Was uns dieses bedeute. Mir ahnt nichts Gutes. Und ruht nicht
Heute das Kybele-Fest? Vom Thurm her kommt es. Vielleicht gar
Hat der gefangene Mann ein Heer von Dämonen beschworen,
Ihm von hinnen zu helfen. So wär' man seiner entledigt,
Und ich denk', er vergißt mir's nicht, wie mild ich verfahren.
Styron, siehst du am Himmel Gewölk?
Rein blicken die Sterne,
Sprach kaltblütig der Krieger. Es ist kein Wetter im Anzug,
Noch Erdbeben und Sturm. Ein Schwarm betrunkener Winzer,
Mein' ich, bedient sich des Markts bei nächtlicher Weile zum
Tanzplatz,
Oder es sind wohl gar die Cohorten, die Lycischen, Prätor,
Die schon lang um den Sold aufrührerisch murren und munkeln.
Doch die will ich bedeuten. Sie kennen mich.
Und von der Erde
Hob er den Helm, und das Schwert am Gehenk vom Pfosten
herunter,
Waffnete sich und wiegte die nervigen Arme, dem Bären
Gleich, der ruhig geschmaus't am Honigbaum, dem verlaßnen,
Und nun hört, wie der Schwarm zum Stock heimkehrend daher-
summt,
Drohend dem Räuber entgegen; da wiegt er die zottigen Tatzen,
Schlecht von der Störung erbaut. So ließ der gewaltige Styron

Einen bekümmerten Blick zu dem bauchigen Mischkrug gleiten,
Eh er den Thürvorhang zum Nebengemache zurückschob;
Doch ihn stärkte geheim die Hoffnung, wiederzukehren.
Und nun blieben die Zwei in der Halle zurück, des Gespräches
Völlig vergessend, der Wirth von wachsender Sorge geängstigt,
Während der Gast an den Wänden den Schmuck der Gemälde
                              betrachtet
Mit abwesendem Sinn; denn Unmuth trug er im Herzen.
Horch! da legt sich der Lärm, der heranschwoll; aber von Stimmen
Wird es im Hofe lebendig, ein herrisches Dräu'n und Gebieten,
Weinen und Weibergestöhn und heftiges Bellen der Hunde.
Schon vom Lager erhebt Castelius zaudernd die Glieder,
Als sich der Vorhang theilt und neben dem scheltenden Skyrou
Wild mit fliegendem Haar Theoklia sich in die Thür drängt.
Herr, nicht läßt sie sich halten, die Rasende. Sieh nun selber,
Wie du sie zähmst, ruft Jener. Ich geh' indessen und sorge,
Daß nicht draußen am Markte das Volk uns über den Kopf
                              wächs't. —
Sprach's und verschwand. Sie aber, die mitleidswertheste Mutter
Stürzt zu des Prätors Knieen, umfaßt sie schluchzend und jammert:
Gieb mein Kind mir zurück, mein Kind! Eh werd ich die Kniee
Dir nicht lassen, o Herr, eh du mir Hülfe gewährt hast!

Staunend erhob sich das Auge des Prätors, ob von den Andern
Keiner das Räthsel entwirre; da steht ihm dunkel genüber
Hinter der Schwelle der Thür die Gestalt des Kybelepriesters.
Und jetzt tritt er hervor, und die Hand ausreckend beginnt er:
Gieb ihr die Tochter zurück, doch gieb auch Sühne der Göttin,
Sühne dem zagenden Volk, Castelius! Konntest du schwelgen,
Während die Stadt ein Verderben bedroht, das dich mit den Andern,
Schuldige sammt Unschuldigen würgt? Auf, sag' ich noch einmal,
Wenn nicht Nemesis schon dir alle Glieder gelähmt hat!

Jener vernahm's, stirnrunzelnd. Er maß feindselig den Priester,
Dann die Flehende, die sein Knie mit den Armen umfaßt hielt,
Und in tiefem Verdruß der Theoklia streng sich entziehend,
Sprach er gebieterisch jetzt: Was habt ihr Beide zu klagen,

Du und das stürmische Weib? Ich dächte, Midas, genugsam
Kennen wir uns, um klug Auftritte, wie den, zu vermeiden.
Tanzt schon wieder einmal nach deiner Pfeife der Pöbel?
Und doch solltest du wissen, wie schlecht dies Mittel gewählt ist,
Mir was abzugewinnen. So sprich! Du aber indessen
Stille die Thränen, o Frau, denn widerlich ist mir das Heulen.

Nun denn, höre, begann zornfunkelnden Auges der Priester,
Höre, verblendeter Römer, und beuge die Stirn vor der Göttin.
Als ich heut' im Tempel das Haupt mir hatte gebettet
Auf dem bescheidenen Lager zu Füßen des Kybelebildes,
Wie es dem Priester geziemt, da geschah urplötzlich ein Tosen,
Und auffahrend erblick' ich die Himmlische, die mit dem Fuße
Dreimal stampft, daß Säul' und Gebälk träg über mir wanken.
Furchtbar stob aus den Augen und rings um die steinerne Krone
Wetterleuchtender Schein, und zuckende Flammen entfuhren,
Da sie die Lippen erschloß, ihr roth wie der Esse des Schmiedes.
Schläfst du? brauf't sie mich an. Elender, du schläfst, und ein
                    Frevler
Weilt im Ringe der Stadt, an die ich Segen verschwende?
Lästerung spricht er und jagt mir den Rauch von meinen Altären,
Weh, weh ihm! Weh euch, die den Meuterer dulden! Den Boden,
Der euch nährte so lang, ich spalt' ihn hinab in den Hades,
Daß er das schnöde Gezücht in den Abgrund schlinge, zur Warnung
Jeglichem, der sich hinfort an der großen Mutter versündigt. —
Darauf schwieg's, und die Flammen verflackerten. Wieder beruhigt
Stand der erschütterte Tempel. Auf einmal, eh mir das Herz noch
Mäßiger schlug, mit erneuertem Grau'n vom Zwinger der Löwen
Hört' ich Gebrüll hertönen und klagenden Ruf. Wie bewußtlos
Tast' ich mich fort an den Säulen, und sieh, kaum nah' ich der
                    Pforte,
Als mir ein Priester begegnet, das Antlitz blutig, die Hände
Gräßlich verstümmelt und schreit: Zurück! errette dein Leben!
Denn sie wüthen umher an den Priestergemächern und schnauben,
Herr, nach Blut, von der Kette befreit. Wer weiß, wie die alte
Wuth ausbrach; mich selbst nicht schonten sie, der sie gezähmt
                    hat! —

Und da blick' ich hinaus und erschrak. Denn ich sah in des Mondes
Dämmer die heiligen Thiere in mächtigen Sprüngen das Saatland
Wild durchrennen und fern in der Ebne Schatten verschwinden!

Sprach's und verhüllte das Haupt. Kalt zuckte Castelius' Lippe,
Und er erwiederte rasch: Schon gut, wir reden ein Weitres,
Wenn wir allein. Jetzt wünsch' ich die Klage der Frau zu ver-
nehmen,
Falls sie nicht, wie ich fürchte, bei dir in die Schule gegangen.

Nun erst sah sie empor, die verzweifelnde Frau. Da erkennt sie
Thamyris, der vom Garten hereinkam, all des Gescheh'nen
Noch unkundig und nur vom Lärm den Gedanken entrissen.
Du hier? ruft aufstöhnend Theoklia. Wohl, so bezeuge,
Daß ich nichts von dem Jammer verschuldete, welcher mich heim-
sucht.
Denn du weißt, wie ich stets mein Kind in Ehren heranzog,
Nie mein Leben verwünscht' in traurig verwittweten Tagen,
Nur um Thekla, und nun — seit jener Verruchte, der Zaubrer
Kam und das Kind mir verdarb, wie reut mich's, daß ich sogleich
nicht
Hand an mich selber gelegt und meinem Kallimachos folgte!
Wir unselige Wittwen, an Wen uns halten? Das Unglück
Weiß, wie schwach wir sind, und die Schande, wie wir allein stehn,
Und uns Aermsten lauern sie auf, und fallen am End' uns
Grausam an!
Zur Sache! gemahnte sie heftig der Prätor.
Kurz ist unsre Geduld, drum rede das Nöthige schleunig.
Wie dein Kind mit dem Fremden Verkehr pflog, ward mir berichtet,
Und ihn warf ich in Haft, um ärgere Schmach zu verhüten.
Was ist Neues geschehn, was Dringendes, daß du das Haus mir
Stürmst bei nächtlicher Zeit? Wo trafst du Diesen, den Priester?
Rede die Wahrheit, Frau!
Sie sprach: Wer könnte berichten,
Wie mir war, da die Tochter sich von mir wendete? Tages
Ging ich umher wie ein Schatten und wand mich Nachts in
den Kissen,

Wie ein getretener Wurm. Mein Kind zu heilen gedacht' ich,
Wenn ich sie fern und allein zur Beute den reuigen Qualen
Ließe, von Allen getrennt, die sonst sie liebten. Es irrte
Mein rathloser Verstand! ich selbst nur litt in der Trennung.
Und mir kam's, wie ich wachend lag in Kummer und Sehnsucht:
Wenn du nun aufstündst, sacht, und schlichst in die Kammer, sie
schläft ja —
Ach, da könntest du recht im Verstohlenen wieder dich satt sehn!
Und so raff' ich mich auf und im Dunkeln hinan zu des Mädchens
Kammer und heimlich hinein ans Bett, wie ein Dieb zu dem
Schatze —
Herr, da schlug mich der Schreck mit bleiernen Fäusten zu Boden!
Leer ihr Bett und die Kammer verwais't! Kaum halt' ich in Händen
Mein ausbrechendes Herz. Wie ich Fassung gewann und hinunter
Flog, das Gesinde zusammenzuschrei'n, nicht weiß ich es selber.
Doch da wußt' auch Keins mir Rath, da bethcuerten Alle,
Nichts von Thekla zu wissen, der Pförtner zumeist. Und bedarf's
auch
Offener Thüren? Es trug sie der Dämon fort in die Lüfte.
Doch ich schwur: und müss' ich die Welt durchsuchen vom Aufgang
Bis an das Meer, mein Lamm dem Rachen des Wolfs zu ent-
reißen.
Und so stürz' ich hinaus mit allem Gesinde. Da find' ich
Draußen das Menschengewühl, an der Spitze den heiligen Priester,
Wie sie dem Thurm zuströmen, darein du den Magier legtest,
Und von Kybele's Zorn und den wüthenden Löwen vernehm' ich
Schaudernd. Ich fasse den Priester am Kleid und klag' es ihm
Alles,
Bis er mir Sühne verhieß. So kamen wir an bei dem Kerker.
Aber die Wächter beschworen, es sei kein lebendes Wesen
Bei dem Gefangnen im Thurm, und weigerten Jedem den Einlaß.
Hilf nun du es ergründen, erhabener Herr! Das Gefängniß
Oeffne du uns, und ist es geleert, so hat er der Eule
Flügel mit magischer Kunst an Schultern und Fersen geheftet,
Sich von hinnen zu schwingen und mir mein Kind zu entführen!

Da trat Demas heran; denn regungslos in Gedanken

Saß der Prätor. Es harrten die Uebrigen, daß er entscheide.
Und der Milesier sprach und rührt' ihm leise die Schulter:
Zaudern wir länger und hören ein abergläubisches Klagen?
Kannst du die Frau hier sehn in tödtlichem Zweifel und eilst nicht,
O Castelius, rasch das Gewebe des Wahns zu zerreißen?
Komm, ich beschwöre dich; sei, was Jene dich heißen, der Herrscher
Dieses verworrenen Volks, das ausschweift ohne Besinnung.

    Sprach's.   Da stand vom Tische der Prätor auf.   Wie ent-
                                    geistert
Schweift sein düsterer Blick; ihm folgten die Anderen alle,
Thamyris aber zuletzt, entfärbten Gesichts, und ein Murmeln
Zwischen den bebenden Lippen. Sie kamen hinaus vor die Pforte.
Da war Kopf an Kopf unabsehlich ergossene Volksflut,
Hell vom Monde beschienen. Es gährte Gespräch und gedämpftes
Toben der Ungeduld ward hörbar. Unter den Winzern,
Deren die Mehrzahl war, und den Handwerksleuten und Fischern
Stand auch mancher der Reichen; es standen Weiber und Kinder,
Uebertönend das dumpfe Geräusch mit Schreien und Klagen.
Doch als jetzt an der Pforte des hochvorragenden Hauses,
Sichtbar Allen, der Prätor erschien, ward plötzliche Stille
Unter dem Volk, und sie spähten in athemloser Erwartung.
Jener gewahrt' es wohl. Ihm hob es den Muth. Um die Schultern
Zog er den Mantel zurecht und legt' ins Gesicht die gewohnten
Züge der Herrschergewalt und rief nach Fackeln, obwohl ihm
Hoch am Himmel der Mond die strahlende Leuchte vorantrug;
Dann quer durch das Gewoge den Schritt beschleunigend, blickt' er
Ueber die Häupter des Volks, wie ein Landmann, welcher am Raine
Zwischen dem Korn hinwandelnd die nickenden Aehren betrachtet.

    Jetzt zum Kerker gelangt, als eben in rasselndem Eilschritt
Styron mit der Cohorte sich Bahn brach unter der Menge,
Hielt er, vertheilte zuerst in kleineren Haufen die Krieger,
Daß sie dem Andrang wehrten und steuerten jeder Gewaltthat,
Und trat dann zu den Wachen am Thurm, die unter dem Vordach
Raum zu schaffen versuchten mit vorgehaltenen Speeren.
Hinter dem Herrscher der Stadt, unfern, stand Kybele's Priester

Thamyris und mit der Mutter der hilfreich sorgende Demas.
Barsch zu den Wächtern begann Castelius: Redet die Wahrheit,
Fuscus, lycischer Hund, und du, Macarius, hört ihr?
Nicht was irgend ein Schelm euch einblies: habt ihr geschlafen,
Oder gewacht, wie ihr sollt? Was saht ihr, wenn ihr gewacht
      habt?
Ließt ihr ein Mädchen hinein und nahmt zum Lohne Geschenk an,
Oder beschwatzt' euch gar der Gefangene? Wahrlich, geschmolzen
Sollt ihr das Gold mir trinken, den Durst für immer zu löschen.

Aber der Schuldige sprach mit dreistem Gesicht — (im Panzer
Barg er den Spiegel zuvor): Thu uns noch Aergeres, Prätor,
Hielten wir strafbar uns und eidvergessen. Doch ließest
Du uns schmelzen im Tiegel, du fändst nur ehrliches Eisen.
Frage die Juden, o Herr, die kamen zu Nacht an den Thurm her,
Boten uns Gold und verlangten hinein und winselten; endlich
Nahm ich die Lanze verkehrt und ließ nicht faul sie herumgehn.
Da erst hatten wir Ruh'; und weiter ereignete gar nichts.
Hast du, Fuscus, ein Mädchen gesehn? Ei, frage die Frau dort,
Ob wir die Leute danach, um Weibergestenn und -Gewinsel
Dienst und Pflicht zu versäumen. Sogar den erhabenen Priester
Ließen wir nicht in den Thurm. Doch Eins vergaß ich: wir sahen
Freilich ein schnurriges Ding und hörten es spuken. Auf einmal
Kam's wie ein Wirbelwind und warf uns recht wie mit Händen
Staub in die Augen. Wir standen und hatten zu thun, sie zu
      reiben,
Doch wir rührten uns nicht von der Thür. Da war mir, als
      hört' ich
Drinnen ein Tappen und Tasten, und sage: Hörst du es, Fuscus?
's ist nicht richtig im Thurm; bleib hier, und laß mich hineinschaun,
Ob er ein Mausloch wittert und durch will, sag' ich. Indessen
Fand ich das Haus noch fest; dann schwieg's und rührte sich Nichts
      mehr.

Während so treuherzig der Schelm sein Märchen erzählte —
Gar nicht war's ihm geheuer, er fühlt' an der Kehle den Strick
      schon —

Stieß er den Anderen an, der offenen Mundes dabei stand,
Nun auffuhr und Alles bekräftigte, hoch sich verschwörend.
Aber die Beiden im Kerker, der Jünger des Herrn und die Jungfrau,
Längst schon inne geworden der Volksflut unten am Thurme,
Hörten nun auch, wie der Prätor gebot, die Pforte zu öffnen,
Die in den Angeln erklang. Nun kommen sie! sagte das Mädchen,
Finden mich hier, mein Freund, und du nur wirst es entgelten.
Hörst du das Waffengeräusch und die Stimmen der Tausende
                            draußen?
Mußt' ich darum allein durch alle Gefahr dich erreichen,
Um dein Loos zu verschlimmern! Sie nahn, sie wollen dich
                            morden —
Sprich, was sag' ich zu ihnen?
                            Da sah in den Ketten der Jünger
Ruhig sie an und sprach: Was ziemt dir, außer der Wahrheit?
Sieh, du verlangtest zuvor, dein heilig erneuertes Leben
Offen und laut zu bezeugen. Wohlan! dein Wille geschieht dir.
Mag dich schmähen die Welt, mit argem Blicke dich lästern,
Weil du gethan, was ihnen ein Trotz scheint wider die Sitte,
Trag auch das, du Geliebte, zur Ehre des Herrn, und gedenke,
Daß du ein ander Gesetz, als ihres, im Busen erkannt hast.

Und sie sprach: O Meister, vergieb! schon fühl' ich den Muth mir
Kehren; ich bin bei dir, und der Herr ist über uns Beiden.
Mögen sie kommen; die Welt mag sehn, dich hab' ich gefunden
Und mich selber in dir. Das wird mir Keiner entreißen.

Siehe, da kam's. An der Mauer herauf schlug Helle der Fackeln,
Auf den gewundenen Stufen erscholl's von nahenden Schritten.
Noth in dem Schein auftauchend erschien im Grunde des Thurmes
Midas hinter den Kriegern, und langsam folgte der Prätor.
Doch in Bestürzung hemmten die Vordersten hart an der Schwelle,
Thekla erkennend, den Schritt. Sie ist bei ihm! lief es die
                            Stufen
Flüsternd hinab, und das Echo im Volk rief laut: Sie ist bei ihm!
Plötzlich ertönt ein Schrei, ein Angstruf, wie von der Hinde,
Die ihr Junges erblickt in den blutigen Fängen des Adlers.

Mutter! hinunter zu ihr! ruft Thekla, und alles vergessend
Stürzt sie hinweg von der Seite des Freunds. O Mutter, wo
bist du?
Kommst du und suchst dein Kind? — Da schlagen die sprühen-
den Fackeln
Knisternd zusammen vor ihr. Es umqualmt sie die Lohe. —
Zurück hier!
Herrschen die Krieger sie an. Sie steht und breitet beschwörend
Ihnen entgegen die Arme, den Ungerührten. Erschüttert
Kehrt sie sich ab und verhüllt mit den wallenden Locken das
Antlitz.

Doch Castelius zürnt: Halt ein mit dem müßigen Jammer,
Thörin, und denk uns nicht mit Gaukelspielen zu täuschen.
Hättst du die Mutter geliebt, beim Zeus, wohl hättst du gezögert,
Auf ihr alterndes Haupt unsäglichen Kummer zu häufen.
Doch nun sprich: was suchtest du hier? Wer ließ in den Thurm dich
Ein zu dem Buhlen bei Nacht? Mit welchen Künsten bestrickt' er
Dir so tückisch den Sinn und lockte dich her in die Schande?
Sprich! doch jegliche Gnade verwirkst du, wenn du mit Lügen
Dich zu reinigen denkst, und schimpflicher würdest du büßen.

Da entgegnete fest und hell aufblickend die Jungfrau:
Herr, mir magst du verhängen die unbarmherzigste Buße,
Aber verschone den Freund, denn schuldlos ist er an Allem.
Sieh, er kannte mich nicht und wußte von meinem Beginnen
Nichts, und mahnte mich oft, ich sollt' ihn lassen und heimgehn.
Doch ich blieb. Denn Worte des ewigen Lebens vernahm ich,
Werth, daß Jeder um sie des nächtlichen Schlummers entbehre,
Todesgefahren besteh' und bitteren Tadel ertrage.
Wenn ich gethan, was Jugend vielleicht und Geschlecht mir wehrten,
Strafe mich, doch nicht kann ich bereu'n; mich führte die Stimme
Meines Erlösers zu ihm; da folgt' ich freudig entschlossen.
Ja, noch wisset ihr nicht: ich darf zu den Seinen gehören,
Christi Namen bekennen und ihm mein Leben verdanken.
Daß ich gern ihn hätte befreit und der Ketten entledigt,
Läugn' ich nicht; er hätte die Rettung dennoch geweigert,

17 *

Wäre die Fessel ihm auch wie ein Kranz von Binsen zerrissen.
Willst du nun, so strafe mich, Herr. Ich sagte die Wahrheit.

Und zu dem Priester gewandt sprach tiefnachdenklich der Prätor:
Klingt nun dies wie erdacht? Was sagst du, Priester? Das Eine
Weiß ich: ein mächtiger Mann ist der in den Ketten, es sei nun,
Daß dämonische Kraft, daß menschliche nur ihm eignet.
Denn stark zieht er die Geister heran, wie der Mond die Gewässer,
Und ich hüte mich wohl, vor ihm leichtsinnig zu schalten,
Wie dir's freilich erwünscht. Unseliger, daß du den Handel
Ungerufen verwirrt und den widrigen Lärmen gestiftet!
Nein, nicht weiter reißest du mich. In ein andres Gefängniß
Laß' ich die Jungfrau führen, und reiflich schlicht' ich die Sache.

Laut antwortete Midas: Vergiß nicht, was ich berichtet:
Kybele grollt, und vielleicht, derweil du reiflicher nachdenkst,
Wird sie die Rache vollziehn, und die morgende Sonne bescheint nur
Trümmer und dampfenden Schutt, wo sie heut Ikonium grüßte.
Und nicht anders erwarten es all die Tausende draußen
Rings am Thurm; denn säumt das Gericht, so mag sich's ereignen,
Daß kein Stein auf dem anderen bleibt von diesem Gefängniß
Und — wer weiß — wohl auch vom Haus des erhabenen Prätors.

Flüsternder ward das Gespräch, doch heftiger nur, die Geberden
Drohender, daß an der Treppe die Fackelträger sich ansahn.
Plötzlich ertönte die Stimme des Prätors: Laß uns zu Ende
Kommen! Ich will's, zum letzten: ich will's! Löf't Jenem die
                              Ketten
Ohne Verzug und schließet das Mädchen darein, und dem Gaukler
Gebt mit der Staupe Geleit bis über Ikoniums Weichbild.
Schont ihn nicht, doch nehmt ihn sicher und fest in die Mitte,
Daß ihn nicht zerreiße das Volk. Ich habe zu richten,
Niemand sonst! Ich wäge der Schuld und Buße Gewicht ab! —

Rief's, doch ihm von der Seite verschwand im Fluge der Priester,
Trat in die Pforte des Thurms und redete laut zum Volke:
Ihr ikonischen Männer, vernehmt mein Wort! Die erhabne

Kybele zürnet der Stadt, seitdem sich Weiber vermessen,'
Sie zu verhöhnen und Nachts sich Lästerern beizugesellen.
Sprecht: was sühnt die Göttin? —
                                      Da taucht' ein Ruf in der Menge
Einzeln herauf: Ins Feuer die Lästerer! und in der Runde
Pflanzte der Schrei sich fort und brandete über den Markt hin.
Jetzt zu den Stufen empor rief Midas höhnend: Du hörst es,
Prätor. Es brennt das gläubige Volk auf ein feierlich Schauspiel;
Gieb ihm, was es begehrt. — Castelius preßte die Lippen
Heftig. Er horcht hinunter, er hört die entfesselte Volkswuth
Toben und wägt die Gefahr; und jetzt, da ruhig der Priester
Wieder die Stufen erstieg: Abscheulicher! knirscht er, Verruchter!
Nun so thu an dem Mädchen das Gräßliche, aber den Christen
Will ich geschont, so wahr ich Richter und Herr in der Stadt bin.
Laß' er hinfort sich nie in Ikoniums Mauern erblicken,
Oder es peitscht auch ihn, statt blutiger Staupe, die Flamme.
Eilt und entfesselt den Mann, und hinaus mit ihm! In der Folge,
Midas, sprechen wir uns und rechnen ab mit einander.

    Kalt antwortete Jener: Es sei denn, wie du gesagt hast;
Ich bin immer bereit. So möge die trutzige Dirne
Blitzen; ich kühl' ein Müthchen an ihr, sie in Flammen zu stürzen,
Weil sie mich einst wie ein unrein Thier von der Schwelle ge=
                                      trieben.
Aber dem Christen geschieht noch Aergeres, wenn er die Liebste
Hingehn sieht in den Tod, als stürb' er selbst. So erfüllt sich
Dir dein Wille, wie mir. Ich geh' und verkünde dem Volke,
Daß nach Kybele's Spruch der Fremdling zieh' in Verbannung,
Aber in flammenden Tod noch heut Ikoniums Tochter.

    Damit ging er hinab und sprach zu der horchenden Menge;
Und still war es im Thurm. Castelius schritt mit den Kriegern
Ueber die Schwelle der Thür und trat in das enge Gefängniß.
Bleich sah Tryphon auf; er aber, dem Blick sich entziehend,
Sprach in gemessenem Ton: Fürwahr, ich schonte dich gerne,
Nazarener! Ich weiß: wie schwer du gefehlt — du verdienst nicht,
Eines gemeinen Verbrechers entehrende Strafe zu leiden.

Aber du hörst, sie rasen. Du hast die Priester beleidigt;
Sie sind stärker als ich.
                    Da fiel vom Arme des Jüngers
Klirrend die Kette zu Boden, und willig nahte sich Thekla,
Hob sie empor von den Steinen und drückte sie stumm an die Lippen.
Doch der Entfesselte sprach mit bebender Stimme: Geschehe,
Was da wolle, mit mir! Doch sprich, was wartet der Jungfrau? —
Feuer! erbraus't am Markte die tausendstimmige Antwort;
Werft sie in Flammen, die Dirne des Lästerers! Fort in den
                    Circus! —
Hörst du es? stammelt der Römer. Ich kann's nicht wenden;
                    der Himmel
Weiß, wie ich schweren Herzens und nur gezwungen es dulde. —
Aber der Jünger erbleicht. Wie erfaßt von plötzlichem Wahnsinn
Flammt sein Blick, und das Haar steht auf an den Schläfen. Ge-
                    waltig
Herrscht er dem Prätor zu: Ohnmächtiger Sklav, an der Unschuld
Läßt du das Ungeheure geschehn? Du Mann der Verdammniß,
Widerrufe das Wort! Und braucht's ein Opfer, so schone,
Die dich nimmer gekränkt, und opfere mich, den Verhaßten,
Der die Pfade der Sünder mit offenem Wandel gekreuzt hat.

Kaum noch hat er geendet, da stürzen die wüthenden Krieger
Ueber ihn her und ergreifen den Glühenden. Schon zu den Stufen
Ist er hinweggezerrt. Da wendet er sich, und das Mädchen
Trifft sein scheidender Blick. O Thekla, ruft er, so soll dir
Fülle des Lebens erblühn aus Flammen des Todes? Die Himmel
Gehn dir auf, und ich bleibe zurück in der Tiefe der Schmerzen?
Ewiger Gott, dein Arm ist schwer! Hilf, hilf! ich erlieg' ihm! —
Rief's; sie aber, die Hand an den Busen gedrückt mit der Kette,
Sieht ihm sprachlos nach, der hinter der Krümme der Mauer
Ihr entschwand, und im Abschiedsweh frohlockt ihr die Seele,
Daß sie um ihn soll dulden, für ihn in Marter und Tod gehn.

Siebenter Gesang.

Schwer fiel hinter der Schaar, die Tryphon umgab, die ge-
  wicht'ge
Eiserne Thür ins Schloß, und draußen empfing ihn des Volkes
Lange verhaltene Wuth und erschütterte brausend die Lüfte.
Doch nicht Thekla's Seele, die einsam lauscht' im Gefängniß.
Noch umgiebt sie der Glanz vom Abschiedsblicke des Freundes,
Noch umschwebt sie der Ton der kaum verklungenen Stimme,
Noch spricht jeglicher Stein von ihm; er weihte die Stätte.
War nicht dies sein Lager, darauf nun sinnend sie ausruht?
Steht nicht dort an der Mauer der Krug, aus dem er getrunken?
Und sie nimmt ihn und trinkt, und es dünkt ihr köstliche Labung,
Und von neuem ergreift sie die eiserne Fessel und preßt sie
Dicht an Lippen und Herz, wie ein Kleinod, das der Geliebte
Ihr beim Scheiden geschenkt, daß treu sie des Fernen gedenke.
Doch nun hört sie den Lärm vom Thurme sich weiter dem Thor zu
Wälzen, hinaus in die Stadt, und zusammenschauernd bedenkt sie,
Daß er die Qual jetzt leidet und blutet unter der Geißel.
Duldest du Schmerzen um mich, so spricht sie, und ach, in derselben
Stunde beseelt mich hier unsägliche himmlische Freude?
Dir nur dank' ich sie auch; du Theuerster schufst in den Busen
Mir ein anderes Herz, ein unerschrocknes und frohes.
Weiß ich denn nicht, was Gott mir selber verhängt zu erdulden,
Daß ich in feuriger Lohe dahingehn soll und am Morgen
Dies mein zuckendes Herz, ein Häuflein Asche, verstiebt ist?
Und doch hüpft es vor Lust, das sonst so thöricht verzagte.

Wer ward beſſer geliebt, als ich, wer reicher begnadigt?
Da ich kaum dich erkannt, mein Gott, und zu dir mich gerettet,
Soll ich enthoben ſchon der Gefahr, dich je zu verlieren,
Kehren in deinen Schooß, auf daß ich ewiglich dein ſei!
Ach, was hab' ich gethan für dich, ſo herrliche Gaben
Deiner Huld zu verdienen? Du ſchufſt mich, ließeſt mich wachſen,
Gabſt mir Sinn und Gemüth, mich deiner Werke zu freuen,
Und nun führteſt du mir, da ſich mein Leben verwirrte,
Ihn entgegen, den Retter, den Heiligen, mich zu erlöſen.
Gnad' um Gnaden erfuhr ich; und eins nur hab' ich zu bitten:
Stärke den Leib im Tod! O gieb, daß Fleiſch und Gebein mir
Nicht in der Marter verzage, daß nicht von den ſeligen Lippen,
Die dich Vater genannt, ein Angſtſchrei töne der Schwäche,
Der an der Schwelle des Heils ſich auflehnt gegen den Heiland!

Während ſie ſo im Gebet ſich emporſchwang, öffnete Skyron
Mit Kriegsknechten die Thür, und ruhig erhob ſich die Jungfrau,
Ihnen entgegengewandt mit ſiegreich glänzenden Augen.
Kommt ihr? ſagte ſie heiter. So laßt uns gehen! — Die Krieger
Zauderten; doch ihr Fuß trat willig über die Schwelle,
Und es rührte ſie Keiner am Arm. So ging ſie hinunter
Ihren Begleitern voran die gewundenen Stufen des Kerkers,
Nicht die Gefangene mehr: die Herrſcherin, und in den Händen
Schien ſie die Ketten zu tragen, bezwungene Feinde zu feſſeln.
Da in der Tiefe des Thurmes, als ſchon ſie der Pforte genaht war,
Tritt ein Schatten ſie an, ſie fühlt am Arme den kalten
Druck von Thamyris' Hand und vernimmt die raſenden Worte:
Dahin kam es mit dir, unſeliges Weib, das einſt ich
Liebte? Wo iſt ein Schleier, die prahlende Schande zu bergen?
Wo ſind Flammen genug, von Thamyris' Namen den Makel
Wegzubrennen? Zurück! In den Kerker zurück, und gelobe,
Laut zu entſagen dem Bund mit deinem Buhlen, dem Gaukler,
Und ich rette dich noch, Verblendete. Komm zur Beſinnung,
Eh von Flammen umringt zu ſpät die Augen dir aufgehn.

Rief's. Sie aber entſchloſſen befreit den Arm und erwiedert:
Thamyris, halte mich nicht — — Da ſchlägt ein irres Gelächter

Ihr erschütternd ans Ohr, und es graus'te selber den Kriegern.
Weit auf stieß er die Pforte. Sie kommt, die erhabene Göttin!
Rief er hinaus in das Volk. Auf! führt sie hinweg im Triumphe,
Krönt sie mit feuriger Krone, den Stolz Ikoniums, hört ihr?
Denn wir sind's nicht werth, mit ihr die Lüfte zu theilen.
Platz für die Sonne der Juden! sie naht!
         Und über die Schwelle
Stürzt' er hinaus in den Markt, mit furchtbar schallendem Lachen.
Doch in den Haufen des Volks, die geschaart umstanden die Pforte,
Ward ein Gedränge, das Opfer zu sehn, das jetzt in des Vordachs
Schatten erschien. Weit schimmert das helle Gewand der Ge=
          fangnen
Zwischen den Mänteln der Krieger und faltigen Priestertalaren.
Nicht mit Toben und Schreien begrüßte die harrende Menge
Thekla, als sie heraus in den fackelerleuchteten Kreis trat.
Denn die Verstocktesten rührte die hoheitblickende Jugend,
Adliger Reiz der Gestalt und die feurige Stärke der Seele.
Midas sah's und ergrimmte, wie sie, die Gefesselte, schweigend
Bändigte rings das Volk und Mitleid Vielen ins Herz goß.
Und er winkte den Seinen. Ein Lärm von Chymbeln und Pauken
Wirbelte hell in die Luft und schürte die sinkende Wildheit
Neu in den Geistern empor. Laut wurde die Nacht von ver=
          worrnem
Tosen. Verwünschung scholl und Waffengeklirr der Cohorten,
Tubaklang und der Führer Befehlsruf. Aber die Jungfrau
Ward den Prätor gewahr und trat ihm näher und fragte:
Herr, ich hörte die Mutter vorhin. Wo ist sie geblieben?
Weilt sie noch in der Nähe, so bitt' ich, führe mich zu ihr,
Daß sie den Trost genieße der traurigen letzten Umarmung
Und, was immer ich that, doch meiner Liebe gewiß sei.

Doch Castelius sprach: Nicht würd' ich's weigern, o Mädchen,
Aber die Ohnmacht wehrt's, die sich erbarmt der gebeugten
Frau. Wir sandten sie heim, von rüstigen Kriegern getragen
Sanft im gewölbten Schild, und ein Freund, der kundig der
         Heilkunst,
Demas führte den Zug. Du aber getröste dich, Mädchen.

Ihr ist besser, als sähe sie dich zum Tode bereitet
Hingehn ihr von der Seite, die einzige Freude des Lebens.

Kein Wort kam von den Lippen der Jungfrau. Aber ein Seufzer
Rang aus innerster Brust sich empor — wohl hört' ihn der Prätor,
Und er wandte sich ab, die Glut im Gesichte zu bergen.
Hastig befahl er die Reih'n der Bewaffneten dichter zu schließen,
Und er selbst in der Mitte des Zugs zur Seite dem Priester
Winkte zum Aufbruch jetzt, und sie traten den nächtlichen Weg an.
Unabsehlich wogte das Volk. Schon waren die Ersten
Außer den Mauern der Stadt, und noch im Schatten der Häuser
Streifte der Jungfrau Kette mit scharfem Klirren die Steine.
Da hob Skyron sie auf und half sie tragen, verstohlen
Ihr zuraunend im Gehn: Komm, stütze dich, lehne dich an mich!
Du bist schwach und der Weg noch weit; drum spare die Kräfte. —
Doch sie bediente sich nicht des gebotenen Armes, sie hörte
Kaum vor tiefen Gedanken die freundliche Rede des Kriegers.
Eilends schritt sie dahin. Und als sie hinaus in das Freie
Kamen und nun durch Gärten der Weg sich zog und gemachsam
Stieg, da umfloß wie berauschend der offene Aether das Haupt ihr.
Wie am Hochzeitmorgen die Braut der Kammer entschreitet,
Schon zum Feste geschmückt, im Kreis der Gespielinnen einsam,
Und noch einmal läßt in den traulichen Räumen der Jugend
Schweifen den Blick, eh zagend und doch vertrauend des neuen
Daseins Schwelle sie naht, so grüßt' im Stillen noch einmal
Thekla rings am Wege die wohlbekannten Gefilde.
Was jemals sie geliebt, deß dachte sie. Aber des Einen
Bild trat näher als Alle zu ihr, und sanft wie mit Händen
Fühlt sie von ihm sich berührt und glaubt ihn neben sich wandeln.

Wo nach Abend gelagert der Vorberg breit in die Ebne,
Kaum halbstündig entfernt von Ikoniums Thoren, heraustritt,
Rundete Kunst, nachhelfend der bildenden Laune des Felsens,
Vor undenklichen Zeiten ein räumiges Amphitheater.
Hier in der Festzeit schaute von Stufen herab das gesammte
Volk Thierkämpfen und Wettspiel zu. Vom obersten Rande

Nickten die Fichten herüber und hoch in der Ferne die dunkeln
Gipfel isaurischer Berge. Der Ort war sonst in der Nachtzeit
Leer. Aasgeiern allein und dem Schuhu, der in den Löchern
Nistete unter den Stufen, gehörte die traurige Stätte.
Denn ein Geruch hintrocknenden Bluts von den Opfern im Sande
Schärfte die Gier des Gevögels und bannte sie fest und betrog sie.
Manchmal wandelten auch Windlichter und menschliche Stimmen
Längs dem gewaltigen Rund, und es jauchzten Gesänge, vom
Nachtwind
Dumpf in einander geschleift, wenn üppige Zecher ein Muthwill
Aus der schlafenden Stadt in die Nacht zu den Bergen hinaustrieb.
Heut war über dem Sand ein geschäftiges Treiben, ein Rufen
Hier und dort und ein Schallen von Schlägen der Axt. In die
Erde
Hatten sie Fackeln gepflanzt, im Geviert, und droben der schwüle
Mond mit wankender Helle verschwand und kam, wie die Wolken
Wanderten. Rings brach krachend das Holzwerk, stürzten die
Planken,
Welche den Zwinger der Thiere verrammelten, und die Umzäunung
Vorn an den Sitzreihn fiel. Das schleppte das Tempelgesinde
All in die Mitte zusammen und schichtet' es über einander,
Wie es sich traf. Beim Werke gebot ein Kybelepriester,
Andere kamen und gingen und sprachen zu ihm, und sie horchten
Oft in die Felder hinaus gen Ikonium. Aber zuletzt noch
Ward ein Mann in die Höhe geschickt, der eilte die Stufen
Bis zum Rande hinauf. Dort fällt' er der ragenden Fichten
Einige, und mit Geprassel und Krachen der störrigen Aeste
Kam es heruntergeschossen und schlug in den sprühenden Sand ein.
Und dies Holz ward rings um den Scheiterhaufen gesammelt,
Rasch zu empfangen die Glut und zu nähren mit rinnendem Harze.
Doch inmitten des Bau's, schlank wiegend den zierlichen Wipfel,
Stand als Pfahl für das Opfer ein Pinienbäumchen errichtet.
Nun war Alles gethan, und der Priesterhaufe, behaglich
Lagernd, wischte den Schweiß, und sie redeten unter einander.
Nein, sprach Einer, er treibt es zu weit. Was wagt' er die Löwen
Gleich daran? Wer weiß, ob Lychas morgen sie einfängt?
Sind sie einmal im Gebirg, so gehorchen sie nimmer dem Lockruf,

Und wir haben den Schaden. Denn nicht so billig wie diese
Kauft man andere wieder, und Monde vergehn, sie von Neuem
Abzurichten. Gedenkt an mich, noch reut es den Midas. —
Aber ein Anderer sprach: Was wär's? so müßten wir eben
Uns mit zahmerem Vieh in der üblichen Maske behelfen.
Ihr seid höchlich verwöhnt in Ikonium. Anderer Orten
Scheut man Kosten und Müh' und schirrt an den Wagen der
Göttin
Friedliche Kälber und Hämmel, vermummt im Felle der Löwen.
In Hierapolis selbst, wo ich lang im Tempel den Dienst that,
Wird's nicht anders gehalten; es hat ein leidliches Ansehn,
Und in der Andacht stört es die Gläubigen nicht im Geringsten. —
Sei's! fiel Jener ihm ein. Doch bleibt's ein sündlicher Aufwand,
Was uns lange gedient, um nichts in die Schanze zu schlagen.
Daß das Mädchen verbrennt, ist gut und nützlich. Zudem auch
Hat mich's immer verlangt, zu sehn, wie ein Mensch sich geberdet,
Wenn ihm näher und näher die hungrige Glut an die Haut rückt.
Doch was braucht er die Thiere dazu? Das ist nun des Midas
Art, großthun wie ein König und stets ins Volle zu greifen. —
Schweig doch! eifert' ein Dritter. Er ist euch freilich im Wege,
Weil er niemals fragt, was Dem und Jenem beliebe,
Sondern gewaltig befiehlt. Er aber versteht zu befehlen.
Bracht' er das Ding nicht besser in Zug, seit er's in die Hand
nahm?
Voll sind wieder die Kassen und voll der Altar und der Tempel,
Der uns sonst nothdürftig von Tag zu Tage gefristet.
Soll das dauern, so gilt's, die Gemüther des Volks zu erregen
Und zu ängsten, zumal, wo die Neuerer Viele verlocken,
Abzufallen von uns zu den nazarenischen Göttern.

Während er sprach, war schon zu des nächtlichen Amphitheaters
Thor das Getümmel gelangt. Nun strömt' es hinein. Am Gerüste
Standen sie, gafften es an und wiesen es Einer dem Andern,
Mancher mit Grausen. Sodann zu den Stufen hinauf mit er-
neutem
Lärmen und Drängen ergoß sich dunkles Gewühl, wie ein Landsee,
Dem man das Bett abgrub, mit schwellenden Wogen auf einmal

Durch die geöffnete Schleuse zurückstürzt, erst sich der Tiefe
Wieder bemächtigt und dann langsam an den Ufern hinaufwächst.
Jetzt, da Alle gelagert, erschien der gewaltige Rundbau
Nicht zum Rande gefüllt und die Sitzreih'n öde zur Hälfte.
Denn im Kreis um den Holzstoß blieb auf ebenem Sande
Nicht der geringere Theil, so viel sich mühten die Priester,
Frei zu erhalten den Platz, denn dort schon nahte der Prätor.
Aber der Mondnacht Helle verschwand, und dunstige Feuchte
Zog sich unter dem Himmel in schwärzlichen Streifen zusammen.
Nur die Nächsten erkannten im Kreis der Cohorte die Jungfrau
Hinter den Herrschern der Stadt. Das Volk stund auf von den
Sitzen,
Spähend, verhaltenen Athems, und über die Köpfe der Vordern
Reckt' ein Jeder den Hals in heißer Begierde zu schauen.
Da schwand völlig der Mond, ein plötzlicher Sturmwind wälzte
Hinter den Bergen hervor ein Wolkengebirg, und bedrohlich,
Wie ein geborsten Gewölb, hing's über den Häuptern der Menge.
Aengstlich blickten hinauf von den obersten Stufen die Leute,
Wünschten sich weg in die Stadt zu den sicheren Häusern und
sprachen:
Wär' erst Alles vorbei! Es kommt ein gräuliches Wetter. —
Aber das Volk in der Tiefe verwendete Aug' und Gedanken
Nicht vom nahenden Zug, der jetzt von den Fackeln beschienen
Anhielt vor dem Gerüst. Da winkte der oberste Priester,
Und es grüßte die Stätte der Schall von Pauken und Chmbeln.
Wie aus Träumen empor sah Thekla, sah die erhobne
Bühne, die schreckliche, jetzt, den Holzstoß, welchen die Freunde
Nicht mit Thränen umstanden, ein abgeschiedenes Leben
Fromm zu bestatten und still das Gebein in die Urne zu sammeln,
Sondern ein Heer von Feinden, entbrannt, den verzweifelnden
Aufschrei
Lebender Brust zu vernehmen, bevor ihn Flammen erstickten.
Und ihr bebte das Knie. Rasch trat der gewaltige Skyron
Näher zu ihr; er sah, wie sie hülflos wankt' in den Gliedern,
Stützte die zarte Gestalt und hielt ihr Haupt an der Schulter.
Doch sie bedarf's nicht lange, sie richtet sich auf; in der Stille
Betet die Seele zu Gott, und Gott war nah der Verlaßnen.

Denn ihr war's, als trete der Freund, ein Bote des Himmels,
Leibhaft gegen sie hin und strahle sie an mit den Augen.
Da durchglüht sie von Neuem die freudige Weihe des Opfers,
Und zum Prätor jetzt, der in die Wolken hinaufspäht,
Spricht sie: Ich bin bereit; vollende, was du verhängt hast,
Und so wahr ich vertraue, daß Gott mir Sünderin gnade,
Mög' er Allen verzeihn, die mich Unschuldige tödten;
Aber verzögre das Schreckliche nicht, dies Einzige bitt' ich. —
Sprach's. Da begann zum Prätor der lauernde Kybelepriester:
Wir sind fertig, o Herr. Auf! gieb zum Beginne das Zeichen! —
Nun denn, Furiensohn, antwortete knirschend der Prätor,
Mache den Henker selbst, und ende den blutigen Greuel,
Der wie ein Fest dich labt; doch fern sei jegliche Mitschuld.
Und das sag' ich von Neuem: die Zeit wird kommen, mit dir auch
Abzurechnen einmal und dieser Nacht zu gedenken. —
Sei's! sprach höhnisch der Priester. Es ziemt uns, dies zu er-
warten.
Leget die Hand ans Werk, ihr Krieger. Entkleidet die Dirne,
Schleppt sie hinauf und bindet den Leib ihr fest an den Schandpfahl,
Und ihr haltet die Fackeln bereit, ihr Diener der Göttin,
Daß, sobald ich gewinkt, die feurige Sühne beginne.
Eilt! — Doch keiner bewegt' ein Glied von den Söldlingen allen.
Styron allein trat vor. In der erzumpanzerten rauhen
Paphlagonischen Brust ging's auf wie ein weiches Erbarmen
Mit dem verwaiseten Kind, das standhaft jetzt in den Tod sah.
Und er redete dreist: Wir stehn im Solde des Prätors,
Daß du es wissest, Priester, und er nur hat zu gebieten,
Sonst in der Welt kein Mensch. Dies aber schwerlich befiehlt er,
Hier im offnen Theater das arme Geschöpf zu entkleiden.
Wer je Waffen getragen, er schämt sich, meines Bedünkens,
Hand an die Schwäche zu legen. Auf so nichtsnutz'ge Gedanken
Kommt nur ein Priestergehirn, ein unnatürliches Mannweib.
Muß die Kleine verbrennen, so werft sie hinein in die Flammen,
Wie sie gehet und steht. Die niedrigste Dirne der Gassen —
Zehnmal stürbe sie eh, als so dem Volk zu erscheinen.
Nichts für ungut, Herr; das sind so meine Gedanken! —
Sprach's und stellte sich breit vor Thekla, sie zu beschirmen.

Doch aufschäumte der Priester. Zurück du Vermessener! schrie er.
Fort, bei Kybeles Zorn! Und trotzt ihr alle, so will ich
Selbst das Opfer bereiten, dem heiligen Brauche gehorchend. —
Damit nahet er ihr, und schon mit hastigen Händen
Greift er nach ihrem Gewand, da trifft das Auge der Jungfrau
Ihn mit erhabner Gewalt. Er stutzt. Sie schreitet vorüber
Hoheitsvoll zum Gerüste, besteigt die schwankende Leiter,
Und zur Höhe gelangt an die Pinie, kreuzt sie die Hände
Ueber den ruhigen Busen und harrt geduldig des Endes.

Nicht ein Laut ging aus von den Tausenden, als sie die Jungfrau
Sahn mit Heldenentschluß sich selbst darbieten dem Opfer,
Frei aufblickend und still zur·dunkel verhangenen Wölbung.
Denn von den Fackeln der Schein, die ringsher flackerten, zeigte
Ihre bescheidne Gestalt weithin. Scham zeugte das Mitleid,
Mitleid heimlichen Zorn auf die blutigen Priester der Göttin,
Und ein fernes Gemurr, das dräuend erklang in den Wolken,
Schütterte Manchem die Brust, wie ein Warnruf himmlischer
                              Mächte.
Aber der Priester entriß dem Nächsten die sprühende Fackel,
Schwenkte sie über dem Haupt und rief mit tönender Stimme:
Hör uns, Mutter der Dinge! Erhör, o Kybele, gnädig
Unser Gebet und sänft'ge den Zorn! Sühnopfer verlangst du;
Sieh, wir bringen es dar in rasch hinraffenden Flammen.
So verderb' ein Jeder der Lästerer, die dir trotzen!
Doch du wend aufs Neu' der gereinigten Stadt, dem entsühnten
Land aus Gnaden dich zu, o Kybele. Mutter, erhör uns,
Blicke versöhnt uns an und segn' uns wieder, o Herrin! —
Rief's und schleudert den Brand in das Fichtengestrüpp, und die
                              Seinen
Thaten es nach. Und ein Qualm stieg auf, und es schwärmten
                              die Funken
Knisternd im Nadelgezweig.
                    Da horch! Hochher vom Gebirge
Schwang sich die Windsbraut auf und schnaubt' in die Tiefe.
                              Gerölle
Rieß sie vom Abhang nieder und trieb es in wüthendem Wirbel

Ueber die Stufen hinab ins dichteste Menschengewoge.
Und sie fuhr in die Brände, zerwühlte sie, drängte mit schwerem
Odem die Gluten zurück und zerstreute die schweifenden Funken,
Daß die feurigen Zungen verloderten unten im Sande.
Doch in Purpur gehüllt, hoch unter dem Nachtfirmamente,
Ras'te das Wetter heran, und die Wolke zerriß, und ein Blitz-
        strahl
Flammte, so lang wie ein Schwimmer den Hauch anhielte des
        Athems,
Daß im zuckenden Glanze die Nacht zum Tag sich erhellte.
Nur Ein Schrei des Entsetzens erscholl ringsum in der Menge.
Denn als ließe der Berg sein felsiges Haupt von der Höhe
Rollen, den Bau zu begraben und weit zu verschütten die Ebne,
So vom Himmel erklang die betäubende Stimme des Donners
Furchtbar lange Minuten. Die Helle verschwand, und im Finstern
Dröhnte der Schall noch fort und erschütterte Mauern und Stufen.
Jetzo ein kürzerer Blitz, da brach das Gewölk, und der Regen
Prasselte laut in die Tiefe. Der Donner verscholl, von des Flut-
        schwalls
Tosendem Heulen verschlungen. Hinaus in die ebene Landschaft
Wanderte schwer der Orkan und wälzte die Wucht des Gewitters
Ueber Jkonium hin und den See, und der düsteren Reise
Zeigten die Blitze den Weg.
        Im Sand, auf triefenden Sitzreihn
Lag das versammelte Volk mit geblendeten Augen und Sinnen,
Wüst in einander gewirrt. Besinnungslos in der Runde
Jrrten in thörichter Flucht um die Zinne des Amphitheaters
Weiber mit flatterndem Haar, am Arme die schreienden Kinder.
Stöhnen und Winseln erscholl, Wehklagen Zertretener, Flüche
Unter Gebete gemischt in der gräuelvollen Verwirrung.
Einige standen erstarrt und duldeten Alles gefühllos,
Hin und her von den Nächsten gezerrt, die nun zu den Pforten
Drängend den Ausweg suchten. Zurück dann wieder geworfen
Ballten sich fester die Haufen und wütheten gegen einander.
Erst als fern das Gewitter verklang und der Regen verrauschte
Und mit siegendem Strahle der Mond aus Wolken hervorbrach,
Ward dem Getümmel ein Ziel, und dem tausendstimmigen Lärmen

Folgt' urplötzliche Stille. Da wagten verschüchterte Blicke
Sich vom Boden zu lösen, und sieh, in Mitten der Bühne
Stand noch immer das Opfer und wartete willig des Endes.
Ringsum tropfte die Flut von den Scheitern des Bau's. Und
                              die Krieger
Traten heran und hoben den starr daliegenden Prätor
Sorgsam auf. Er sprach wie ein Mann im Fieber, bewußtlos.
Aber auf einmal sprang er zurück, und Skyron umklammernd
Deutet' er, schaudernd erwacht, mit gebrochenem Schrei an den
                              Boden
Neben dem Holzstoß hin. Da lag zu Füßen der Leiter
Todt, das Gesicht vom Blitze verkohlt, der Kybelepriester.

Achter Gesang.

Wer mit hohem Entschlusse dem Leben entsagt und die Seele
Schon in den Tod einweihte, von Hoffnungen, Aengsten
und Freuden,
Welche das Dasein füllen, sie reinigend, kaum der Errettung
Kann er sich freun, und riefe sie ihn in die Arme der Liebe,
Ihn in die Jugend zurück, wo Tag' und Nächte so schön sind.
Denn nur schüchtern gewöhnt der Schwarm entflohener Wünsche
Sich zurück in die Brust, wie Bewohner der Stadt, die dem Feinde
Lange den Herd preisgaben und dann mit Zagen die öden
Gassen wieder betreten, sobald der Gefürchtete fortzog;
Denn unheimlich und fremd ward ihren Herzen die Heimath.
So auch du, unglückliches Kind, das feurige Schwingen
Schon umwuchsen, dich hoch in die ewigen Lüfte zu tragen,
Wo nach irdischem Drucke du frei zu athmen gedachtest,
Fühlst du dich wieder zurück in das wechselnde Leben verstoßen?
Ach, wie solltest du danken der aufgedrungenen Gabe?
Wie des Geschenks dich freun, um das du ein Höheres hingabst?
Kaum dich selber empfindest du noch. Das gerettete Leben
Fröstelt dich an, lieblos, wie Morgennebel im Herbste,
Welche den Frühreif bringen. Die traurigen Augen verlernten,
Feucht von Abschiedsthränen, der Welt willkommen zu sagen.
Warum weigerte Gott, was du so willig geboten?
War zu arm dein Opfer und unwerth, ihm zu gefallen?
Ach, sie denkt es im Schmerz; sich fest an die Pinie drückend,
Wie an des Schiffleins Mast, drauf all ihr Hoffen gescheitert,

Fühlt sie jetzt das Gerüst von nahendem Fußtritt beben
Und blickt auf in die Nacht. Vor ihr, mit Kummergeberden,
Steht der Herrscher der Stadt und spricht die bittenden Worte:

Thekla, siehe, die Götter erbarmten sich. Wen sie begnadigt
Laut mit himmlischen Zeichen, wie dich, hochherziges Mädchen,
Der ist frei vom Spruche der Sterblichen. Wenn ich im Irrwahn
Ein voreilig Gericht zu verhängen wagte, vergieb mir,
Wie ich die Himmlischen flehe, die Schuld mir nicht zu vergelten.
Denn ich war in der Hand des Verhärteten, welcher Gewaltthat
Suchte. Die Macht war sein. Nun warf ihn nieder das Schicksal.
Komm! Ich geleite dich heim, zur Mutter zurück, in die Freiheit,
Und wer fürder es wagt, dir anzutasten den Frieden,
Oder zu hemmen den Weg, den, Göttergeliebte, du wandelst,
Wie dem Tempelschänder begegnen wir ihm, dem Verruchten,
Der an des Volks Palladium rührt. Denn uns in der Zukunft
Bist du geweiht und bleibest der Stadt ein heiliges Kleinod.

Aber sie stand noch immer und regte sich nicht. Von den
Stufen
Sah sie das Volk hinab in die Bahn sich drängen zum Ausgang,
Sah in kleineren Haufen die Söldlinge durch das Gewühl hin
Eilen, Verwundete tragend, und hört' am westlichen Himmel
Ueber Ikonium fern die entfliehenden Wetter vergrollen.
Doch ihr bannte den Fuß mit Erzgewichten die Trauer
Noch an die Stätte fest; die schwer durchnäßten Gewande
Schienen den Willen zu lähmen und Leib und Seele zu fesseln.
Da trat zögernden Schrittes der Prätor näher. Die Ketten
Löf't' er ihr selbst vom Arm; nun ließ sie willig sich führen.
Und er stützte sie sanft, voll Ehrfurcht, als sie der Leiter
Sprossen betrat, die nie sie hinabzusteigen gedachte.
Aber sobald sie den Boden, den heimischen, unter sich fühlte
Und mit gewendetem Haupt am düstern Gerüste hinaufsah,
Da — als dächte sie jetzt erst klar, was ihrer gewartet, —
Brach ein Schluchzen hervor aus ihrer erschütterten Seele,
Mild auflösend das Grau'n in reichlich strömenden Thränen.
Mit ihr weinten die Nächsten im Volk, und manchem der Krieger

Rollt' in den Bart ein Tropfen. Die erst sie geschmäht, wie verwandelt
Stürzen sie jetzt herzu und drängen sich, ihres Gewandes
Saum mit den Lippen zu rühren, den Fuß ihr knieend zu küssen.
Mühsam nur in der Mitte der Stürmischen hält sie sich aufrecht,
Wehrt mit bittenden Händen der Huldigung, aber die Woge
Schwillt nur mehr. Schon hört sie den Ruf: Kommt, tragt im Triumphe
Sie zu der Mutter zurück! Auf Händen und Schultern erhebt sie!
Da in den flehenden Augen der Jungfrau liefet der Prätor,
Daß sie Hülfe begehrt, und gebieterisch hemmt er die Menge.
Laß uns eilen, o Herr! so flüstert sie; glaub es, ich fühle
Kraft, nach Hause zu gehn; mich trug ja der Fuß in den Ketten.
Gott wird Stärke verleihen, der Freiheit nicht zu erliegen. —
Also ging sie mit ihm, und zurück trat, wo sie erschienen,
Hüben und drüben das Volk und staunt' ihr schweigend ins Antlitz.

So durchschritten sie völlig die Bahn. Am ragenden Thor erst
Stemmt sich ein dichterer Knäul hartnäckig verworren entgegen.
Hader erscholl aus der Mitte. Sie sahn das Gesinde der Priester,
Welches um Midas' Leiche sich mühete. Wieder zu Boden
War von den Schultern die Last des erschlagenen Leibes gesunken.
Schaudernd erkennt ihn Thekla und wendet sich ab. Da vernimmt sie
Skyron's herrschenden Ruf: Fort! säubert den Weg. Wer wagt hier,
Müßig den Paß zu versperren? — Und rasch in den Haufen erschien er,
Kenntlich am Busche des Helms, der flatternd im Nachtwind spielte.
Einige traten zu ihm von den Kybelepriestern und baten,
Daß er Kriegern befehle, auf Lanzenschäften den Leichnam
Ueber die Hügel zu tragen, hinauf zum Tempel der Göttin.
Aber der Kriegsmann dräute: Besudle Keiner die Waffe
Mit so schimpflichem Dienst! Ihn haben die Götter gerichtet,
Noch im Tod ihn zeichnend. Hinweg mit ihm, und die Luft hier
Nicht uns länger verpestet! — Da sah er Thekla, und eilig
Hieß er in Reih'n antreten die Seinigen. Dann zutraulich

Ging er dem Mädchen entgegen, ergriff mit den riesigen Händen
Eine der ihren und rief: Du bist's! Glückselige Stunde,
Wo ich sicher und heil dich wiedererblicke! Gesegnet
Dein unschuldiges Haupt! Nun, Kind, zieh heim, und die Mutter
Mag dich pflegen und warten und Schlaf dich wieder erquicken.
Doch wenn Alles verschmerzt, und später in besseren Tagen
Dieser entsetzlichen Nacht du gedenkst wie alter Geschichten,
Denk auch Dessen ein wenig, — versprich mir's! — der sich von Allen
Deiner Errettung, Mädchen, am herzlichsten freut, obwohl er
Nur ein alter Soldat und sonst kein Freund von den Weibern.

Sprach's treuherzigen Tons und schüttelte kräftig die Hand ihr.
Und sie erwiederte nichts, sie nickt' ihm zu mit dem Haupte,
Ernst und innig bewegt, und wie sie den Freundlichen ansah
Voll aus dankenden Augen, gewahrte sie, daß er die seinen
Rasch abwandt' und den Helm tief über die niedrige Stirn zog.
Vorwärts, Bursche! befahl er. Die Priester indeß mit dem Todten
Hatten die Straße geräumt, und das Thor war offen. Der Prätor
Schritt mit Thekla hindurch, und sie kamen hinaus, wo die Lüfte
Freier und lauterer wehten. Die Landschaft lag in der klarsten
Stille des Monds vor ihnen. Es lief die gepflasterte Straße
Sanft sich biegend hinab wie ein schimmerndes Band in die Ebne
Zwischen felsigen Halden, und weithin hingen in Tropfen
Glänzend die Gräser des Felds und das Laub der Platanen am Wege.
Aber die Kühle der Nacht umhauchte sie scharf, die in nassen
Kleidern der Stadt zugingen. Da nahm stillschweigend der Prätor
Sich von der Schulter den Mantel, den wollenen, ab und umhüllte
Thekla's Schultern, darauf durchsichtig das feine Gewand lag.
Und sie weigert es nicht, noch dankt sie der freundlichen Sorge.
Denn sie wandelte ganz in den Traum der Gedanken verloren,
Ihres Geleits vergessend, den mondbeschienenen Steindamm.
Lautlos strömte das Volk; nur Wenige faßte die Straße,
Aber die Mehrzahl wallte dahin durch Wiesen und Stoppeln
Neben der Breite des Wegs, um noch von ferne die Jungfrau
Einer dem Andern zu zeigen mit ehrfurchtsvoller Geberde.

Da auf einmal erſcholl ein Geſchrei in den vorderſten Haufen,
Fliehende kamen zurück, Angſtworte der Weiber ertönten
Und von den Männern der Ruf: Bringt Waffen herbei! — Die
          Beſtürzung
Hemmte den Zug. Denn ſieh, langſam mit erhobenen Schweifen
Kamen dem Volk entgegen mit dumpfem Gemurr in des Weges
Mitte die mächtigen Löwen, der Kybele heilige Thiere.
Und ſchon ſah man klar in der Dämmerung brennen die großen
Augen, da ſtutzte das Paar und ſchüttelte Mähnen und Schweife.
Blindlings ſtiebt aus einander das Volk; rings über die Hügel
Jagt ein wildes Entſetzen die ſchreienden Weiber und Kinder;
Doch die Beſonnenen eilen zurück zum Amphitheater,
Flugs die Cohorte zu holen, die ſpeerbewaffnete Nachhut.
Auch Caſtelius flieht; da beſinnt er ſich, daß er die Jungfrau
Völlig vergaß in der Angſt, und wendet ſich um und gewahrt ſie
Fern in der Mitte des Wegs. Ihn macht erſtarren der Anblick.
Thekla! ruft er zurück, Unſelige, rette dich, fliehe! —
Aber ſie hört ihn nicht. Die Letzten im fliehenden Haufen
Blicken zurück und gewahren die eben Gerettete einſam
Neu dem Verderben geweiht, das nah und näher herandroht.
Grauſendes Mitleid lähmt das Getümmel der Flucht. Nach
          Waffen
Ruſen ſie leer in die Luft, ohnmächtig die Hände gerungen.
Aber die Jungfrau ſteht mit ruhig erhobenen Augen
Zwiſchen den Bäumen am Weg. Zu ſpät erſt weckte des Volkes
Schreien den träumenden Geiſt, da ſchon ſie rings ſich allein ſah,
Und mit raſchem Beſinnen entſcheidet ſie, daß ſie den Feinden,
Wenn ſie allein nacheilt, zu gewiſſerer Beute ſich preisgiebt,
Als mit muthigem Blick und ſicherer Stirn ſie erwartend.
Alſo geſchah's. Nachdenklich die Mähnenhäupter bewegend
Schreiten die Stolzen heran. Nun halten ſie, als ſie das Mädchen
Sehn, und heftig im Kreiſe den Schweif an die ſteinernen Platten
Schlagend, in ſtaunendem Zorn betrachten ſie lange die Jungfrau.
Doch nicht ſinkt ihr Auge; ſie hält den gewaltigen Blick aus,
Schon mit dem Tode vertraut, deß glühender Flügel ſie ſtreifte.
Und ſo ſtehn ſich die Drei um Speerwurfs Weite genüber,
Ferne das zaudernde Volk, das lautlos wartet des Ausgangs.

Horch, da erheben die Thiere verdrossenes Heulen, und plötzlich,
Einer dem Andern nach, entweichen sie rechts in die Felder,
Ihr frei lassend den Weg. Mit stürmisch klopfendem Herzen
Blickt sie den Flüchtigen nach, die über die Hügel in weiten
Sätzen, der Freiheit froh, in den klüftigen Bergen verschwinden.

Aber sie faßt sich schnell, und den Zug nicht wieder erwartend,
Fliegt sie mit dankender Seele dahin die gesicherte Straße,
Wie vom Winde getragen, dem wogenden Volk zu entrinnen.
So zu den vordersten Gärten gelangt sie. Da von dem Steinweg
Seitwärts taucht sie behend in ein rankenumwuchertes Gäßlein,
Das in größerem Bogen erreicht Ikoniums Mauern.
Hier umhüllt sie heimlich die Nacht. Von weitem verworren
Tönt des Zuges Geräusch und suchende Stimmen herüber.
Doch sie wandert weiter, und jetzt erst bringt ihr der Freiheit
Hauch entzückend ins Herz mit erneuerter Wonne des Lebens.
Zwischen den Mäuerchen geht sie, allein mit ihren Gedanken,
Rein von Freude bewegt, wie ein Kind andächtig am Festtag,
Wenn auf Alles umher sich ein Glanz ausbreitet, verschönend
Jede bekannte Gestalt und das Unscheinbarste vergoldend.
Und als jetzt sie der Weg hinaus ins freie Gefilde
Führt, von wo er den Saaten entlang an den Hecken sich hinzieht,
Lädt sie die Steinbank ein, die ermatteten Glieder zu rasten
Hier in der Einsamkeit, im bergenden Schatten der Ulme.
Vor ihr schlummert das Land vom Wetter erfrischt. An der
                                                              Seite
Reihen die Gärten sich hin und hinter den Gärten die Dächer,
Tempel und Thürme der Stadt. Doch fern im Grunde der Ebne
Leuchtet die Seefluth auf mit den Feuerchen, die in den Nachen
Langsam schwammen, ins Netz die Brut der Fische zu locken.

Hier nun saß sie und sann. Ihr war, als käme sie fernher
Spät, nach Jahren der Reise zurück zu den Fluren der Heimath,
Die der Entfernten vergaß. Da mischt in die Stimme der Freude,
Mischt in das Wiedersehn sich ein Klang wehmüthigen Ernstes.
So auch dachte sie jetzt des Empfangs in den Armen der Mutter,
Die ihr Herz abwandte, der Freund' und Gespielinnen alle,

Deren erschüttertem Kreis sie entrückt' ein erhabenes Schicksal.
Neugier wird sie umspähn, wo Liebe sie sonst umarmte,
Ach, und die Nächsten sogar, wie werden sie fremd ihr begegnen,
Die aus Schrecken des Tods ein verwandeltes Leben zurückbringt!

Endlich rafft sie sich auf und geht mit eilenden Schritten
Traurig den Fußpfad hin, das Gemüth voll banger Erwartung.
Jetzt zu der Mauer gelangt, der verfallenen, welche der Römer
Oftmals brach in der Zeit der Eroberung, fand sie ein Pförtchen
Offen und trat in die Stadt, die noch von Leben erfüllt war.
Denn die Gewalt des Orkans, der über dem Land sich entladen,
Hatte die Letzten geweckt, die hier in entlegenen Gassen,
Oder vom Tagwerk müde, der Volkswuth Brausen verschlafen.
Nun in Gruppen geschaart, nun Zwei und Zwei an den Häusern
Standen die Bürger der Stadt, und wer von draußen zurückkam,
Goß unerhörten Bericht in die lauschenden Ohren der Nachbarn.
Zwischen den schwirrenden Stimmen vernahm man dumpf in den
                          Röhren
Rauschen der Regenflut, die noch von den Dächern zu Thal floß.
Da ward Keiner gewahr, daß dunkel verhüllt in dem Mantel
Sie, nach welcher sie fragten, ein wandelnder Schatten vorbeiglitt.
Oft auch hörte das Mädchen den eigenen Namen ertönen
Und er erschien ihr fremd, als eignet' er einer Verstorbnen,
Deren erblichenes Bild in später Erinnerung auftaucht.
Einmal stand sie und horchte. Und denkt, sprach Einer, sobald wir
Uns vom Schrecken erholt, und das Brüllen der wüthenden Thiere
Fern vom Gebirg her klang, da eilten wir Thekla zu suchen.
Aber sie war vom Boden entrückt, und Einige sahn sie
Ueber die Stadt hinfahren, den schießenden Sternen vergleichbar. —
Nicht des verwegenen Wahnes, des dichtenden, konnte sie lächeln,
Sondern erschrak im Gemüth. Und als in die breiteren Straßen,
Hell vom Monde bestrahlt, sie der Weg führt, zieht sie den Mantel
Faltiger über das Haupt und schreitet beflügelter vorwärts.
Jetzt von weitem erblickt sie ihr Haus mit dem hängenden Garten,
Und genüber das Dach des Nathanael, welches am Morgen
Noch herbergte den Freund. Da wallt' ihr bange das Herzblut
Von der Erinnerung auf und plötzlich erwachender Ahnung.

Kaum noch trägt sie der Fuß zu den Stufen hinauf, und den Klopfer
Hat sie ergriffen und hält ihn zaudernden Herzens gehoben,
Als ein Mann, der still auf der Bank am Hause gesessen,
Plötzlich das Haupt von den Knie'n aufrichtet, darauf er es stützte,
Und von der Stirne den Mantel zurückschlägt. Gram und Ermüdung
Lag in dem prüfenden Blick, der schwer zu Thekla emporsah.
Laß vom Klopfer die Hand, so ruft er gedämpft. Wen suchst du
Hier im Hause der Trauer und störst die Stille des Todes?
Kommst du vielleicht vom Circus, der freundlichen Sorge beflissen,
Mit dem genauen Bericht das Herz der Mutter zu foltern?
Spare die Mühe! Der Tod hat gnädig das Ohr ihr verschlossen.

Demas sprach's und versank von Neuem in schmerzliche Stille,
Und still blieb's an der Thür. Da erstaunt' er, stand von der Bank auf,
Und der Fremden genaht: Wer bist du, Schweigende? forscht' er.
Traf das herbe Geschick, das ich verkündet, gewaltsam
Ein unwissendes Herz, das kam, mit der Mutter zu weinen,
Da kein Trost hier frommte? So sprich und enthülle das Antlitz!
Denn obwohl ich ein Fremder, — es hat rasch näherndes Mitleid
Mich hierher geführt, der Entseelten Hülfe zu spenden,
Als sie am Thurm umsank in der letzten tödtlichen Ohnmacht.

Still entglitt ihr der Mantel. Er sah die erblichenen Wangen,
Den abwesenden Blick der sprachlos stehenden Jungfrau.
Thekla, rief er bestürzt, du selbst? O trau' ich den Augen?
Lebst du und darfst noch leben? Und wahr ist's, was ich vernommen
Unter dem Haufen des Volks, der hier am Hause vorbeizog,
Daß du erlös't und frei? Nur finsterer Kunde gewärtig,
Deutet' ich anders das Wort: vorbei sei endlich die Marter.
O so entrannst du dem Tod, um hier vom Munde des Freundes
Lebenerstarrendes Gift, du Ahnungslose, zu saugen!
Sprich ein Wort und sage, du lebst! Ganz gleichst du dem Steinbild,
Das ich in Thamyris' Hause mit frohem Blicken betrachtet.

Langsam regte sie sich. Die Hand fiel müde vom Thürgriff
Wieder herab; so stand sie dem gütigen Fremden genüber,
Thränen- und klagelos, ein Bild tiefsinnigen Leides.
Und er ehrt' ihr Schweigen und wartete, daß die verscheuchten
Lebensgeister sich sammeln, den Mund ihr wieder erschließend.
Und jetzt fühlt sie die Hand im Druck der fremden erwarmen,
Und ihr starrender Blick thaut auf am Feuer des seinen.
Dank dir, haucht sie hervor, du Trefflicher, daß du der Mutter
Hülfe gebracht in der Noth; ich will dir's nimmer vergessen.
Segne der Herr dein Haupt! Todt ist sie, sagst du? Ich wußt' es,
Da ich das Haus erblickte; mir sagt's die Stimme des Herzens.
Laß mich jetzt zu der Todten hinein. Du aber, dafern du
Kannst, verzieh hier außen ein weniges, daß ich noch einmal,
Wenn mein Geist sich ermannt, dich, eh' wir scheiden, begrüße.

Dreimal klopfte sie leise mit dumpf anhallenden Schlägen,
Und es gehorchte die Pforte dem Drucke der Hand. Tief athmend
Trat sie hinein in den Flur. Da vernahm der Milesier draußen,
Wie sie ein Schluchzen empfing, aufschreiende Stimmen sie grüßten,
Und dann tiefer im Haus die beweglichen Töne verhallten.
Auf die Steinbank wieder, an Seel' und Körper ermattet,
Sank er zurück und tauchte das Kinn in die Falte des Busens.
So verträumt' er die Zeit. Vor seinem bekümmerten Geiste
Stand ihr rührendes Bild in klaren und strahlenden Zügen
Hoheitsvoll. Nein! sprach er für sich, und wenn sie verirrte,
Niedriges that sie nimmer. Ein Gott lebt herrlich im Innern
Dieser erles'nen Gestalt, und ich schäme mich, daß ich zuvor sie
Kalt und strenge verdammt, eh mir dies Auge begegnet.

Während er solches erwog, das Haupt in die Rechte versenkend,
Und die Gedanken gemach ihm dunkelten, hier in der stillen
Nacht, die freundlichen Schlaf auf alle Lebendigen thaute,
Horch, da weckt' ihn scharrend der Schritt schwerfälliger Schuhe,
Die still hielten am Haus der Theoklia. Als er emporsah,
Stand mit verwildertem Haar, ihn scheu anblickend, der Goldschmied
Vor ihm, schon auf der Schwelle den Fuß und die Hand an dem
Thürgriff.

Und ein Ruf des Erstaunens erklang von den Lippen der Männer.
Treff' ich dich hier, Philosoph? rief laut Hermogenes. Sieh doch!
Nicht beim Thamyris scheinst du, dem Gastfreund, dich zu be-
hagen,
Daß du die Feuchte der Nacht und den offenen Himmel erwähltest.
Nun, mich wundert es kaum. Sie sagen, er sei von Verstande.
Da mag freilich das Haus vor Seufzen und Aechzen die Nacht durch
Wenig taugen zur Rast. Entsinnest du dich, ich sagt' es
Dir ehgestern voraus, die Zeit sei schwanger mit Unheil.
Wie ein Feuer im Stroh, so frißt sie umher, die Verblendung,
Und wer irgend noch von Menschenverstand und Gewissen
Nur ein Restchen besitzt, dem geht es nächstens in Rauch auf.
Nicht als hätt' ich sie gern in den Tod ziehn sehen, die Thekla;
Denn ich kannte sie lang und liebte sie. Wenn sie verführt ward,
Nun, schwach sind die Weiber, und sie war kindisch und arglos.
Doch viel eher wollt' ich, wir hätten gleich sie verloren,
Als zu sehn, wie nun in der Stadt einreißt die Verwirrung
Und gottloser Verrath am Heiligsten. Weißt du es auch schon,
Daß sie den Prätor gewann? Nun hüte sich Jeder in Zukunft,
Nazarener zu hassen und Streit zu bekommen mit Christen.
Schwerlich gewänn' er Recht, und wär' er der trefflichste Bürger.
Nein, ich erwart' es nicht, bis dieser verdammliche Wahnsinn
Noch am Ende mich selbst mit Weib und Kindern dahinrafft.
Morgen frühe verlaß' ich die Stadt, mir draußen ein sichres
Obdach aufzusuchen. Die Welt ist groß, und es findet
Sich wohl noch ein gesegneter Fleck, wo einer in Frieden
Ißt sein kümmerlich Brod und der alten Götter gedenket.

Ihm antwortete Jener: Hermogenes, nimmer geziemt mir's,
Dich zu berathen. Es folgt doch Jeder der eigenen Einsicht.
Geh nur immer und such ein Asyl dir gegen den Weltsturm,
Der, mir ahndet es leider, von mancher bescheidenen Hütte,
Wie von Tempeln der Götter das Dach abdeckt und die Mauern
Bis zum Giebel erschüttert. Doch sage mir nun, wen suchst du
Hier so spät in der Nacht? Du findst im Hause die Herrin
Todt und die Tochter versenkt in tiefes Leid und Betrübniß,
Unbereit, das Gemüth für fremde Gespräche zu öffnen.

Da mit dem Fuß aufstampfte der Goldschmied. Schmerzlicher Ingrimm
Zog ihm die Brauen zusammen, und laut entfuhr ihm Verwün=
schung.
Ist die treffliche Frau mir auch von der Seite gerissen?
Schlinge der Abgrund ein das Gezücht, das diese gemordet!
So, wie sie, war Keine, soviel mir Weiber begegnet,
Huldvoll immer dem niederen Mann. Oft, wenn ich verdrießlich
Zu ihr kam in Geschäften: Du bist unlustig; was hast du?
Fragte sie gleich. Laß hören, Hermogenes! — dann von der Leber
Schwatzt' ich die Sorge weg und ging leichtherziger von ihr.
Wenn mein Weibchen im Kindbett lag, vom eigenen Tische
Schickte sie Speisen und Wein. Die Edle! die Gütige! Niemals
Vornehm, immer geneigt, im Handwerksmanne den Künstler,
Nicht den Diener zu sehn. Und so nun mußte sie enden!
So durch Gram um das einzige Kind, für das sie gelebt hat!
Kein Zureden bedarf's, mich jetzt vom Hause zu treiben.
Wenn ich dem Ding da oben begegnete, ihr, die die Mutter
Unter die Erde gebracht, kaum schluckt' ich die Galle hinunter.
Zwar noch hab' ich ein Sümmchen für Silbergeräthe zu fordern,
Und willkommen wär's. Doch will ich's lieber entbehren,
Als mir's reichen lassen von muttermördrischen Händen.
Dabei wär' kein Segen. Theoklia todt! Fast scheid' ich
Jetzt mit getrosterem Herzen. Es war mir bitter, die werthe
Frau in der Stadt zu verlassen, der sündigen, welche zuletzt doch
Heimsucht rächender Gräu'l und Fluch der Olympier. Nunmehr
Mag es! Gehab dich wohl, Philosoph, und bist du ein Weiser,
Thust du wie ich und schüttelst Ikoniums Staub von den Schuhen!

Also eifernd verließ der bekümmerte Meister den Griechen,
Eilte die Gasse zurück, von wannen er kam, und der Andre
Hört' ihn noch in der Ferne den Gram durch Schelten erleichtern.
Dann schwieg Alles umher. Empor hob Demas die Augen
Zu den verlöschenden Sternen. Er spürte die nahende Frühe
Auch am kälteren Wind und verwahrte sich fester im Mantel,
Und, dem Schlafe zu wehren, hinab und hinauf an der Pforte
Wandelt' er, überdenkend das Loos der sterblichen Menschen.

Da klang wieder die Thür, und heraus in die grauende Kühle
Trat die verhüllte Gestalt der Erwarteten. Aus dem Gewande
Blickt das Gesicht nur vor und die blassen, schmächtigen Hände,
Kaum im Schreiten der Fuß. Er steht und sieht sie gerüstet
Wie zur Reise, den Hut, der über dem Nacken herabhängt,
Und in der Rechten den Stab. Und sanft zu dem Staunenden
spricht sie:

Freund! — so darf ich dich nennen; du warst's ja meiner ge-
liebten
Todten — ich komme zu dir, den Dank zu erneuen für Jedes,
Was du Gütiger thatest, ein schwindendes Leben zu hemmen.
Aber bevor ich rede, wozu die Seele mich antreibt,
Sage mir eins: du nanntest vorhin den Namen des Jünglings,
Dem ich wehe gethan, das Band der Verlöbniß trennend.
Sprich, wie steht es um ihn? Noch gellt mir schaurig im Ohre —
Lang wohl klingt er mir nach — sein unglückseliger Abschied.

Ernst antwortete Jener: Fürwahr, nicht hättest du hier mich,
Theures Mädchen, gefunden, in müßiger Trauer verweilend,
Hätt' ich den Gastfreund nicht in sicheren Händen verlassen.
Denn da sinnlos ihn in die Nacht sein Dämon hinausstieß,
Bahnte der Vater eben den Weg sich durch das Gedränge,
Jäh vom Lager geschreckt durch umheilkündende Botschaft.
Und mich fand er zuerst. Wir aber empfingen den Jüngling,
Mit der vereinten Kraft ihn bändigend. Ruhiger ward er,
Als er den Vater erkannt. Mit taumelnden Sinnen und Gliedern
Kraftlos schritt er dahin, wie ein Schlafender, wo er geführt ward.
Und wir trafen den Wagen im Dunkel der oberen Straße,
Den vorahnend der Vater zu rüsten bestellt. In den Sessel
Halfen wir eilig dem Kranken, und selbst die Zügel ergreifend
Saß der Vater zu ihm. Nicht aber zurück in die Wohnung
Bracht' er den Sohn. Ihm liegt ein ländliches Haus und Be-
sitzthum
Zwei Tagreisen von hier nach Süden hinaus in der Ebne.
Dort gedenkt er zu rasten. Ich rieth ihm aber, sobald sich
Wieder ein sanfterer Geist in Thamyris' Busen bewege,

Ihn nach Kypros hinaus und fern zu den Inseln zu senden,
Daß ihn Länder und Meer mit wechselnden Bildern belebten.
Denn ich kenne genau die Art und Weise des Jünglings:
Jählings braus't er heraus, und gleich im nächsten Momente
Fließen die Wellen des Bluts ihm wieder gelind in den Adern.
Nichts wird lang ihn nagen und nichts ihn tödtlich verwunden.
Aber nachdem ich nun dir Sorg' und Zweifel gelöset,
Lös' auch du mir ein Räthsel. Du nahst, zur Reise gerüstet.
Wohin denkst du den Schritt in der schaurigen Frühe zu lenken
Von der Todten hinweg, die unbestattet zurückbleibt? ·

Und sie erwiederte traurig und sprach: Ich weiß, ich erscheine
Wohl unkindlich und kalt, dieweil ich scheidend im Hause
Ohne die Ehren des Grabes den Leib der Mutter verlasse.
Aber ich muß. Mich duldet das Herz nicht hier an den Stätten,
Wo, was je ich besaß, wie von himmlischem Feuer verheert ward
Und nur rauchende Trümmer und Aschenhaufen mich ansehn.
Aber warum so eilig der Fuß von der Schwelle der Heimath
Scheidet, befrage mich nicht. Und wenn den freundlichen Antheil
Mein befremdliches Thun mir nicht verscherzt, so vernimm nun,
Was ich zu bitten komme, die Schuld der Verpflichtungen häufend.
Siehe, das Haus hier mangelt, da ich nun gehe, des Herren,
Denn nie kehr' ich zurück. Wenn du nun wolltest am Tage
Nach der Bestattung kommen und Jegliches schicklich und weise
Ordnen, du fändest die Diener gehorsam, fändest die alte
Schaffnerin dir geneigt, der ich mich einzig vertraute.
Denn sie priesen dich hoch und rühmten die herzliche Gutthat,
Daß du selber die Mutter, die sterbende, halfst in die Halle
Tragen und Hand anlegtest, das stockende Blut zu erwärmen.
Was in den Schreinen ruht an Hausrath, Schmuck und Ge=
wändern,
Theil' es den Mägden im Haus und den Sklaven zu billigen
Theilen.
Frei entlasse sie alle. Die Schaffnerin aber, die alte,
Die an der Brust mich genährt, empfange den doppelten Antheil.
Dann, o Guter, verkaufe das Haus, und den vollen Erlös gieb
In Nathanael's Hände, des Nachbars drüben, und sag ihm,

Daß er die Hungernden speise, die Noth der Bedürftigen lindre.
So viel bitt' ich von dir, unwissend, was an Geschäften
Sonst dir fülle den Tag, und ob dein Wille geneigt ist.
Aber ich kann nicht gehn zu anderen Freunden der Mutter,
Denn sie hielten mich fest und ließen mich nicht in die Welt
　　　　　　　　　　　　ziehn.
Zwar auch du bist fremd in Ikonium; was ich gebeten,
Hält dich länger vielleicht, als hier du zu weilen gedachtest;
Dann in des Prätors Hände vertraue die Last und die Voll-
　　　　　　　　　　　　macht.
Eins nur thue du selbst, eins weigere nicht und versprich mir's:
Ordne die traurige Feier, und was mir ziemte, dem Kinde,
Ach, vollzieh es für mich und gieße du selbst in die letzten
Flammen des Scheiterhaufens den Wein und sammle die Asche!

Sprach's, und die Stimme versagte, die leuchtenden Augen um-
　　　　　　　　　　　　florten
Reichlich quellende Thränen, und tief aufschluchzte die Waise.
Thekla, sprach er bewegt, wie dank' ich's, daß du vertrauend
Dich zu dem Fremden geneigt! Nie wurde dem schweifenden
　　　　　　　　　　　　Wandrer
Irgend ein Gastgeschenk, das so ihn ehrte, geboten.
Ja, dies Alles verheiß' ich zu thun, was klug du voraussorgst,
Klug — ich staune, wie sehr, inmitten der plötzlichen Trübsal.
Doch nicht schelt' ich den Geist, der so die Schmerzen der Seele
Bändiget. Trauer verwirrt nur kleine Gemüther. Die hohen
Tauchen gestählter hervor aus bitterer Woge des Leides.
Gönne dem Freund nun auch, den selbst du erkoren, ein ernstes
Wort. Dich seh' ich bereit, allein in die Fremde zu wandern,
Dich, ein blühendes Mädchen, der Welt unkundig, so viel auch
Dir ein hoher Verstand weissagt von den Dingen des Lebens.
Wohin gehst du? Du schüttelst das Haupt? Du wendest die
　　　　　　　　　　　　Blicke?
Soll ich selber es sagen? Ich seh' voll Trauer, es zieht dich
Jener gefährliche Mann sich nach, um den du so viel schon
Duldetest, dem nun völlig das Herz dich Aermste dahingiebt.
Ist er es werth, o Mädchen, daß du ihm opferst das edle

Kleinod: züchtigen Ruf und die Stille verborgenen Wandels?
Danke dem Schicksalswink und der Gottheit, die du verehrest,
Daß sie zeitig genug ihn dir von der Seite gerissen,
Eh in den eigenen Strudel er ganz dein Leben hinabzog.

Doch sie erwiedert gefaßt: Nein, Freund, nicht wirst du mich
                                    irren.
Ja ihn such' ich allein. Wohin er ferner den Schritt mir
Weis't, da ist mir die Erde vertraut, als wäre sie Heimath.
Lauter, als Rath von Menschen, beräth mich innen die Stimme
Gottes, die Er mir erweckt, und treibt mich hinaus in die Weite.
Mußt' ich doch abschiedslos ihn von mir lassen im Kerker,
Konnte die Fülle der Räthsel, die bang mir die Brust durchwogte,
Nicht ausschütten zuvor, auf daß er alle sie schlichte.
Doch statt seiner, dacht' ich, erscheint der Engel des Todes,
Mich aus Räthseln der Zeit ins ewige Schauen zu leiten.
Das kam anders. Und nun, wie soll ich es anders verstehen,
Daß heimkehrend ich mich des einzigen Gutes beraubt fand,
Das mit Pflichten das Herz noch fesselte, wollte der Herr mich
Nicht fortweisen von hier in eine verschleierte Zukunft?
Darum halte mich nicht, wenn um mein Glück du besorgt bist.
Vielfach ist ja das Glück und Jeder erhofft sich das seine;
Meins ist einzig bei ihm. Was gilt die Welt und der Menschen
Schmähende Rede mir? Vor tausend Augen ein Schauspiel
Stand ich, den Heiland zeugend im Angesichte des Todes.
Aber es grauet der Tag. So laß mich scheiden und wandern.
Und wohl führt noch einmal in kommenden Tagen der Himmel
Dich, du Edler, zu mir. Dann mögest du freudig erkennen,
Daß der Weg, vor dem du gewarnt, zum Segen geleitet.

Damit reichte sie herzlich die Hand ihm. Und er ergriff sie,
Und in tiefer Bewegung erwiedert' er: Gehe, wohin dein
Geist, o Mädchen, dich ruft! Dir ist kein Warner vonnöthen.
Denn dich warnt dein Sehergemüth, dich leitet die Klarheit
Deines begeisterten Muths vorbei am schwindelnden Abgrund.
Möge das freundliche Wort in Wahrheit einst sich erfüllen,
Daß mich wieder zu dir das bewegliche Leben zurückführt,

Dein mich hoch zu erfreuen im unerfreulichen Alter.
Fahre denn wohl! Mir bleibt dein Bild wie ein Stern in der
Seele.

Langsam wandt' er sich ab und trat an die Schwelle des Hauses,
Seines Versprechens gedenk. Noch einmal winkt' er, die Pforte
Klang, und im Innern entschwand er dem Blick der scheidenden
Jungfrau.

Neunter Gesang.

Wo sich der Weg nach Osten hinaus von der Stadt in die
     Ferne
Wendet, am untersten Hange der mitternächtigen Berge
Ueber der Fläche des Sees, war nur in den sommerlich heißen
Monden von früh bis spät die gepflasterte Straße lebendig.
Denn unendlich gewunden umging sie dort des Gebirges
Schluchtenzerrissnen Fuß, der schroff in die Ebne hinabstieg;
Und wer irgend im Winter und Herbst und im stürmischen Frühjahr
Ob aus Phrygien kam, ob aus Kappadocien, lieber
Rudert' er über den See, der weit in die Niederung austrat,
Bis an die äußersten Hütten Ikoniums. Aber im Sommer
Schwanden die Wasser zusammen, ein mäßiges Becken erfüllend,
Rings durch Sümpfe getrennt von der Stadt. Dann folgten dem
     Landweg
Längs dem Gebirg Kaufleute, beladene Mäuler, ein buntes
Volk, und das Leben erklang um die schweigenden Stätten des Todes.
Denn hier standen in Reih'n unzählbar hüben und drüben
Von Uralters errichtet die Gräber der Stadt, an den Stirnen
Lange vergessene Namen und halbverwittertes Bildwerk,
Manche dem Einsturz nah. Denn rasch aufgrünende Triebkraft
Nachbarlicher Cypressen und Aloewurzeln und Epheu
Drängte sich zwischen die Fugen und sprengte sie; doch zum Ersatze
Wurden die Todten versöhnt durch Schmuck von Zweigen und
     Ranken
Ewigen Grüns, die wuchernd die steinernen Trümmer bedeckten.

Hier in thauender Frühe den Felsdenkmälern vorüber
Lief mit schläfrigem Fuß, doch hellen Auges, ein Knabe.
Kraus umwehte das Haar sein kluges Gesicht, und der Mantel
Flatterte lustig nach, und der eignen Ermüdung spottend
Klang von den blühenden Lippen ein muntres jüdisches Liedchen.
Sternlos thaute der Himmel, und weit und breit in der Landschaft
Rührte sich weder ein Mensch, noch wacht' ein Vogel. Im Ost nur
Dämmerte streifiges Weiß und ein zuckender Schimmer des
Morgens.

Jetzt von der Stadt, der singend der Knabe sich näherte, krähte
Deutlich der Hahn. Da hob er die Augen empor, in die Ferne
Spähend, wie weit sein Ziel. Und sieh, still hält er auf einmal
Mitten im Lauf und Gesang und reibt sich zweifelnd die Augen.
Doch da kommt's leibhaftig heran, ihm eilends entgegen,
Eine verhüllte Gestalt. Hell aus dem Gewande, dem dunklen,
Blickt das Gesicht nur vor und die weißen, schmächtigen Hände,
Kaum im Schreiten der Fuß. Sie ist's, ruft freudig der Knabe.
Thekla, du bist's! Und in Sprüngen erreicht er sie. Kennst du
mich, Thekla?
Marcus bin ich, Nathanaels Sohn. Mich schickte der Vater,
Wie dir's gehe, zu forschen. Er weiß schon, daß du gerettet.
Unsere Mirjam nämlich, die Schaffnerin, ging mit dem Zuge
Bis zum Amphitheater und wartete draußen am Thore;
Denn sie bracht's nicht über das Herz, dich sterben zu sehen.
Aber sobald sie von fern dich sah an der Seite des Prätors
Frei dem Gerüst entsteigen, da lief sie zurück und erzählt' uns,
Wie der Herr sich erbarmt. Wir lachten und weinten zusammen;
Und ich sollt' in die Stadt, dir Grüße zu bringen, und plötzlich
Stehst du nun selbst vor mir!
O sprich, wo weilen die Eltern?
Fiel ihm Thekla ins Wort. Denn sie nur such' ich. Im Hause
Ward mir gesagt, wie treu sie dem heiligen Manne gefolgt sind,
Als er die Marter erlitt. Und wißt ihr es auch schon, Marcus,
Daß ich die Mutter verlor?
Da streichelte leise der Knabe
Thekla's Schulter und sprach: Wir wissen es. Aber du darfst nicht

19*

Fürchten, verlassen zu sein. Bei uns nun wohnst du in Zukunft,
Sagte der Vater. Es soll an nichts dir fehlen. Wir haben
Früchte genug im Garten, ein Bad und was du begehrest,
Und ich bin dein Bruder und lehre dich schöne Gesänge,
Richte dir Vögelchen ab. Du hast mir immer gefallen,
Wenn ich drüben dich sah, und ich wünschte so oft mich hinüber.
Doch nun komm zu dem Gräbergewölb, da findest du Tryphon
Nur mit den Eltern allein. Die Anderen von der Gemeinde,
Die das Geleit ihm gaben, entließ er drüben am Thor schon.

Also gingen die Zwei, an der Hand sich fassend, gen Aufgang
Zwischen den Gräbern dahin. Links stieg in die Höhe die Berg-
wand,
Aber zur anderen Hand lag still Lycaoniens Ebne.
Und sie sprach zu dem Knaben: Erzähl mir, wie es sich zutrug.
Hattet ihr Salben bereit und sorgtet, ihn zu verbinden?
Ach, unseliger Spur bin ich am Wege begegnet,
Roth im Sande verspritzt. Wie Gräßliches mußt' er erdulden!

Da antwortete Marcus: Es war sein Blut. An dem grauen
Boden erkennt man's freilich, versprengt in einzelnen Tropfen.
Denn er ward von den Schergen hinaus in die Straße gestoßen
Ueber die Schwelle der Stadt; da empfingen wir ihn, und die
Mutter
Fleht' ihn, niederzusitzen und nicht der Pflege zu wehren.
Doch er schüttelte schweigend das Haupt. Um die blutigen
Schultern
Schlug er den Mantel und ging. Auf einmal stand er und
bat uns,
Daß wir allein ihn ließen und nach dir forschten. Er wolle
Hier auf offener Straße die Todesboten erwarten.
Doch wir sandten die Magd und wichen ihm nicht von der Seite,
Denn wir sorgten, er möchte zurück sich wagen, im Circus
Dich zu suchen. Doch er: O rette sie, rief er, o rette,
Herr, dies Kind! und warf in den Staub sich nieder und stöhnte,
Und wir schrieen zum Himmel und beteten. Nimmer im Leben
Hab' ich irgend um was zum Herrn so herzlich gebetet.

Dann als dunkel das Wetter heranzog, trieb uns der Vater
In die verfallene Gruft, das geräumigste unter den Gräbern,
Wo wir früher gebetet in Jahren der Noth und Verfolgung.
Siehst du die Schlucht, die links in den Berg einschneidet? Ein
wenig
Aufwärts liegt das Gewölb. Man sagt, einst hätten sich Räuber
Dort am Tage versteckt und den Raub in den Urnen verborgen.
Dahin flüchteten wir und horchten dem Sturm, und auf einmal
Kam ein gräulicher Blitz, taghell ward's drinnen im Grabmal,
Und ein entsetzlicher Donner erschütterte Fels und Gemäuer.
Hell auf schrie ich vor Angst. Da hört' ich den Heiligen rufen:
Preis sei Gott in der Höhe! Getrost, ihr Lieben! die Seele
Weissagt mir, es erbarmte der Herr sich dieser Erwählten.
Doch wir glaubten es nicht. Er betete laut, und ich sah sein
Antlitz unter den Blitzen, und muthiger ward ich auf einmal.
Dann ging Alles vorüber, der Sturm und das grause Gewitter,
Und wir traten hinaus. Mir klopfte das Herz, und der Vater
Ging die Straße zurück entgegen der Magd. Und am Ende
Kam sie und nun du selbst! Wie werden sie staunen und jauchzen,
Bring' ich dich ihnen hinein und sage: sie lebt und da ist sie.
Komm! hier lenken wir ab von dem Hauptweg. Zwischen den
Föhren
Kannst du das Grabmal schon mit dem obersten Giebel erkennen.

Sprach's. Da bogen sie ein in die Enge der felsigen Waldschlucht,
Noch von Dunkel erfüllt, da draußen im Lande gemach schon
Dämmernd der Tag begann. Hier standen verlorene Gräber,
Theils in den Felsen gehau'n, theils nur an die Bergwand lehnend
Ihr vorspringend Gebälk. Ein wildes Gebüsch an den Seiten
Engte den Fußpfad ein, und herab vom Rande des Hohlwegs .
Hing um die Wurzeln der Fichten Gestrüpp von Dornen und
Brombeer.
Aber ein größerer Bau, wie ein schmal aufsteigender Tempel,
Zeigte sich jetzt unfern an der Höhe des Wegs. Und der Knabe
Deutete winkend voraus und flüsterte: Siehe, da sind sie.
Warum zauderst du nun?
Sie stand lautpochenden Herzens;

Doch als hätt' in den Augen sich all ihr Leben gesammelt,
Blickte sie leuchtend hinan. An der vorderen Mauer des Grabmals
Lehnte, die Arme gekreuzt, mit sinnendem Haupte der Jünger.
Und wie sie jetzt sich ermannt, die Strecke des Wegs zu vollenden,
Wendet er sich und erkennt sie; da bricht ein Ruf des Entzückens
Aus der Seele des Freunds, und die Arme der Nahenden öffnend,
Schließt er das Mädchen darein, das wortlos ihm an die Brust
        sinkt.

Und noch standen sie so, in heftigem Schluchzen die Waise,
Auf sie niedergebeugt sein stilles Gesicht, und der Knabe
Mit ihr weinend. Da trat zu den dreien Nathanael. Langsam
Richtete Thekla sich auf und bot ihm die Hand, und ein Lächeln
Grüßt' ihn sanft durch Thränen. Mein Kind, du Geliebte des
        Himmels!
Rief, sie umfangend, der Alte. Du lebst! Mit dem Kusse des
        Friedens
Darf ich die Stirn dir küssen. Gelobt sei Gott! Er erhob dich
Aus den Tiefen der Noth. Und was du verlorst und beweinest —
Er wird Stärke verleihen, das herbe Geschick zu ertragen.
Doch nun komm zu der Mutter. Sie schläft dort innen. Die
        Kräfte
Zehrte der Gram ihr auf; nun aber erneut sie die Freude.

Sprach es, und seitwärts ging er voran zu der niedrigen Pforte,
Und ihm folgten die Andern. Sie traten hinein in das Grabmal,
Schwach von oben erhellt durch Lücken des Marmorgebälkes.
Und man sah in den Nischen der Wand die zertrümmerten Urnen,
Drin Nachtvögel genistet. Erschreckt vom Nahen der Menschen
Schwirrten sie flüchtig hinaus und bargen sich draußen am Giebel.
Hier auf steinerner Bank, in den Schooß die Stirne gesunken,
Saß Nathanael's Weib. Nun starrte sie auf in die Dämmrung,
Schob von den Augen das Tuch und erkannte sie. Mutter, sie
        selbst kommt,
Sagte der Mann. Hier ist sie. Wie oft schon, wenn du von
        fern sie
Sahest, verlangte dich nicht, das holde Kind zu umarmen,

Daß von den Ihrigen allen allein uns freundlicher ansah.
Sättige nun dein Herz. Von heut an ist sie die Unsre,
Unser gerettetes Kind und herzlicher Liebe bedürftig.

Während er sprach, lag Thekla schon am Halse der Alten;
Mütterlich weinte die Gute und hielt sie, zärtlich umarmend,
Ganz wie ein Kind im Schooß und küßt' ihr Augen und Wangen.
Still saß Thekla und schwieg, und Niemand sprach von den Andern;
Denn sie sahen den Freund in der dämmrigen Enge des Grabmals
Auf und ab sich ergehn mit unruhvoller Geberde.
Manchmal trat er zur Thür und wandte sich wieder und neigte
Tiefer das Haupt auf die Brust. Da hörten sie draußen den Knaben
Rufen: So kommt doch heraus und sehet es! Ganz wie im Feuer
Stehen die Büsche da vorn und die Gräber, und glühend die Ebne,
Und hell funkelt der See!
                          Da erhob sich die Frau, und sie traten
Alle zusammen hinaus. Mit plötzlich geblendeten Augen
Sahn sie den Hohlweg nieder und weit in die goldene Frühe.
Doch der Apostel begann: Tag ist's, ihr Lieben, geworden;
Welch ein Tag uns Allen! In meinem verzagenden Herzen
Dacht' ich freudigen Muths nie mehr die Sonne zu schauen.
Nun in die Wonne des Tags, der kaum uns wieder vereinigt,
Träufelt der Abschied leider uns neue Tropfen der Wehmuth.
Denn mich treibt es, zurück nach Laodicea zu wandern
Und an den Seeen entlang die pisidischen Freunde zu grüßen,
Eh der Winter die Wege beschwert mit unendlicher Schneelast.
Doch ihr lenket den Schritt nach Haus und genießet des Friedens,
Der euch jetzo erblüht. Dürft' ich ihn theilen! Hinfort auch
Walte getreu der Gemeinde, Nathanael! Wahrlich es ahnt mir,
So an Zahl wie an Muth die gedoppelte findest du heute,
Seit uns Gott von neuem bezeugt hat, daß er der Herr ist.

Und Nathanael sprach: Ist's wahr? So gehst du von uns?
Und wann kehrst du zurück? Mir ist, dich scheiden zu sehen,
Wie wenn plötzlich im Hause die Lampe verlischt, und das Oel ist

Nicht vorräthig im Krug. Da reicht wohl eben die Helle,
Welche der Mond noch gönnt, um dies und das zu beschicken;
Aber das Lesen gelingt nicht mehr, und die eignen Gedanken
Zehrt man kümmerlich auf, bis Schlaf uns endlich erwünscht ist.

Nicht also, mein Bruder! erwiederte Tryphon. Verbanne
Dies kleinmüthige Leid. Es entlockt dir herzliche Freundschaft
Worte der Furcht, die wenig den Kindern Gottes geziemen.
Wenn ihr den Boten verliert, bleibt nicht auf ewig die Botschaft
Tröstend bei euch? Und wer ist Tryphon, daß man ihn misse,
Wo fortwirket der Geist? So geh nun heim, o Geliebter,
Geh und grüße die Unsern. Und wenn von ferne gesendet
Künftig ein Brief nur sagt, wie treu wir einander gedenken,
Gieb mir Kunde von Allen, und minder werd' ich getrennt sein.
Dann — wie wird mein Herz sich erfreu'n, von dir zu erfahren,
Theuerstes Kind! O reiche die Hand mir scheidend noch einmal.
Segne dich ferner der Herr! Du gingst in die Nacht, in den
                    Kerker,
Mich zu befreien, und sieh, du befreitest die eigene Seele.
Sei denn fröhlich und sorge, den Schatz im Busen zu mehren,
Denn lang ist ein Leben und viel bedürfen die Tage.
Und so scheid' ich von euch. Wer weiß, ob wieder der Fuß mich
Herträgt, daß ich des Blicks aus liebenden Augen mich freue.
Denn fern über das Meer in hellenisches Land zu den Heiden
Treibt mich der Ruf des Herrn und weiter vielleicht, an der Erde
Grenzen. So lebt denn wohl, und Friede mit euch und dem
                    Wandrer!

Da entließ er die Hände der Jungfrau sanft aus den seinen,
Innig bewegt, und umarmte Nathanael. Aber der Knabe
Hing sich an ihn und strebte hinauf zu den Lippen des Jüngers;
Küssend umfing ihn Tryphon und legte die Hand aufs Haupt ihm,
Winkte scheidend zurück und wandte sich ab. Still trauernd
Blickte die Mutter ihm nach; dann faßte sie seufzend des Knaben
Hand, an den Heimweg denkend. Es folgte der Mann, und die
                    Letzte
Kehrte sich Thekla hinweg und ging mit den schweigenden Freunden.

Aber sobald sie hinaus in das Frühroth kamen und rechtshin
Gegen Ikonium zu auf breiterer Straße sich wandten,
Stand sie still und begann mit heimlich bebender Stimme:
Geht ihr immer voraus und laßt mich, Theure, noch einmal,
Mich allein, zu dem Freunde zurück; ich hab' ein versäumtes
Wort ihm noch zu vertrauen, bevor wir ewig getrennt sind.
Denn im jähen Momente des Abschieds stockte die Rede
Mir in der Brust. Nicht war ich gefaßt, ihn schon zu verlieren.
Doch nun fühl' ich, es soll dies Wort mein Leben entscheiden,
Und nicht Ruhe gewinn' ich, verschweig' ich's, da es noch Zeit ist.

Und Nathanael sprach: Wie könnt' ich, Theure, dich halten?
Geh, wenn mahnend das Herz dich treibt. Noch ist er erreichbar.
Und wir wandern indessen gemachsam weiter und harren,
Wenn du länger verweilst, im Haus auf deine Zurückkunft.
Bring uns Grüße von ihm und sag ihm, wie er geliebt wird!

Kaum mehr hört sie das Letzte. Sie wendet sich rasch, ihr glüh'ndes
Antlitz nicht zu verrathen, und schreitet zurück, sich verklagend,
Daß sie die Redlichen täuschte mit halben, verschleierten Worten.
Weiß sie es doch: nie wird sie die Heimath wieder betreten,
Nie zu den Harrenden kehrend mit Tryphon's Gruß sie erfreuen.
Doch als einsam wieder die Schlucht sie umgiebt, da entschwindet
Jegliches andre Gefühl vor innerster Angst der Entscheidung.
Zögernden Fußes zuerst, dann wieder beflügelt, den Gräbern
Eilt sie vorbei, und weiter den sanftansteigenden Waldpfad.
Jetzt um die Felswand biegend, erblickt sie den Freund; in der Ferne
Steht er, gewendeten Haupts, wie ein Wartender. Traurig empfängt sie
Sein weitblickendes Auge. Doch sie, vom Sturme der Schmerzen
Fortgerissen, zu Füßen des Schweigenden stürzet sie nieder,
Und sein Knie umklammernd ergießt sie die Fülle der Klagen:

Tryphon! Gehst du hinweg? Und ich soll bleiben und leben,
Wenn du ganz mir fehlst? Ach, warum denkst du von Thekla
Herrlicher, als sie verdient! Sie ist ein schwaches, verzagtes,

Mitleidwerthes Geschöpf, wenn du sie verläſſeſt. Du ſollſt mir
Nicht ihn wehren, den Platz zu deinen Füßen, die Arme
Nicht losreißen von dir! Hier will ich liegen und klagen,
Bis du mich aufſtehn heißeſt und ſprichſt: wir wandern gemeinſam
Iſt denn Scheiden ſo hold, daß wir den treuen Gefährten
Grauſam eilig entfliehn, die glücklichen Stunden verkürzend?
O und muß ich es ſagen, wie viel und was ich verliere,
Wenn du gehſt? Ich verarme zur Bettlerin. Was ich beſeſſen,
Gab ich dahin um dich, und werthlos ward mir das Leben.
Niemals will ich zurück in die Stadt, die einzig des Todes
Bleiches Geſpenſt mir zeigt und Schatten vergangenen Glückes.
Freundin nannteſt du mich, und kannſt nun furchen die Stirne,
Mir mit ſtrengem Geſicht die einzige Bitte verſagen,
Dir ſo gering zu gewähren und mir ſo reich zu erhalten?
Bin ich irgend im Weg, wenn du dies Eine geſtatteſt,
Dir zur Seite zu gehn? Ich will ja ſchweigen, als wandle
Mit dir fort ein ſtummes Geſträud', ein Felſen, ein Vogel.
Aber verlierſt du ein Wort aus überfließender Seele,
Das ſonſt Winde verwehn und der Berg unwiſſend zurückwirſt,
Das nur laß mich empfangen und tief im Buſen bewahren.
Siehe, verweigerſt du das und ſtößeſt mich fort — doch niemals
Kehr' ich zurück in die Stadt. Nein, hier in der Oede der Hügel
Will ich den Tod abwarten, bis ihn mein Kummer heranweint!

Ernſt ſah Tryphon herab auf Thekla's Flehen. Ich ahnt' es,
Sprach er bewegt. Ich las auf deinen verſchloſſenen Lippen
Unten im Grabmal ſchon, was bang dein Innres bewegte.
Aber ermuthige dich und hebe den Blick! Es geziemt nicht,
So vor Menſchen im Staub um menſchliche Güter zu bitten.
Sieh, du vertrauſt mir, weiß ich, und wirſt mich willig verſtehen,
Wenn erſt deinem Gemüth nachdenkliche Stille zurückkam.
Denn jetzt ſchwärmſt du, verwirrt vom Wunder der Nacht, und
                              verblendet
Wider das Heil in dir, von Anderen hoffſt du den Frieden.
Und was bitteſt du mich? Mit mir, dem Verkünder des Wortes,
Willſt du die Fremde der Welt durchwandern auf drohenden Wegen?
Du, ein Mädchen, dem Manne geſellt, der immer die Freude

Soll entbehren, den Leib am eigenen Herde zu wärmen?
Christo bin ich geweiht, ein kämpfender Bote des Heilands,
Und wer zieht in die Schlacht von weiblichen Schritten begleitet?
Um der Gefährtin willen entzög' er vielleicht in der Stunde
Großer Entscheidung sich der Gefahr und wiche der Pflicht aus.
Laß mich einsam gehen, bedürfnißlos und besitzlos;
Denn der Besitz macht feig und hindert die That, das Bedürfniß
Kettet uns an den Genuß. Wer treu will bleiben, verzichte!
Alles Allen zu werden, versag' ich Vieles dem Einen,
Allen das Ganze zu sein, vom Einzelnen trennt mich die Stunde.
Muß ich es sagen, wie viel nun dieſe Stunde mich kostet,
Welch ein schweres Gewicht an des Wandrers Ferſen sie heftet,
Ihn zum Bleiben verlockend? — Genug! was frommt es, zu
wünschen?
Also bescheide dich auch und banne die innige Selbſtſucht,
Welche den Geiſt dir trübt. O mußt du mit Händen umspannen,
Was ein Besitz dir scheine? Die Hand welkt wieder dem Staub zu;
Nur was ganz du dem Geiſt aneignetest, bleibt dein eigen,
Dein auch über die Schranke der Zeit. Sieh, dort an den Hügeln
Wandelt sie kräftig herauf, die lebenerweckende Sonne,
Jeglichem nah und zugleich unnahbar Allen, vereinsamt
Ueber dem frohen Gewühl der geselligen Erdengeschöpfe.
So geht Jeder von uns mit der Leuchte des himmlischen Wortes
Seine gewieſene Bahn; so einsam wandl' ich die meine.

Feierlich sprach es der Freund. Es stand mit niedergesenkten
Augen die Jungfrau da, in erglühenden Wangen und wortlos.
Und er faßte die Hand der Verſtummten und sprach, sie getröſtend:
Deine Gedanken, o Kind, wie treten sie raſch dir ins Antlitz!
Kämpf ihn muthig zu Ende, den heiligen Kampf, und erobre
Dir dein Banner zurück, das schnell verzagt du hinwegwarfſt:
Christi Willen in dir, der Eins mit dem deinigen werde.
Doch fern sei es von dir, nun scheu mein Auge zu meiden,
Weil du das Herz hingabſt und die lauteren Tiefen enthülltest.
Laß einander uns kennen. Und wer mißkennte die Seele,
Die sich am eignen Besitz nicht läßt in der Jugend genügen,
Sondern die Welt zu umfassen begehrt und alles Geliebte

Sich zu vereinigen trachtet in eifersüchtiger Treue!
O, nicht hat sich die deine verirrt. Was mir sie genähert,
War es das Herrlichste nicht, nach dem wir schmachten und sehnen,
Das, in Fülle genossen, den Wunsch doch nimmer ersättigt?
Darum blicke du frei mir wieder ins Auge. Du wirst mich
Lange vielleicht entbehren und dann auf einmal erkennen,
Daß du mich besser besitzest und völliger, als du geahnt hast.
Senkt' ich des Heilands Bild dir nicht in die liebende Seele?
Sieh, mich hast du in ihm, in ihm nur leb' ich und bin ich,
Und dich hab' ich in ihm. Wer will uns scheiden in Zukunft?

Da erst blickt sie empor. Aus freudelächelnden Augen
Strahlt der gewonnene Sieg ihm triumphirend entgegen.
Und sie spricht: O Meister, ich schäme mich, daß ich verzagt war,
Nicht, daß du es gesehn. Ja, gehe nur! Wo du auch hingehst,
Finden dich meine Gedanken und stärkt sich an dir mein Glaube.
Denn wer raubte dich mir? Ich habe dich, höre die Stimme,
Die mir den Himmel erschloß, und seh' im Geiste die Augen,
Die nur winkten — da ward mein innerstes Wesen verwandelt.
Nicht viel Tage bedarf's, mich deß zu besinnen, wie thöricht
Ich um Weniges bat, da mir schon Alles geschenkt ward.
Nein, ich darf es bekennen, ich weiß: was immer die Zukunft
Bringt und versagt — an das Eine vermag kein Wechsel zu rühren,
Daß du mich Freundin genannt, daß Leid und Lust wir ge-
                                        meinsam
Trugen und Himmel und Erde mich dir zur Seite gesehen.
Daran, wie mich immer Gefahr und Nöthe bedrängen,
Werd' ich den Geist aufrichten; und wenn einst Alter das Haar mir
Bleicht und das Auge trübt und die Kraft der Glieder dahinrafft,
Wird im Denken an dich die verschwundene Jugend mir aufblühn,
Mich im Winter der Zeit wie Frühlingsodem erquicken.
Doch nun laß mich hinaus in die Welt; denn bringend gemahnt
                                        mich's,
Nicht in der Stille den Schatz, den du mir zeigtest, zu hüten,
Sondern den Dürftigen allen vom stets nachquellenden Gute
Mitzutheilen, so viel ich vermag. Wohl bin ich gering nur,
Unwerth, daß ich des Wortes Verkünderin sei vor den Menschen.

Aber auf dich hinweisen, als Botin wandern das Boten,
Und zu den Zweifelnden sagen: Vertraut ihm! und zu den Tauben:
Hört auf ihn! Dies that er an mir, dies wird er an euch thun! —
Dazu wird mich der Herr mit der Weihe des Wortes begaben,
Bin ich ein Weib auch nur, das sonst vor Männern verstummte.
Und so wollen wir scheiden, und denkst du zurück an Thekla,
Stelle dir nicht mein Bild sich dar in Thränen der Schwäche,
Nein, mit erhobener Stirn und Dank in den Zügen und Freude.

Da antwortete Tryphon und sprach: Was kann ich erwiedern,
Als aus Tiefen der Brust die erlösende Liebe zu preisen,
Die an uns sich erwiesen mit tausendfältiger Gnade.
Nein, ich halte dich nicht, die so allmächtig berufen
Sich von der Heimath scheidet, der irdischen, und der verheißnen
Ewigen Wohnung froh am Herde der Seligen rastet.
Geh, du Geliebte! der Geist wird siegende Worte der Wahrheit
Deiner Zunge verleihn, die er so herrlich gelös't hat.
Aber wende dich erst nach Derbe hinab in die Ebne,
Wo mir ein Gastfreund wohnt, Chrysostomos. Er und die Seinen
Kennen den Herrn; sie werden die Jüngerin freudig empfangen.
Grüße die Treuen von mir und bestärkt euch Eines am Andern,
Und dort harre des Rufs vom Herrn, wohin er dich weise,
Ferner zu zeugen von ihm. Er segne dich, segne die Wege,
Die du wandelst, die Hand, die freundliche Gabe dir reichet,
Segne das Haus, darin du das Haupt wirst betten zur Nachtzeit,
Wie er den Tag mir reich, da wir uns fanden, gesegnet! — —

Sprach's, ihr die Hand auflegend in stillem Gebet. Kein Wort mehr
Tauschten sie. Horch, da erklang vom Grund aufsteigend ein Hufschlag,
Und um die Felswand sahn sie, ein Maulthier führend am Zaume,
Eilig Olympas nahen, den Pförtner, welcher sie suchte.
Denn kaum hatt' er im Hause die schmerzliche Kunde vernommen,
Daß nie wiederzukehren die junge Gebieterin fortging,

Als er im Herzen beschloß, ihr nach in die Fremde zu folgen.
Und nun stand er von fern und harrte des Winks der geliebten
Herrin. Noch einmal blickte der Freund ins Auge der Jungfrau,
Dann mit männlicher Stärke verließ er sie rasch, und sie sah ihn
Rüstig den Weg hinschreiten die Hügel hinauf zum Gebirge.
Schweigend bestieg sie das Thier und zurück in die Straße der
Gräber
Lenkte der Sklav. So ritt sie dem leuchtenden Morgen entgegen
Mit taghellem Gemüth, und hinter ihr blieben die Schatten.

Pierer'sche Hofbuchdruckerei. Stephan Geibel & Co. in Altenburg.

Inhalts-Verzeichniß.

www.ingramcontent.com/pod-product-compliance
Lightning Source LLC
Chambersburg PA
CBHW020928120726
47905CB00008B/2434